VERTRAUEN SIE MIR EINMAL

Trust Me Once

JAN COFFEY

with

MAY MCGOLDRICK

Book Duo Creative

ENJOY!

Nikoo & Jim

May / Jan C

An Donald Maass, Agent und Freund...
dass ich von Anfang an an dieses Buch geglaubt habe
und dafür, dass er dazu beigetragen hat, sie zu dem zu machen, was sie geworden ist.

Für Miranda Stecyk Indrigo und Dianne Moggy,
Redakteure par excellence,
für Ihren Einblick, Ihre Führung
und für Ihren unermüdlichen Einsatz.

Prolog

STRAFVOLLZUGSANSTALT FÜR
ERWACHSENE, RHODE ISLAND

2. August 2001

DER SCHWARZE MERCEDES hielt vor dem grauen Steingebäude. Der Fahrer des Wagens ließ das getönte Beifahrerfenster herunter und starrte über zehn Meter Beton hinweg auf den bewaffneten Wachmann, der hinter Panzerglas mit kaum verhüllter Abscheu die Stirn runzelte. Der Fahrer schwitzte stark, drehte die Klimaanlage auf höchste Stufe und wandte seinen Kopf in Richtung der Betonbarrieren, die vom Gefängnistor zu dem Ort führten, an dem er wartete.

Wenige Augenblicke später schwang eine schwere Tür auf und ein großer, athletischer Mann in Jeans und schwarzem Poloshirt stieg aus. Der Fahrer stöhnte, als er seinen schwerfälligen Körper über die Mittelkonsole lehnte, die Beifahrertür aufstieß und der Häftling kletterte flink hinein.

In wenigen Minuten hatte der Mercedes das äußere Tor passiert. Frankie O'Neal, der das Lenkrad mit seinen wurstartigen Fingern wie mit einem Todesgriff umklammert hielt, schaute immer wieder in den Rückspiegel, während er an Geschwindigkeit zulegte. Sie passierten das Schild, das auf die Interstate hinwies und bogen ab.

Mit einem halben Seufzer der Erleichterung wischte sich der Fahrer die Schweißperlen von der Unterlippe, bevor er sich eine Zigarette anzündete. Er blickte zu seinem Beifahrer hinüber. "Wie lange noch, Jake?"

Jake Gantleys Augen huschten zu seinem Cousin. Mit einer einzigen Bewegung griff er mit einer Hand nach dem Knopf für das elektrische Fenster, während die andere die Zigarette zwischen Frankies Lippen hervorzog. Jake zerdrückte die Zigarette in seiner Faust und warf sie aus dem Auto.

"Das Zeug wird dich umbringen, Frankie. Siehst du nicht fern ... oder liest du nicht?" Sein Mund verzog sich zu einem halben Lächeln. "Und Passivrauchen ist noch schlimmer, weißt du."

"Hör auf, herumzualbern, Jake." Frankies Augenbrauen, die bereits eine gerade Linie über seinem Nasenrücken bildeten, zogen sich vor Erregung zusammen. Vom Armaturenbrett auf der Fahrerseite aus kurbelte er Jakes Fenster hoch und blickte wieder nervös in die Spiegel. "Ich habe gefragt, wie viel Zeit wir haben!"

Jake Gantley warf einen Blick auf den Rücksitz und lächelte. "Du hast meinen Anzug mitgebracht." Er griff hinüber und zog das in Plastik verpackte Kleidungsstück auf seinen Schoß. "Und du hast ihn reinigen lassen."

Der Fahrer schlug mit der Faust gegen das Lenkrad. "Komm schon, Jake! Natürlich habe ich deinen Anzug dabei. Du machst nie einen verdammten Job, ohne deinen Anzug zu tragen." Er steckte sich noch eine Zigarette zwischen die Lippen, dann hob er sofort schützend eine Hand. "Und kümmer dich um deinen eigenen verdammten Gesundheitszustand. Sagst du mir jetzt, wie viel Zeit wir haben oder nicht?"

"Sieh dich an, Frankie. Du bist ein fettes Schwein. Du rauchst. Und außerdem machst du dir zu viele Sorgen. In der letzten Ausgabe des *New England Journal of Medicine* stand ein Artikel über Stress. Ich schicke ihn dir zu."

Der Fahrer verdrehte die Augen und knabberte an einer wunden Stelle seiner Lippe, während sein Beifahrer sich umzog. Ein paar Augenblicke später beobachtete Frankie seinen Cousin im Spiegel, wie er seine Krawatte knüpfte.

"Hör zu, Jake. Es ist wichtig. Ich muss wissen, wann du..."

"Hast du das Geld?"

"Was? Ja, natürlich. Die Hälfte des Gesamtbetrages. Wie immer." Frankie warf einen Blick hinüber und merkte, wie er sich zu entspannen begann. Ganz herausgeputzt - sein schütteres Haar nach hinten gekämmt, die Krawatte an Ort und Stelle, die grauen Augen in diesem kalten Zwinkern - hatte sich Jake Gantley endlich zu ihm gesellt. Frankie beugte sich vor und fuhr mit den Fingern an der Seite der Mittelkonsole entlang, bis er den Knopf unter dem Teppichboden fand. Als er ihn drückte, öffnete sich eine Klappe hinter dem Schaltknüppel und gab ein verstecktes Fach frei. Er zog ein Lederetui heraus und reichte es Jake. "Wie viel Zeit?"

"Fünf Stunden." Jake öffnete den Reißverschluss des Etuis, nahm die verchromte 9mm-Handfeuerwaffe aus dem Holster und fuhr mit der Hand über das glänzende Metall. Er legte die Waffe auf den Boden und befestigte das Holster an seinem Gürtel. Dann nahm er mit langsamen, fast ehrfürchtigen Bewegungen die Pistole in die Hand, schob ein Magazin hinein und steckte sie in das Holster.

"Wir müssen Newport also spätestens um Viertel nach vier verlassen." Frankie zählte immer noch die Stunden auf seiner Uhr. "Mein Gott. Fünf Stunden Urlaub? Das ist nicht lang genug."

"Das ist lang genug für diese kleine Dame, Frankie." Jake wandte sein kaltes Lächeln an den Fahrer. "Wir werden Zeit haben, die wir totschlagen können."

DIE WEITLÄUFIGE TUDOR-VILLA erstreckte sich auf einer Anhöhe aus Gras und Felsen in der Haltung eines Löwen, träge und königlich, das Gesicht der Nachmittagssonne zugewandt, als ob sie die Brise nach dem Geruch des Abendessens prüfen würde.

Unterhalb der felsigen Steilküste, die fünfzig Fuß zum Atlantik abfiel, brachen die Wellen zwischen massiven Felsbrocken. Der salzige Wind, der trotz der brennenden Sonne kühl und erfrischend war, fegte über das graue Schieferdach des Herrenhauses, vorbei an einem Dutzend Schornsteinen und weiter über die Rasenflächen der Astors, Vanderbilts und Whitneys. Keine Naturgewalt konnte an diesem Tag diese jahrhundertealten Denkmäler vergangener Eleganz und Macht stören.

Im Inneren des Tudor-Anwesens, in einer geräumigen Wohnung mit Blick auf das Meer, wurde das Rauschen der Brandung vom hämmernden Beat von Pearl Jam übertönt. Die Musik, die laut genug war, um die fein säuberlich angeordneten Drucke von Cézanne, Cassatt und Van Gogh zum Vibrieren zu bringen, kam aus Lautsprechern, die zwischen den Büchern, die mehrere Wände säumten, versteckt waren. Unbeeindruckt von der Lautstärke der Musik kam eine junge Frau die Treppe zum Erdgeschoss hinunter und bewegte ihren Körper im Takt der Musik, während sie hinabstieg.

Einen Schritt vor der letzten Stufe blieb sie stehen und wechselte das Telefon von einem Ohr zum anderen. Sie schaute ungeduldig auf ihre Uhr und schüttelte den Kopf.

"Komm schon...komm schon...komm schon!"

Sie betrachtete ihr Spiegelbild in einem antiken Spiegel, der an der Wand gegenüber der Treppe hing und musterte sich kritisch.

"Kommen Sie, Lady. Ich muss noch weg. Ich hab Termine."

Sie legte das Telefon in die Halsbeuge, fuhr sich mit der Hand durch ihr kurzes blondes Haar und trat dann näher an den Spiegel heran. Sie zog die goldenen Ohrringe, die an ihren Ohrläppchen baumelten, fester und strich sich mit den Fingern über die Wangen, um das Rouge zu verblenden, das sie gerade oben aufgetragen hatte. Einen Moment später stieß sie die Küchentür auf, zufrieden mit dem Gesicht, das sie aus dem Spiegel anschaute. Eine Stimme knisterte durch das Telefon und ihr Körper spannte sich an.

"Ja! Natürlich bin ich noch in der Leitung. Seit zehn Minuten warte ich... Nein, ich kann nicht mehr warten..."

Sie schlug das Telefon auf den Tresen, runzelte die Stirn und atmete tief durch, als sie erneut in die Warteschleife gelegt wurde. Mit finsterem Blick riss sie die Kühlschranktür auf und nahm eine Pepsi Light heraus. Sie stieß die Tür zu und schlenderte mit der Limonade in der Hand ins Wohnzimmer.

Ihr Blick schweifte durch den Raum und blieb an einem großen Mahagonischreibtisch in der Ecke hängen. Neben einer Schreibunterlage aus Filz lagen ein paar Nachschlagewerke und der Anrufbeantworter am anderen Ende des Schreibtisches war teilweise durch Zeitungen und einige etwa zehn Jahre alte Fotos in verschiedenen Silberrahmen verdeckt. Kaum hatte sie den Schreibtisch erreicht, ertönte erneut eine Stimme aus dem Telefon.

"Ich bin hier und lassen Sie mich nicht wieder in der Warteschleife hängen. Warten sie mal, ich kann sie nicht hören." Sie stellte die Getränkedose auf den Schreibtisch, ging eilig zur Stereoanlage und drehte am Lautstärkeregler. "Okay, fahren sie fort. Keine Antwort auf die Nachricht? Gut. Sind Sie absolut sicher, dass sie die Nachricht erhält? Sind sie sicher?"

Als die Stimme am anderen Ende kurz sprach, runzelte die blondhaarige Frau wieder die Stirn.

"Okay. Vielleicht ist es noch zu früh für sie, dort zu sein. Sie soll mich einfach anrufen... Ja... Nein, ich gehe nirgendwo hin. Sagen sie ihr nur, dass es wichtig ist. Gut! Vielen Dank."

Sie drückte auf die Taste des Telefons und warf es auf einen Stuhl. Sie war offensichtlich mit ihren Gedanken woanders, denn ihre Finger drehten automatisch die Lautstärke der Stereoanlage auf. Sie durchquerte den Raum zum Schreibtisch, griff über die Zeitungen und Bilderrahmen und schaltete den Anrufbeantworter aus.

"Der nächste Anruf ist für mich, Schatz." Sie nahm die Dose Limonade und war schon wieder auf halbem Weg die Treppe hinauf, als das Klingeln an der Tür sie herumwirbeln ließ.

"Braves Mädchen. Du hast es gefunden." Sie hüpfte die Treppe zum Vordereingang hinunter.

Als sie die Tür aufzog, begannen zwei Telefone zu klingeln - das auf dem Schreibtisch und das auf dem Stuhl, auf den sie es gelegt hatte. Überrascht drehte sie den Kopf, schaute sich dann aber nach der offenen Tür um, als ein Mann über die Schwelle trat. Unwillkürlich machte sie einen Schritt zurück in den Raum.

"Nur eine Sekunde..."

Ihre Augen weiteten sich, als er die Mündung einer Pistole bis auf etwa einen Meter an ihre Nase heran hob. Es blieb keine Zeit zum Nachdenken, geschweige denn zum Reagieren, bevor er den Abzug drückte und zwei Kugeln in rascher Folge in das ehemals sehr hübsche Gesicht feuerte.

Kapitel Eins

Rhode Island
16. August 2001

WIE AUS DEM Nichts tauchten die Scheinwerfer hinter ihr auf und blendeten Sarah mit ihrer Intensität. Sie blinzelte mit den Augen gegen das grelle Licht an, kippte den Spiegel und drückte erneut auf den Knopf für die Heckscheibenheizung.

"Ein schöner Abend, um zu drängeln", murmelte sie und riss das Fahrerfenster auf.

Sarah kramte in ihrer Tasche auf dem Boden der Beifahrerseite und holte die Brieftasche ihrer Freundin Tori heraus. Sie klappte sie auf und hielt sie in das Licht des hinter ihr fahrenden Autos, während sie noch einmal einen Blick auf den Inhalt warf. Das Geld, die Kreditkarten, der kalifornische Führerschein - alles war da. Ein Gefühl der Schuld machte sich in ihrem Magen breit. Sie konnte sich vorstellen, was die junge Frau in den letzten zwei Wochen alles durchgemacht haben musste. Sarah wusste aus erster Hand, wie schmerzhaft es sein konnte, all diese Dinge zu ersetzen.

Der windgetriebene Regen schlug weiter gegen die Windschutzscheibe und Sarah spähte durch die Dunkelheit und versuchte, das Fahrzeug hinter sich zu ignorieren.

Es war leicht zu erkennen, wann es passiert war. Noch am selben Tag, an dem Sarah nach Irland abgereist war, hatte sie Tori vom Flughafen abgeholt. Sie erinnerte sich daran, wie ihre Freundin die Handtasche in den Kofferraum geworfen hatte.

Sarah ließ die Brieftasche auf den Beifahrersitz fallen und packte das Lenkrad fester, als ihr Wagen in einer Kurve ins Schleudern geriet. Auf der

Gegenfahrbahn fuhr ein Lkw vorbei, der Wind und Gischt auf den Sportwagen schleuderte.

Sie atmete nervös auf und drehte das Radio lauter, um den Wetterbericht über den Sturm zu hören, der die Küste heimsuchte. Die heftigen Regenfälle würden wahrscheinlich die ganze Nacht über anhalten. Sie schaltete das Radio aus und konzentrierte sich auf die Straße vor ihr. Dieses Wetter passte nicht zu dem fröhlichen Empfang, den sie sich in den letzten zwei Wochen vorgestellt hatte. Nun, wenigstens war sie zu Hause. Das Schlimmste lag hinter ihr.

Sie ballte eine Faust auf dem Lenkrad und versuchte, sich das einzureden.

Sie kämpfte gegen das plötzliche Aufsteigen der Tränen an und versuchte, das Bild ihres Vaters als den dunkel gekleideten Leichnam, den sie in dem offenen Sarg gesehen hatte, zu verdrängen. John Rand war nicht mehr der große Mann mit den tanzenden grünen Augen und dem kraftvollen Lachen.

Es war das Lachen, an das sie sich erinnern wollte und nicht der Streit vor der Trennung. Sie würde die Erinnerungen an die Nächte als Kind verdrängen, in denen sie laut gebetet und ihren Kopf in einem Kissen vergraben hatte. Nein, sie würde sich an sein Lachen erinnern, an seine Augen und an seine Wärme, wenn sie sich auf seinen Schoß kuschelte und er sie an sein Herz drückte.

Der Regen wurde immer stärker und sie schaltete die Wischerblätter auf volle Geschwindigkeit. Das Fernlicht, das sich in ihren Spiegeln widerspiegelte, war so unerbittlich wie die Regenschauer.

Sie hatte keine klare Erinnerung an den Tag, an dem er ging. Sie wusste, dass sie sich nicht daran erinnern wollte. Und vielleicht würde sie eines Tages die Bitterkeit vergessen, die in den Augen ihrer Mutter gestanden hatte und die Schärfe in ihrer Stimme bis zu ihrem Tod.

Sarah schüttelte den Kopf. Was sie selbst betraf, so würde sie ihn nur als John Rand in Erinnerung behalten. Vielleicht sogar als der Vater, der er nie war. Nur grüne, tanzende Augen und ein Lachen.

Das Auto hinter ihr kam immer näher. Das Fernlicht blendete bedrohlich in den Seitenspiegeln.

"Und was kann ich dafür, dass es keine Überholspur gibt?" Sarah beschleunigte ein wenig.

Sie warf einen Blick auf die Uhr am Armaturenbrett. Zehn Uhr achtunddreißig. Nicht zu spät, um Hal noch einmal anzurufen, wenn sie nach Hause kam. Sarah hatte ihm eine Nachricht hinterlassen, aber sie wusste besser als jeder andere, dass er sie nur etwa einmal pro Woche abhörte.

Sie war hundemüde. Der Flug von Shannon war lang gewesen. Und die Wartezeit am JFK auf den Anschlussflug nach Providence war ihr noch länger vorgekommen. Aber es ging ihr zu viel durch den Kopf und sie musste mit jemandem reden. Jemandem, der zuhören würde. Jemand, der vor kurzem das Gleiche durchgemacht hatte wie sie gerade. Jemand wie Hal.

Sarah schaute noch einmal in den Spiegel und runzelte die Stirn, als sie die Scheinwerfer des Autos hinter sich sah. Es war kein anderes Auto auf der

Straße. Sie drückte aufs Gaspedal und ihr Sportwagen gewann etwas an Boden. Der Vorsprung war nur von kurzer Dauer und die Scheinwerfer schlossen den Abstand.

"Arsch." Sarah drückte das Gaspedal bis zum Anschlag durch. Ihre Bemühungen waren vergeblich, denn die Lichter glitten wieder hinter ihr hoch.

Der Seitenstreifen verbreiterte sich und Sarah zog den Wagen von der Fahrbahn. Sie verlangsamte das Tempo und warf einen Blick zurück, damit der Fahrer hinter ihr an ihr vorbeifahren konnte.

Der andere Wagen fuhr ebenfalls auf den Seitenstreifen und blieb ihr auf den Fersen.

Sarah versuchte, den plötzlichen Kloß der Angst in ihrer Kehle, hinunterzuschlucken und griff nach dem Verriegelungsknopf. Sie drückte fest darauf und versuchte, einen Blick auf den Fahrer hinter den blendenden Fernlichtern zu erhaschen. Aber sie konnte nichts sehen - nichts außer dem grellen Licht, das sich durch den Regen bohrte. Sie fuhr zurück auf die Fahrspur und schaute auf ein vorbeiziehendes Schild mit einer Geschwindigkeitsbegrenzung. Fünfundvierzig.

"Du bist nicht in Gefahr", murmelte sie und versuchte, das kalte Gefühl in ihrem Bauch zu ignorieren. Mit Ausnahme des Lastwagens war die Straße wegen des Wetters und der Uhrzeit menschenleer, aber sie war nur etwa drei Meilen von Wickford entfernt, falls sie eine Stadt erreichen musste.

Das plötzliche Abblenden der Scheinwerfer hinter ihr und das Auftauchen von Blinklichtern auf dem Armaturenbrett ihres Verfolgers entlockte Sarah einen Schrei der Erleichterung. Sofort ging sie vom Gas. Auch hier gab es keinen Seitenstreifen, aber sie zog an den rechten Fahrbahnrand, um den zivilen Polizeiwagen vorbeizulassen. Die große Limousine blieb jedoch mit Lichthupe hinter ihr.

"Sie haben mir Angst gemacht, sodass ich zu schnell gefahren bin!"

Sie wurde langsamer und blieb stehen.

Als der Polizeiwagen hinter ihr anhielt, stieg eine dunkle Gestalt auf der Beifahrerseite aus. Dann fuhr das Fahrzeug zu ihrer Überraschung herum und bog vor ihr ein, sodass ihr Wagen praktisch blockiert wurde.

"Oh, brillant. Genau das, was ich brauche. Officer Overkill macht die Festnahme!" Sie griff nach ihrem Führerschein und ihrer Zulassung und behielt den Fahrer des zivilen Wagens im Auge. Er war gerade ausgestiegen. Seine flache Mütze mit der Krempe war mit Plastik überzogen, er zog sich einen Regenmantel über, bevor er um seine Limousine herumkam.

Bevor sie einen Blick auf sein Gesicht werfen konnte, leuchtete eine Taschenlampe in ihr Fenster und zog ihre Aufmerksamkeit auf sich. Der Polizist hielt ihr das Licht direkt in die Augen und Sarah hob eine Hand, um sich vor dem grellen Licht zu schützen.

Er stand dicht neben dem Auto und sie wandte ihren Blick vom Licht ab. Die dunkelgraue Hose flatterte im Wind und die großen schwarzen Schuhe reflektierten das rote Blinklicht des Polizeiautos. Die beiden Polizisten schienen sich nicht um den strömenden Regen zu kümmern und der Fahrer des Zivilfahrzeugs leuchtete jetzt von der Beifahrerseite aus in das Auto hinein, wobei er jeden Zentimeter des Innenraums ausleuchtete.

Bevor der Beamte etwas sagen konnte, hielt Sarah ihren Führerschein und ihre Fahrzeugzulassung aus der kleinen Öffnung ihres Fensters.

"Schöne Nacht, nicht wahr?" fragte sie und beobachtete, wie er mit seinem Licht auf ihren Führerschein leuchtete. Die Krempe des Hutes versperrte ihr die Sicht auf sein Gesicht.

"Was habe ich denn falsch gemacht, Officer?" Plötzlich kam es ihr merkwürdig vor, dass nicht wenigstens einer von ihnen zum Auto zurückkehrte, um ihren Führerschein zu überprüfen. Der Wind zerrte an dem Regenmantel. Sie hatte nicht einmal eine Dienstmarke gesehen.

Ein leises Geräusch rechts von ihr ließ sie den Kopf herumdrehen. Die Beifahrertür war verschlossen, aber sie war sicher, dass der zweite Mann die Tür getestet hatte.

"Ich würde gerne einen Ausweis sehen, Officer." Sie konnte die Andeutung eines Zitterns in ihrer Stimme hören. Er ignorierte ihre Bitte. "Entschuldigen Sie..."

"Stellen Sie den Wagen ab, Frau Rand und steigen Sie bitte aus." Die Taschenlampe blendete.

"Ich bin Anwältin in Newport." Sie zwang sich, ruhig zu bleiben. "Ich folge Ihnen gerne aufs Revier, aber ich glaube, Sie müssen sich ausweisen."

Sarah versuchte, das Nummernschild des Polizeiautos zu erkennen, aber der Winkel des Fahrzeugs verhinderte einen klaren Blick.

"Steigen Sie aus dem Auto aus. *Sofort*!"

Sie kniff die Augen zusammen und drehte ihren Kopf ganz in das grelle Licht. "Officer, Sie wissen, dass es mein gutes Recht ist, zu sehen..."

Das zersplitternde Glas der Fenster zu beiden Seiten von ihr überschüttete Sarah mit glitzernden Glassplittern.

Sie hatte kaum Zeit, einen Schrei auszustoßen, bevor sich die Hand des Mannes um ihre Kehle schloss.

Es war Adrenalin. Es war Panik. Es war der plötzliche Schrecken, weil sie wusste, dass sie vielleicht gerade ihren letzten Atemzug getan hatte. Anstatt nach den brutalen Fingern des Mannes zu krallen, griff Sarahs Hand nach der Mittelkonsole des Wagens, und sie riss den Schalthebel blindlings in den Rückwärtsgang. Als sie den Fuß auf das Gaspedal setzte, zuckte ihr Körper vorwärts, und der Wagen setzte sich in Bewegung. Sarah fand ihre Kehle noch einen endlosen Moment lang im Griff des Mannes gefangen, bevor er schließlich losließ und auf die Mitte der Straße stolperte.

Fünfzig Fuß entfernt kam sie mit einem lauten Knall zum Stehen und starrte, immer noch nach Luft ringend, entsetzt auf die beiden Männer, die sich ihr näherten und ihre gezogenen Waffen auf ihre Windschutzscheibe richteten.

Da gab es nur eines zu tun.

Sie legte den Gang ein und drückte das Gaspedal bis zum Anschlag durch. Einer der Männer sprang direkt vor ihr Auto und Sarah riss das Lenkrad herum, um ihm auszuweichen. Sie spürte, wie der Körper des anderen Mannes an der Seite des Autos abprallte und einen Sekundenbruchteil später streifte der Sportwagen das Rücklicht des Polizeiautos, an dem sie vorbeifuhr.

Glassplitter flogen um sie herum, als die Windschutzscheibe zu einem Netz aus Kristallfäden zerbrach.

Sie schossen auf sie.

Sie ließ sie schnell hinter sich. Aber als sie versuchte, durch die zerbrochene Windschutzscheibe zu schauen, überflutete sie eine kalte Angst mit der Erkenntnis, dass ihre Angreifer jeden Moment hinter ihr her sein würden.

Sarahs Körper begann unkontrolliert zu zittern.

Aus einem Impuls heraus riss sie plötzlich das Lenkrad nach rechts. Das Auto reagierte und pflügte durch eine Wasserrinne auf eine Schotterstraße. Im Nu war sie von der Hauptstraße verschwunden und folgte einer schmalen Spur aus Schotter, Schlamm und Regenfluten.

Der Regen peitschte ihr ins Gesicht, aber sie fuhr weiter, bis der tief liegende Wagen plötzlich in eine wassergefüllte Rinne tauchte. Das Fahrzeug geriet außer Kontrolle und fuhr in den Wald. Sarah spürte, wie der Wagen durch das Unterholz holperte, während sie verzweifelt das Lenkrad nach rechts und links riss, um größeren Bäumen auszuweichen. In Sekunden, die sich eher wie Stunden anfühlten, gelang es ihr, den Wagen zwischen zwei Kiefern zum Stehen zu bringen.

Nasse Äste ragten durch die offenen Stellen, die einst Fenster gewesen waren. Ihr Atem kam immer noch keuchend, ihr Körper zitterte, weil das Adrenalin weiter durch sie hindurch pumpte. Sarah schaltete die Scheinwerfer aus und lauschte dem Regen, der in Wellen auf das Autodach fiel. Da sie durch die umliegenden Bäume geschützt war, schienen das Geräusch des Windes und des Sturms weit weg zu sein. Dann umgab sie der vage, unheilvolle Duft von Kiefern und feuchter Erde und echte Angst begann sich in ihren Knochen auszubreiten, kalt und betäubend.

Sie musste hier raus. Sie schnappte sich ihre Tasche vom Boden, stieß die Tür gegen das Gewicht der Bäume auf und bahnte sich ihren Weg nach draußen. Äste und Nadeln zerkratzten ihr Gesicht und durchnässten ihre Kleidung, und eine Glasscherbe, die aus der Tür ragte, schnitt ihr in die Handfläche, aber im Nu stand sie im Halbdunkeln hinter ihrem Auto.

Blitze erhellten den Waldboden mit einem gespenstischen Schein und ein donnernder Knall schoss durch den Wald. Sie wusste nicht, wo sie war. Sie hatte keine Ahnung, wohin sie gehen würde. Aber sie wusste, dass sie rennen musste.

Das heißt, wenn sie am Leben bleiben wollte.

DER RAUM STRAHLTE die Wärme einer leeren Kunstgalerie aus.

Owen Dean stellte sein Weinglas auf ein eckiges Glasregal und entfernte sich von den beiden geschwätzigen Damen der Gesellschaft, die ihn dort in die Enge getrieben hatten. Er schlenderte an einem gelangweilt wirkenden Streichquartett vorbei, stieg eine breite Treppe zu einem loftartigen Bereich hinauf und hielt oben inne. Er blickte über das Geländer und ließ seinen Blick durch den Raum schweifen.

Frank Lloyd Wright musste der kälteste, akademischste Steifling sein, der je an einem Zeichenbrett saß, dachte Owen und betrachtete die scharfen, sterilen Linien aus Holz, Stein und Glas.

"Was für ein Ort, nicht wahr?"

"Ja, das habe ich auch gerade gedacht." Owen drehte sich um und sah den Sprecher an. Groß, mittleren Alters, braungebrannt, mit der Statur eines ehemaligen Linebackers. Er war früher am Abend Senator Gordon Rutherford vorgestellt worden.

"Dieses Haus der Warners ist ein ziemliches Prunkstück. Obwohl, um ehrlich zu sein, mein Geschmack eher zur mittleren Georgianischer Architektur tendiert."

"Eigentlich mag ich eher den Stil früherer Skihütten."

"Wirklich?" Rutherford zeigte seine geraden, gepflegten Zähne und winkte seinen Gefolgsleuten ab, die sich im Hintergrund aufhielten. "Darf ich Sie Owen nennen, Mr. Dean?"

"Natürlich, Senator."

"Ich muss Ihnen sagen, dass Ihre Sendung *Internal Affairs* eine meiner heimlichen Lieblingssendungen ist."

Owen zog eine Augenbraue hoch. "Nun, ich bin froh zu hören, dass Sie ein zufriedener Zuschauer sind. Aber warum heimlich, wenn ich fragen darf?"

Rutherford blickte auf die glitzernde Gästeschar hinunter. "Ich habe meine politische Karriere darauf aufgebaut, ein Mann von Recht und Ordnung zu sein. Wie würde es wohl aussehen, wenn bekannt würde, dass meine Lieblingsserie die Polizei jede Woche als einen Haufen korrupter Egoisten darstellt, deren Moralvorstellungen oft unter denen der Kriminellen auf der Straße liegen?"

Owen dachte einen Moment lang darüber nach. "Hmm. Ich verstehe, was Sie meinen. Aber ich glaube gerne, dass wir einfach sagen, wie es ist, Senator. Schließlich ist - unabhängig vom Beruf - niemand von uns perfekt. Und im Fall dieser Sendung gehen wir davon aus, dass die Polizei menschliche Schwächen hat, wie jeder andere auch."

Der Senator lächelte wieder und nahm einen Drink von einer vorbeigehenden Kellnerin an. "Da haben Sie recht, Owen. Und wer kennt die menschlichen Schwächen heutzutage besser als ein Politiker?"

Owen ließ die Bemerkung in der Luft hängen, während seine Aufmerksamkeit über das Geländer nach unten wanderte. Sein Blick fiel sofort auf Andrew Warner, der unter seinem weißen Haarschopf vornehm aussah. Andrew zündete sich gerade eine Pfeife an und sprach mit zwei Dekanen des Colleges. Draußen vor den großen Fenstern erhellten Blitze kurz eine regennasse Szenerie aus eingezäunten Feldern, die von Wäldern begrenzt waren.

"Dies ist Ihre fünfte Staffel, nicht wahr?"

Owen nahm ein Glas Champagner von einer vorbeigehenden Kellnerin entgegen, während in der Ferne der Donner grollte. Er wandte sich wieder an den Senator. "Ja, es ist die fünfte Staffel der Serie."

"Gute Bewertungen?"

"Verdammt gut."

"Und wenn ich mich recht erinnere, haben Sie eine erfolgreiche Schauspielkarriere beim Film aufgegeben, um die Hauptrolle in dieser Fernsehsendung zu übernehmen und sie zu produzieren."

"Erfolg ist relativ, Senator. Ich war bereit für etwas anderes."

Der Politiker lachte und schüttelte den Kopf. "Ihr Filmstars seid schwer zu verstehen. Ich hätte gedacht, dass jemand mit ihrer Ausstrahlung auf der Überholspur geblieben wäre - größere Filmrollen, mehr Geld -, anstatt sich wieder dem Fernsehen zuzuwenden."

"Zurücktreten?"

"Nun, vielleicht ist das der falsche Ausdruck. Aber Sie sind hier in Rhode Island, am Rosecliff College und tun Gott weiß was für Andrew."

"Das nennt man 'unterrichten', Senator." Owen richtete sich am Geländer auf.

"Verstehen Sie mich nicht falsch, Owen. Es ist nur so, dass die Art und Weise, wie Andrew mit ihnen prahlt, einen Eindruck erweckt, als würde Steven Spielberg ihre Büros ausfegen. Es ist nur ein wenig seltsam, einen so großen Fisch in unserem kleinen Teich zu haben." Der Senator beugte sich mit einem verschwörerischen Grinsen vor. "Was hat er eigentlich gegen Sie in der Hand?"

Owen stellte seinen nicht ausgetrunkenen Champagner auf einem vorbeifahrenden Tablett ab und sah dem Politiker in die Augen. "Erpressung ist nicht der einzige Weg, einen Freund um Hilfe zu bitten, Senator. Aber vielleicht sollten Sie öfter aus Washington herauskommen."

Rutherfords perfekte Bräune wurde noch dunkler. "Daran besteht kein Zweifel, Mr. Dean. Aber die Arbeit eines ehrlichen Gesetzgebers ist niemals..."

Eine Frauenstimme dröhnte über den Partylärm hinweg, als sie die Treppe hinaufstieg. "Na, da seid ihr ja. Ich bin froh, dass Sie beide die Gelegenheit hatten, sich zu unterhalten."

Ein Blitz außerhalb der großen Glasfenster wurde von einem lauten Donnerschlag begleitet, der den Satz der kleinen, grauhaarigen Frau unterstrich, die sich zu ihnen an die Brüstung gesellte.

Das Geräusch eines hustenden Mannes durchbrach das überraschte Lachen der Gäste als Reaktion auf das Donnern. Owen blickte über das Geländer und sah, wie Andrew sich in eine Ecke zurückzog, die Schultern zusammengezogen, während er darum kämpfte, den Hustenanfall zu kontrollieren.

"Eine wunderbare Party, Tracy", erklärte Rutherford.

"Danke, Gordon. Es ist eine nette Art für die Wohltäter des Colleges, sich gegenseitig kennenzulernen, bevor das Schuljahr beginnt, meinen Sie nicht auch?" Sie nahm Owen am Arm und lenkte seine Aufmerksamkeit wieder auf sie. "Und dieses Jahr lernen sie auch unseren eigenen Hollywood-Star kennen."

"Ich werde nur einen Kurs unterrichten."

"Ja! Und Andrew hat mir erzählt, dass du heute am College warst und dir den Campus angesehen hast."

"War ich."

"Verglichen mit dem, was du gewohnt bist, ist es hier sicher langweilig. Es wird wahrscheinlich eine Erleichterung sein, zu deinem eigenen aufregenden Leben zurückzukehren."

"Nicht bevor das Semester vorbei ist."

"Aber du musst uns alle extrem langweilig finden." Sie zwinkerte dem Senator zu und winkte mit der Hand über die Gäste. "Nicht ein Supermodel oder ein Rockstar unter uns."

Vom ersten Moment an, als Owen vor fast dreißig Jahren Andrews Frau kennengelernt hatte, hatte er gewusst, dass ihre Abneigung gegen ihn tief saß. Er war damals zu jung gewesen, um zu versuchen, ihre Gründe zu verstehen. Später war er zu distanziert geworden, um sich darum zu kümmern. Er blickte auf das falsche Lächeln, das Tracy zu Rutherfords Gunsten aufgesetzt hatte. Ihre Augen jedoch waren Kugeln.

"Nun, Tracy, es freut mich zu hören, dass ich nicht der Einzige bin, der von der Anwesenheit von Owen Dean am Rosecliff College so beeindruckt ist. Wir waren gerade..."

"Senator." Owen unterbrach ihn und reichte dem Politiker die Hand. "Es war mir eine Ehre, Sie kennenzulernen."

"Sie gehen doch nicht, Owen."

"Tut mir leid, dass ich sie enttäuschen muss, aber ich muss los."

Owen streckte eine Hand aus. Tracy ergriff sie und zog ihn zu sich herunter, um ihm einen Kuss auf die Wange zu drücken.

"Natürlich."

Owen wandte den beiden den Rücken zu und ließ sich Zeit, die Treppe hinunterzugehen. Andrew Warner, dessen Gesicht wieder seine übliche Farbe angenommen hatte und dessen schneeweißes Haar wieder an seinem Platz war, spielte wieder den Gastgeber an den hinteren Fenstern und scherzte mit einer anderen Gruppe von Wohltätern des Colleges.

Als Owen nur noch ein paar Schritte vom Boden entfernt war, blickte Andrew auf, erblickte ihn und winkte Owen, zu ihm zu kommen. Owen schüttelte den Kopf und zeigte auf seine Uhr, bevor er winkte und in Richtung Eingangshalle ging.

Er war nur auf die Party gekommen, um Andrew einen weiteren Gefallen zu tun. Aber ein guter Verbündeter zu sein, bedeutete nicht, dass er sich Tracys subtile Sticheleien gefallen lassen musste.

Der Regen fiel in Strömen, als er auf die Veranda trat. Selbst in der Dunkelheit konnte er sehen, dass die Windböen Blätter und Äste über den Hof und die Kiesauffahrt wehten. Owen beobachtete das Unwetter einen Moment lang, als ein weiterer Blitz den Himmel erhellte und der Szene ein surreales Aussehen verlieh. Der breite Bach, der in den Teich am anderen Ende des Feldes mündete, war ein reißender Strom. Der Donnerschlag, der unmittelbar darauf folgte, war scharf und laut.

Owen zückte seine Schlüssel und wandte sich der Treppe und der langen Reihe von Luxusautos zu, die die kreisförmige Einfahrt blockierten.

"Als Letzter rein ... als Erster raus", flüsterte er in den Wind, schlug den Kragen seines Sakkos hoch und lief über die regennasse Auffahrt zu seinem Range Rover. Der Regen, der mit jedem Windstoß die Richtung wechselte, hatte ihn fast durchnässt, als er hinter das Lenkrad kletterte.

Als er den Schlüssel ins Zündschloss steckte, blickte er auf die hell erleuchteten Fenster des Hauses. Durch die großen Glasscheiben konnte man die gut gekleidete Menge sehen, die sich in kleinen Gruppen zusammenfand. Ein eher gebrechlich aussehender, weißhaariger Mann löste sich aus einer der Gruppen, starrte einen Moment lang in den Sturm, bevor er sich abrupt umdrehte und sich vom Fenster entfernte.

Owen drehte den Schlüssel um. "Was für eine Verschwendung. So wenig Zeit."

Kapitel Zwei

DIE BLITZE WAREN ÜBERALL um ihn herum. Owen fuhr die lange und kurvenreiche Auffahrt hinunter, die das Haus der Warners von der Hauptstraße trennte.

Er war hier völlig fehl am Platz. Das wusste er. Aber das Unterrichten hatte nichts damit zu tun.

Bevor er nach Newport kam, hatte Owen die Tatsache bedacht, dass er mit der Annahme dieser Stelle für ein Semester am College wieder einmal zulassen würde, dass sich sein Leben und das von Andrew miteinander verflochten. Er würde alte Wunden aufreißen, Aber als der ältere Mann ihm Anfang des Sommers von seiner Krankheit erzählt hatte, war Owens gesunder Menschenverstand nicht mehr gefragt gewesen.

Owen musste für ihn da sein, so wie Andrew vor so vielen Jahren für ihn da gewesen war.

Und Tracys Abneigung gegen ihn war etwas, das er einfach ertragen musste.

Ein überschwemmter Abschnitt der Straße brachte den Range Rover zum Stehen. Das reißende Wasser des Baches war über die Ufer getreten und hatte den Schotter überspült.

Owen schaltete das Fernlicht ein und ging beim ersten Klingeln des Handys ran. Es war Andrew.

"Was hat sie zu dir gesagt?"

"Nichts." Owen runzelte die Stirn angesichts des Keuchens, das er durch das Telefon deutlich hören konnte.

"Ich habe sie gewarnt."

"Du siehst Gespenster, Andrew. Ich war müde, das ist alles. Ich bin einfach nicht mehr der Partylöwe, der ich einmal war."

"Du musst sie nicht beschützen, Owen. Ich bin nicht blind. Oder taub. Letzten Sonntag beim Brunch weiß ich, dass sie diese verdammten Reporter an unseren Tisch geschickt hat. Und dann gestern. Diese Grippegeschichte. Die Absage unseres Mittagessens auf den letzten Drücker..." Der Husten unterbrach seine Worte.

Owen hörte, wie ein Getränk hinuntergeschluckt wurde. "Andrew, es lohnt sich nicht, sich darüber aufzuregen."

"Ich werde das nicht zulassen. Du bist wie ein Sohn für mich."

"Tracy ist deine Frau. Sie versucht, dich zu beschützen."

Es gab einen weiteren Hustenanfall. "Nicht! Lass dich nicht von ihr beeinflussen. Ich sage dir, ich will dich hier haben."

"Ich bin hier." Sein Kopf begann zu pochen. "Ich rufe dich morgen Abend an, nach dieser Rettet-die-Bucht-Sache, in die ich reingezogen wurde. Vielleicht können wir uns auf einen Drink treffen."

"Gut." Wieder eine Pause. "Wir müssen reden."

"Sicher." Owen beendete das Gespräch. "Und es wird Zeit, dass wir das tun."

Obwohl Owen es nicht mochte, wenn man ihm auf die Schulter klopfte, hatte Rutherford nicht ganz unrecht. Owen hatte sein Leben auf Eis gelegt, um für etwa vier Monate nach Newport zu kommen. Aber er bedauerte es nicht, solange er und Andrew endlich die Vergangenheit klären konnten. Er war es leid, dieses Spiel zu spielen.

Ein heller Blitz schlug irgendwo rechts von ihm in den Boden ein und beleuchtete einen kleinen Fluss, an dem noch vor ein paar Stunden die Hälfte der Straße gewesen war. Er riss das Lenkrad herum und sah plötzlich die Frau in seinen Scheinwerfern auftauchen. Owen trat auf die Bremse.

"Verdammt!"

Seine Reflexe waren schnell, aber er konnte nicht sicher sein, ob er sie getroffen hatte oder ob sie nur gegen die Front des Autos gefallen war. Sie lag ausgestreckt auf der Motorhaube, ihr Gesicht ruhte auf dem Metall, und er war im Nu aus dem Fahrzeug und an ihrer Seite.

"Lady, geht es Ihnen gut?"

Sie hob ihren Kopf langsam von der Motorhaube und versuchte, sich aufzurichten. Owen griff schnell nach ihr, als sie bei einem Schritt schwankte.

"Sie bleiben hier. Ich rufe einen Krankenwagen."

"Nein", antwortete sie scharf und sah auf, wobei sie seine Hand festhielt.

Trotz der tropfenden Jacke und der Hose, die einst maßgeschneidert gewesen sein mussten, war die Frau völlig verdreckt. Sie war bis auf die Haut durchnässt, ihr Haar klebte an ihrem Kopf. Alles in allem, dachte Owen, sah sie nicht wie jemand aus, der mitten in der Nacht im Regen umherwandern sollte.

"Nein", wiederholte sie leiser, ließ seine Hand los und richtete sich auf. "Es geht mir gut. Es hat mir nur ... den Atem geraubt ... als ich gegen das Auto gerannt bin. Mir geht's gut."

Der Regen strömte über ihr Gesicht und über ihnen zuckten weiterhin Blitze. Unbeeindruckt blieb Owen stehen und musterte sie im Schein der Autoscheinwerfer. Sie war sichtlich verzweifelt und wandte dennoch ihr Gesicht von ihm ab. Sie tat so, als würde sie den Schulterriemen ihrer Tasche zurechtrücken und blickte in die Dunkelheit des Waldes, den sie gerade verlassen hatte.

"Ist Ihr Auto kaputt?"

"Nein...ja."

"Nun, was ist es?"

"Mir ... mir ist das Benzin ausgegangen." Mit einem finsteren Blick trat sie um ihn herum, aus dem Lichtkegel des Scheinwerfers und schob sich eine kurze, nasse Haarsträhne aus dem Gesicht. Wieder warf sie einen Blick in den Wald. "Ich dachte, es wäre sicherer, durch den Wald zu gehen, als auf dem Seitenstreifen der Landstraße zu laufen."

Owen starrte sie in der Dunkelheit an. Sie kam ihm so bekannt vor. Ein bisschen mitgenommen, aber sie war gut gekleidet und sprach gut. Aber es war ihr Gesicht, das ihn bedrückte. Ovale Augen - er konnte die Farbe in der Dunkelheit nicht erkennen. Die hohen Wangenknochen, die mit Schlamm verschmiert waren. Oder waren das Kratzer? Er versuchte sich vorzustellen, wie sie gesäubert aussehen würde.

"Sind wir uns schon einmal begegnet?", fragte er.

"Das glaube ich nicht."

Sie zitterte und legte den langen Riemen ihrer Aktentasche von einer Schulter auf die andere. Er entdeckte den dunklen Fleck an einem Ärmel. Er sah auf seine eigene Hand hinunter, wo sie ihn berührt hatte. Es war Blut an seiner Hand.

"Haben sie sich geschnitten?"

Sie schaute auf ihre Handfläche und zog dann ein gefaltetes, feuchtes Taschentuch aus ihrer Tasche. "Ich bin einfach hingefallen. Es ist nur ein Kratzer. Muss mich an einem Stein oder so verletzt haben."

Ein Blitz schlug ganz in der Nähe ein und sie sprang einen Schritt zurück. Owen merkte plötzlich, dass sie beide durchnässt waren.

"Ich nehme Sie mit. Steigen Sie ein."

Sie zögerte einen Moment und sah sich in den sturmgepeitschten Wäldern um.

"Ich wäre dankbar, wenn Sie mich zur nächsten Tankstelle fahren würden. Ich glaube, es gibt eine etwa eine Meile die Straße hinauf."

Er warf ihr noch einmal einen prüfenden Blick zu. "Okay. Steigen Sie ein."

Ohne ein weiteres Wort ging sie zur Beifahrerseite, hielt dann aber inne, bevor sie einstieg.

"Ich bin nass und schlammig. Ich werde Ihr Auto verschmutzen."

"Wenn Sie sich dann besser fühlen, schicke ich Ihnen die Rechnung für die Reinigung."

Stirnrunzelnd hüpfte sie hinein und schloss die Tür. Ohne nachzudenken, schloss er die Türen ab. Sofort griff sie über ihre Schulter und entriegelte ihre Tür.

Er konnte es ihr nicht verdenken, dass sie nervös war. Zu dieser nächtlichen Stunde, bei diesem Sturm, kein Benzin mehr zu haben und jetzt zu einem völlig Fremden ins Auto zu steigen. Keine besonders angenehme Situation. Er drehte sich zu ihr um. "Wo ist Ihr Auto?"

"Nur... nur die Straße hoch."

"Da ist das Telefon. Sie können es gerne benutzen."

Sie schüttelte den Kopf. "Nein, mir geht es gut, wenn wir an der Tankstelle sind."

"Sie wird wahrscheinlich geschlossen sein. Es ist schon spät."

"Das macht nichts. Ich kann mir dort ein Taxi rufen."

Er zuckte mit den Schultern. "Okay. Wo wollen Sie hin?"

"Newport".

Owen erreichte das Ende des Privatweges und bog auf die Hauptstraße ein. Es war kein Auto in Sicht, das er sehen konnte. Als er abgebogen war, bemerkte er, dass sie nervös in den Beifahrerspiegel schaute.

"Ich fahre nach Newport. Ich kann Sie hinbringen."

Ihre Augen, die im schwachen Licht des Wagens dunkel waren, studierten einen Moment lang sein Gesicht. Er sah zu ihr hinüber und sie wandte den Blick ab. "Wenn es Ihnen nichts ausmacht. Ich möchte Sie nicht in Schwierigkeiten bringen."

"Kein Problem."

Er beobachtete, wie sich ihre Aufmerksamkeit wieder dem Außenspiegel zuwandte.

"Owen Dean." Er streckte eine Hand in ihre Richtung. Sie schob ihre verletzte Hand beiseite und griff mit der anderen hinüber.

"Sarah Rand".

Er wiederholte den Namen in seinem Kopf. Sarah Rand. Sogar ihr Name kam ihm bekannt vor, aber er konnte ihn nicht richtig zuordnen.

"Sind Sie sicher, dass wir uns nicht schon einmal begegnet sind?"

Sie schüttelte den Kopf.

"Was machen Sie?"

"Ich bin Anwältin", flüsterte sie und zog ihre Aktentasche fester an ihre Brust.

Owen wich auf die andere Spur aus, um einem großen Baumstumpf auszuweichen, der auf die Straße gefallen war.

"In welchem Bereich praktizieren Sie?", fragte er und blickte zurück auf die Schwärze der Straße hinter ihnen.

Sie starrte weiter aus dem Fenster und tat offensichtlich so, als hätte sie die Frage nicht gehört. Er ließ sie gewähren. Owen konzentrierte sich auf das Fahren, aber als die Stille eintrat, spürte er gelegentlich das Gewicht ihres Blicks auf seinem Gesicht.

Owen fand es merkwürdig, dass diese Frau nicht ein einziges Mal die

Sonnenblende herunter geklappt hatte, um ihr eigenes Spiegelbild zu betrachten. Es schien sie überhaupt nicht zu kümmern, wie ihr kurzes blondes Haar aussah, das ihr blasses Gesicht umspielte. Oder wie der Regen ihr Make-up ruiniert haben könnte. Er schaute sie an. Es *waren* Kratzer, die über ihr Gesicht liefen, aber sie schien es nicht einmal zu bemerken.

Er runzelte die Stirn und blickte zurück auf die Straße. Etwas nagte an seinem Gedächtnis.

Die nächsten zehn Minuten fuhren sie weiter, ohne zu sprechen, nur die Scheibenwischer und die vom Wind getriebene Regen durchbrachen die Stille. Sie schien völlig zufrieden damit, sich selbst überlassen zu sein. Als Owen ab und zu in ihre Richtung blickte, sah er ihr Gesicht zum Beifahrerfenster gewandt, die Hände fest um den Griff ihrer Aktentasche gekrallt. Nur einmal bewegte sie sich überhaupt, als sie sich bückte, um an ihrem Schuh herumzufummeln, als ein Auto in der anderen Richtung vorbeifuhr.

"Rufen Sie lieber heute Abend an und lassen Sie Ihr Auto an einen sicheren Ort abschleppen."

"Ich kümmere mich darum." Ihre Stimme war distanziert, abweisend. Sie blickte auf die Newport Bridge, deren Spitze vom Regen verhüllt war.

Aber Owen war nicht bereit, sich abwimmeln zu lassen. "Sind Sie von hier?"

"Sie können mich am Besucherzentrum in Newport absetzen. Dort kann ich ein Taxi nehmen."

Sie wies ihn eindeutig ab, indem sie eine arrogante und kalte Miene aufsetzte. Das machte ihn jedoch nur noch neugieriger.

"Ich bin Schauspieler. Und Produzent", sagte er und warf ihr einen halben Blick zu. Er wusste, dass er sich wie ein arroganter Mistkerl anhörte. "Ich habe Ihnen bereits gesagt, dass mein Name Ow-"

"Schön, Sie wiederzusehen, Mr. Dean. Aber ich wäre Ihnen trotzdem dankbar, wenn Sie mich vor dem Besucherzentrum absetzen würden."

"Und ich nehme an, Sie gehören zu den Leuten, die nicht fernsehen." Owen sah sie an und blickte dann wieder auf die Straße. Ihr Gesicht würde wahrscheinlich zerbrechen, wenn sie lächelte. "Welche Art von Fällen bearbeiten Sie?"

"Korrupte Strafverfolgungsbehörden", sagte sie nach einer Pause und sah ihm diesmal in die Augen. "Erpressung. Mord. Drogenmissbrauch. Sehr realistisch und oft ziemlich beängstigend."

"Eine harte Art, seinen Lebensunterhalt zu verdienen."

Das kann kein Lächeln gewesen sein, dachte er. Aber ihre gerunzelte Stirn öffnete sich für den Bruchteil einer Sekunde, bevor sie antwortete.

"Nein, nicht ich! Sondern *Sie*. Das ist es, womit Sie Ihr Geld verdienen. Ich weiß, wer Sie sind und ich habe Ihre Show gesehen, Mr. Dean."

"Das ist großartig. Aber Sie glauben immer noch nicht, dass wir uns getroffen haben?"

Diesmal schüttelte sie entschiedener den Kopf. "Ich bin mir sicher, obwohl wir einmal nahe dran waren."

Owen beobachtete, wie sich ihre Aufmerksamkeit einem Polizeiauto zuwandte, das mit Sirene und Blaulicht in die entgegengesetzte Richtung auf der Brücke fuhr. Das war mal etwas anderes, dachte Owen. Eine Frau, die nicht versuchte, ihn anzumachen.

"Bitte nehmen Sie die erste Ausfahrt nach der Brücke", sagte sie. "Wenn Sie mich nicht zum Besucherzentrum bringen können, kann ich an der Tankstelle am Ende der Ausfahrt aussteigen."

"Das ist kein Umweg", sagte er schroff und schaltete seinen Blinker ein.

Als sie an der ersten Ampel anhielten, sah er zum ersten Mal, wie sie mit den Fingern durch ihr nasses Haar fuhr und es hinter ihr Ohr schob. Ein paar Tannennadeln fielen auf ihre Schulter.

Sie hatte einen langen, schönen Hals und ein festes, wohlgeformtes Kinn. Owens Blick wurde von ihren Ohrringen angezogen. Sehr auffällig. Antik wirkend. Ein großer Diamant, eingefasst in eine sternförmige Fassung aus kleineren Steinen. Selbst ihre Ohrringe kamen ihm bekannt vor. Er studierte noch einmal ihr Profil. Sie war eine klassische Schönheit. Sie hatte etwas von einer Garbo an sich. In Gedanken versunken blickte sie geradeaus. Plötzlich fokussierten sich ihre Augen.

"Es ist grün." Sie zeigte auf das Licht.

Er gab Gas und fuhr die Straße hinunter. Bei der nächsten Kurve runzelte er die Stirn, als sie um die Ecke bogen und in die Innenstadt fuhren. Die zeltartige Architektur des Besucherzentrums tauchte direkt vor ihm auf.

Sie einfach verschwinden zu lassen, schien das Falsche zu sein. Natürlich konnte er sie nicht zwingen, etwas anderes zu tun. Er fuhr an den Bordstein heran.

"Für mich sieht es geschlossen aus."

Ihr enttäuschter Blick war nur allzu offensichtlich. "Ich kann hier warten. Ich bin sicher, dass bald ein Taxi kommen wird."

Er nutzte ihr Zögern zu seinem Vorteil. "Es regnet. Ich kann Sie hinbringen, wo Sie hinwollen."

Er fuhr vom Bordstein weg, bevor sie die Gelegenheit hatte zu protestieren. Nach einer kurzen Pause nannte sie ihm eine Adresse in der Bellevue Avenue.

"Ein Viertel mit hohen Mieten", kommentierte er und ging weiter zur America's Cup Avenue.

"Das ist nicht meine Sache."

Dann muss es der Freund sein, entschied er, plötzlich verärgert. Er hatte keinen Ehering an der Hand gesehen, die die Aktentasche umklammerte.

Er brachte den Wagen an einer roten Ampel zum Stehen und drehte sich wieder zu ihr um, fast unwillkürlich. "Ich bin ziemlich neu in der Stadt. Irgendwelche Vorschläge, was man machen könnte, um sich zu amüsieren?"

"Das Besucherzentrum hat jede Menge Flugblätter." Ein Polizeiauto hielt auf der rechten Spur an und der Beamte am Steuer starrte zu ihnen hinüber. Sarah drehte ihr Gesicht zu Owen. "Ich ... es tut mir leid. Das war unhöflich."

"Okay."

"Es war eine harte Nacht."

Zum ersten Mal wirkte sie unbehütet. Sogar ängstlich. Ihre Augen waren auf die seinen geheftet. Sie waren unglaublich groß. Wunderschön. Als ihr Blick abschweifte, sah er wieder auf die Kratzer in ihrem Gesicht.

"Sind Sie sicher, dass Ihnen heute Abend nur das Benzin ausgegangen ist?"

Die Ampel wurde grün und das Polizeiauto neben ihnen fuhr weiter. Sie richtete ihre Aufmerksamkeit wieder auf die Straße und nickte. "Ich bin sicher."

Das kleine Tor, an dem Owen sie abgesetzt hatte, lag in einer Seitenstraße der Bellevue Avenue. Die Granitmauern, die das Herrenhaus schützten, ragten gut zwölf Fuß über die Straße hinaus. Er sah keine Gedenktafeln an dem eisenbeschlagenen Seiteneingang.

"Danke fürs Mitnehmen, Mr. Dean." Sie griff nach der Autotür und öffnete sie.

Seine Hand schoss vor und griff nach ihrem Ellbogen. Er fummelte in der Tasche seiner Sportjacke und zog eine Karte heraus. "Hier ist meine Nummer. Rufen Sie mich mal an."

Sie zögerte, dann nahm sie die Karte und starrte im schummrigen Licht des Wagens einen Moment lang darauf hinunter. "Eine lokale Nummer. Ich dachte, Sie wären neu in der Stadt."

Er zuckte mit den Schultern. "Ein paar Wochen machen einen noch lange nicht zu einem Einheimischen."

Sie schenkte ihm ein höfliches Lächeln und verstaute die Karte in der Tasche ihrer schlammigen Jacke. "Nochmals danke."

Sie schwang sich die Aktentasche über die Schulter und schritt durch die Pfützen zum Tor. Owen saß da und sah zu, wie sie in der Tasche nach den Schlüsseln suchte. Der Regen prasselte weiter auf sein Auto und er wartete, bis sie das Tor öffnete. Als sie sich umdrehte, winkte sie ihm ein letztes Mal zu und verschwand hinter den Mauern. Er blickte hinauf zu dem verdunkelten Gebäude.

"Dort wohnt ein glücklicher Mann."

Die Irritation, die in dem leeren Range Rover widerhallte, kam Owen seltsam vor. So attraktiv die Frau auch war, Hollywood war voll von schönen Frauen. Sie waren immer in der Nähe und immer sehr willig. Wie viele Jahre war es her, dass er sich um eine Frau bemüht hatte?

In ein paar Minuten war die Villa weit hinter ihm. Draußen auf dem Ocean Drive raste ein Sportwagen an ihm vorbei, der für die nassen Straßen viel zu schnell fuhr. Der Wind war hier gleichmäßiger, heulte vom Atlantik heran, und er konnte spüren, wie er sein eigenes Fahrzeug anschob. Unwillkürlich musste Owen wieder an Sarah denken und daran, wo er sie vielleicht getroffen hatte.

Angesichts der Kleidung und der teuren Ohrringe, die sie trug, könnte sie eines der "Trust Babys" sein, die so viel Zeit in dieser Stadt verbrachten. Vielleicht hatte er ihr Bild in der Lokalzeitung gesehen, als sie an einer der gesellschaftlichen Veranstaltungen teilnahm. Etwas regte sich am Rande seiner Erinnerung.

Er lenkte seinen Wagen in die lange Einfahrt des umgebauten Herrenhauses. Die Wellen schlugen gegen die felsige Ufermauer und warfen eimerweise Gischt auf das Auto. Am Ende der Landzunge stand das steinerne Schloss im französischen Stil solide gegen die heftigen Winde des Sturms.

Owen parkte auf dem seiner Wohnung zugewiesenen Platz, schob den Kragen seiner nassen Jacke hoch und machte sich auf den Weg zum Haupteingang. Die Wohnung, die er gemietet hatte, befand sich im ersten Stock in einem Flügel des Herrenhauses und hatte einen separaten Eingang von der Steinterrasse aus, aber im großen zentralen Flur befand sich die Tafel mit den verchromten Briefkästen. Er holte die Post heraus und ging den Flur entlang in die Wohnung.

Eine Ausgabe der Newport Daily News lag auf dem Boden. Owen hob sie auf, klemmte sie unter seinen Arm und schloss die Tür auf. In der Wohnung war es still, bis auf das Geräusch des Regens, der gegen die Fenster schlug.

Er ließ seine Schlüssel auf den Tresen fallen und warf alles andere auf den Küchentisch. Er öffnete die Kühlschranktür und griff nach einem Bier ... und erstarrte.

Er wirbelte herum, drehte sich zum Küchentisch zurück und betrachtete das Bild der Frau, die ihn von der rechten Spalte der Zeitung aus anschaute.

Natürlich kannte er sie. Schließlich war Sarah Rand erst seit zwei Wochen tot.

Kapitel Drei

"Meine eigenen Männer haben es bestätigt, Sir. Sie *ist* am Leben."

Am anderen Ende der Telefonleitung entstand eine kleine Pause.

"Ich habe Ihnen schon einmal gesagt, dass Sie es nicht den Amateuren überlassen sollen." Der Klang eines unterdrückten Gähnens drang durch den Hörer, aber die Autorität in seiner Stimme war deutlich zu hören, als er wieder sprach. "Ich bin nicht glücklich, aber die Vereinbarungen funktionieren immer noch, und Ihre Anweisungen sind immer noch gültig. Sie wissen, was zu tun ist."

Der Regen hämmerte wie Kugeln gegen die Scheiben des Wagens. "Ich weiß, Sir. Und ich kümmere mich darum."

Wenn dies ein Alptraum war, warum konnte sie dann nicht aufwachen?

Ihr Blick fiel auf das glänzende Gold der Eichenholzvertäfelung an den Wänden des Vorzimmers. Der Geruch von altem Leder und Pergament hing in der Luft, der von den Regalen mit antiken Gesetzbüchern ausging. Der Schreibtisch der Sekretärin, die Tür zum Privatbüro des Richters, die offene Tür zu ihrem eigenen Büro - sie alle waren gleich. Dieser Flügel des Van-Horn-Anwesens, der in ein häusliches Büro umgewandelt worden war, als der Richter beschlossen hatte, sich vom Richteramt zurückzuziehen, war ihr so vertraut wie ihre eigene Wohnung.

Und doch hatte sich in nur zwei kurzen Wochen alles verändert. Sie blickte wieder auf die Zeitung in ihrer Hand:

In einer zweiten Kautionsanhörung, die heute in Providence stattfand, lehnte

Bezirksrichterin Elizabeth Wilson einen Antrag ab, den der Anwalt ihres ehemaligen Kollegen Charles Hamlin Arnold in...

Sarah überflog die Seite zum fünften Mal. Ihr Blick ruhte wieder auf dem Bild von Richter Arnold, der das Gerichtsgebäude mit gefesselten Händen und Füßen verließ. Sie warf die Zeitung zur Seite und arbeitete sich durch den Stapel. Schlagzeile um Schlagzeile verkündete die angebliche Schuld ihres Freundes und Mentors. Sie zog eine weitere Zeitung auf ihren Schoß.

"Eifersucht als mögliches Mordmotiv." Sie starrte auf das Ganzkörperfoto von sich selbst. Es war ein Foto, das letztes Jahr auf dem Heart Ball aufgenommen wurde. Der Richter stand auf der einen Seite von ihr und Hal auf der anderen.

Sie ließ die Ausgabe auf dem Boden liegen und durchsuchte die Zeitungsbündel, die fein säuberlich im Korb neben dem Bücherregal gestapelt waren, zurück in die Vergangenheit. Die Ausgabe vom letzten Sonntag enthielt einen Artikel auf der Titelseite, in dem Sarahs Leistungen aufgelistet waren. Zwei Ausgaben zuvor war ein Artikel mit einem Bild von Hal erschienen. Sie überflog den Artikel, in dem der wohlhabende Bauunternehmer über seine Mutter Avery Van Horn und ihren langen Kampf gegen den Krebs sprach, den sie erst vor einem Monat verloren hatte. Und eine Zeile über den angeblichen Mord an seinem engsten Freund durch seinen eigenen Stiefvater, Richter Arnold.

"Aber ich lebe, Hal!" Sie wischte sich die Tränen von den Wangen.

Sie hat es gefunden. Die Schlagzeile vom 4. August lautete: *"Rechtsanwalt vermisst - mutmaßlich ermordet"*. Sarah lehnte sich zurück und las weiter. *"Richter Arnold festgehalten."*

Die prominente Newporter Anwältin Sarah Rand wird für tot gehalten. Nach einem Hinweis aus ungenannten Quellen fanden die Ermittler der Mordkommission heute Blut in der luxuriösen Eigentumswohnung der seit dem 2. August vermissten Anwältin Rand. Richter Charles Hamlin Arnold wurde später in seiner Wohnung verhaftet und wird nach Angaben des Staatsanwalts wegen Mordes an seiner Kollegin angeklagt. Rand ist seit einigen Jahren mit der Familie Arnold und Van Horn verbunden. Rechtsanwältin Rand war eine enge Vertraute der verstorbenen Frau des Richters, Avery Van Horn Arnold, und war in einer Liebesbeziehung mit dem Sohn von Frau Arnold, dem Newport-Bauunternehmer Henry "Hal" Van Horn, verbunden...

Sarah lehnte sich gegen das Bücherregal und las den Artikel noch einmal durch. Ermordet. Vermutlich tot. Aber *wie* konnte sie für tot gehalten werden?

"Oh, Gott. Tori." flüsterte Sarah, während sie zum Telefon am nächsten Schreibtisch lief und ihre Nummer in der Wohnung wählte. Ständig klingelt es. Kein Anrufbeantworter. Genauso wie damals, als sie versucht hatte, sie von Irland aus anzurufen. Genauso wie damals, als sie versucht hatte, sie vom Flughafen aus anzurufen.

Sie legte auf und sah sich hektisch um. Die Stapel von Post auf Lindas Schreibtisch. Der fehlende Computer. Die geschlossene Tür zum Privatbüro des Richters. Sie dachten, sie sei verschwunden. Nein, tot. Sie griff wieder nach dem Telefon, um Hal anzurufen. Der Anrufbeantworter meldete sich nach dem zweiten Klingeln wieder. Ungeduldig wartete sie auf seine Nachricht.

"Hal. Hör zu, hier ist nochmal Sarah. Es gibt ein Problem. Ich bin im Büro in der Bellevue und..."

Das Geräusch war leise, aber deutlich und Sarah erstarrte. Sie war sich fast sicher, dass das Geräusch aus der kleinen Küchenzeile am Ende des Flurs kam. Sie spähte in die Dunkelheit und legte das Telefon leise in seine Halterung zurück. Sie war sicher, dass sie allein war. Als sie hereinkam, hatte sie die Tür aufgeschlossen, das Sicherheitssystem entschärft und die Tür hinter sich verriegelt.

Sie griff nach dem nächstgelegenen Gegenstand und hob einen schweren Briefbeschwerer in Form einer Ananas vom Schreibtisch auf. Sie umklammerte das Gewicht in einer Hand und lauschte. Da war das Geräusch wieder. Sie schaltete das Licht im Flur an. Die Tür zur Küche war leicht angelehnt.

Sie war nur noch einen Schritt von der Tür entfernt, als sie den Gasgeruch wahrnahm.

Reflexartig holte Sarah tief Luft, riss die Küchentür auf und ging schnell zu dem kleinen Herd, um nach den Knöpfen vor den unbeleuchteten Brennern zu suchen. Feste Stümpfe aus fettigem Metall waren das Einzige, was ihre Finger berührten. Die Knöpfe waren verschwunden.

Panik ließ sie für einen Moment erstarren, als das leise Geräusch von entweichendem Gas weiterging. Sie wirbelte herum und lief auf die Tür zu. Das war ihr einziger Fluchtweg.

Die Tür knallte ihr ins Gesicht.

"Nein! Warte!", schrie sie.

OWEN STARRTE AUF DIE ZEITUNG, seine Augen wanderten vom Bild zum Artikeltext und wieder zurück zum Bild. Er legte die Zeitung auf den Küchentisch und ging ins Wohnzimmer. Der Stapel der Zeitungen der letzten Woche auf dem Couchtisch lieferte alle weiteren Informationen zu dem Fall.

Er konnte ihre Stimme tief in seinem Kopf hören. Es war dieselbe Frau. Sie musste es sein. Warum sollte jemand, der bei klarem Verstand ist, den Namen eines toten Anwalts annehmen wollen? Aber es war nicht nur der Name, es war auch die Art, wie sie aussah und sich kleidete. Sie war Sarah Rand, daran bestand kein Zweifel. Das Innere des Range Rovers war dunkel gewesen, aber man konnte sie nicht verwechseln.

Er warf einen Blick auf ein anderes Bild von ihr in der Zeitung. Sogar die Ohrringe waren dieselben. Das müssen ihre Lieblingsstücke sein, dachte Owen. Auf jedem Foto von ihr, das er gesehen hatte, schien sie die gleichen Ohrringe zu tragen. Sternförmig, mit einem Diamanten in der Mitte. Ihr Markenzeichen.

In der letzten Sonntagsausgabe des Magazins war ein großer Bericht über sie zu lesen. Darunter auch Außenaufnahmen der Eigentumswohnung, die ihr gehörte.

Oberflächlich betrachtet, schien sie ein Leben voller Geld und Luxus zu führen. Aber der Artikel zeigte eine andere Art von Frau - hart arbeitend, unabhängig und klug.

Owen suchte in dem Artikel nach den Informationen über den Mord. Ihre Wohnung befand sich im Erdgeschoss eines umgebauten Herrenhauses mit einer Terrasse, die nach Süden auf den Atlantik blickte. Nach dem, was in der Zeitung stand, ging die Polizei davon aus, dass sie am Nachmittag des 2. August direkt vor ihrer Haustür erschossen worden war, wahrscheinlich ins Gesicht. Die zuständigen Detectives spekulierten, dass ihre Leiche eingewickelt und auf die Terrasse und dann zu einem wartenden Auto getragen worden sein könnte. Die Leiche von Sarah Rand, so vermuteten sie, lag auf dem Grund des Atlantiks.

Owen blätterte durch die Seiten und starrte auf das Bild von Sarah, die zwischen Henry Van Horn und Richter Arnold stand. Ein unerwarteter Kloß bildete sich in seinem Hals. Aus dem Zeitungsbericht ging hervor, dass ihre Beziehung alle Anzeichen einer Dreiecksbeziehung aufwies, in der der Richter als Außenseiter geendet hatte. Und es sah so aus, als ob die Polizei dies als Mordmotiv in Betracht zog.

Er trug die Zeitung in die Küche. Irgendetwas passte nicht zusammen. Es schien einfach nicht möglich, dass die Frau, die ihn auf dem Foto ansah, eine Rolle in diesem verdrehten Drehbuch spielen konnte.

"Du solltest aufhören, auf Partys zu gehen", murmelte er und griff nach dem Telefon. "Oder zumindest aufhören, Streuner von der Straße aufzusammeln."

Aber andererseits, dachte er, lernt man so interessante Leute kennen.

EGAL, was sie versuchte, die Metallstümpfe am Herd ließen sich nicht drehen.

Sarah ging zurück zur Tür und drückte sie noch einmal mit der Schulter an. Das Gas war schrecklich und ein Hustenanfall schüttelte ihren Körper, als sie sich gegen die Tür warf. Es hatte keinen Sinn, dachte sie und sank zu Boden. Hilflosigkeit durchflutete sie und sie legte ihre Wange auf die kühlen Fliesen.

Während sie dort lag und darauf wartete, dass das Gas sie tötete, sammelten sich Bilder in ihrem Kopf, Erinnerungen, die in ihrem Bewusstsein auftauchten, bevor sie wieder verschwanden und durch andere ersetzt wurden. Die Beerdigung ihres Vaters. Das offene Grab mit dem Sarg von John Rand am Boden. Das fröhliche Gesicht ihrer Freundin Tori, als sie sie zuletzt in der Wohnungstür hatte stehen sehen. Das grelle Licht der Blitzlichter.

Sie waren hinter ihr her. Auf der Straße und jetzt hier. Aber warum?

Es gab keinen Grund mehr, zu kämpfen. Sie wartete auf das Ende und das Gesicht von Owen Dean kam ihr in den Sinn. Diese jugendlichen Träume. Die alberne Schwärmerei für ihn, einen Filmstar. Sie war kaum siebzehn gewesen, als sie mit Tori per Anhalter von Boston nach New York gefahren war. Sie hatten stundenlang im strömenden Regen gestanden, nur um bei der Premiere von *Restless* einen Blick auf ihn zu erhaschen. Wenn man bedenkt, dass sie ihn heute Abend zunächst nicht einmal erkannt hatte.

Ihre Gedanken verdüsterten sich. Und jetzt wollte jemand ihren Tod, sie konnte sich keinen Grund dafür vorstellen.

Die Sekunden wurden zu Minuten und Sarah fragte sich, warum sie noch am Leben war.

Irgendwo im Büro klingelte ein Telefon.

Das Gas brannte in ihren Augen, aber als sie zum Glasfenster über dem Waschbecken blickte, stellte sie fest, dass sie das Zischen des entweichenden Gases nicht hören konnte. Draußen vor der Tür war eine Bewegung zu hören.

Sie fand die Messingananas auf der Seite liegend auf dem Boden.

Die Tür neben ihrem Kopf öffnete sich leicht. Sarah blieb regungslos liegen und drückte den Briefbeschwerer in ihrer Hand.

Noch ein paar Augenblicke der Stille und Sarah hielt den Atem an.

Als er ihr einen Tritt gegen die Schulter versetzte, rollte sie sich auf den Rücken und blieb still liegen. Einen Moment später hörte sie, wie er an ihr vorbei in die Küche ging.

Sie öffnete leicht die Augen. Ein kleiner, stämmiger Mann beugte sich über die Knöpfe des Ofens, ein weißes Taschentuch über Mund und Nase.

Er hatte keine Chance, als der Ananas-Briefbeschwerer wie ein Hammer auf seinen Kopf knallte.

Sarah sah zu, wie er zu Boden ging, und verließ, die Waffe in einer Hand, rückwärts die Küche. Im Flur angekommen, taumelte sie zur Tür.

Als sie am Telefon im Vorzimmer vorbeikam, hielt sie inne, nahm den Hörer ab und wählte.

ES WURDE NICHTS OFFEN GESAGT, aber Owen wusste es. Er war der Feind.

Die meisten Drehbücher seiner Serie – in der er John McKee, einen Ermittler für interne Angelegenheiten beim FBI, spielte – befassten sich mit der Arbeit der örtlichen Polizeibehörden. Er wusste also, dass Polizeidienststellen eng miteinander verbunden sind. Sie schützten ihre eigenen Leute. Misstrauisch gegenüber jedem. Kein Wunder, dass er seit fast zehn Minuten in der Warteschleife hing.

Nachdem er sich vorgestellt hatte, erzählte er dem Disponenten, dass er möglicherweise auf Informationen zum Fall Sarah Rand gestoßen sei. Der Polizist war höflich gewesen, hatte ihn gebeten, in der Warteschleife zu bleiben und ihm gesagt, dass Detective Captain Daniel Archer wahrscheinlich mit ihm sprechen wolle. Seitdem war er in der Warteschleife.

Wäre in den Zeitungen nicht immer wieder der Name dieses Detektivs genannt worden, hätte Owen schon längst aufgelegt und eine Nachricht an seinen Vorgesetzten hinterlassen. Zur Abwechslung war er entschlossen, freundlich zu sein. Aber Archer hatte ungefähr dreißig Sekunden Zeit.

Owen setzte Wasser für Kaffee auf. Eine andere Stimme kam über die Leitung.

"Mr. Dean. Sind Sie noch da?"

"Kaum."

"Captain Archer musste wegen eines Einsatzes weg. Aber er sagte, wenn Sie auf die Station kommen, sollte er in einer Stunde oder so zurück sein."

Owen schaute auf seine Uhr. Ein Uhr zwanzig. "Keine Chance."

"Dann könnte ich vielleicht Ihre Daten am Telefon aufnehmen."

"Nein. Sagen Sie ihm nur, dass es sehr wichtig ist und er mich morgen früh anrufen soll."

Er hinterließ seine Nummer und legte auf. Was Owen heute Abend erfahren hatte, war zu wichtig, um es auf einem rosafarbenen Zettel in einem Stapel rosafarbener Zettel auf dem Schreibtisch eines überarbeiteten Detectives zu hinterlassen. Nein, er hatte Sarah irgendwie gemocht, trotz der Lüge, die sie ihm über den Benzinmangel aufgetischt hatte. Irgendetwas stimmte nicht, aber Owen glaubte nicht, dass sie es nötig hatte, dass sich das gesamte Newport Police Department heute Abend auf sie stürzte.

Das Telefon klingelte und Owen, der sicher war, dass es Archer war, griff danach. Er hätte sich nicht mehr irren können.

"Mr. Dean. Hier ist Sarah Rand. Sie sagten mir, ich könne Sie anrufen."

"Das habe ich."

"Ich... ich brauche Ihre Hilfe, Mr. Dean. Ich bitte Sie. Es gab einen weiteren Anschlag auf mein Leben."

"Noch einer?"

"Ich weiß nicht, was hier vor sich geht. Ich brauche Hilfe."

"Ich rufe die Polizei."

"Nicht", flehte sie. "Sie sind schon hier ... aber sie dürfen mich nicht finden. Bitte, ich habe Angst. Ich brauche Ihre Hilfe."

Das ergab keinen Sinn. Und doch waren die Angst und die Verzweiflung in ihrer Stimme sehr real. "Wo sind Sie?"

"Der Ju... derselbe Ort, an dem Sie mich vorhin abgesetzt haben. Aber ich ... Sie müssen warten ... bis sie weg sind."

"Die Polizei?"

"Ja. Bitte warten Sie draußen auf mich. Ich werde Ihnen alles erklären. Ich habe nichts falsch gemacht. Aber sie dürfen Sie nicht sehen. Bitte!"

In diesem Moment wusste Owen, dass er völlig den Verstand verloren hatte. "Ich warte draußen."

DIE STECHENDEN SCHEINWERFER der beiden Polizeiautos durchschnitten die Dunkelheit. Der Regen prasselte weiter auf den Boden, der böige Wind wickelte die Regenmäntel um die Beine der Männer.

Dan Archer stellte den Gebläseschalter auf höchste Stufe und sah zu, wie sich der Nebel über der Windschutzscheibe zurückzog. Er starrte auf den Polizisten, der die Glasscherben auf der menschenleeren Straße zusammen-kehrte. Ein zweiter Beamter leuchtete mit einer Taschenlampe in die Umge-bung der Unfallstelle und inspizierte den Kiesstreifen. Der Mann humpelte deutlich.

Archer kurbelte sein Fenster herunter, als ein Zivilfahrzeug der Polizei neben seinem eigenen Wagen hielt.

"Irgendetwas Neues?" bellte er.

"Zu dunkel, um etwas zu sehen. Aber sie muss in eine der Nebenstraßen abgebogen sein."

Archer schlug mit der Hand auf das Lenkrad. "Verdammt noch mal. Ich dachte, wir hätten sie dieses Mal endlich."

Kapitel Vier

DER WIND HATTE NACHGELASSEN und es dauerte nicht lange, bis der Regen ganz aufhörte. Owen trommelte mit den Fingern auf das Lenkrad und atmete die frische Luft tief ein. Sie war salzig und hatte einen Hauch von Frische.

Er musste verrückt sein, hier zu sein. Er war ein Narr, dass er nicht auf der Polizeiwache angerufen und den Anruf gemeldet hatte. Er fuhr sich mit der Hand durch die Haare und wartete.

Von der kleinen Straße, die von der Bellevue abzweigte, war der Seiteneingang des Van-Horn-Anwesens nur fünfzig Meter entfernt und wurde von einer altmodischen Gaslaterne beleuchtet. Nicht weit von dem hohen Tor, das sich entlang der Mauer öffnete, konnte er ein kleineres Tor für den Fußgängerverkehr sehen. Das war das Tor, durch das sie zuvor das Anwesen betreten hatte.

Owen holte noch einmal tief Luft und runzelte die Stirn, als er sich an Sarahs kurzes, aber verzweifelt klingendes Flehen erinnerte.

Dies war kein TV-Polizeidrama, erinnerte sich Owen. Das war das wahre Leben. Er ging durch, was er dem Detective sagen würde, wenn Archer sich endlich wieder bei ihm meldete.

Er hatte eine Fremde mitgenommen. Später hatte er den Verdacht, dass sie die ermordete Anwältin war. Er hatte die Polizei angerufen. Es war nur Archers Pech, dass er beim ersten Mal zu beschäftigt gewesen war, um den Anruf entgegenzunehmen. Und jetzt wollte er sich nur vergewissern, dass er mit seiner Annahme, die Frau sei Sarah Rand, nicht völlig daneben lag.

Schließlich, so hörte er sich selbst sagen, wollte er nicht, dass die Polizei ihn für einen Hollywood-Verrückten hielt.

Fünf Minuten nach seiner Ankunft in der Van Horn-Villa hatte Owen zwei Männer in einem silbernen Lieferwagen mit der Aufschrift "Steele Security Company" gesehen, die eine Kette am vergitterten Haupteingangstor anbrachten. Er hoffte nur, dass sie noch drinnen war. Wenn sie das Anwesen bereits verlassen hatte, wüsste er nicht, wo er sie suchen sollte.

Als er das Anwesen umrundete, bevor er in der Seitenstraße parkte, stellte Owen fest, dass das Anwesen den ganzen Block einnahm. Außer diesen beiden Toren hatte er noch zwei weitere angekettete Tore in Richtung Bellevue und ein altes Lieferantentor an der hinteren Straße gefunden, das aussah, als sei es seit dem Crash von '29 nicht mehr geöffnet worden. Wenn sie herauskommen würde, dann hier.

Der gleiche silberne Sicherheitswagen, den er zuvor gesehen hatte, fuhr am Ende der Bellevue Avenue vorbei und nach ein paar Minuten sah Owen seine Scheinwerfer in seinem Rückspiegel. Der Wagen hatte den Block umrundet und fuhr nun die Straße hinauf, während die beiden Männer im Inneren die Mauer des Anwesens im Auge behielten. Er klappte seinen Sitz zurück und der Lieferwagen fuhr vorbei und bog wieder in die Bellevue ein.

Als Owen seinen Sitz wieder aufrichtete, sträubten sich seine Nackenhaare.

In der Stille, die für diese Zeit der Nacht so typisch war, drang das Klicken des Riegels deutlich durch die Dunkelheit. Seine Augen waren auf das Eisentor gerichtet, das sich öffnete. Einen Augenblick später kam eine dunkel gekleidete Gestalt heraus, die einen Blick die Seitenstraße hinauf und hinunter warf.

Er ließ den Motor des Range Rover an. Sie entdeckte ihn sofort und eilte auf die andere Straßenseite.

Sie hatte einen schwarzen Regenmantel angezogen, der ihr etwa drei Nummern zu groß war, und da der Kragen des Mantels hochgeschlagen war, war für einen Verfolger nur wenig von ihr zu sehen. Aber Owen wusste, dass es Sarah war. An der Ausbeulung an ihrer Hüfte konnte er erkennen, dass die Aktentasche, die sie bei sich trug, immer noch über ihre Schulter gehängt war.

Sie war schon fast neben dem Auto, als auf der Bellevue ein Polizeiauto auftauchte und sie blieb stehen. In ihrer Haltung war Panik zu erkennen und Owen dachte einen Moment lang, sie würde weglaufen. Er ließ das Beifahrerfenster herunter und schaltete die Scheinwerfer ein.

"Steigen Sie ein."

Als sie wieder zu sich kam, ging sie schnell um die Ecke, riss die Tür auf und sprang hinein.

"Fahren wir."

"Noch nicht, Ms. Rand. Nicht bevor..."

"Bitte, Mr. Dean." Die Panik war in ihrem Flüstern zu hören, als sie sich zu ihm hinüber beugte und seinen Arm ergriff. Der Streifenwagen kam langsam die Straße herunter. Als er sie erreichte, beugte sie sich über die Mittelkonsole und vergrub ihr Gesicht in seiner Halsbeuge. Der Hauch ihres Atems auf seiner Haut war zu warm und zu schwer zu ignorieren.

Der Polizeiwagen fuhr vorbei, ohne anzuhalten. Owen beobachtete im Rückspiegel, wie der Streifenwagen bis zum Ende des Blocks fuhr und runzelte die Stirn, als derselbe Sicherheitswagen wieder auftauchte und sein Fahrer die Polizisten zum Anhalten winkte. Es folgte ein Gespräch, aber auf diese Entfernung konnte er nichts hören.

Owen schaute in das Gesicht, das nur wenige Zentimeter von seinem entfernt war. Es war blass und er konnte spüren, wie sie zitterte.

"In was für Schwierigkeiten stecken Sie, Ms. Rand?"

Sie sah die Straße hinunter, wo die beiden Autos immer noch standen. "Ich weiß es nicht. Aber ich habe nichts Unrechtes getan."

"Warum laufen Sie vor der Polizei weg?"

"Ich werde Ihnen alles erzählen. Aber später. Bitte bringen Sie mich hier weg. Weg von dieser Straße."

"Alle glauben, dass Sie tot sind. Es sitzt ein unschuldiger Mann im Gefängnis. Ein Mann, der..."

"Bitte helfen Sie mir", unterbrach sie ihn und zog an seinem Arm, als die beiden Fahrer ihr Gespräch am Ende des Blocks beendeten. Der Sicherheitswagen fuhr diesmal schneller und bog in Richtung Stadtzentrum ab, als er Bellevue erreichte.

Owen spürte, wie ihre Finger seinen Arm umklammerten. Er packte sie am Kinn und hob ihr Gesicht zu seinem. "Ms. Rand, ich traue Ihnen nicht."

"Bitte, ich bin erst heute Abend zurückgekommen. Ich war verreist. In Irland. Und ... und sie versuchen, mich zu töten ... und ich weiß nicht, warum." Owen hörte, wie sie röchelnd ausatmete. "Ich bitte Sie nur darum, mich von dieser Straße wegzubringen. Das Polizeiauto wird zurückkommen und ich brauche ein paar Minuten, um ... um zu überlegen, was ich tun soll."

Owen runzelte die Stirn und beobachtete sie, als sie ihm flehend ins Gesicht sah. Sie zitterte von Kopf bis Fuß. Vor Kälte oder vor Angst? Er tippte auf das Letztere.

"Und was würden *Sie* einem Kunden hier raten, Ms. Rand?"

"Warten Sie! Ich kann beweisen, dass ich weg war." Schnell ließ sie seinen Arm los und kramte unter dem Regenmantel herum. Sie zog ihre Tasche hoch, öffnete den Reißverschluss des Koffers und griff hinein. In Owens Kopf tauchte die Vision auf, wie Sarah eine Waffe aus dem Koffer zog.

"Hier ist mein Reisepass. Die Ticketabschnitte von meinem Flug. Sie sind darin eingesteckt. Könnten wir uns bitte auf den Weg machen? Sie werden jeden Moment um den Block fahren."

"Warum gehen Sie nicht zur Polizei?"

"*Sie* sind diejenigen, die hinter mir her sind, die versuchen, mich zu töten und ich weiß nicht warum. Bitte, Mr. Dean." Sie drückte ihm den Pass praktisch in die Hand. "Das beweist, wo ich gewesen bin. Bitte, geben Sie mir doch eine Chance!"

Owen starrte sie einen langen Moment lang an, denn er wusste, dass er nichts von dem glauben sollte, was sie ihm zu sagen versuchte. Aber gleichzeitig hatte sie *ihn* um Hilfe gebeten. Von all den Menschen, die sie kennen und mit denen sie zusammenarbeiten musste, hatte sie ausgerechnet ihn angerufen, einen Fremden.

Sie musste in der Tat verzweifelt sein.

"Ich werde Ihnen helfen, aber nur, um von dieser Straße wegzukommen. Danach werden wir reden."

Sie nickte und drückte selbst das Türschloss herunter.

DER STUMME BLICKWECHSEL der beiden Detectives blieb von Frankie O'Neal unbemerkt, der an einem Ende eines verbeulten Stahltisches saß und den Kopf in den Händen vergraben hatte. Am anderen Ende saß ein muskelbepackter Neuling in Uniform und bediente ein Tonbandgerät.

"Mal sehen, ob wir das richtig verstanden haben." Ungläubig hob Bob McHugh einen glänzenden, schwarzen Schuh auf einen Stuhl und stützte seine haarigen Unterarme auf seine Knie. Dan Archer setzte sich rittlings auf einen anderen Stuhl und sah Frankie an. Der schwergewichtige Mann hob nicht den Kopf. "Sie haben Ihren nagelneuen Mercedes in der Nähe von Bellevue stehen lassen und beschlossen, um Mitternacht und im Regen zum Cliff Walk zu spazieren, wo Sie jemand überfallen hat?"

Frankie stöhnte und grub seine Finger tiefer in sein Haar. "Mein Kopf explodiert. Wenn das keine Gehirnerschütterung ist...?"

Archer holte eine Zigarettenschachtel aus seiner Tasche und schob sie dem Verdächtigen vor die Nase.

Frankie starrte mit geschwollenen Augen auf die Packung. Er griff nicht zu.

"Und wer auch immer Sie niedergeschlagen hat, hat Sie den ganzen Weg vom Cliff Walk zurückgeschleppt, die Bellevue überquert, Sie noch einen halben Block bis zum Seiteneingang des Van Horns geschleppt, Sie in den Bürotrakt des Richters geschleppt und hat Sie dann in der kleinen Küche neben der Bibliothek liegen gelassen." Der rotgesichtige Detective rollte mit den Augen. "Herrgott, Frankie. Können Sie sich keine bessere Geschichte ausdenken?"

"Ich will meinen Anwalt."

Bob ging auf den kränkelnden Verdächtigen zu. "Wir wollen wissen, was zum Teufel Sie im Haus des Richters gemacht haben, Frankie."

"Ich habe Ihnen bereits gesagt, dass ich nicht aus freien Stücken dort hineingegangen bin." Seine Augen hoben sich nur so weit, dass er die Kaffeetasse auf dem Tisch sehen konnte. "Ich wurde bewusstlos geschlagen. Ich wurde dorthin geschleppt."

"Geschleppt von wem? Und warum? Oh, und habe ich schon erwähnt, dass Ihre gottverdammten Fingerabdrücke überall zu finden sind?"

"Sie reden Scheiße, aber ich habe Ihnen gesagt, dass ich meinen Anwalt will."

"Wozu, verdammt?"

Frankie hob zum ersten Mal den Kopf und blinzelte in die rotgeränderten Augen des Polizisten. "Ich bin hier das Opfer, und Sie behandeln mich wie Scheiße."

"Opfer, von wegen. Wir könnten von einem Einbruch sprechen. Diebstahl. Widerstand gegen die Festnahme."

"Ich kenne meine Rechte. Ich werde kein weiteres Wort sagen, bis mein Anwalt hier sitzt."

Archer legte eine dicke Mappe mit Frankies Namen auf den Tisch, ging dann zur Kaffeekanne und schenkte zwei frische Tassen ein. "Lass ihn in Ruhe, Bob."

Der kleine Detektiv richtete seinen Blick auf seinen Vorgesetzten. "Was meinen Sie damit, ihn in Ruhe lassen? Dieser Drecksack..."

"Lass ihn in Ruhe", befahl Archer barsch. "Geben Sie ihm das Telefon. Oder besser noch, gehen Sie und kühlen Sie sich ab."

Einen Moment lang herrschte Schweigen, als die beiden sich gegenseitig anstarrten. Murrend trat Bob die Beine eines Stuhls weg und verließ wütend den Raum, wobei er die Tür hinter sich zuschlug.

Frankies überraschter Blick wanderte von der Tür zu dem lässigen Achselzucken des verbleibenden Detektives.

"Nur Zucker, richtig?"

Frankie nickte und starrte auf die dampfende Tasse, die Archer vor ihn stellte.

Archer zog eine Sparflasche Tylenol aus seiner Jackentasche und stellte sie auf den Tisch neben die Tasse Kaffee.

"Hilf dir selbst. Ich hatte letztes Jahr selbst eine Gehirnerschütterung. Das war eine ziemlich üble Sache. Ich musste die ganze Nacht kotzen und wollte mich am liebsten in ein Loch verkriechen und einschlafen."

Wieder herrschte einen Moment lang Stille. Frankie griff nach den Pillen.

Archer nahm den umgekippten Stuhl und setzte sich darauf, wobei er sich etwa auf halber Strecke zwischen dem Verdächtigen und der einzigen Tür positionierte.

"Hey, tut mir leid, dass Bob dir so viel Kummer bereitet hat. Er sieht zuviel fern."

Frankie schnaubte, als er ein halbes Dutzend Pillen in seine Hand schüttete.

"Wenn du zu viele davon auf einmal nimmst, kollabiert deine Leber." Archer nippte an seinem Kaffee, während Frankie alle bis auf zwei zurück in die Flasche kippte.

"Ich will trotzdem einen Anwalt."

Archer hielt inne, tätschelte die dicke Akte auf dem Tisch, als würde er über etwas nachdenken und rückte dann seinen Stuhl näher an Frankie heran. Er nahm eine Zigarette aus der Schachtel auf dem Tisch, zündete sich eine an und schob die Schachtel zurück auf den Tisch. "Wir haben nicht wirklich etwas, wofür wir Sie festnehmen können."

"Das habe ich mir schon gedacht."

"Das war der übliche Schwachsinn, den Bob Ihnen aufgetischt hat ... das Zeug mit dem Widerstand gegen die Verhaftung." Archer atmete tief ein. "Ich meine, ich würde auch durchdrehen, wenn ich k.o. wäre und dann aufwachen würde, weil mich ein Haufen Uniformierter betatscht."

Frankie nahm einen Schluck Kaffee und schüttelte eine Zigarette aus der Packung. Archer schob seinen Stuhl ein wenig näher und hielt ihm ein Feuerzeug hin.

"Und wir beide wissen, dass es in diesem Haus keine Fingerabdrücke von Ihnen gibt."

"Ich schätze, Sie lassen mich dann also gehen." Frankie nahm einen langen Zug, bevor er die frisch angezündete Zigarette an der Tischkante zerdrückte.

"Sicher. Aber bevor Sie gehen, gibt es noch ein paar Dinge zu klären." Archer hielt inne und suchte einen Moment lang in seinen Jackentaschen. Als er keinen Erfolg hatte, stand er auf und fand schließlich ein zerknittertes Stück Papier in seiner Gesäßtasche. Er setzte sich wieder hin und legte es flach auf den Tisch. "Beantworten Sie mir einfach ein paar Fragen und ich hole einen der Jungs, der Sie zu Ihrem Wagen bringt." Archer sah den Mann entschuldigend an. "Sie haben Ihren Mercedes abgeschleppt."

Frankie beäugte ihn misstrauisch, als Archer in seiner Jackentasche nach einer Lesebrille griff. Er setzte sie auf und betrachtete die zerknitterte Seite von oben bis unten.

"Also, los geht's. Erstens hatten Sie diese Herdknöpfe in der Hand, als man Sie auf dem Küchenboden gefunden hat. Nun, das ist egal. Die hätten auch von selbst abspringen können." Er schob die Brille auf seine Nase. "Okay. Weiter geht's. Bei diesem Fall brauche ich definitiv Hilfe. Die Uniformierten, die am Tatort eintrafen, fanden einen Schlüssel zum Haus des Richters in Ihrem Besitz. Auch damit warten wir noch eine Sekunde. Was ist das nächste? Ach ja, das. Als wir Ihr Auto abschleppten, fand der Uniformierte, der dem Abschleppwagenfahrer half, diese dunklen Flecken im Kofferraum Ihres schönen, sauberen Mercedes. Er sagt Blut. Ich sage nein. Wir könnten trotzdem ein paar Tests und so weiter machen, um herauszufinden, was es ist."

Archer sah ihn über die Ränder seiner Brille hinweg an. Frankie schloss den Mund und richtete seinen Blick auf seinen Kaffee.

"Es sei denn, Sie wollen es uns erzählen und uns etwas Zeit ersparen. Aber was noch schlimmer ist, Frankie, wir haben diese Tasche in einem kleinen Fach im Vordersitz gefunden und darin war eine..." Der Captain schaute wieder auf sein Papier. "Eine versilberte 9-mm-Handfeuerwaffe. Aber ich bin mir natürlich sicher, dass Sie eine Genehmigung dafür haben und erklären können, wo in Newport Sie ein oder zwei Schüsse abgefeuert haben könnten?"

Archer blickte auf Frankies blasses Gesicht und wandte sich wieder seiner Liste zu. "Es gibt noch ein paar andere Fragen, die ich habe. Wie dieser Anruf, den Sie heute Abend in O'Malley's Pub erhalten haben."

Dan Archer hielt inne und beobachtete, wie Frankies Blick von der Kaffeetasse in seiner Hand über die Packung Tylenol zu dem zerknitterten Stück Papier auf dem Tisch wanderte.

Er rückte seinen Stuhl etwas näher und sprach mit leiser, vertraulicher Stimme.

"Ich könnte das alles selbst überprüfen lassen, Frankie. Aber ich dachte, da ich weiß, dass Sie ein anständiger Kerl sind und so. Sehen Sie, ich verstehe, wie Dinge passieren, und Sie wissen, dass die Person, die mit Ihnen im Haus des Richters war - die Person, die uns angerufen hat - früher oder später auftauchen wird." Archer beugte sich vor und berührte den Mann leicht am Knie. "Hören Sie zu, Frankie, ich kann Ihnen helfen, wenn Sie nur..."

"Ich werde reden."

Kapitel Fünf

Der Range Rover raste an tropfenden Bäumen und Sackgassen vorbei, an
Villen, die mürrisch und dunkel hinter vergoldeten Toren und Eisenzäunen
lagen. Auch die gasbetriebenen Straßenlaternen huschten vorbei, nicht mehr
als schwache und sterbende Sterne in Sarahs verschwommener Sicht. Sie
versuchte, die Tränen wegzublinzeln, aber sie bahnten sich mehr und mehr
ihren Weg über ihre Wange. Sie verlor die Kontrolle und plötzlich war sie so
müde. Sie versuchte vergeblich, den dicken Kloß hinunterzuschlucken, der
sich dauerhaft in ihrem Hals festgesetzt zu haben schien.

Villen wichen einem Wirrwarr von Geschäften, Restaurants, einem
Museum und einer Synagoge. Sie schlängelten sich durch die Überreste des
kolonialen Newport, als eine Tankstelle in ihr Blickfeld kam, seltsam und fehl
am Platz.

"Sie sollten Ihren Anwalt anrufen."

Seine Stimme war gedämpft und Sarah drückte sich gegen die schwere
Decke, die sich über sie gelegt zu haben schien. Sie drückte ihren Kopf gegen
das Fenster. Dem Glas fehlte die Fähigkeit, ihre fiebrige Haut zu kühlen. Sie
konzentrierte sich auf seine Worte.

"Sie *haben* doch jemanden, den Sie anrufen können, oder?"

Der Wagen hielt an einer Ampel und Sarah schaffte es gerade noch, sich
zu konzentrieren, um zu sehen, wie er sich umdrehte und ihr ins Gesicht
starrte.

"Vielleicht sollten wir zuerst in die Notaufnahme fahren."

Sie schüttelte den Kopf so heftig, wie es ihr möglich war, und hielt die
Ledertasche auf ihrem Schoß fester. "Ich ... es geht mir gut."

Sie wandte sich ab, während weitere Tränen über ihr Gesicht liefen.

"Genau da. Das Backsteingebäude gleich hinter der nächsten Ampel ist die

Polizeiwache, wenn ich mich nicht irre. Und in einer Minute setze ich Sie dort ab."

Ihr Kopf ruckte herum. "Bitte nicht! Noch nicht ... Ich brauche ein bisschen Zeit, um darüber nachzudenken."

"Auf dem Polizeirevier werden Sie viel davon haben."

"Nein", sagte sie mit brüchiger Stimme. "Sie versuchen, mich zu töten."

"Die Polizei? Das ist doch lächerlich."

"Ich weiß." Sarah nickte und vergrub ihr Gesicht in ihren Händen. Sie versuchte, gegen die betäubende Kälte anzukämpfen, wollte, dass ihr Körper mit dem anhaltenden Zittern aufhörte und die Tränen, die immer wieder kamen, zurückzuhalten.

"Sie erwarten ernsthaft, dass ich glaube, dass die Polizei versucht, Sie zu töten."

Selbst in ihrem Zustand konnte sie die Skepsis in seiner Stimme hören.

"Sie hielten mich auf dem Rückweg vom Flughafen an. Einer von ihnen hat versucht, mich zu würgen." Sie berührte ihren Hals, wo sie noch immer den quälenden Griff der Männerhand spürte. "Als ich versuchte zu fliehen, schossen sie auf mein Auto. Ich konnte gerade noch auf einen Feldweg gelangen und zu Fuß fliehen. Dort haben Sie mich gefunden."

"Sie sind also auf der Flucht vor dem Gesetz."

"Wie könnte ich das sein? Ich bin doch schon tot, schon vergessen?" Sie holte tief Luft, bevor sie fortfuhr. "Sehen Sie, Mr. Dean, ich bin vor zwei Wochen weggefahren und in einen Albtraum zurückgekehrt. Und seit der Landung meines Flugzeugs, ich weiß nicht, vor wie vielen Stunden, wurden zwei Anschläge auf mich verübt. *Zwei* Versuche!"

"Aber Sie glauben doch nicht wirklich, dass die Polizei was damit zu tun hat."

"Doch, das tue ich." Sie strich sich mit dem Handballen über ihr nasses Gesicht. "Ich kann niemandem trauen. Sie haben Richter Arnold wegen Mordes an mir ins Gefängnis gesteckt. Ich glaube, sie versuchen, den Job zu beenden. Die losen Enden beseitigen. Ich glaube, sie wollen..."

"Sie haben zu viele Filme gesehen und wir haben Besuch."

Sarah erstarrte beim Anblick des Polizeiautos, das zu ihrer Rechten anhielt. Sie drehte sich schnell zu ihm um. "Ich brauche ein ..."

Owen drückte ihr ein Taschentuch in die Hand.

Die scharfe Nase des Polizisten winkte in ihre Richtung. "Alles in Ordnung?"

"Ja."

"Es ist schon eine Weile grün."

"Tut mir leid, Officer. Wir waren in ein Gespräch vertieft."

"Geht es Ihnen gut, Miss?"

"Es geht ihr gut", antwortete Owen, während Sarah nickte und ihre Nase in das Taschentuch steckte. "Nur eine kleine ... äh, häusliche Diskussion. Sie wissen ja, wie sowas läuft."

Sarah hielt den Atem an, als zwischen den beiden Autos Stille herrschte. Sie wagte nicht, den Polizisten anzusehen, aus Angst, erkannt zu werden und wandte sich stattdessen Owen zu, wobei sie so laut sprach, dass der Polizist sie hören konnte. "Ich fühle mich jetzt viel besser."

"Schönen Tag noch, Officer."

Owen wartete nicht auf eine Antwort, als er das Fenster schloss und über die Kreuzung fuhr. An der nächsten Ampel bog er nicht auf den Parkplatz der Polizeistation ab, sondern fuhr den Broad Way entlang.

"Danke."

"Danken Sie mir noch nicht. Unser Freund hat beschlossen, dass du einen Ritter in glänzender Rüstung brauchst."

Sarah warf einen Blick in den Seitenspiegel und sah, wie der Polizeiwagen ihnen am Krankenhaus vorbei folgte. Wieder überkam sie eine kalte Angst.

"Sie kannten mein Auto. Sie wissen, wo ich arbeite, wo ich wohne, wann ich zurückkommen wollte. Ich kann nicht entkommen." Sie konnte das Zittern in ihrer Stimme nicht unterdrücken. "Und ich verstehe das alles nicht, warum so plötzlich." Sie kämpfte um ihren nächsten Atemzug. Es dauerte einen weiteren langen Moment, bis Sarah ihre Stimme wiederfand. "Bitte lassen Sie mich raus. Irgendwo. Ich sollte Sie da nicht mit reinziehen."

Die Worte erstarben auf ihren Lippen, als er blinkte und in das Halbdunkel des Parkplatzes eines Supermarktes einfuhr. Im Glasfenster des Ladens saß ein einsamer Kassierer mit dem Rücken zum Parkplatz.

Er hatte getan, worum sie ihn gebeten hatte. Das war das Ende der Fahnenstange. Sarah streckte die Hand nach der Tür aus. "Ich weiß die Hilfe zu schätzen."

"Kommen Sie her."

Sein Mund erstickte ihr fragendes Keuchen, als er ihren Arm packte und ihr Gesicht zu seinem zog. Für einen wahnsinnigen Moment ließ der Schock seiner Lippen auf ihren sie erstarren. Bevor sie das Gefühl artikulieren konnte, spürte sie seine Hitze, die die Schichten der kalten Angst durchdrang. Dann setzte die Realität ein und sie riss ihren Mund weg.

"Was machen Sie da?"

"Ich versuche, Ihren hartnäckigen Helden davon zu überzeugen, dass es Ihnen gut geht." Sein Mund verweilte weiterhin direkt über ihrem. Sein Arm glitt um sie herum. "Drehen Sie sich nicht um. Aber er parkt direkt am Eingang des Parkplatzes."

Es war schwierig, sich nicht umzudrehen und zu schauen.

"Und er wird dort bleiben, bis er alles über mich weiß, was er wissen muss und noch mehr."

"Was meinen Sie?" fragte sie.

Er streckte seine Hand aus, um ihr die Nässe aus dem Gesicht zu wischen. "Ich habe eine Frau in meinem Auto, die zerzaust und offensichtlich verärgert ist. Ich habe das falsche Wort benutzt. Häuslich. Er wird hier bleiben und dafür sorgen, dass ich Sie nicht noch mehr verprügle. Er will nicht, dass ich Ihre Leiche vor dem Morgengrauen irgendwo am Cliff Walk ablege."

"Alle anderen versuchen genau das zu tun."

"Ja, nun, für mich sieht es nicht so aus, als ob er an Ihrer Verschwörungstheorie beteiligt wäre." Er warf einen Blick über ihre Schulter auf das Polizeiauto. "Wenn Sie aus diesem Auto aussteigen, können Sie mit ihm reden. Oder Sie bleiben bei mir - jedenfalls für kurze Zeit - und versuchen, sich einen Reim darauf zu machen."

"Ich bleibe bei Ihnen."

Er schenkte ihr ein halbes Lächeln. Dasselbe mörderische Lächeln, dachte sie, das sie seit Jahren in den Boulevardzeitungen gesehen hatte.

"Dann ist es Zeit für die Show, Sarah. Wir müssen ihm die Botschaft übermitteln, dass unsere häuslichen Streitereien vorbei sind und Sie es kaum erwarten können, mich wieder bei sich zu haben."

Sie starrte hinauf in sein hübsches Gesicht. Das dunkle Haar begann an den Schläfen zu ergrauen und die Falten um die Augen wurden tiefer, aber die durchdringenden blauen Augen waren so klar wie immer und sie wusste, dass er recht hatte.

"Hören Sie, ich bin ein Profi", sagte er. "Alles, was Sie tun müssen, ist..."

Sie ließ die Ledertasche los, richtete sich auf und nahm Owens Kopf in ihre Hände, führte seinen Mund zu ihren Lippen und küsste ihn, wie sie es sich schon lange erträumt hatte - als ob nichts von dem, was in dieser Nacht geschehen war, wirklich existierte und dies nur ein weiterer Teil eines Traums war.

Seine Augen spiegelten seine Überraschung wider, als er sich zurückzog.

"Ein Garbo-Kuss", murmelte er undeutlich.

Im Bruchteil einer Sekunde presste sich sein Mund auf den ihren und plötzlich war sie erfüllt von seinem Geschmack. Sein Mund war rau und heiß und für einen Augenblick war ihr Verstand leer von allem anderen als dem Bedürfnis, zu nehmen, was er gab.

Obwohl Owen für einen Moment von diesem unerwarteten Ausbruch von Verlangen geblendet war, wusste er doch, dass er sich auf äußerst gefährlichem Terrain bewegte. Diese Frau bedeutete Ärger, egal wie man es betrachtete. Und doch, mit ihr in den Armen, ihrem weichen und willigen Mund, löste sich seine Sorge um das wahre Leben in Luft auf.

In diesem Moment existierten nur die beiden. Keine Polizei. Keine Kameras. Nichts außer der Hitze eines Mannes und einer Frau. Er schob den übergroßen Regenmantel beiseite und ließ seine Hand durch den nassen Stoff ihrer Jacke über ihre Brust gleiten. Ihr leises Stöhnen in der Kehle war nur ein weiterer Schritt zu seinem Verderben. Er wollte sie. So einfach war das.

Ein Pickup hielt nicht weit vom Range Rover entfernt und Sarah sprang ihm praktisch aus den Armen und drückte sich mit dem Rücken gegen die Beifahrertür, wobei sie einen schockierten Gesichtsausdruck machte. Er beobachtete, wie sie nach Luft rang.

"Woher kam *das* denn, frage ich mich?" Er warf einen Blick auf den Eingang des Parkplatzes, bevor er sie wieder ansah.

Sie schaute schnell weg, aber selbst im Licht des Schaufensters des Convenience-Stores konnte er sehen, wie sich die Röte auf ihrem Gesicht ausbreitete.

Wunderschön, dachte er. Zu schön, um sich wohlzufühlen. Zu weich und zu verletzlich. Und er war eindeutig zu erregt, um klar denken zu können.

Er ließ das Fahrerfenster herunter, um etwas frische Luft hereinzulassen.

"Ich schätze, wir haben unserem Freund eine gute Show geboten, um sich auf den Weg zu machen."

Sie drehte sich um und starrte auf den leeren Bordstein.

"Warum haben Sie *mich* angerufen?"

Sein schroffer Ton riss ihren Kopf herum. "Es tut mir leid! Das hätte ich nicht tun sollen."

"Ich frage Sie nicht, was Sie hätten tun oder nicht tun sollen. Ich habe gefragt, warum Sie *mich* angerufen haben."

Diese unglaublichen Augen füllten sich erneut mit Tränen, aber Owen kämpfte gegen den Drang an, sie zu sich zu ziehen. Sie verwirrte ihn.

"Es gab niemand anderen, der mir einfiel. Niemanden, den sie nicht kennen würden."

"Sie? Wer genau sind *sie?*"

Zwei kräftige Männer in Jeans und Arbeitsstiefeln kamen mit Kaffee aus dem Laden und stiegen in den Pickup. Sie sah ihnen nach und warf einen weiteren nervösen Blick auf die leere Straße.

"Ich habe es Ihnen gesagt. Die Polizei. Und ein kräftiger Mann, der versucht hat, mich im Haus von Richter Arnold zu vergasen. Das müssen die sein, die meine Freundin an dem Tag getötet haben, als ich wegging."

"Welche Freundin getötet?"

"Meine Freundin, die auf mein Haus aufgepasst hat. Sie müssen sie versehentlich umgebracht haben, um mich zu ermorden und dem Richter etwas anzuhängen."

Owen sah sie zweifelnd an.

"Nun, ich kann mir nichts anderes vorstellen. Richter Arnold hat die Polizei von Newport immer wegen verschiedener Dinge verfolgt: übermäßige Gewaltanwendung, Nichteinhaltung festgelegter Verfahren." Sie zuckte mit den Schultern und schüttelte den Kopf. "Das ist alles, was mir einfällt. Das muss eine Falle gewesen sein."

"Aber ich habe Sie in Wickford gefunden. Das ist eine andere Gemeinde."

"Ich weiß, aber es hätte auch die Polizei von Newport sein können. In der Nacht, bei dem Regen und ihren Taschenlampen konnte ich keinen Unterschied feststellen."

Er schüttelte den Kopf. "Denken Sie mal eine Minute darüber nach. Selbst wenn es eine Gruppe von abtrünnigen Polizisten wäre, die das alles eingefädelt hat, glauben Sie wirklich, dass sie einen Ganoven anheuern könnten oder würden, der Sie in der Villa vergast, nur eine Stunde nachdem sie versucht haben, Sie auf der Straße umzubringen? Das ist doch etwas weit hergeholt, finden Sie nicht?"

Sie lehnte sich gegen die Kopfstütze und sah ihn mit müden Augen an. "Ich weiß, dass das alles keinen Sinn ergibt. Aber ich habe mir diese Angriffe nicht eingebildet. Jemand versucht, mich zu töten. Sie haben es in den Zeitungen gelesen. Aber sie haben eine unschuldige Frau in meiner Wohnung getötet und ... und ihre Leiche entsorgt." Sie schloss die Augen und er sah eine weitere Träne aus den Augenwinkeln laufen. "Sie war meine Freundin."

Sie war völlig durcheinander. Ein schönes, zerzaustes Durcheinander. Und sie war verärgert. Aber Sarah Rand sah nicht aus wie jemand, der den Verstand verloren hat. Neurotiker, Psychotiker. Er hatte in seinem Geschäft schon viele von ihnen getroffen. Aber sie gehörte nicht zu ihnen, soweit er das beurteilen konnte.

Er hob den Pass auf, den sie ihm zuvor in die Hand gedrückt hatte. Er schaltete das Oberlicht ein und blätterte durch die Seiten, wobei sein Blick von dem Bild einer kultivierten, berufstätigen Frau auf die reale Frau ihm gegenüber fiel. Die Frau aus Fleisch und Blut. Diejenige mit dem weichen Mund und der Hitze unter der Oberfläche. Es war nicht zu übersehen, dass sie ein und dieselbe waren.

Owen blätterte weiter in dem Pass und überprüfte die gestempelten Abfahrts- und Ankunftsdaten. Die Ticketabschnitte stimmten mit den Daten im Reisepass überein.

"Erzählen Sie mir alles."

"Meine Freundin Tori kam am Morgen des 2. August aus Kalifornien an. Am selben Abend bin ich nach Irland abgereist." Sie rieb sich die Stirn. "Niemand wusste, dass ich wegfliegen würde. Das Ganze war ein familiärer Notfall in letzter Minute. Aber ich hatte auch niemandem gesagt, dass Tori mich besuchen würde."

Owen gingen eine Reihe von Fragen durch den Kopf, aber er beschloss zu warten.

"Als ich am Flughafen ankam, versuchte ich, sie anzurufen. Sie hatte eine Nachricht für mich hinterlassen. Jetzt weiß ich auch, warum. Sie hatte ihre Brieftasche in meinem Auto vergessen. Es ging niemand ran. Auch kein Anrufbeantworter, was seltsam war. Als ich in Irland ankam, versuchte ich, sie von Shannon aus anzurufen. Gestern das Gleiche vom JFK aus. Keine Antwort."

"Hat Sie das nicht ein wenig beunruhigt?"

"Eigentlich nicht. Ich kenne sie seit vielen Jahren."

Sie drückte die Aktentasche fester an ihre Brust. "Aber gestern Abend, nachdem ich in der Zeitung gelesen hatte, was passiert war, das Blut in meiner Wohnung, die passenden Spuren auf dem Boot des Richters - da habe ich noch einmal versucht, sie anzurufen." Sie kämpfte mit einer weiteren Träne. "Da wurde mir klar, dass sie anstelle von mir getötet worden sein musste."

Er schloss den Ausweis. "Was glauben Sie, was Sie erreichen, wenn Sie *nicht* zur Polizei gehen?"

"Ich werde zu ihnen gehen. Nicht zur örtlichen Polizei oder zur Staatspolizei. Jemand auf Bundesebene. Aber bevor ich das tue, muss ich erst noch ein paar Dinge klären." Ihre Augen trafen seine. Im Licht des Wagens konnte er sie jetzt sehen. Sie waren dunkelgrün, fast die Farbe von Jade. "Ich muss herausfinden, warum diese Leute mich tot sehen wollen. Außerdem muss ich herausfinden, was der Zusammenhang zwischen all diesen Anschlägen auf mein Leben und der Verleumdung von Richter Arnold ist."

"Und Sie glauben, dass Sie das alles in ein paar Stunden allein herausfinden können?"

"Ich bin jetzt so müde, dass ich nicht weiß, ob ich überhaupt noch klar denken kann. Aber ich muss es versuchen, Mr. Dean. Ich kann nicht einfach zum FBI gehen und ihnen sagen: 'Hier bin ich! Ich bin am Leben.'"

"Warum nicht? Das würde Ihren Richter Arnold befreien."

"Stimmt. Aber das bringt uns dem Grund für die Angriffe nicht näher. Sie sind immer noch da draußen. Wir wissen nicht, wer sie sind. Was wird sie davon abhalten, einen weiteren Anschlag auf mein Leben zu verüben oder jemand anderen zu verletzen?"

"Polizeischutz".

Sie schüttelte den Kopf. "Ich wäre getötet worden, wenn ich den beiden Polizisten früher vertraut hätte."

"Wenn Ihre Freundin wirklich getötet wurde, dann halten Sie Beweise zurück und behindern eine laufende polizeiliche Untersuchung."

"Und was, wenn das FBI mir nicht glaubt? Was, wenn sie mich genau den Männern ausliefern, die versucht haben, mich zu töten, während sie meine Geschichte überprüfen?" Sie schüttelte erneut den Kopf. "Nein, das kann ich nicht riskieren."

"'*Ich* kann nichts riskieren'? Sie verwenden dieses Wort ziemlich locker, wie mir scheint."

Sie zog den Gürtel des Regenmantels enger um sich, verknotete ihn und griff nach der Türklinke. "Ich entschuldige mich noch einmal dafür, dass ich Sie in diese Sache hineingezogen habe. Soweit es mich betrifft, sind wir uns noch nie begegnet."

Seine Hand schoss hervor und griff nach ihrem Ellbogen. "Und wo wollen Sie jetzt hin?"

Ungewissheit zeichnete sich auf ihrem stirnrunzelnden Gesicht ab. "Meine eigene Wohnung kommt nicht in Frage, da diese Leute wissen, wo ich wohne. Sie wissen wahrscheinlich auch, wer meine Freunde sind. Ich kann in ein Bed & Breakfast oder ein Motel einchecken, nehme ich an."

"Ms. Rand, Ihr Gesicht war in den letzten zwei Wochen auf der Titelseite jeder Lokalzeitung."

"Aber für das, was ich tun muss, muss ich in Newport sein. In unseren

Kanzleien in der Innenstadt gibt es Akten, die ich durchsehen kann. Die letzten paar Fälle, an denen ich gearbeitet habe. Richter Arnolds Berufungsakten und Bücher, wenn die Polizei sie nicht hat."

"Warum ist das wichtig?"

"Wenn ich so darüber nachdenke, war etwas mit ihm nicht in Ordnung. Ich habe es bemerkt, vor meiner Abreise. Er wollte es auch nicht erklären. Ich kann es nicht genau sagen, aber die Antwort muss hier liegen. Etwas, vielleicht ein Fall, der uns beide betrifft. Ich muss in Newport bleiben." Sie blickte auf die Hand auf ihrem Ellbogen. "Aber nichts davon muss Sie etwas angehen. Danke fürs Mitnehmen."

Verdammt, die Frau wusste, wie sie ihn einwickeln konnte. "Wie viel Zeit?"

"Sie sollten sich nicht noch mehr einmischen, als Sie es bereits getan haben. Ein unschuldiger Mensch ist bereits tot."

"Wie viel Zeit?"

In den grünen Augen flackerte ein Hauch von Hoffnung auf. "Ein Tag. Gerade genug Zeit, um ein paar Informationen zu sammeln und sie dem FBI zu übergeben."

Einen Tag. Das könnte er tun. Er starrte auf die Lichter des Supermarktes und wusste aus dem Bauch heraus, dass er sich selbst belog.

"Mein Gott", sagte er und startete den Wagen.

SIE HATTEN nichts gegen ihn in der Hand. Absolut nichts.

Frankie O'Neal spürte, wie die Erleichterung seinen schmerzenden Körper durchströmte. Er versuchte, seine Hand am Zittern zu hindern und streckte sie nach der Zigarettenschachtel aus, die immer noch auf dem Tisch lag. Er nahm eine heraus, steckte sie sich zwischen die Lippen, und jeder Rest von Nervosität verflog. Als Archer ihm ein Streichholz hinhielt, konnte er die Schadenfreude in den verwaschenen Augen des Polizisten sehen. Das Arschloch würde gleich einen Stepptanz aufführen.

Frankie nahm ein paar tiefe Züge und dachte über die ganze Sache nach. Sein Kopf, wo die Schlampe ihn geschlagen hatte, schmerzte immer noch höllisch. Das würde sie büßen. Er würde sie zu diesem Lagerhaus in Portsmouth schleppen, und sie würde verdammt noch mal bezahlen ... und zwar reichlich. Er schloss die Augen und rollte den Kopf erst auf die eine, dann auf die andere Seite, wobei er seine dicken Nackenmuskeln dehnte.

Aber das war für einen anderen Tag. Jetzt, wo er herausfand, dass dieses Arschloch nichts gegen ihn in der Hand hatte, fühlte sich Frankie von Minute zu Minute besser.

"Du bist ein kluger Mann, Frankie. Du hättest dich auf der Polizeiakademie bewerben sollen, als du jünger warst. Wir könnten aufrichtige Jungs wie dich gut gebrauchen. Aufrechte Kerle mit Köpfchen, meine ich."

Das Arschloch war eigentlich ziemlich lustig, dachte Frankie und nahm einen weiteren tiefen Zug. Schade, dass es schon so spät war. Er hatte keine Geduld mehr für Spiele. Er blies den Rauch über Archers glatzköpfigen Kopf und sah zu der uniformierten Kröte, die am anderen Ende des Tisches saß und das Tonbandgerät bediente.

Archer schnippte die Asche in seinen Pappbecher. "Warum fängst du nicht von vorne an, Kumpel?"

Frankie nahm einen letzten Zug und sah seinem Gegner direkt in die Augen. "Ich schlage Ihnen einen Deal vor, Captain. Ich beantworte alle Fragen, die Sie gestellt haben, wenn Sie mich jetzt meinen Anwalt anrufen lassen. Ich will, dass er hier ist, wenn wir mit dem Gespräch fertig sind."

"Frankie, ich glaube nicht, dass du in der Position bist, Deals zu machen."

Er zerdrückte die Zigarette an der Kante des Stahltisches und warf die Kippe auf den Boden. "Dann werde ich mich wohl einfach zurücklehnen und ein wenig schlafen."

Frankie wischte sich etwas Asche von der Vorderseite seines eng anliegenden schwarzen Hemdes und zog den Bauch ein, als er sah, wie sich die Knöpfe über seinem Bauch spannten. Jake hatte Recht. Er sollte besser auf sich achten.

"Komm schon, Frankie. Du wirst doch jetzt nicht so einen Scheiß abziehen? Ich dachte, wir wären bereit zu reden. Von Mann zu Mann." Archer warf einen Blick auf das Tonbandgerät. "Du hast gesagt, du willst keinen Anwalt. Hör zu, wenn Du versuchst, mich reinzulegen..."

"Das würde mir im Traum nicht einfallen, Captain." Frankie schüttelte unschuldig den Kopf, zuckte ein wenig zusammen und machte ein Kreuz über sein Herz. "Beim Grab meiner Mutter."

Das Scharren von Archers Stuhl brachte Frankie fast zum Lächeln. Archer lehnte sich ungeduldig zurück und knallte das Telefon vor Frankie auf den Tisch.

Otto Wessel war es nicht fremd, morgens um drei Uhr fünfundzwanzig Anrufe von seinen Mandanten zu erhalten. Da er wusste, dass Archers Adleraugen auf seinen Mund gerichtet waren, erklärte Frankie ihm das Wesentliche, sagte Otto, er solle aufs Revier kommen und legte auf, bevor der Anwalt zu gesprächig wurde.

Sobald der Hörer in der Halterung lag, war Archer wieder bei ihm. "Von Anfang an, Frankie."

Er berührte die Beule auf seiner Kopfhaut. "Frischen Sie mein Gedächtnis auf."

"Komm schon, hör auf, herumzualbern. Fang mit dem Schlüssel an, den du in deinem Besitz hattest."

"Oh, ja. Der Schlüssel. Ich erinnere mich jetzt. Das Ding, das Ihre Anklage wegen 'Einbruchs' zunichte macht. Sie haben sich gewundert, woher ich einen Schlüssel für die Van Horn-Villa hatte." Frankie bemerkte mit Genugtuung das steinerne Schweigen des Detektivs und fuhr fort. "Der Schlüssel wurde mir vom Büro des Richters Arnold zugeschickt. Ich habe ihn schon seit über einem Monat."

Archers Augen waren ungefähr so lebendig wie die einer toten Flunder. Der Rest von ihm sah auch nicht viel gesünder aus, wie er da saß. Er hatte plötzlich ein komisches Zucken in den Fingern.

"Ja, wissen Sie, Captain, ich bin jetzt in diesem Geschäft tätig... Antiquitätenhandel."

"Antiquitäten?" Archer spuckte aus.

"Nur eine kleine Beschäftigung in meiner Freizeit. Nebenbei, verstehen Sie? Da die Frau des Richters tot ist, mussten die Möbel in der Villa geschätzt werden."

"Sie. Frankie O'Neal. Ein Antiquitätenhändler?" Der Ausdruck der Abscheu auf Archers Gesicht war wirklich komisch.

Frankie zuckte mit den Schultern. Sein Kopf hämmerte heftig, aber das war ihm egal. Er war jetzt in Fahrt. "Glauben Sie nicht, dass Antiquitätenhändler ein respektabler Beruf ist, Captain?"

"Okay, Mister Antiquitätenhändler, Gutachter, was auch immer Sie sind. Sie beschließen also um Mitternacht einen Hausbesuch machen?"

"Was macht das für einen Unterschied? Der Laden ist immer leer, jetzt, wo der Richter im Knast sitzt, weil er die Kleine umgelegt hat, die die ganze Familie gevögelt hat." Frankie dachte einen Moment lang über die Nummer nach, die *er* ihr verpassen wollte. Er runzelte die Stirn. "Wie konnte ich wissen, dass so ein verdammter Teenager, oder wer auch immer es war, mich schlagen würde, als ich beschloss, mir eine Tasse Tee zu machen."

"Eine Tasse Tee?"

"Ich versuche, den Kaffeekonsum zu reduzieren."

Archer stand auf und Frankie lehnte sich mit seinem ganzen Gewicht gegen die Rückenlehne des Stuhls.

"Man hat mir gesagt, dass Antiquitätenhändler immer Tee trinken."

"Wozu der ganze Blödsinn von vorhin?" schnauzte ihn der Detektiv an.

Frankie wollte wieder die Beule an seinem Kopf berühren, entschied sich aber dagegen. Er faltete seine Finger über seinem Bauch. "Sie meinen wegen des Cliff Walk? Nun, ich glaube, ich war noch ein bisschen benebelt nach dem ... nach dem schweren Schlag auf den Kopf. Läuft das Band noch, Krötenjunge?"

Der junge Polizist in Uniform sah ihn ausdruckslos an und blickte dann zu Archer.

"Die Wahrheit ist", Frankie machte eine Pause. "Sie wissen ja, was man über das Testament der alten Dame sagt. Jetzt, wo der Richter im Gefängnis ist und alle Welt davon redet, dass er sich weiß Gott was alles hat zu Schulden kommen lassen, wollte ich da nicht am helllichten Tag reinspazieren. Es würde so aussehen, als ob ... na ja, Sie wissen schon ... ich will nicht, dass man dem

Kerl noch mehr anhängt, als er ohnehin schon am Hals hat." Er zuckte mit den Schultern. "Ich habe nur die Interessen meines Klienten gewahrt. Das ist alles."

Archer sah nicht annähernd überzeugt aus, aber das war Frankie egal. Es war eine gute Geschichte und er konnte sie zum Laufen bringen, sobald er sich mit seinem Kontaktmann in Verbindung gesetzt hatte.

Der Detektiv rieb sich mit den Händen über das Gesicht und schenkte sich dann eine weitere Tasse Kaffee ein. Frankie beobachtete ihn.

"Und was für ein Märchen wollen Sie mir über die Waffe und das Blut im Auto erzählen?"

"Kommen Sie, Captain. Glauben Sie, ich wüsste nicht, für welche Waffen ich eine Genehmigung habe und für welche nicht?" Er grinste. "Nicht, dass ich irgendwelche Waffen hätte, für die ich *keine* Erlaubnis hätte."

"Wir führen gerade eine ballistische Untersuchung der Waffe durch, Frankie. Wir werden eine Übereinstimmung mit den Kugeln finden, die wir in der Rand-Wohnung gefunden haben. Dann werde ich einen DNA-Test mit dem Blut machen, und danach werde ich deinen fetten Kopf an meine Wand hängen!"

Frankie sah zu einem Spinnennetz in der Ecke der Decke über der Tür. Er ließ seinen Blick auf die zerkratzte Metalltischplatte fallen, dann wanderte sein Blick wieder über den hellgrünen Betonblock und dann wieder zu dem Spinnennetz. Dann richtete er seinen Blick auf das aschfahle Gesicht des Detektivs.

"Fisch."

Archers Augen wurden mörderisch. Die Tasse mit dem dampfenden Kaffee hing vergessen auf halbem Weg zu seinen Lippen.

Frankie wippte auf zwei Beinen des Stuhls zurück. "Ja, Fisch. Ein Kumpel und ich waren mit seinem Boot vor King's Point unterwegs und dieser riesige Fisch hat versucht, ins Boot zu springen. Ich sage Ihnen, Archer, das war entweder ein Weißer Hai oder die Großmutter des Krötenjungen."

Er nickte dem Polizisten zu, der am anderen Ende des Tisches saß. Die Fingerknöchel des Polizisten lagen weiß an der Tischkante.

"Wir mussten mindestens ein- oder zweimal auf den Mistkerl schießen, um ihn abzuschrecken. Und es ist gut, dass Sie mir von meinem Kofferraum erzählt haben, Detectiv, denn wenn da ein Tropfen Blut drin ist, dann stammt er wahrscheinlich aus diesem verdammten Ködereimer. Ich kann nicht glauben, dass ich es übersehen habe, als ich ihn letzte Woche sauber gemacht habe."

"Und Sie glauben, ich schlucke diesen Mist?"

Von mir aus kannst du daran ersticken, dachte Frankie, beugte sich vor und glättete die Falten in seiner Hose, während er sich aufrichtete.

"Schlucken Sie, was Sie wollen, Archer", sagte er lässig. "Aber ich habe Ihre Fragen beantwortet und ich werde unten warten, bis mein Anwalt kommt."

"Frankie..."

"Fish", flüsterte Frankie, schob sich an dem Detektiv vorbei und ging zur Tür.

Wenn die Beule an seinem Kopf erst einmal verschwunden ist, dachte er, wird er es vielleicht wirklich mit dem verdammten Sport versuchen.

Kapitel Sechs

OWEN LEHNTE in der Tür seines Schlafzimmers und beobachtete, wie sie das Telefon dahin zurücklegte, wo sie es gefunden hatte.

"Wen wollten Sie anrufen?"

Überrascht sprang Sarah fast von der Bettkante. Sie erholte sich schnell.

"Ein Freund in der Stadt. Aber der Anrufbeantworter ging ran, und ich hielt es nicht für klug, eine Nachricht zu hinterlassen."

Während sie einen Moment lang auf das Telefon starrte, ließ er seinen Blick von Kopf bis Fuß über sie wandern. Frisch aus der Dusche kommend, war ihr nasses Haar ordentlich hinter die Ohren gekämmt, während der Rest von ihr in seinen übergroßen Frotteebademantel gehüllt war. Ihre Beine, an den Knöcheln gekreuzt, waren kräftig und wohlgeformt. Im Sitzen war der Bademantel ein wenig offen, und sein Blick verweilte auf der sanften Wölbung zwischen ihren Brüsten. Die Haut war glatt und cremefarben und löste eine Erregung in seinen Lenden aus, die er nur mit Mühe ignorieren konnte.

Sarah zog die Ausschnitte des Bademantels am Hals zusammen. Owen sah auf und begegnete ihren Augen. Eine Röte hatte sich auf ihren Wangen ausgebreitet, aber sie hielt seinem Blick mit ihren jadegrünen Augen stand. Gepflegt und ungeschminkt war sie noch schöner, als er gedacht hatte.

Er musste aus dem Schlafzimmer raus.

"Möchten Sie frühstücken?"

Sie nickte, aber Owen wartete nicht auf sie, sondern ging in die Küche.

Nachdem er in seiner Wohnung angekommen war, hatte er ihr das Badezimmer gezeigt, ihr Handtücher und den Bademantel gegeben und gleich darauf hörte er die Dusche laufen.

Er nutzte die Zeit und durchwühlte die Aktentasche, die sie zusammen mit dem Regenmantel auf dem Stuhl im Schlafzimmer zurückgelassen hatte. Der Tasche war offen. Er beobachtete, wie sie einen Beutel mit Toilettenartikeln und Kosmetika herausnahm. Und die Materialien, die er in der Tasche fand, passten zu den Informationen, die sie ihm bereits gegeben hatte.

Flugtickets für Hin- und Rückflug von Providence nach JFK nach Shannon und zurück, sowie der Reisepass, den er bereits eingesehen hatte. Ihre Brieftasche mit ein paar Kreditkarten, der Führerschein fehlte. Ein Notizbuch mit gekritzelten Aufzeichnungen zu Anschlussflügen, Finanzen und dem, wie er annahm, Ort, an dem sie ihr Auto am Flughafen geparkt hatte. Ein paar Fallakten, an denen sie während ihrer Reise gearbeitet haben musste.

In der stabilen Ledertasche fand Owen auch einige Zeitungsausschnitte mit den Todesanzeigen. "John Rand, zutiefst bedauert von seinem trauernden Bruder und seinen beiden Schwestern und seiner Tochter." Owen überflog den anderen nach ihrem Namen. "Sehr schmerzlich vermisst von seiner liebevollen Tochter Sarah."

Als Owen die Artikel wieder in ihren Koffer gelegt hatte, wuchs sein Mitgefühl für die Frau. "Kann ich Ihnen helfen?"

"Gießen Sie den Kaffee ein", sagte er und schob das Brot in den Toaster. "Mögen Sie Spiegeleier oder Rühreier?"

"Wie auch immer, danke."

"Dann eben als Rührei."

Er warf einen Blick auf ihren Rücken, als sie nach der Kaffeekanne griff und die beiden Tassen füllte, die er ihr hingestellt hatte. Ihre Hand zitterte ein wenig, als sie einschenkte und eine Welle von Schuldgefühlen traf ihn mit voller Wucht.

"Nachdem Sie etwas gegessen haben, sollten Sie sich hinlegen."

Sie schüttelte den Kopf und stellte die Tassen auf den Tisch. "Die Uhr tickt. Ich habe zu viel zu tun."

Owen schüttete die Eier in die Pfanne und griff nach einem Holzlöffel. "Wo fangen Sie an?"

"Ich wünschte, es gäbe eine Möglichkeit, mit dem Richter in Kontakt zu treten. Ich weiß, dass es zumindest für ihn eine Erleichterung wäre, zu wissen, dass ich noch lebe." Sie ging zurück zum Tresen und nahm einige Papierservietten in die Hand, faltete sie und glättete die Falten, während sie über ihre Worte nachdachte. "Ich kann nicht glauben, wie diese Leute es geschafft haben, dass alle Beweise auf ihn hindeuten. Er wäre der letzte Mensch auf dieser Welt, der mir je etwas antun würde."

Owen erinnerte sich an den Tonfall einiger Artikel. Die Andeutungen, dass Eifersucht das Motiv für den Mord war. Er blickte auf die Gesichtszüge der Frau, auf die Linie ihres Halses, auf die Schatten der Haut, wo der Bademantel wieder aufgegangen war. Er wollte jetzt nicht darüber nachdenken, wie die Beziehung zwischen Sarah Rand und Richter Arnold aussah.

"Er weiß, dass er unschuldig ist", fuhr sie fort. "Aber ich kann mir nicht einmal vorstellen, wie er sich jetzt fühlt, wenn er denkt, dass ich tot bin... und dass er für meinen Mord festgehalten wird."

Owen schabte die Eier auf zwei Teller. "Zu ihm zu gehen, wäre so gut, wie sich der Polizei auszuliefern."

"Ich weiß." Ohne zu fragen, zog sie ein paar Schubladen auf, bis sie das Silberbesteck fand. Sie trug es zum Tisch, legte es hin und ordnete es ordentlich.

Owen stellte die Teller auf den Tisch. "Hören Sie, ich habe mich bis zum Hals in diese Angelegenheit verstrickt. Ich werde mich jetzt nicht zurücklehnen, während Sie sich die Zeit nehmen und tun, was auch immer Sie vorhaben, um aus dieser Klemme herauszukommen. Und ich werde mich auch nicht dafür entschuldigen, dass ich mich in Ihr Privatleben einmische. Das sind Sie mir schuldig." Er ließ den Toast auf den Teller fallen und begegnete ihrem Blick, um sie zu provozieren, ihn auf der Stelle zu stoppen. Aber sie sagte nichts, setzte sich stattdessen hin und legte ihre Hände um die Kaffeetasse. "Es würde helfen, wenn wir die Fakten durchgehen würden. Alles, was wir aus den Zeitungen über den Mord wissen. Und was Sie sonst noch über die Ereignisse vor Ihrer Reise hinzufügen können."

"Das hört sich langsam an wie eine deiner Shows."

"Ich wünschte, es wäre so. Dann wüsste ich, wie es ausgehen würde." Owen nahm ihr gegenüber Platz.

"Es tut mir leid", sagte sie. "Es tut mir leid, dass ich Sie da so hineingezogen habe."

"Es sei ihnen verziehen. Zumindest für den Moment." Er stocherte in seinen Eiern herum. "Aber lassen sie uns ehrlich über die Fakten reden, okay?"

"Ich habe die Unterlagen im Büro des Richters nur überflogen."

"Die Polizei glaubt, dass in Ihrer Wohnung ein Verbrechen begangen wurde. Es gab eindeutige Beweise für ein Verbrechen. Blut und Kugeln."

"Aber sie haben keine Leiche gefunden."

"Das ist richtig. Aber die übereinstimmenden Gewebe- und Blutproben aus Ihrer Wohnung und dem Boot des Richters lassen sie glauben, dass Ihr alter Partner sie beseitigt hat." Er nahm einen Schluck von seinem Kaffee. "Es besteht kein Zweifel, dass jemand getötet wurde. Die einzige Verwirrung besteht darin, dass es jemand anderes war und nicht Sie."

Er sah zu ihr auf. Ihr Gesicht war wieder einmal blass geworden. "Erzählen Sie mir von Ihrer Freundin."

"Sie kam am Tag meiner Abreise aus Kalifornien. Sie lebte dort."

"Warum kam sie in den Osten?"

Sarah stützte ihre Ellbogen auf den Tisch und vergrub ihre Finger in den Haaren. "Nur um mich zu besuchen."

"Aber Sie wollten doch wegfahren."

"Das wusste sie nicht. Ich wusste es selbst erst am Tag, bevor sie ankam. Mein Vater ist plötzlich verstorben. Es gab keine Vorwarnung."

"Warum haben Sie sie nicht angerufen und ihr gesagt, dass sie nicht kommen soll?"

"Das habe ich. Ich habe sie von meinem Büro in der Stadt angerufen. Aber sie sagte, sie wolle trotzdem kommen."

"Warum?"

"Mr. Dean, ich glaube nicht, dass Sie *alles* wissen müssen."

"Aber ich schon! Und nenn mich Owen. Wenn man bedenkt, wie sehr du mich schon in ein kriminelles Leben hineingezogen hast, könntest du mich wenigstens Owen nennen." Er schob den Teller mit den Eiern näher an sie heran, bis er ihre Ellbogen berührte. Sie schnappte sich eine Gabel. "Und warum wollte diese Freundin unbedingt kommen?"

Sie stocherte in ihren Eiern herum. "Ich weiß es nicht. So war sie nun mal. Wenn Tori sich einmal entschieden hatte, gab es kein Zurück mehr."

"Wer außer Dir wusste noch, dass sie kommen würde?"

Sie schob die Eier weiter auf ihrem Teller hin und her. "Niemand, glaube ich."

"Warum nicht?"

"Weil es niemanden sonst etwas angeht."

"Weißt du, Deine Offenheit ist wirklich schmeichelhaft."

"Ich weiß, dass du helfen willst, aber ich glaube wirklich nicht, dass du..."

"Komm schon, Sarah. Denk daran, was das FBI Sie fragen wird. Erwartest du, dass sie dir glauben, dass du eine Freundin hast, die den ganzen Weg von Kalifornien hierher kommt und dass du das niemandem gegenüber erwähnt hast? Dass du nichts geplant hast, um sie deinen Millionen anderen Freunden in Newport vorzustellen?"

"Entgegen den Zeitungsberichten habe ich vor dieser Katastrophe ein ruhiges Leben hier in Newport geführt."

Er schob seinen Teller beiseite und dachte über ihre Antwort nach. "Okay, du hast es also nicht deinen Freunden erzählt. Was ist mit deinen Kollegen? Büroangestellten?"

Sie schüttelte den Kopf. "Es ist August. Wir schließen das Büro immer für einen Monat. Und es gab keinen Grund, jemandem etwas zu sagen."

Er erhob sich und füllte ihre Kaffeetassen nach.

"Was ist mit deiner Reise? Wer wusste noch von deiner Reise nach Irland?"

Ihre Finger krallten sich um die Tasse. "Niemand anderes als Tori."

"Weißt du, wenn du versuchst, ihnen eine so lahme Geschichte zu verkaufen, werden sie *dich* für ihren Mord einsperren."

"Was meinst du?" Ein Ausdruck des Entsetzens machte sich auf ihrem Gesicht breit.

"Du hattest die Möglichkeit, es zu tun, Sarah. Und glaub mir, sie werden in deiner Vergangenheit graben, bis sie ein Motiv finden. Du bist Anwältin, du weißt, wie das läuft. Die Tatsache, dass du das Land für zwei Wochen verlassen hast und die Tatsache, dass du nicht einmal auf die einfachsten

Fragen eine vernünftige Antwort geben kannst, wird dir mit Sicherheit zum Verhängnis werden."

"Ich sagte doch, die Nachricht von meinem Vater kam aus heiterem Himmel. Ich dachte, die einzige Person, die es wissen muss, ist Tori. Sie war diejenige, die ich auf dem Trockenen sitzen lassen wollte. Und dann war ich beschäftigt. Ich war damit beschäftigt, Flugtickets zu buchen, zu packen und alles andere zu tun, was ein Mensch tut, wenn er einen Anruf erhält, dass sein Vater tot ist. Ich habe nicht daran gedacht, ein solides Alibi zu entwickeln."

Zwischen ihnen herrschte Schweigen. Owen beobachtete sie, als sie in die Schwärze des Kaffees starrte. Ihr Gesicht zeigte keinen Kummer. Nur Konzentration.

"Wer hat deinen Flug gebucht?"

"Das war ich", antwortete sie nach einer kurzen Pause. "Und was den Rest Deiner Fragen betrifft, so hatte ich ursprünglich geplant, höchstens eine Woche weg zu sein. Ich dachte, Tori könnte demjenigen, der fragt, sagen..."

"Aber du bist länger weggeblieben."

Sie zuckte mit den Schultern. "Es ist einiges passiert. Die Beerdigung wurde verschoben. Und dann war da noch die Familie. Die Familie meines Vaters und die Probleme mit dem Besitz und dem Testament. Ich konnte einfach nicht so schnell weg. Ich habe versucht, Tori anzurufen."

"Hättest du nicht deine Kollegen oder deinen Freund kontaktieren können, während du weg warst?"

Owen wusste nicht, warum er den letzten Teil hinzugefügt hatte, aber er war schon raus und das war's. Ihre grünen Augen hoben sich und suchten die seinen.

"Zwei Wochen weg zu sein, ist nicht zu lang." Sie schob die Tasse und den Teller weg. Als sich ihre Blicke wieder trafen, war sie ganz bei der Sache. "Wie ich bereits erwähnt habe, war das Büro geschlossen. Tori sollte dem Richter und allen anderen, die anrufen könnten, sagen, wo ich bin. Und um Deine nächste Frage zu beantworten: Warum habe ich mir keine Sorgen gemacht, als ich sie nicht erreichen konnte? Die Antwort ist, dass meine Freundin ein Freigeist ist... war... Ich wusste, dass sie das Haus als Basis nutzen würde, aber sie kam und ging, wie es ihr gefiel. Sie hatte eine Menge Charisma. Sie zog Männer an."

"Haben sich der Richter und deine Freundin jemals getroffen?"

Seine Frage verwirrte sie für einen Moment und sie hielt inne, bevor sie antwortete. "Ja, sie haben sich vor etwa zwei Jahren kennengelernt. Sie kam mich über die Feiertage besuchen. Ich nahm sie zu der Weihnachtsfeier mit, die Avery, die verstorbene Frau des Richters, jedes Jahr gab. Es war die letzte Party, die sie wegen ihrer Krankheit gab."

"Ist es möglich, dass sich zwischen Ihrer Freundin Tori und Richter Arnold etwas entwickelt hat?"

"Nein!" Das Temperament trieb ihr die Röte in die Wangen. "Ganz und gar nicht. Richter Arnold war seiner Frau treu ergeben."

"Nach dem, was in den Zeitungen steht, war sie zunehmend krank. Meinst du nicht, dass es für einen wohlhabenden Mann mittleren Alters zumindest möglich ist, eine Affäre zu haben oder..."

"Nicht dieser Mann."

"Wie kannst du dir so sicher sein?" Owen räumte den Bereich vor ihm ab. "Stell dir vor, die Polizei würde es so sehen. Nehmen wir an, sie hatten vorher etwas miteinander, seit dieser Party. Nehmen wir an, Tori rief ihn wegen deiner Abreise nach Irland an, also kam er vorbei und die Dinge kamen wieder ins Rollen. Der Richter ist nicht mehr verheiratet, also sieht deine Freundin ihn als Freiwild an."

"Ihre Andeutungen interessieren mich überhaupt nicht, Mr. Dean."

"Mich auch nicht. Ich spiele hier nur des Teufels Advokat. Angenommen, es passiert etwas, ein Unfall und Tori wird getötet."

"Nein! Das ist das wirkliche Leben, nicht eine Folge aus deiner Show." Wut loderte in ihren Augen auf. "Richter Arnold hatte nichts mit Tori am Hut. Nicht jetzt und auch nicht vor zwei Jahren."

"Und wie kannst Du so sicher sein?"

"Weil er nicht für eine leichtfertige Affäre zu haben ist."

"Sie wissen nicht viel über Männer, oder, Ms. Rand?"

"Ich weiß, dass der Richter seine Frau nicht betrogen hätte".

Er beugte sich zu ihr. "Warum?"

"Er ist ein ehrlicher Mann. Er ist ein loyaler Mann. Ein wahrhaft aufrechter und guter Mann." Owen sah ihr zu, wie sie versuchte, ihre Gefühle im Zaum zu halten. "Ich war dabei. Ich habe gesehen, wie er während Averys langer und schmerzhafter Krankheit gelitten hat. Ich habe gesehen, wie er bis zum Schluss bei ihr geblieben ist und die Hoffnung nie aufgegeben hat. Nie ließ er ihre Stimmung sinken. Er hat ihr immer seine Liebe gezeigt." Sie schüttelte den Kopf. "Nein. Ich werde nie glauben, dass er sich Tori oder jemand anderem gegenüber unangemessen verhalten hat."

Er wartete einen Moment, um ihr die Möglichkeit zu geben, ihre Gefühle zu verarbeiten. In dieser Sekunde der Pause beschloss er, die Frage, die ihm auf der Zunge brannte, nicht zu stellen. Die Frage nach ihrer eigenen Beziehung zu dem Richter. Er wechselte das Thema. "Was ist mit Dir?"

"Was ist mit mir?"

"Hätte der Richter einen Grund, *Dich* tot sehen zu wollen?"

"Wir waren Freunde."

"Das steht nicht in der Zeitung!"

"Was steht drin?"

"Dass Du und der Richter in den Tagen vor deinem angeblichen Mord einen heftigen Streit hattet. Dass es Zeugen gibt, die sich melden und der Polizei über das Ausmaß der Streitigkeiten berichten. Es ist die Rede davon, dass Du zwei Tage vor der Schießerei aus seinem Büro gestürmt bist und gedroht hast, ihn zu verlassen."

"Nicht *ihn* verlassen, sondern das Büro. Und ich bin nicht 'rausgestürmt'."

Sie erhob sich und trug ihre beiden Teller zur Spüle. "Das ist alles nicht neu. Richter Arnold und ich haben uns immer gestritten. Und was die Beendigung unserer Zusammenarbeit angeht, so habe ich das schon seit einiger Zeit in Erwägung gezogen."

Sie wollte auch nicht über ihre Beziehung mit dem Richter sprechen. Er leerte die halbe Tasse Kaffee und betrachtete den kantigen Schnitt ihrer Schultern, das seidige blonde Haar, das sich beim Trocknen an den Spitzen zu kräuseln begann. Sein Blick wanderte über die anmutige Wölbung ihres Rückens nach unten. Und sie sagte, dass diese Tori Männer anzieht.

Als Sarah sich bückte, um das Geschirr in den Geschirrspüler einzuräumen, blieb Owens Blick an dem sanften Schwingen ihrer Brüste unter dem Bademantel hängen. Stirnrunzelnd zwang er sich, ihr Profil zu betrachten, bevor er sprach. "Seid ihr euch sehr ähnlich, deine Freundin und Du?"

Sie richtete sich auf und zerrte am Gürtel des Bademantels, als sie ihm gegenüberstand. "Wir ... wir waren Zimmergenossen auf dem College."

"Und?"

"Ich beendete das Studium, und sie ... nun, sie brach es ab. Wir sind Freunde geblieben." Sarah verschränkte die Arme vor der Brust und lehnte sich gegen den Tresen. "Sie hasste jede Art von Ordnung. Ich war immer ziemlich gut organisiert. Als ich mich entschloss, Jura zu studieren, war sie total angewidert von mir. Später haben wir uns in gewissem Maße auseinandergelebt. Aber ab und zu rief sie aus heiterem Himmel an."

"Eigentlich habe ich mich über Dein Aussehen gewundert. Habt ihr beide euch sehr ähnlich gesehen?"

"Nicht so sehr, als wir jünger waren, aber auf dieser Reise hatte sie sich die Haare geschnitten, und sie war blond. Sie hat immer die Farbe des Monats genommen, aber ich war überrascht, dass ihr Haar ungefähr meine Farbe hatte. Es stand ihr sogar gut." Sarah blickte auf ihre nackten Füße auf den weißen Kacheln hinunter. "Wir waren beide ungefähr gleich groß, aber sie war an bestimmten Stellen viel besser ausgestattet, wenn Sie wissen, was ich meine."

Owen ließ seinen Blick auf ihrem Gesicht ruhen. "Dann kann man also davon ausgehen, dass kein psychotischer Freund sie den ganzen Weg von Kalifornien hierher verfolgt hat?"

Sarah überlegte einen Moment lang. "Ich glaube, davon kann man ausgehen."

"Und ich denke, wir können davon ausgehen, dass es sich nicht nur um einen missglückten Raubüberfall handelte, denn sie hätten sich nie die Mühe gemacht, die Leiche zu beseitigen."

"Okay."

"Dann ist Deine Bemerkung, dass jemand deine Freundin ermordet haben könnte, weil er dachte, dass Du es warst, nicht unvorstellbar. Die Polizei denkt sicher, dass Du es warst."

"Jemand, der nur eine Beschreibung bekommen hat, vielleicht. Aber ich wüsste nicht, warum mich jemand umbringen lassen sollte."

Sie war der Inbegriff von Konzentration, aber in seinem Kopf tauchten noch mehr aufreizende Bilder auf. Er bewegte sich ein wenig in seinem Stuhl, bevor er den letzten Schluck seines Kaffees trank. "Und wie geht es weiter?"

"Ich muss an die Informationen in unseren Büros gelangen."

"Du warst doch gerade da."

"Nein, die Anwaltskanzlei in der Innenstadt. Dort werden die meisten aktuellen Akten und Termine der Kanzlei aufbewahrt." Sie stieß sich von der Theke ab und schritt auf dem Küchenboden hin und her. "Ich glaube, ich habe Dir gegenüber schon einmal etwas erwähnt, irgendeinen Fall, über den sich der Richter in den Wochen vor meiner Abreise sehr aufgeregt hat."

"Du glaubst, es gibt einen Zusammenhang?"

"Ich weiß es nicht. Aber ob ich das beabsichtigte Opfer war oder nicht, oder ob der Richter als Sündenbock benutzt wird, die Antwort könnte im Büro zu finden sein. Das ist der einzige Ort, den ich kenne."

"In Ordnung."

Sie zögerte neben dem Tisch. "Ich kann ein Taxi rufen und mich in die Innenstadt fahren lassen, aber da gibt es ein kleines Problem."

Er kannte bereits diesen "Ich bin mutig und dankbar, aber ich brauche einen Gefallen"-Blick. Er war ein mächtiges Werkzeug.

"Was ist das Problem?"

"Meine Schlüssel zu unseren Büros in der Innenstadt hängen am selben Schlüsselbund wie meine Autoschlüssel. Sie sind im Zündschloss meines Autos, glaube ich. Außerdem brauche ich meinen Laptop für einige Akten. Den habe ich auch im Auto gelassen."

"Soll ich dich dorthin bringen, wo du dein Auto abgestellt hast?"

Sie nickte leicht. "Du hast schon so viel getan und ich kann Dir nicht genug danken."

Owen stand auf. "Spar Dir das. Du kannst dich bei mir revanchieren, indem Du mir den Namen eines guten Anwalts gibst. Ich weiß, dass ich einen brauchen werde."

Sie nickte schuldbewusst und zögerte dann, bevor sie sich zum Gehen wandte. "Oh, ich brauche noch einen Gefallen."

Es wäre zu viel verlangt, dachte er, dass sie gleich hier auf dem Küchentisch Sex mit ihm haben wollte.

"Meine Kleider sind nass. Könnten Sie mir etwas leihen, bis ich auch meinen Koffer aus dem Auto holen kann?"

"Auf keinen Fall. Wenn Du mitfahren willst, musst Du so kommen, wie Du bist."

Als er auf sie zuging, sah Owen, wie sich ihre Augen weiteten und sie ihre Lippen schürzte. Sarah wich nur einen halben Schritt zurück, als er direkt vor ihr stehen blieb. Ihr stockte der Atem, als er mit dem Finger von der Vertiefung ihres Halses abwärts in das Tal zwischen ihren Brüsten und darüber hinaus fuhr und erst bei dem Gürtel an ihrer Taille stehen blieb. Er blickte von ihrem fassungslosen Gesicht hinunter zur Innenwölbung ihrer Brüste. Sie atmete nicht mehr. Aber das tat er auch nicht.

Er wandte seinen Blick von ihr ab und durchquerte den Raum, während ihre Hände schnell den vorderen Teil des Mantels zusammenzogen und den Gürtel festzogen.

"Durchsuche die Schubladen und den Schrank und nimm dir, was du willst. Bevor wir gehen, nehme ich eine kalte Dusche."

Kapitel Sieben

Amir verbeugte sich nach Osten, richtete sich auf und legte die Hände vor sich zusammen.

Jake starrte auf die Strickmütze, die den rasierten Kopf des schwarzen Mannes bedeckte und begann, "When You're a Jet" aus der *West Side Story* zu pfeifen. Sein Zellengenosse ignorierte ihn und betete weiter. Es war eine Art Tradition, die sie eingeführt hatten.

Da Amir ihn zwei Stunden vor seiner Zeit geweckt hatte, schimpfte Jake normalerweise über den Hurensohn, wenn er anfing und ging dann zum Pfeifen über. Heute jedoch beschloss er zu warten, bis Amir fertig war, bevor er dem Muslim einige ausgewählte und besonders gemeine Schimpfwörter entgegenschleuderte.

Schließlich, so dachte er großzügig, war er heute schon wach gewesen, als sein Zellengenosse von seiner Pritsche gerollt war.

Jake, der auf der obersten Pritsche lag und die Hände hinter dem Kopf verschränkt hatte, pfiff weiter, während er einen Blick auf Amirs vernarbte Hände warf.

Ein hinterhältiges Lächeln umspielte seine Lippen. Er rollte sich auf die Seite, griff unter sein Kissen und holte den gefälschten Ausdruck des Fotos hervor, das er am Vortag aus dem Internet gezogen hatte. Als er wieder anfing, seine Melodie zu pfeifen, starrte Jake auf das Bild des Paares auf dem Blatt und spürte, wie er hart wurde.

Amirs Gesicht erschien über dem Ausdruck.

"Du dreckiger Mistkerl. Wie soll Allah mich hören, wenn du den Teufel anpfeifst und dir einen runterholst, während ich bete?" Er zog sich seine kleine Strickmütze vom Kopf und warf sie angewidert in die untere Koje.

"Das ist eine hässliche Glatze, Amir." Jake sah an dem Bild vorbei auf den rasierten Kopf seines Zellengenossen. Sie war an einem halben Dutzend Stellen eingekerbt. "Was hast du getan? Du hast doch nicht wieder zugelassen, dass diese Schwuchtel Jerome dir eine Klinge an den Kopf hält, oder?"

"Das geht dich nichts an." Amir riss Jake das Bild aus der Hand und starrte es an. Jake setzte sich in der Koje auf, ließ die Beine über die Kante baumeln und beobachtete das Gesicht seines Zellengenossen.

Amir schlug mit einer Hand auf das Papier. "Hey, dieser McKee-Typ von der Dienstaufsichtsbehörde."

"Und du bist ein verdammtes Genie." Jake sprang von der Pritsche herunter, trat vor die Toilette und begann, sich zu erleichtern. "Owen Dean. Sein richtiger Name ist Owen Dean."

"Wie auch immer, Mann. Viel wichtiger ist, wer ist die Schlampe mit den Titten?"

Jake ging hinüber und riss Amir die Seite aus der Hand. Er schaute wieder auf das Bild des Filmstars, der Sex mit der Frau hatte.

"Um genau zu sein, mein Freund, heißt sie Tori Douglas. Und zufälligerweise kenne ich diese Schlampe."

WÄHREND SIE DIE Bundesstraße auf und ab fuhren, konnte Sarah den Ort, an dem sie ihr Auto nach der Schießerei abgestellt hatte, nicht mehr erkennen. Sie machten eine Kehrtwende und hielten erneut an der Stelle an, an der Sarah sich daran erinnerte, dass das Polizeiauto sie anfangs angehalten hatte. Selbst hier war es schwierig, etwas zu finden, das ihre Geschichte stützte.

Kein Glas auf der Straße. Keine Bremsspuren. Nichts.

Sarah spürte, wie die Skepsis im Range Rover von Minute zu Minute wuchs.

"Es muss eine der ersten zwei oder drei Schotterstraßen sein", sagte sie.

"Okay, aber wollen wir an einem trüben Donnerstagmorgen wegen Hausfriedensbruchs verhaftet werden?" Owen runzelte die Stirn. "Das glaube ich nicht."

Trotz seiner Worte bog Owen abrupt in eine Seitenstraße ein und sie blickte überrascht zu ihm hinüber.

"Das ist die Einfahrt, aus der ich kam, als ich dich gestern Abend sah."

Sarah strich sich eine lose Haarsträhne hinters Ohr und setzte eine Baseballkappe auf, als Owen den Wagen zum Stehen brachte.

"Hier sind wir. Das war genau die Stelle, an der du aus dem Wald gekommen bist."

Sarah blickte unsicher in den Wald, der dunkel und abweisend unter einem Nebelschleier lag. So sehr sie sich auch bemühte, sie konnte keinen Durchbruch im dichten Unterholz erkennen. Keine Stelle, an der ihr Auto in den Wald gefahren war. Keine Lücke, wo sie herausgekommen war.

Ein eisiger Schauer hatte sich in ihrem Bauch festgesetzt. Sie blickte zu dem Mann, der schweigend hinter dem Steuer saß und wurde für einen Moment von der Erinnerung an seine Berührung in der Küche abgelenkt.

Owens kurzes schwarzes Haar war noch nass von seiner Dusche. Die Muskeln in seinem Kiefer spannten sich weiter an, während seine Augen die Szene vor ihnen erkundeten. Sie spürte, wie ihr ein Schauer über den Rücken lief und dieses Mal hatte es nichts mit Angst zu tun.

"Bereit?"

Sie sah ihn an und spürte erneut, wie ihr Herzschlag schneller wurde, als er sie ansah. Die Turnhose, die sie sich geliehen hatte, war viel zu groß, aber dank des Kordelzugs in der Taille konnte sie sie so weit zusammenziehen, dass sie oben blieb. Das T-Shirt mit dem Logo seiner Fernsehsendung auf dem Rücken hing ein wenig schlaff über ihren Brüsten, aber es locker in die Shorts zu stecken, hatte geholfen. Sie hätte sich für ein Sweatshirt entscheiden sollen, aber sie hatte keins in der Schublade gesehen und wollte auch nicht danach fragen. Ihre Schuhe - schwarzes Wildleder, schlammig und noch nass - passten perfekt zu dem Ensemble.

"So bereit, wie ich nur sein kann."

Sie stiegen beide aus dem Auto und Sarah zuckte beim Piepen der Alarmanlage zusammen. Sie drängte sich in das dichte Unterholz.

Sobald sich die Äste hinter ihnen schlossen, hatte sie das Gefühl, in einer anderen Welt zu sein. Feucht und tropfend in der frühmorgendlichen Dämmerung sahen die Stämme der Bäume schwarz und bedrohlich aus. Sie rutschte auf einem nassen Stein aus und schreckte zurück, als sie einen Pilz spürte, der an der Seite eines Baumes wuchs.

"Ein echtes Naturmädchen, was?" Owen stand neben ihr.

"Es sind diese Schuhe und dieser Ort. Woher wissen wir, dass die Männer, die mich angegriffen haben, nicht mehr in der Nähe sind?"

Owen sah sich um und runzelte die Stirn. "Das können wir nicht mit Sicherheit wissen. Aber wir haben auf der Hauptstraße kein Zeichen von ihnen gesehen."

"Ich weiß, dass ich das wahrscheinlich schon früher hätte fragen sollen, aber Du hast keine Waffe, oder?"

Er unterdrückte ein Lächeln. "Willst du, dass ich jetzt jemanden erschieße?"

"Nein, ich dachte nur, wenn sie bei meinem Auto auf uns warten..."

"Dann werden sie ziemlich nasse Hurensöhne sein." Er blickte nach vorne. "Bei dem Sturm kannst du dich wahrscheinlich nicht mehr daran erinnern, in welche Richtung du gelaufen bist."

"Hier entlang, glaube ich." Sie führte ihn durch das Gewirr von Lianen und Schlingpflanzen, die den Waldboden überwucherten. "Ich erinnere mich, dass ich versucht habe, mich von der Hauptstraße fernzuhalten."

Nach ein paar Minuten erreichten sie eine kleine Lichtung. Sie blieb stehen und sah sich um.

"Ich glaube, ich bin hier durchgekommen." Sie senkte ihre Stimme zu einem Flüstern. "Wir sind nicht weit vom Auto entfernt." Sie drehte sich um und blickte wieder auf die hohen Bäume, auf die Dichte des Waldes. "Selbst bei dem heulenden Sturm hätte ich schwören können, dass ich ..."

Sie zögerte, überlegte, wo die Hauptstraße war, und zeigte dann in die Richtung, in der sie die Lichter von einem Haus aus gesehen zu haben glaubte. "Ja, es war genau hier... Ich konnte Lichter durch die Bäume sehen, als der Wind sie bewegte. Ein Haus, dachte ich mir. Ich wusste nicht, ob ich darauf zugehen oder mich von ihm fernhalten sollte. Ich konnte einfach nicht klar denken."

"Das Haus von Warner."

Seine Worte ließen sie aufhorchen. Sie war überrascht von der plötzlichen Ernsthaftigkeit in seiner Stimme. Er griff nach ihrer Hand und zog sie zu einer Lücke im Gebüsch.

"Es gibt zwei verschiedene Straßen, die auf ihr Grundstück führen. Die, die Du genommen hast, könnte die alte Forststraße gewesen sein, die um das Haus herumführt. Andrew hat nichts unternommen, um sie instand zu halten."

Sie ließ seine Hand los und ging vor ihm her. "Du sagtest, das Haus gehöre Warner. Ist das Warner wie Andrew Warner, der Präsident des Rosecliff College?"

"Kennst Du ihn?"

"Irgendwie schon." Sie sah sich im Wald nach etwas Erkennbarem um. "Ich glaube, er ist ein Freund der Familie Van Horn. Ich erinnere mich, Warners Frau bei Averys Beerdigung getroffen zu haben. Mrs. Warner ist ... hmm, eine schwer zu durchschauende Frau."

"Du brauchst meinetwegen kein Blatt vor den Mund zu nehmen."

"Habe ich nicht." Als sie sich umdrehte, um ihn anzusehen, stolperte sie über einen Baumstamm, der aus den Blättern und dem Unterholz ragte. Gleich dahinter fiel der Boden in eine schlammige Rinne ab. Bevor sie in den Schlamm stürzte, griff er nach ihrem Handgelenk. Er zog sie zu sich heran und sie rutschte gegen ihn.

Sein Duft war berauschend. Seife und Gewürze. Sie war entsetzt über die Reaktion, die der Kontakt in ihrem Körper auslöste.

"Okay?"

Sie nickte und versuchte, sich auf die eigenen Füße zu stellen, aber er hatte einen Arm um sie gelegt und schien kein Interesse daran zu haben, sie loszulassen. Sie blickte auf und sah den Blick. Den Blick aus dem Boulevardblatt. Die Augen, die von Begehren sprachen. Von Sex. Seine Augen waren auf ihren Mund gerichtet. Sie schluckte schwer.

Eine plötzliche Brise in den Baumwipfeln ließ den Regen der letzten Nacht auf sie niedergehen und unterbrach den Moment.

"Das ist ein sehr rutschiger Weg", murmelte sie.

Das Rascheln im Unterholz hinter Owen ließ sie auseinander springn. Er drehte sich um und hielt sie hinter sich fest. Sarah kämpfte gegen den plötzlichen Anstieg von Galle in ihrer Kehle an. Sie war so töricht gewesen, zu glauben, dass sie in Sicherheit wäre. Wie schnell hatte sie vergessen, wie nahe sie nur wenige Stunden zuvor dem Tod gekommen war.

"Bleib hier", flüsterte er.

Er hob einen ziemlich großen Stock vom Boden auf und ging die Schlucht entlang. Sarah wollte ihn nicht allein in eine Gefahr laufen lassen und folgte ihm, wobei sie sich nach einem weiteren Stock umsah. Plötzlich sprang ein Fasan vor ihnen vom Waldboden auf und verschwand im Nu in den Wipfeln der Bäume in einem Wirbel aus Federn und fallenden Blättern.

Owen schenkte ihr ein halbes Grinsen.

Sarahs Blick wurde von etwas hinter ihm gefangen genommen. Dort spiegelte sich die Sonne, die gerade durch die Bäume zu brechen begann, auf der Motorhaube ihres Sportwagens.

Es war niemand in der Nähe und Sarah konnte keine Anzeichen dafür erkennen, dass seit gestern Abend jemand in der Nähe gewesen war. Während Owen damit beschäftigt war, den Schaden an der Motorhaube und den Fenstern zu überprüfen, schob sich Sarah an den Tannenzweigen vorbei, nahm ihren Schlüssel aus dem Zündschloss und öffnete den Kofferraum. Sie holte ihre beiden Koffer und ihren Laptop heraus.

"Willst du das Auto hier stehen lassen?"

"Ich habe keine andere Wahl, oder?"

"Ich frage mich, ob er anspringen wird." Er griff nach den Schlüsseln.

Die Zündung klackte, aber der Motor sprang nicht an. Sie sah ihm zu, wie er die von Kugeln zerschmetterten Fenster von innen betrachtete. "Hier gibt es genug Beweise für einen Angriff. Keine zufällige Fahrt durch den Wald hätte diese Art von Schaden an Deiner Windschutzscheibe verursacht."

Sie schloss den Kofferraum, stand mit ausgebreiteten Armen da und beobachtete ihn. Trotz der Hölle, die sie durchgemacht hatte, war es eine Erleichterung zu wissen, dass jemand anderes sehen konnte, dass nichts davon ihrer Fantasie entsprungen war. Während sie ihn durch die zerbrochene Heckscheibe beobachtete, beugte er sich vor und hob etwas vom Beifahrersitz auf.

Sie wusste, was es war.

Tori's Brieftasche.

Ein Stich der Trauer durchzuckte ihre Brust. Nach dem heutigen Tag, nachdem sie ihr eigenes Chaos in Ordnung gebracht hatte, würde sie in Kalifornien anrufen müssen. Jemand musste Toris Mutter die traurige Nachricht überbringen und sie wusste, dass sie diejenige sein musste, die es tun würde.

Mrs. Douglas, Tori ist tot.

Mrs. Douglas, Ihre Tochter wurde ermordet und anstelle von mir.

Da war wieder dieses würgende Gefühl in ihrer Kehle. Tot. Eine unschuldige Frau, die ihr ganzes Leben noch vor sich hatte, war tot, weil sie zur falschen Zeit am falschen Ort war.

Das Rascheln von Blättern begleitete das Geräusch von Schritten, die nicht weit von ihnen entfernt waren. Das dumpfe Grollen einer Männerstimme drang durch die Bäume.

Sarah ließ ihre Sachen fallen und drängte sich an Owens Seite.

"Da lang", flüsterte sie. "Da kommt jemand."

Flink wie eine Katze sprang er aus dem Auto und gab ihr ein Zeichen, sich hinzukauern. Ohne zu protestieren, wich sie zurück und hielt das Fahrzeug zwischen sich und den sich nähernden Eindringlingen.

Die beiden Jagdhunde kamen in Sicht, ihre Nasen am Boden, während sie sich um die Bäume herum auf das Auto zubewegten.

"Langsamer, Jungs. Langsamer." Es war die Stimme eines älteren Mannes, so wie er sich anhörte und er war ziemlich außer Atem.

Einer der Hunde erblickte Owen und bellte bedrohlich. Er fiel auf ein Knie. "Chip! Skip! Kommt schon, gute Jungs."

Die Tiere hüpften auf ihn zu.

"Owen, bist du das?"

"Ja, Andrew", rief er. "Hier drüben. Pass auf den Graben auf."

Erleichterung durchströmte Sarah und sie stand auf und streckte den aufgeregten, freundlichen Tieren ihre Handflächen entgegen. Nachdem sie sie begrüßt hatten, wandten sich die beiden wieder Owen zu, rannten zurück und sprangen mit schlammigen Pfoten auf ihn zu und leckten ihm schnell die Hände und das Gesicht.

Im nächsten Moment sah Sarah einen weißhaarigen Mann aus dem Wald kommen. Als er Owen begeistert zuwinkte, wurde der Mann, den sie sofort als Andrew Warner erkannte, von einem Hustenanfall erfasst, der nicht aufhören wollte. Er griff nach einem Baumstamm und schnappte nach Luft.

Owen ging zu ihm. "Wo ist dein Inhalator?"

Der ältere Mann hustete weiter und konnte nicht lange genug Luft holen, um zu antworten.

"Du *hast* ihn doch, oder?"

Andrew Warner rang nach Luft, sein Gesicht färbte sich hässlich violett. Er tippte auf die Ledertasche an seiner Taille. Owens Hände waren schnell, öffneten die Tasche und holten einen Inhalator heraus.

Es dauerte einige Augenblicke und ein paar Züge des Medikaments, bis Warners Husten so weit nachließ, dass er seinen Kopf gegen den Baum lehnen konnte.

Sarahs Blick richtete sich auf Owens Gesicht und was sie in seinem Gesichtsausdruck sah, überraschte sie. Er war eindeutig besorgt um den älteren Mann. Und es war nicht nur die Sorge, die man im Gesicht von jemandem sehen würde, der einem zufälligen Bekannten hilft. Diese Sorge war tiefer.

Sie kannte diesen Blick. Es war das visuelle Spiegelbild der Hilflosigkeit, die man empfindet, wenn man jemanden verliert, der einem wirklich etwas bedeutet. Sie hatte es in ihrem eigenen Spiegel gesehen, als ihre Mutter langsam dahinsiechte. Es war fast die gleiche Trauer, die sie im Gesicht des

Richters gesehen hatte, während Avery so tapfer gegen den Tod gekämpft hatte.

"Owen, ich hatte gehofft, du würdest kommen." Der folgte weiterer Husten, aber nicht annähernd so heftig, weil die Medizin bereits wirkte.

"Haben Dir deine Ärzte nicht davon abgeraten, bei dieser Art von Nässe rauszugehen?" Seine Stimme war gereizt, schnippisch.

"Zum Teufel mit den Ärzten. Ich musste raus aus dem Haus."

"Mein Gott, Andrew! Diese Anfälle könnten dich umbringen."

"Ich habe die Nase voll von diesem Haus, Owen. Und von ihr."

"Tun das nicht. Du hast mich gebeten zu kommen. Ich bin hier. Wir hatten eine Abmachung. Ich habe meinen Teil erfüllt. Jetzt bist du dran, verdammt! Du musst deinen Teil der Abmachung einhalten."

Offenbar von Owen vergessen, fühlte sich Sarah wie ein Eindringling. Sie wusste, dass sie ein privates Gespräch belauschte - eines, von dem sie kein Recht hatte, etwas zu erfahren.

"Ich habe für nächsten Freitag einen weiteren Termin bei meinem Arzt vereinbart."

"Das ist ein Anfang."

"Ich möchte, dass du mit mir kommst."

"Ich glaube nicht, dass das eine gute Idee ist."

"Warum? Wegen Tracy?"

"Sie ist deine Frau, Andrew. Es ist ihre Aufgabe, mit dir zu gehen."

"Zum Teufel mit Tracy." Das Gesicht des alten Mannes wurde wieder rot und er begann zu keuchen. "Zum Teufel mit ihrem Egoismus. Zum Teufel damit, dass sie dir die Schuld für alles gibt, was *ich* getan habe."

Owens Ungeduld war zu offensichtlich, als er den Inhalator wieder in die Tasche stopfte. "Andrew, wenn du glaubst, dass das irgendetwas bringt..."

"Und hör auf, sie zu verteidigen. Sie hat noch nie in ihrem Leben ein einziges freundliches Wort über dich gesagt. Selbst wenn sie meine Gefühle für dich kennt, war sie in all den Jahren kaum in der Lage, einen Funken Höflichkeit dir gegenüber aufzubringen. Also hör auf, dich auf ihre Seite zu schlagen."

"Ich bin nicht auf ihrer Seite." Er schob ihm die Tasche zu. "Aber du bist seit fünfzig Jahren mit ihr verheiratet, verdammt noch mal. Sie hat deinen ganzen Mist lange ertragen und wenn du mich fragst, hat sie allen Grund, verbittert zu sein. Und wenn sie mich zusammen mit dir hassen will, dann lass sie doch. Ich bin kein Zehnjähriger mehr. Was kümmert es mich, wenn sie mir ein oder zwei Türen vor der Nase zuschlägt? Herrgott, Andrew, du hast selbst gesagt, dass sie dich besser behandelt hat, als du es je verdient hast. Das ist alles, was jetzt zählt. Du musst dir weiterhin holen, was du brauchst."

Einer der Hunde bellte und die blauen Augen des College-Präsidenten fielen zum ersten Mal auf Sarah. Es gab eine kurze Pause, aber dann verengte sich sein Blick und er erkannte sie sofort, trotz ihrer Baseballkappe und der weiten Kleidung.

"Ich will verdammt sein." Andrews Augen musterten das verlassene Auto. Graue Augenbrauen hoben sich, als er das zerbrochene Glas und das Gestrüpp, das das Fahrzeug umgab, betrachtete.

"Was zum Teufel soll das alles?"

Bevor Sarah ihre Stimme wiederfinden konnte, stand Owen schon neben ihr. "Wer sagt, dass das echte Leben nicht so aufregend ist wie die Filme? Andrew, ich möchte dir Sarah Rand vorstellen."

"Du kennst sie?"

Sarah streckte dem älteren Mann eine Hand entgegen. Er ergriff sie. "Eigentlich haben wir uns erst gestern Abend kennengelernt."

"Sollten Sie nicht tot sein, oder so?"

"Die Nachrichten über ihren Tod sind übertrieben. Sarah ist erst gestern Abend aus Irland zurückgekehrt."

"Ich war in den letzten zwei Wochen verreist."

"Nun, das wird zumindest einige Leute, die wir kennen, ziemlich glücklich machen", bemerkte Andrew.

"Ja", stimmte sie zu. "Richter Arnold ist unschuldig."

"Könnte unschuldig sein. Ein bisschen früh, um das zu sagen, wenn Du mich fragst", fuhr Owen fort. "Jedenfalls ist Sarah gestern Abend nach Providence geflogen, völlig ahnungslos von dem, was sich hier abspielt und ist sofort in Schwierigkeiten geraten." Er nickte in Richtung des Autos. "Es scheint, dass einige Leute versucht haben, das zu beenden, was sie schon für erledigt hielten."

Andrew warf einen fragenden Blick von einem zum anderen, bevor er seine Aufmerksamkeit dem Auto zuwandte. Er sah sie wieder an. "Sollten Sie nicht lieber zur Polizei gehen, junge Frau?"

"Das wird sie."

"Das werde ich."

"Ich bin froh, dass ihr euch wenigstens in diesem Punkt einig seid."

"Aber sie braucht einen Tag, Andrew. Einen Tag, um herauszufinden, was hier los ist. Warum das Komplott gegen den Richter? Wenn es ein Komplott war. Und vielleicht herauszufinden, woher ein paar Typen, die sich als Polizisten ausgaben, wussten, dass sie zurückkommen würde. Sie haben auf sie gewartet."

"So wie es aussieht, kann ich weder der örtlichen noch der staatlichen Polizei trauen, Dr. Warner." Sie deutete auf ihr Auto. "Das haben sie letzte Nacht mit mir gemacht. Sie waren bereit, mich zu töten."

"Warten Sie einen Moment! Wartet doch mal! Fangen wir noch einmal von vorne an."

"Lassen wir das." Zu Sarahs Überraschung legte Owen einen Arm um ihre Schulter und zog sie an seine Seite. Sie verstand nicht, was er vorhatte, beschloss aber, für den Moment, mitzumachen. "In Anbetracht dessen, was passiert ist, ist es besser, wenn Du so wenig wie möglich weißt."

"Aber..."

"Sie wird sich bis zum Ende des Tages mit den Behörden in Verbindung setzen. Dann wird alles geklärt sein. Mit etwas Glück kannst Du es morgen Abend in den Nachrichten sehen."

"Owen, wenn ihr Leben in Gefahr ist, dann jetzt auch deines."

Sein Arm ließ sie los. "Du musst dir keine Sorgen um mich machen. Ich kann schon seit langem auf mich selbst aufpassen, das weißt du besser als jeder andere."

"Owen..."

"Tu das für mich, Andrew. Behalte es für heute für dich. Höchstens für ein paar Tage."

Der ältere Mann verstummte. "Seid vorsichtig."

"Das werden wir."

Sarah spürte Andrews Augen auf ihrem Rücken, als sie zum Auto zurückgingen, um ihren Laptop und ihr Gepäck zu holen. Als sie nach einer der Taschen griff, hob Owen Toris Brieftasche auf, die offen auf dem Boden lag, wo er sie fallen gelassen hatte, und reichte sie ihr, während er selbst das Gepäck nahm.

Andrew Warner und seine Hunde beobachteten sie immer noch, als sie sich im Wald auf den Range Rover zubewegten. Sarah schaute in Owens Gesicht, als sie sich durch das Unterholz drängten und sah einen anderen Mann als den, mit dem sie erst vor kurzem in diesen Wald gegangen war. Der Mann, der sie jetzt begleitete, hatte eine Vergangenheit. Er hatte Gefühle. Er zeigte Gefühle. Statt eines Filmstars sah Sarah nun einen Mann.

"Ich habe also ein paar Tage Zeit, sagst Du?"

GRAU MUSS die Farbe der Wahl gewesen sein, als der Besuchsraum des Gefängnisses vor zehn Jahren zuvor renoviert wurde. Hellgrau für die obere Hälfte der Wand, dunkelgrau darunter und mittelgraue Möbel und Tische, um das Aussehen zu vervollständigen. Der Bodenbelag war weiß - mit grauen Flecken, versteht sich.

An der grauen Stahltür beobachtete ein Wachmann in anthrazitfarbenen Hosen und weißem Hemd mit Schulterklappen, die einzigen Insassen des riesigen Besuchsraums - zwei Männer, die sich über Telefone durch die Glasscheibe an einer der Tischreihen unterhielten.

Richter Arnold hakte müde einen Punkt auf der Liste ab, die er zusammengestellt hatte, blickte auf den Notizblock vor sich, kritzelte noch ein paar Notizen und blickte dann zu dem Mann auf der anderen Seite der Trennwand. "Sonst noch etwas?"

Evan Steele, der Leiter von Steele Security, blätterte in seinem eigenen kleinen Notizbuch ein paar Seiten durch. "Wir haben immer noch niemanden gefunden, der den Fluchtwagen am Tag des Mordes identifizieren kann. Es standen ein paar Dutzend Autos - Touristen und Einheimische - in der Sackgasse. Wir überprüfen das, aber niemand kann uns nützliche Informationen geben."

"Was ist mit der Polizei? Haben die irgendetwas?"

"Keine eindeutigen Beweise. Ich denke, sie haben entschieden, dass Sarahs eigenes Auto benutzt wurde, um die Leiche zu transportieren, da das Fahrzeug immer noch vermisst wird." Steele, ein ernst aussehender, gelehrt wirkender Mann mit graumeliertem Haar, blätterte noch ein paar Sekunden in seinem Buch, klappte es dann zu und steckte es in seine Jackeninnentasche. "Das Büro von Senator Rutherford hat wieder angerufen. Sie sollen wissen, dass der Senator selbst plant, Richter Wilson nächste Woche anzurufen, um eine weitere Kautionsanhörung zu beantragen."

"Verstehe. Nun, die Chancen stehen schlecht, dass er bei dieser Schlampe vor der Vorverhandlung etwas erreicht." Ein kleiner Muskel im Nacken des älteren Mannes begann zu zucken. "Was treibt mein Stiefsohn in diesen Tagen?"

"Die Zeitungen verfolgen ihn immer noch bei der Arbeit und zu Hause. Aber Hal hält sich zurück."

"In Ordnung, Evan. Das ist der offizielle Bericht. Jetzt geben Sie mir den Bericht, für den ich Sie bezahle."

"Er ist am Montag nach Block Island gesegelt."

"Der Bastard gibt also schon mit seinem Erbe vor mir an."

"Eigentlich war es der Vorschlag Ihres Anwalts. Scott war der Meinung, dass Hals Image als Workoholic, sich als nachteilig für Ihren Fall erweisen könnte", erklärte Steele. "Außerdem glaubt er, dass wir es schaffen könnten, den Druck von Ihnen zu nehmen, indem wir Hal überzeugen, wegzufahren. Die Medien lieben ihn, und solange er in der Nähe ist und unter seinen jüngsten Verlusten leidet …"

"Blödsinn!"

"Nun, Sir, da er jetzt weg ist, hatte ich bessere Chancen, in seinen Büchern zu wühlen, wie Sie es wollten."

"Jetzt kommen wir der Sache schon näher." Der Richter rieb sich den zuckenden Muskel in seinem Nacken. "Was haben Sie herausgefunden?"

"Er hat diesen Monat eine große Summe von seinem Treuhandkonto abgehoben."

"Wie groß?"

"Fünfzigtausend".

Richter Arnold setzte sich aufrecht hin. "Das könnte etwas sein, Evan. Das Geld könnte eine Bezahlung für jede Art von Job sein … sogar für Mord. Hast du Scott davon erzählt?"

"Ja, Sir. Aber er hatte schon eine Vermutung, wofür das Geld bestimmt war."

"Was?", schnauzte der Richter.

"Ihr Sohn hatte vor…"

"*Stiefsohn.*"

"Stiefsohn", wiederholte Steele mit einem Stirnrunzeln. "Hal hat Scott gegenüber angedeutet, dass er einen komplizierten Heiratsantrag plant. Es ist möglich, dass ein Teil des Geldes für einen Ring verwendet wurde, von dem wir wissen, dass er ihn für Sarah ausgesucht hat."

"Vor vier Jahren hätte sie ihn nicht genommen. Und sie würde auch jetzt nichts mit ihm zu tun haben wollen." Das Zucken im Nacken des Richters schien sich zu verschlimmern, aber er gab es auf, ihn zu reiben. "Und ich glaube nicht an diesen Schwachsinn. Sarah hätte es mir auf keinen Fall verheimlicht, wenn sie sich wieder mit ihm eingelassen hätte. Nie im Leben würde sie mir so etwas antun."

Steele lehnte sich zurück, seinen Blick auf das Gesicht des Richters gerichtet.

"Behalten Sie ihn genau im Auge, Evan. Er kann allen anderen so viel Sand in die Augen streuen, wie er will, aber ich weiß, was er im Schilde führt." Richter Arnold senkte seine Stimme. "Ich will jeden seiner Schritte kennen. Jeden, mit dem er spricht. Ich werde nicht zulassen, dass dieser Mistkerl mich zu Fall bringt. Auf gar keinen Fall wird er aus dieser Sache als Sieger hervorgehen. Haben Sie mich verstanden?"

"Vollkommen, Sir."

ARCHER GRIFF nach dem einseitigen Bericht, den Bob McHugh auf den Schreibtisch gelegt hatte.

"Gestern Abend wurden drei Anrufe von diesem Mausoleum aus getätigt." Er setzte sich schwer auf den Metallstuhl. "Der erste ging an die Privatnummer von Henry Van Horn, der übrigens immer noch nicht in der Stadt ist. Der zweite war der 911-Anruf. Und der dritte Anruf ging an unseren neuen Prominenten in der Stadt, Owen Dean."

Archer wühlte sich durch einen Stapel rosafarbener Nachrichten auf seinem Schreibtisch und zog die gesuchte Nachricht hervor. Er starrte sie an und verglich die Telefonnummern.

McHugh starrte auf die Nachricht und las sie verkehrt herum. "Hey, sieh dir die Zeiten an."

Der Detektiv nickte. "Er hinterlässt mir um 1:07 Uhr eine Nachricht und erhält dann um 1:22 Uhr einen Anruf aus der Van Horn-Villa. Wer würde ihn um diese Zeit anrufen?"

"Soll ich ihn anrufen und sein hübsches Gesicht aus dem Bett zerren?"

Archer schob den Zettel in einen dicken Ordner auf seinem Schreibtisch. "Nein. Ich denke, ich werde Mr. Dean heute Morgen einen persönlichen Besuch abstatten."

Kapitel Acht

ANDREW WARNER LAG IM STERBEN. Abgesehen von Tracy wusste Owen, dass nur wenige andere wussten, was auf sie zukam.

Owen hatte alles über Lungenkrebs gelesen, was er finden konnte. Er hatte über Hospize gelesen. Er hatte über Tod und Sterben gelesen. Sie alle sagten im Wesentlichen das Gleiche.

Jeder stirbt irgendwann. Das gehört zum Leben dazu. Die Traurigkeit über das Ende, sollte das Leben eines Menschen nicht dominieren, sondern die Freude über jeden Tag, der vergeht, sollte die treibende Kraft sein. Was für eine unglaubliche Chance, morgens aufzuwachen und sich immer wieder neuen Herausforderungen zu stellen. Jeden Moment leben.

Was für ein Schwachsinn, dachte Owen, als er über die Jamestown-Brücke fuhr. Alles Schwachsinn. Aber es war derselbe Schwachsinn, mit dem er sich selbst überzeugt hatte, nach Newport zu kommen. Um zu versuchen, etwas wiederherzustellen, das er und Andrew nie gehabt hatten. Etwas, das sie nie haben würden.

"Du bedeutest ihm sehr viel."

"Ich weiß nicht, wovon Du sprichst."

Ihr Schweigen zog seinen Blick auf sich. Sie starrte aus dem Fenster. Die Morgensonne hatte den Nebel vertrieben und ließ die Regentropfen auf der Brücke glitzern. Oh Gott. Er hatte keinen Grund, sie anzuschnauzen.

"Wir sind alte Freunde", sagte er in einem sanfteren Ton.

Sie drehte sich zu ihm und sah ihm in die Augen. "Das sieht man."

Er lenkte seinen Blick wieder auf die Straße. Sie stellte keine weiteren Fragen, also ließ er es dabei bewenden. Es war nichts, worüber er reden wollte.

Alte Freunde. Das war jahrelang seine Antwort auf alle Fragen nach Owens

Beziehung zu dem älteren Mann gewesen. Aber das war nicht immer seine Antwort gewesen.

Er ist nur ein Freund meiner Mutter.

Er ist derjenige, der sich um uns kümmert.

Er ist derjenige, der meine Mutter in dieses...dieses Krankenhaus eingeliefert hat.

Ja, er ist derjenige, der ein paar Fäden gezogen hat, um mich aus dem Schlamassel herauszuholen.

Er? Er behält mich einfach im Auge. Er kennt den Schulleiter.

Owen hatte im Laufe der Jahre eine Reihe von Antworten gegeben. Aber anfangs war er ein Kind gewesen, das mit seiner drogenabhängigen Mutter in den Slums von West Philly lebte und nicht verstand, was Andrew Warner für sie genau war. Und bis heute, nach all den halbherzigen Erklärungen, die der ältere Mann ihm im Laufe der Jahre gegeben hatte, wusste er es immer noch nicht. Nicht wirklich. Nicht *wirklich*.

Nun, vielleicht war jetzt der richtige Zeitpunkt.

"Wäre es zu viel verlangt, wenn wir zuerst bei dir vorbeifahren würden?"

Sarahs Frage durchbrach Owens grüblerische Gedanken und er warf ihr einen kurzen Blick zu.

"Ich würde gerne meine eigenen Sachen anziehen. Außerdem möchte ich nicht am helllichten Tag ins Büro kommen und jemandem begegnen, den ich kenne."

"Ich dachte, du hättest gesagt, dass das Büro für einen Monat geschlossen ist."

"Das ist es. Aber da Richter Arnold im ACI festgehalten wird und ich angeblich tot bin, habe ich keine Ahnung, wie der Zeitplan aussieht. Linda könnte leicht heute dort sein."

"Linda?"

"Unsere Büroleiterin. Sie kümmert sich um das Büro, die Termine und die geschäftliche Seite der Dinge. Sie rückte den Laptop neben ihren Füßen zurecht. "Ich kann im Büro anrufen und wenn niemand antwortet, kann ich aus der Ferne auf viele der Dateien zugreifen."

"Traust du dieser Linda nicht?"

"Natürlich tue ich das. Aber ich möchte nicht noch mehr Leute involvieren, als ich es schon getan habe. Ich sollte eigentlich tot sein und es ist nicht so einfach, den Leuten in fünfundzwanzig oder weniger Worten zu erklären, was ich vorhabe." Er spürte ihren Blick auf seinem Gesicht. "Und nicht jeder wird so vertrauensvoll und akzeptierend sein wie Dr. Warner."

Das war sein Stichwort, aber er hatte keine Lust mehr, über Andrew zu reden. Er wollte für heute nicht einmal mehr an ihn denken. Auf Owens Schoß herrschte gerade ein großes Chaos. Ein großes Chaos namens Sarah Rand.

Owen hielt kurz an einem Supermarkt und besorgte ein paar Dinge des täglichen Bedarfs, während sie im Auto wartete. Im Kühlschrank gab es nichts, was nach Essen aussah.

Es war noch kurz nach sieben Uhr morgens, als sie vom Ocean Drive auf die lange Einfahrt zu seinem Gebäude abbogen. Er fuhr auf seinen üblichen Parkplatz.

Sie nahm ihren Laptop, ihre Ledertasche und eine der Einkaufstüten mit.

"Ich gehe noch einmal zurück und hole die anderen Taschen", sagte er und hob ihre Koffer auf.

"Könnten wir Deinen Eingang auf der Terrasse nehmen?"

"Natürlich." In der Tat war es wahrscheinlich eine gute Idee. Die Arbeit als Schauspieler hatte ihre Vorteile, aber Privatsphäre gehörte nicht dazu und eine Frau mit nach Hause zu bringen, erregte sicher die Aufmerksamkeit von... nun ja, zumindest von ein paar seiner Nachbarn.

Er ging den Weg entlang der Steinmauer zur Terrasse und zu seiner eigenen Glasschiebetür und schloss sie auf.

Drinnen angekommen, hielt Owen einen Moment an der Tür inne und beobachtete amüsiert, wie Sarah sich ungezwungen in der Wohnung bewegte, ihren Koffer auf dem Sofa abstellte, den Laptop auf den Couchtisch legte und die Einkäufe in die Küche brachte. Jede Spur von Verletzlichkeit war verschwunden und das war ihm nur recht. Er durfte nicht vergessen, wer sie war und warum sie bei ihm wohnte. Er erinnerte sich an die Koffer, die er immer noch in jeder Hand hielt.

"Die kannst Du irgendwo hinstellen."

Er begegnete den freundlichen grünen Augen. "Ich habe nur ein Schlafzimmer."

Eine Röte stieg ihr in die Wangen, aber sie wandte den Blick nicht ab. "Ich sollte nur bis heute Abend hier sein."

"Das ist gut."

Er spürte, wie ihre Augen ihm folgten, als er die Koffer in sein Schlafzimmer brachte. Er stellte sie auf dem Bett ab und ging zurück ins Wohnzimmer. Sie stand noch immer dort, wo er sie verlassen hatte. Es war nicht zu übersehen. Es gab eine sexuelle Anziehungskraft zwischen ihnen. Aber irgendwie hatte der Gang zu Andrew Owen nüchterner gemacht und ihn an seine Verantwortung erinnert. "Ich hole den Rest der Lebensmittel aus dem Auto."

"Brauchst Du Hilfe?"

"Nein. Ich schaffe das schon."

Es gab ein Lächeln und einen Ausdruck der Dankbarkeit.

Er schloss gerade die hintere Tür des Range Rover, als er das Auto die Auffahrt herunterkommen hörte. Sein sechster Sinn, den er als jugendlicher Straftäter entwickelt hatte, sagte ihm, wer es war, bevor er überhaupt hinsah. Das Auto hielt neben ihm an.

"Mr. Dean?"

Owen sah den Mann hinter dem Lenkrad ausdruckslos an. Auf das zerknitterte, weiße, kurzärmelige Hemd. Auf eine glänzende Krawatte, die so unförmig und abgenutzt war, dass Owen annahm, sie müsse seit den Kreuzzügen von Vater zu Sohn weitergegeben worden sein. Der Arm des Fahrers war über den Außenspiegel des nicht gekennzeichneten Wagens gestreckt.

"Sind Sie nicht Owen Dean?"

"Captain Archer, nehme ich an."

"Das ist richtig. Dan Archer." Im blassen Gesicht des Mannes blitzte ein ungleiches Gebiss auf. Er fuhr sich mit einer Hand durch sein schütteres Haar. "Woher wissen Sie das?"

"Nur ein Glückstreffer." Owen schob die Tüte mit den Lebensmitteln von einem Arm auf den anderen. "Was kann ich für Sie tun, Captain?"

"Warten Sie." Archer fuhr in die Parklücke neben Owen und stieg schnell aus dem Auto. "Eigentlich bin ich hier, um Sie dasselbe zu fragen."

Owen lehnte sich gegen die Rückseite seines Wagens und sah den Mann an. "Ein Rückruf hätte es auch getan. Kein Grund, den ganzen Weg hierher zu fahren."

"Hey, es kommt nicht jeden Tag vor, dass ich einen Filmstar in seinem kleinen Versteck besuchen kann." Der Mann betrachtete das steinerne Chateau. "Ein schöner Platz zum Leben."

"Das sind alles Eigentumswohnungen, Captain. Ich habe nur eine kleine Wohnung gemietet. Da gibt es nicht viel zu sehen, wirklich." An der Art, wie die Augen des Mannes das Gebäude abtasteten, erkannte Owen, dass Archer, egal was er sagte, immer noch entschlossen war, beeindruckt zu sein. "Ich weiß es wirklich zu schätzen, dass Sie den ganzen Weg hierher gekommen sind, aber was meinen Anruf gestern Abend angeht..."

"Wird irgendetwas in der Tüte schmelzen?"

Owen blickte auf die Tüte mit den Lebensmitteln in seinem Arm hinunter. "Nein. Ich bin gerade erst zurückgekommen. Und was den Anruf angeht..."

"Ich war gerade dabei, die Nachtschicht zu beenden. Also, kein Problem, vorbeizukommen. Aber ja. Meine Güte, war das eine lange Nacht. Wie wäre es mit einer Tasse Kaffee für einen überarbeiteten Beamten, während Sie mir erzählen, weswegen Sie angerufen haben?"

"Tut mir leid, Captain, aber ich erwarte einen wichtigen Anruf."

"Hey, ich verstehe. Ich werde nicht lange bleiben. Soll ich Ihnen mit der Tüte helfen?"

Owen sah den Detektiv stirnrunzelnd an. Archer war nicht mehr durch das Gebäude oder die in der Nähe geparkten schicken Autos abgelenkt, sondern konzentrierte sich auf Owen selbst. Die Augen des Detektivs hatten einen scharfen Blick. Owen hatte ihn nicht hereingebeten und die Instinkte des Polizisten waren offensichtlich geweckt. "Ich habe kein Problem mit der Tüte. Kommen Sie doch rein?"

Er führte den Detektiv durch den Haupteingang des umgebauten Herrenhauses. "Waren Sie schon einmal in diesem Schloss?"

"Nein! Ich habe nicht oft die Gelegenheit, das Innere eines dieser schicken Häuser zu sehen. Es sei denn natürlich, es gibt eine Drogenrazzia oder so.

Meine Frau und ich haben eine kleine Wohnung im Fifth Ward. Jetzt ist es wegen der Touristen ein bisschen lauter als früher, aber es ist unser Zuhause."

Owen blieb in der großen Halle hinter dem Eingangsfoyer stehen. Archers Augen begutachteten den riesigen Kristallkronleuchter, der über ihm hing. Die beiden Marmortreppen, die sich an den beiden Wänden entlangziehen. Owen deutete auf ein Sofa in der Nähe des dunklen, gewölbten Kamins.

"Wenn Sie hier eine Minute warten, bringe ich das zu meiner Wohnung. Es gibt eine Bibliothek am südlichen Ende des Gebäudes. Sie bietet einen Blick auf die Terrasse und das Meer. Das ist allein schon den Eintrittspreis wert."

"Das verschiebe ich auf ein andermal, Mr. Dean. Es war eine lange Nacht für mich, und diese Tasse Kaffee würde mir sehr gut tun."

"Sicher. Ein anderes Mal."

Während sie den Flur hinunter zu seiner eigenen Tür gingen, überlegte Owen in Gedanken, wie er Sarahs Anwesenheit in seiner Wohnung erklären sollte. Als sie seine Tür erreichten, klirrte er mit den Schlüsseln in seiner Hand und hielt inne, als Archer sich bückte, um die Zeitung aufzuheben.

Owen drehte den Schlüssel im Schloss und stieß die Tür auf.

"Schatz, ich bin zu Hause."

"WORÜBER MACHST DU DIR SORGEN? Wenn sie zu den verdammten Bullen gehen wollte, hätte sie es gestern Abend getan, als sie mich mit dieser fünfzig Pfund schweren Hantel geschlagen hat."

"Du wurdest bereits für den Job bezahlt, Frankie", bellte die Stimme durch das Telefon.

"Hör zu, ich habe versucht, die zweite Braut für Dich zu töten. Gratis, wie mein Anwalt sagen würde. Wenn Jake draußen wäre, hätte er nie zugestimmt, einen zweiten Mord umsonst zu begehen."

"Umsonst, du fettes Arschloch? Du hast es gar nicht erst gemacht."

"Das habe ich. Ich meine, Jake hat es getan." Frankie wich aus. "Glaub mir, das war kein hundert Pfund schwerer Fisch, den wir da aus der Wohnung gezogen haben. Ich meine, wie hätten die Cops sonst die Blutspuren zwischen der Wohnung der Schlampe und dem Boot des Richters finden können, wenn es keine Leiche gab?"

"Das bedeutet einen Scheißdreck, wenn sie auftaucht, Arschloch." Die Stimme wurde tief und bedrohlich. "Du weißt, was ich davon halte, wenn man mich reinlegt, Frankie. Gerade gestern Abend habe ich mich mit ein paar deiner Freunde getroffen, die mir sagten, dass sie mehr als bereit wären, dein Gesicht umsonst in ein Klo zu stopfen."

Frankie wischte sich mit dem Rücken einer fleischigen Hand über die Schweißperlen, die sich auf seiner Stirn bildeten. "Hör zu, was soll ich tun? Ich weiß nicht einmal, wo sich die Schlampe gerade versteckt."

"Lies von meinen Lippen ab, Frankie. Beende. Den. Verdammten. Job. Wenn du es nicht tust, hole ich jemanden, der euch beide erledigt. Verstanden?"

SCOTT ROSEN SCHALTETE das Telefon aus und legte es auf die Armlehne des übergroßen Ledersessels in seinem Arbeitszimmer. Seine Finger griffen nach der Fernbedienung des Fernsehers. Der Anwalt drehte die Lautstärke sofort wieder hoch, als die Morgensendung Videoclips zu den kommenden Nachrichten zeigte.

Eine Massenkarambolage mit fünf Fahrzeugen auf der S-Kurve in Providence. Ein vierzehnjähriges Mädchen, das zuvor in Warwick vermisst wurde, wurde in Boston gefunden. Eine Aufnahme von Senator Gordon Rutherford, der eine verpfuschte Drogenrazzia in Cranston kommentiert. Sport. Das Wetter.

"Du bist letzte Nacht nicht ins Bett gekommen." Lucys Arme legten sich von hinten um seinen Hals und er umfasste ihre beiden Hände in eine seiner eigenen. "Stört dich mein Hin- und Herwälzen?"

"Nein, natürlich nicht."

Sie streichelte den morgendlichen Bart auf Scotts Gesicht, bevor sie nach oben griff und die Brille von seiner Nase nahm. Sie wischte sie mit der Unterseite seines eigenen T-Shirts ab, bevor sie sie ihm wieder auf die Nase setzte. "Ich habe dich noch nie so von einem Fall eingenommen gesehen wie von diesem."

"Hmm."

"Richter Arnold mag derjenige sein, der eingesperrt ist, aber Du bist derjenige, der am meisten zu leiden scheint. Was ist los, Scott? Ich habe dich noch nie so distanziert erlebt, wie in den letzten Wochen." Sie strich ihm einen Kuss auf die Schläfe. "Du weißt, dass ich keine neugierige Ehefrau bin. Ich mische mich nie in deine Arbeit ein oder versuche, mit ihr um deine Aufmerksamkeit zu konkurrieren. Ich mache mir nur langsam Sorgen um dich."

Er drückte ihr abwesend einen Kuss auf den Arm, aber seine Aufmerksamkeit blieb auf den Fernseher gerichtet. "Ich habe im Moment viel um die Ohren, Schatz. Es tut mir leid."

Die unangenehme Stille wurde durch eine nervige Autowerbung unterbrochen.

"Ich glaube, das Baby kommt früher, als wir denken." Sie gab ihm einen Kuss auf das zerzauste Haar und richtete sich auf. Sie war eine Meisterin darin, ihre Würde zu bewahren. "Ich wünschte, du hättest gestern Abend mit mir zum Geburtsvorbereitungskurs gehen können. Alles scheint jetzt so real. So unmittelbar bevorstehend."

Lucy redete weiter, während sie in Richtung Küche ging, aber Scott griff nach der Fernbedienung und drehte die Lautstärke höher, als das gebräunte Gesicht von Senator Rutherford auf dem Bildschirm aufleuchtete.

...sollten diese engagierten Polizeibeamten loben, anstatt ihr Handeln zu kritisieren. Aber letztlich läuft alles auf den Gesetzentwurf hinaus, für den ich mich im Senat eingesetzt habe. Ein Gesetzentwurf, der mehr Polizisten auf die Straße bringt und mehr Ressourcen für lokale und staatliche Strafverfolgungsbehörden im ganzen Land bereitstellt.

Die Schlagzeile *Mord am Meer* erschien in roten Buchstaben hinter dem Nachrichtensprecher, der den Bericht mit der Ankündigung begann, dass neue Vorwürfe aufgetaucht seien, wonach Richter Arnold, der wegen des Mordes an Sarah Rand in Haft sitzt, möglicherweise auch in den Tod seiner Frau einen Monat zuvor verwickelt war.

Scott sah, wie der Senator erneut auf dem Bildschirm erschien und auf eine Frage antwortete, die offensichtlich auf derselben Pressekonferenz gestellt wurde.

"Diese Gerüchte über eine mögliche Verwicklung von Richter Arnold in den tragischen Tod seiner geliebten Frau Avery sind verachtenswert. Jeder, der das Glück hatte, Avery Van Horn Arnold zu kennen, weiß, dass ihr Tod das Ergebnis eines langen und mutigen Kampfes gegen den Krebs war. Ich weiß, wie es ist, einen Ehepartner zu verlieren und Richter Arnold braucht den zusätzlichen Schmerz solcher unbegründeten Andeutungen nicht."

"Clever. Sehr clever." Scott griff abwesend nach oben und nahm die Tasse Kaffee entgegen, die Lucy ihm reichte.

"Ich wusste nicht, dass er jemals verheiratet war." Sie setzte sich auf die Armlehne des übergroßen Stuhls, beide Hände schützend um ihren dicken Bauch gelegt.

"Vor zwanzig Jahren."

"Was ist mit ihr passiert?"

"Sie ist mit einem Handlungsreisenden durchgebrannt."

Lucy nahm ihm die Fernbedienung aus dem Schoß und schaltete den Ton ab, als eine weitere Werbung lief. "Im Ernst. Was ist mit ihr passiert?"

"Sie ist während seiner ersten Senatswahlkampagne abgehauen."

"Warum?"

"Ich weiß es nicht." Er zuckte mit den Schultern. "Wahrscheinlich, weil er ein Workaholic ist. Zweifellos konnte sie es nicht akzeptieren, in seinem Leben die zweite Geige zu spielen."

Lucys Finger hoben sein Kinn an, bis er in ihre großen braunen Augen blickte. "Nun, das kannst du vergessen, Scott Rosen. Ich werde nicht weglaufen."

"Gut!", sagte er und legte seine Hand zögernd auf ihren festen Bauch.

"Aber du solltest dich besser beeilen, bevor ich dir den ganzen Weg ins Büro in den Hintern treten muss."

Scott Rosen ging die Treppe hinauf. Als er unter die Dusche trat, konnte er nicht wissen, dass seine Frau zum Telefon griff und den Code wählte, um den letzten eingehenden Anruf zu überprüfen.

Wortlos kritzelte Lucy die Nummer auf einen Zettel und verstaute ihn sicher, bevor sie selbst die Treppe hinaufging.

Kapitel Neun

SIE WAR NIRGENDS ZU SEHEN. Der Laptop lag aufgeklappt auf dem Couchtisch. Ihre Ledertasche auf dem Boden, halb unter ein übergroßes Kissen geklemmt, das auf den Boden gefallen war. Die Schlafzimmertür war fast geschlossen.

"Sind Sie verheiratet?" fragte Archer mit Überraschung in seiner Stimme.

"Nein, warum fragen Sie?"

"Nun, dieses 'Schatz, ich bin zu Hause' klang ziemlich häuslich."

"Nein. Nur ein privater Scherz. Das gehört dazu, wissen Sie? Mit sich selbst zu reden? Schreiben zu jeder Tageszeit?" Er klappte den Laptop zu, als er in die Küche ging. "Starker Kaffee oder entkoffeiniert?"

"Für mich gibt es nur das Echte."

Owen ließ die Tasche auf den Tresen fallen und war erleichtert, dass auch in der Küche keine Spur von Sarah zu sehen war. Der Kaffee war bereits aufgesetzt.

"Sehr vertrauensvoll, wenn man Türen und Fenster so offen lässt."

"Sie sagten mir, es sei eine sichere Gegend." Er beobachtete, wie der Detektiv auf die Terrassentür zuging. Er schob die Fliegengittertür auf und trat hinaus. Owen folgte ihm, hob einige alte Zeitungen von einem Beistelltisch auf und ließ sie auf den Boden fallen, um Sarahs Ledertasche zu verstecken.

"Schöne Aussicht." Archer kam wieder herein. Seine geschulten Augen begutachteten das geräumige Wohnzimmer. "Es muss ein paar Kröten kosten, in so einem Haus zu wohnen."

"Nicht so schlimm." Owen kehrte in die Küche zurück und räumte die Einkäufe weg.

"Wie wäre es mit einer Tour für fünfundzwanzig Cent?"

"Was Sie sehen, ist alles, was Sie bekommen." Owen fand seinen Tonfall etwas zu schroff, aber das war ihm plötzlich völlig egal. "Das Einzige, was Sie nicht gesehen haben, ist das Schlafzimmer, und wenn es Ihnen nichts ausmacht..."

"Nein, verdammt."

"Für Sie mag die Schicht zu Ende sein, Captain, aber für mich fängt der Arbeitstag gerade erst an. Zucker oder Sahne?"

"Schwarz für mich."

Zwei Tassen standen neben dem bereits brodelnden Topf. Owen füllte die Tassen und stellte sie auf dem Tresen ab, der die Küche vom Wohnzimmer trennte. Nachdem er die Bilder an den Wänden studiert hatte, kam Archer schließlich an die Theke und setzte sich auf den Hochstuhl gegenüber der Küche. "Sie leben allein?"

Owen wurde bei dieser Frage stutzig. Aber er nahm einen Schluck von seinem Kaffee und nickte knapp. "Die meiste Zeit schon. Nun zu meiner Nachricht von gestern Abend."

"Ich nehme an, Sie sind ein beliebter Kerl."

"Habe ich schon erwähnt, dass ich auf einen wichtigen Anruf warte?"

"Ja, in der Tat, das haben Sie."

"Gut." Owen runzelte die Stirn, als Archer offen auf einen Stapel ungeöffneter Post blickte, der neben seinem Ellbogen lag.

"Sie haben Sie also schon gefunden. Briefe aus dem Gefängnis."

"Das gehört zu meinem Job."

"Benutzen Sie sie jemals?" Archer nahm einige in die Hand und überprüfte die Absenderadressen auf jedem einzelnen. "Ich meine, in Ihren Shows und so. Benutzen Sie sie als Material?"

"Nein. Dafür habe ich Drehbuchautoren. Ich mache nicht alles selbst, Captain." Owen nahm dem Detective die Umschläge aus der Hand und warf sie auf den Küchentisch. Er warf einen Blick auf seine Uhr. "Meine Freizeit ist knapp bemessen, Captain."

Auf dem blassen Gesicht des Detektivs erschienen rote Flecken. "Okay. Warum fangen Sie nicht von vorne an?"

"Irgendwann vor Mitternacht kam ich gestern Abend von einer Dinnerparty in Wickford nach Hause. Ich habe eine Frau mitgenommen, die am Rande der Route 1A gestrandet war. Sie sagte, ihrem Auto sei das Benzin ausgegangen. Ich brachte sie zurück nach Newport und setzte sie am Besucherzentrum ab."

Archers Gesicht hatte wieder seine gewohnte, aschfahle Farbe angenommen. Er holte eine Zigarettenschachtel aus seiner Hemdtasche, aber als er Owens Stirnrunzeln sah, steckte er sie weg. "Tut mir leid. Machen Sie weiter."

"Als ich in meine Wohnung zurückkkam, schaute ich mir gerade die gestrige Zeitung an und fand, dass die Frau, die ich abgeholt und abgesetzt hatte, ein bisschen wie diese Sarah Rand aussah. Daraufhin habe ich angerufen und eine Nachricht hinterlassen."

"Wie war ihr Name?"

Owen nahm einen großen Schluck Kaffee. "Mary oder Marie oder Marla. Ich weiß es nicht mehr genau. Sie hat mir keinen Nachnamen gegeben."

"Wie hat sie ausgesehen?"

"Hellbraunes Haar. Ein bisschen rundlich, besonders um die Hüften. Und sie war klatschnass." Er zuckte mit den Schultern. "Ich fand, sie sah irgendwie schlicht aus."

"Mr. Dean, sind Sie Sarah Rand schon einmal begegnet?"

"Nein. Nur Bilder in den Zeitungen."

Archer sah sich um und entdeckte die Zeitungen auf dem Boden. Er stand vom Hocker auf und durchquerte den Raum. Er beugte sich vor und hob die Zeitung von gestern auf. Owen betrachtete das Lederetui, das nun offen dalag. Der Detektiv faltete die Zeitung und legte sie vor Owen auf den Tresen.

"Sah sie etwa so aus?"

Owen blickte auf Sarahs klassisches Gesicht hinunter. "Ist das ein neues Bild? Bei Fotos weiß man nie. Ich meine, das könnte während ihrer College-zeit aufgenommen worden sein."

Archer sah ihn stirnrunzelnd an und studierte dann das Bild. "Nein. Das wurde vor weniger als einem Jahr aufgenommen. Sie hielt einen Vortrag bei einer Veranstaltung der Anwaltskammer. Und die Frau, die Sie gestern Abend aufgegabelt haben - sah sie so aus wie diese?"

Owen sah sie wieder an. "Die Nase. Oder der Mund. Irgendetwas ist mir aufgefallen. Sie war ziemlich gut gekleidet, obwohl sie vom Regen völlig durchnässt war."

Archer griff in seine Gesäßtasche und holte einen kleinen Notizblock heraus. "Sie glauben also, dass diese Frau, diese Mary oder Maria oder Marla, Sarah Rand war."

"Das kann ich nicht sagen. Ich habe nur gesagt, dass sie der toten Frau ein wenig ähnlich sieht."

Archer kratzte sich an seinem kahlen Kopf. "Sie haben also angerufen, um uns das zu sagen?"

"Ich kann mich nicht erinnern, in den Zeitungen etwas über nahe Verwandte gelesen zu haben. Familie, so etwas in der Art. Also dachte ich, sie könnte vielleicht eine Schwester oder so etwas sein. Ich weiß nicht ... ich wollte nur helfen. Hey, es war spät."

Archer holte einen Stift aus seiner Tasche und blätterte in dem kleinen Notizbuch, bis er zu einer leeren Seite kam. "Haben Sie das Nummernschild ihres Wagens herausgefunden?"

"Nö. Ich habe das Auto nicht gesehen."

"Aber Sie sagten doch, sie hätte kein Benzin mehr."

"Das hat sie auch gesagt, aber sie ist im Regen gelaufen und hat nach einer Tankstelle gesucht. Sie war nicht in der Nähe ihres Autos."

Archer tippte mit dem Stift auf den Tresen und sah zu Owen auf. "Haben Sie ein Auto am Straßenrand überholt, bevor Sie sie gesehen haben?"

"Ich erinnere mich an nichts. Ich habe mit meinem Handy telefoniert, also habe ich nicht darauf geachtet."

"Mit wem haben Sie gesprochen?"

"Es war geschäftlich." Owen schaute wieder auf seine Uhr.

"Hat sie Ihnen gesagt, wo sie wohnt?"

"Nein."

"Haben Sie im Besucherzentrum gewartet, bis sie in ein Taxi gestiegen ist?"

"Nein."

"Warum nicht?"

"Dazu bestand kein Grund. Der Ort war gut beleuchtet, und sie sagte, sie sei bereit."

"Hat sie gefragt, ob sie Ihr Handy benutzen darf, als sie in Ihrem Auto saß?"

"Nein."

"Wenn ihr Auto kein Benzin mehr hätte, würde sie dann nicht die Polizei oder den Automobilclub anrufen wollen?"

Owen richtete sich auf und lehnte sich gegen den Tresen. "Captain, ich bin ein vielbeschäftigter Mann und jetzt wissen Sie, was ich weiß."

"Um ehrlich zu sein, Mr. Dean, ist das nicht viel."

Owen hob den Kaffee des Detektivs auf und stellte ihn zusammen mit seiner eigenen Tasse in die Spüle. "Wenn Sie mich entschuldigen würden."

Archer stieg vom Hocker und steckte Notizbuch und Stift zurück in seine Tasche. "Mr. Dean, waren Sie jemals mit der Familie Van Horn bekannt?"

"Nein, ich hatte noch nie das Vergnügen."

"Was ist mit Richter Arnold?"

Er schüttelte den Kopf. "Da kann ich Ihnen auch nicht helfen, Captain. Dies ist mein erster Besuch in Newport."

Der Detektiv warf einen flüchtigen Blick in den Raum. "Was haben Sie gestern Abend, nachdem Sie eine Nachricht auf dem Revier hinterlassen haben, gemacht?"

"Ich bin natürlich ins Bett gegangen." Er antwortete sofort, aber die Erinnerung an den Polizisten, der Sarah und ihm auf den Parkplatz des Supermarktes gefolgt war, blitzte in seinem Kopf auf.

"Haben Sie nach dem Anruf beim Sender irgendwelche Anrufe erhalten?"

"Ich arbeite sowohl an der Ostküste als auch an der Westküste, Captain. Natürlich gab es noch mehr Anrufe", antwortete Owen mit einer offensichtlichen Abwehrhaltung in seiner Stimme. Er schlich um den Tresen herum, bereit, den Mann hinauszubegleiten. "Ich weiß, dass mein Anruf bei Ihnen vielleicht ein Ärgernis war, und ich entschuldige mich für die unnötige Fahrt, die Sie heute Morgen machen mussten."

"Nein, ganz und gar nicht." antwortete Archer lässig. "Ich habe nicht oft die Gelegenheit, mit den Reichen und Berühmten zu plaudern." Seine Adleraugen suchten erneut die Wohnung ab, diesmal konzentrierten sie sich auf die halb geschlossene Schlafzimmertür. "Was dagegen, wenn ich Ihr Bad benutze, bevor ich gehe?"

Owen zögerte einen Moment, als er an Sarahs nasse Kleidung dachte, die dort lag. "Sicher. Geben Sie mir nur eine Sekunde." Er marschierte geradewegs zur Badezimmertür und ging hinein. Zu seiner Verärgerung war Archer direkt hinter ihm.

Bei einem Blick ins Innere konnte Owen feststellen, dass Sarahs Sachen weg waren. Auf der anderen Seite des Badezimmers stand eine zweite Tür, die zu seinem Schlafzimmer führte, weit offen. Owen schloss sie fest.

"Es gehört Ihnen."

Er ging hinaus. Sobald Archer die Tür geschlossen hatte, warf Owen einen kurzen Blick in das Schlafzimmer. Keine Spur von Sarah oder ihren Koffern. Er warf einen Blick in Richtung des begehbaren Kleiderschranks, bevor er zum Sofa zurückging und ihre Ledertasche aufhob. In der offenen Tasche waren ein Schminkkoffer und ein Lippenstift zu sehen. Er verstaute sie neben seinem Schreibtisch auf der anderen Seite des Raumes.

Die Toilettenspülung im Badezimmer wurde betätigt, aber als Archer nicht sofort erschien, stellte Owen mit Entsetzen fest, dass der Detektiv die Tür zu seinem Schlafzimmer benutzt hatte.

Sarahs Worte fielen ihm wieder ein. Zwei Polizisten hatten ein Attentat auf sie verübt. Nachdem er den Zustand ihres Wagens gesehen hatte, glaubte er ihr. Aber die wahre Identität dieser "Cops" war immer noch ein Rätsel. Gefälschte Ausweise, gestohlene Polizeiautos - Owen hatte Filme gemacht und wusste daher, wie leicht es war, Dinge glaubhaft und offiziell aussehen zu lassen. Aber das war das Fernsehen. Als er nun merkte, dass der Mistkerl in seinem Schlafzimmer war, wurde Owen stutzig.

Sein Handeln war instinktiv. Er nahm ein paar versiegelte Briefe und den Brieföffner von seinem Schreibtisch und ging leise zur Schlafzimmertür. Er konnte hören, wie Archer im Zimmer herumhantierte.

Als er hinein schaute, sah er Archer dabei zu, wie er den Krempel durchwühlte, den Owen jeden Abend auf einer der Kommoden deponierte. Kleingeld. Kreditkartenbelege. Visitenkarten. Dann sah Owen, wie Archers Blick abschweifte. Zum Nachttisch. Der schicke Terminkalender lag offen neben dem Telefon.

Es war nicht seiner. Es musste Sarahs sein. Archer machte einen Schritt darauf zu.

"Sie haben sich also entschieden, sich die Fünfundzwanzig-Cent-Tour zu gönnen?" Owen schob das maßstabsgetreue Modell des Wallace-Schwerts unter die Klappe des Umschlags und riss ihn mit einem Schnappen auf.

Archer erstarrte und drehte sich langsam zu ihm um. Er betrachtete kurz die glänzende Klinge, setzte dann aber einen verlegenen Blick auf.

"Ich konnte nicht anders. Ich hoffe, es macht Ihnen nichts aus."

"In der Tat, das tut es." Ohne den Brief aus dem ersten geöffneten

Umschlag zu nehmen, benutzte Owen das Modellschwert, um den zweiten aufzureißen.

Archers Augen leuchteten erneut beim Anblick der verzierten Waffe in Owens Hand. "Beeindruckender Dolch."

"Nur ein Brieföffner. Ein Geschenk von Mel Gibson."

"Kein Scherz?" Der Detective hob überrascht die Augenbrauen und Owen wich zurück, um Archer Platz zu machen, damit er an ihm vorbeigehen und das Schlafzimmer verlassen konnte.

"Ach, noch eine Frage", sagte Archer. "Um wieviel Uhr genau haben Sie diese Frau abgeholt?"

Owen überlegte kurz und versuchte, die Bedeutung der Frage zu verstehen. "Ich kann mich wirklich nicht mehr an die genaue Zeit erinnern."

"Sie haben um 01.07 Uhr auf dem Revier angerufen."

Owen zuckte mit den Schultern. "Wie ich schon sagte, habe ich nicht wirklich auf die Zeit geachtet."

"Ich kann mir vorstellen, wie das passieren könnte. Aber vielleicht muss ich Sie noch einmal anrufen, Mr. Dean. Falls sich herausstellt, dass diese Mary Maria Marla doch wichtig ist."

Owen geleitete ihn direkt zur Tür. "Sie haben meine Telefonnummer, Captain. Ich würde einen Anruf einem Besuch vorziehen."

Archers Augen verengten sich, bevor er in den Flur trat. "Das tun sie alle, Mr. Dean. Das tun sie alle."

SIE WAR BEREITS AUFGESTANDEN, hatte sich in einem Mackintosh-Stuhl am Tisch neben dem Erkerfenster niedergelassen und hatte eine Tasse Tee vor sich stehen, als Andrew in die Küche kam.

Die Hunde, die froh waren, von ihren Leinen befreit zu sein, ignorierten sie völlig und verschwanden durch die Tür ins Haus. Andrew blieb an der Tür zum Vorraum stehen und überlegte, ob er dasselbe tun sollte.

"Hattest Du einen schönen Spaziergang?"

Er ignorierte die Frage, zog seine Jacke aus und hängte sie an einen der Haken, die an der Wand des mit Holz vertäfelten Vorraums angebracht waren. Er streifte seine schweren Stiefel ab.

"Du bist letzte Nacht überhaupt nicht ins Bett gekommen."

Ohne sie auch nur eines Blickes zu würdigen, nahm er den Beutel mit den Medikamenten an seiner Hüfte ab und warf ihn auf den Tresen. Er holte ein Glas aus einem Schrank, füllte es mit Wasser und ging zur Tür. Sie stellte ihre leere Teetasse auf dem Tisch ab und folgte ihm, als Andrew die Zeitung aufhob und die Küche verließ.

"Willst du nicht frühstücken?"

"Nicht hungrig."

Tracy folgte Andrew in sein Arbeitszimmer.

Dies war sein Reich. Alles dunkles Holz und Leder. Überall Bücherregale und Unordnung. Sie hasste den Raum und das machte Andrew umso eifriger, ihn zu lieben und seine Zeit dort zu verbringen.

"Hast du heute Morgen deine Pillen genommen?"

"Natürlich." Er setzte sich in seinen Lieblingssessel und vergrub seine Nase in der Morgenzeitung.

"Die Johnsons haben uns eingeladen, nächstes Wochenende mit ihnen nach Block Island zu segeln. Ich habe ihnen gesagt, dass ich das erst mit dir abklären muss." Sie begann, die Zeitungen auf dem Couchtisch aufzuräumen. "Und Mildred hat wieder angerufen. Sie ist immer noch ziemlich neugierig, warum wir letzten Monat aus dieser ... verdammt, wie hieß er doch gleich? .... dieser Onkologenpraxis gekommen sind. Sie hat eine tolle Intuition, ganz zu schweigen von all den Leuten, die sie im Krankenhaus kennt. Früher oder später wird sie es herausfinden."

Andrew sagte nichts. Kein bestätigendes Grunzen. Nichts. Er versuchte, sich auf die Spielstände zu konzentrieren. Die Red Sox machten es immer noch interessant und dabei war es schon fast September.

"Andrew, ich kann immer noch nicht verstehen, warum du so viel Aufhebens darum machst, alles geheim zu halten. Ich habe viel über dieses Thema gelesen. Um Krebs zu bekämpfen, reichen Ärzte und Medikamente nicht aus. Das sagen sie alle. Man braucht die Unterstützung von Freunden. Menschen, die sich um dich kümmern und dir helfen, die schwere Zeit zu überstehen."

Andrew ließ die Zeitung auf seinen Schoß sinken. "Ich brauche Owen."

Tracy runzelte die Stirn, als sie sich neben dem Tisch aufrichtete. "Ich habe nicht von ihm gesprochen."

Der alte Mann faltete das Papier methodisch zusammen und ließ es neben seinem Stuhl fallen. Seine blauen Augen waren müde, als sie die seiner Frau trafen. "Ich sterbe, Tracy."

"Du stirbst nicht, Andrew."

"Hast du bei deiner Lektüre etwas über 'Verdrängung' gefunden?"

"Ich sage, dass dies nicht die Zeit für Übertreibungen ist."

"Du hast Recht. Es ist auch nicht die Zeit für Schuldgefühle, Lügen oder Rachsucht."

Sie verschränkte ihre dünnen Arme vor der Brust. "Ich bin sicher, dass ich nicht weiß, wovon Du sprichst."

"Gut. Es ist deine Entscheidung, Tracy. Gib es zu, lebe damit, oder lass mich in Ruhe."

Sie wich seinem Blick aus und ging auf das Fenster zu. "Du sprichst in Rätseln. Und das ist alles sein Einfluss. Er will dich ruinieren, unsere Ehe ruinieren. Im Moment, mit dem Stress deiner Krankheit, kann ich einfach nicht damit umgehen. Er muss weg. Du musst ihn wegschicken."

"Nein." Die leise Strenge seines Tons ließ sie den Kopf herumreißen. "Diesen Fehler werde ich nie wieder machen. Ich will Owen in meinem Leben haben. Das ist meine Entscheidung. Und zum ersten Mal in meinem Leben werde ich in dieser Sache meinen Willen bekommen."

Tränen stiegen ihr in die Augen. "Du zwingst mich also, zu gehen. Nach all den Jahren, die wir zusammen verbracht haben, ziehst du ihn mir vor."

"Nur, wenn du es zu dieser Art von Entscheidung machst." Er schüttelte den Kopf. "Das ist nicht irgendein Fremder. Das ist Owen. Tracy, ich muss das Vergangene irgendwie wiedergutmachen. Es ist keine Zeit mehr. Ich habe nur noch zwei Monate zu leben, um das zu tun-"

"Das ist eine Lüge", rief sie. "Diese Ärzte. Sie sagten sechs Monate. Die in Boston sagten, vielleicht zwei Jahre. Mildreds Mann..."

"Schau." Andrew sprach langsam und sachlich. "Ich werde nicht zulassen, dass man mich an einen Haufen Schläuche anschließt. Ich werde nicht so leben und meine Würde verlieren, nur damit ich ein paar Wochen länger atmen kann. Wozu soll das gut sein?"

"Aber du kannst doch nicht einfach..."

Er winkte ab. "Zwei Monate. Das ist alles, was ich noch habe und das kann ich akzeptieren. Aber diese Zeit, die mir noch bleibt, diese letzten Wochen meines Lebens, die werde ich nicht verschwenden. Ich werde mit der Vergangenheit ins Reine kommen."

"Aber mit ihm. Es hat immer mit ihm zu tun. Und was ist mit mir? Was ist mit dem Unrecht, das er mir angetan hat? Uns? Unserer Ehe?"

Einen Moment lang herrschte Schweigen zwischen ihnen. Er spürte, wie der Husten einsetzte, aber er unterdrückte ihn mit aller Macht. Er nahm das Glas Wasser und trank es zur Hälfte aus. Andrew stützte sich schwer auf seine Ellbogen, seine Augen folgten den Mustern auf dem großen Perserteppich auf dem Boden.

"Tracy, ich weiß, dass ich die Loyalität, die du mir entgegengebracht hast, die Liebe, die du mir entgegengebracht hast, nicht verdient habe. Gott weiß, ich war die Jahre, die du mit mir verbracht hast, nicht wert."

Ein leiser Laut entrang sich ihrer Kehle, als die Frau zum Stuhl ihres Mannes glitt. Sie hockte sich auf den Boden und griff nach seiner Hand. "Ich liebe dich, Andrew. Ich habe dich immer geliebt."

Sein Gesicht hob sich, seine blauen Augen waren trüb. "Ich weiß. Und ich glaube, das war das Schlimmste daran. Die Schuldgefühle, weil du zu mir gehalten hast, egal wie sehr ich versucht habe, unsere Ehe zu ruinieren."

"Andrew."

"Nein, Tracy." Er nahm eine ihrer Hände fest in die seine und sah ihr eindringlich in die Augen. "Hör zu. Denn, bei Gott, wenn du mir jetzt nicht zuhörst, gehe ich sofort durch diese Tür. Ich werde unsere Ehe und unser Leben hinter mir lassen."

"Das kannst du mir nicht antun. Nicht in diesen letzten Tagen."

"Ich kann und ich werde. Es liegt an dir. Zwing mich nicht zu einer Entscheidung."

Der Rücken der älteren Frau richtete sich auf. Ihre Lippen zogen sich zu einer schmalen, engen Linie zusammen. Doch sie blieb stumm. Ihr Blick blieb fest auf dem ihres Mannes gerichtet.

"Owens Mutter war nicht die erste Frau, mit der ich eine Affäre hatte. Es gab schon viele vor ihr. Arbeitskolleginnen, Studentinnen, Freundinnen. Erinnerst du dich an den Tag, als du die letzte Fehlgeburt hattest? Ich verließ das Krankenhaus in jener Nacht mit Angie, deiner Cousine. Wir haben uns zusammen betrunken und..."

Sie gab einen würgenden Laut von sich und riss ihre Hand aus seinem Griff. Sie stand auf und ging zum Bücherregal auf der anderen Seite des Raumes.

"Ich weiß, wie schrecklich das klingt. So egoistisch. Herzlos, sogar. Ich war ein Mann, der sich deiner Liebe so sicher war und trotzdem hatte ich so viel Freude daran, jede Frau zu vögeln, die mich auch nur zweimal ansah." Er hielt inne, bis sie sich umdrehte. "Ich wollte einen Sohn. Ich war der Letzte in meiner Linie. Ich wollte damals so sehr ein Kind, dass ich tausendmal daran dachte, mich von dir scheiden zu lassen. Stattdessen bin ich einfach losgezogen und hatte Sex mit jeder Frau, die ich finden konnte."

Ein Schluchzen entrang sich der Kehle der älteren Frau, die auf den Boden starrte. Andrew beobachtete, wie Tränen über das gezeichnete Gesicht kullerten und auf das teure Seidenkleid fielen.

"So sehr du mich auch geliebt hast, Tracy, ich war bereit, dich zu verlassen. Eine Ausrede. Ich weiß jetzt, dass ich genau das wollte. Eine Frau... eine andere Frau, die mein Kind austrägt. Die Illegalität daran? Eine hässliche Scheidung? Nichts davon war mir wichtig. Die Konsequenzen waren mir egal."

Andrew starrte seine Frau unverwandt an. Schließlich hob sie ihr Kinn und sah ihn durch den Raum an.

"Und sag nicht, Du hättest nichts davon gewusst", fuhr er fort. "Ich war nicht diskret. Aber du warst der Inbegriff von Hingabe und Verständnis. Du hast nie gedroht, mich zu verlassen. Du hast mich nie mit den Gerüchten konfrontiert, von denen ich weiß, dass sie überall kursierten, wo wir je gelebt haben."

"Ich wusste, dass wir Probleme hatten, Andrew. Aber ich habe dich damals geliebt, wie ich dich heute liebe. Ich wusste, dass du dich mit der Zeit ändern würdest. Du würdest sesshaft werden."

"Und ich habe mich verändert. Ich habe mich an dem Tag verändert, als ich das mit Owen erfuhr. Meinem Sohn."

Zorn blitzte in Tracys Augen auf. "Sie hat gelogen. Die Frau war eine Hure. Der Junge hätte von jedem abstammen können."

Andrew schlug eine Faust in die andere Hand, während seine blauen Augen vor Wut funkelten. "Becky war keine Hure. Als ich die Affäre mit ihr begann, war sie meine Schülerin. Ein einfaches, achtzehnjähriges Mädchen. Ich war der erste Mann, mit dem sie geschlafen hat."

"Aber nach diesem ersten Jahr hast du sie jahrelang nicht mehr gesehen. Sie hat die Schule verlassen. Er hätte von jedem sein können!"

"Aber er war es nicht. Ich habe das alles überprüft. Krankenhausunterlagen. Ich habe mit den Leuten gesprochen, bei denen sie wohnte, nachdem sie die Schule verlassen hatte. Um Himmels willen, sie war bereits im dritten Monat schwanger, als sie die Schule verließ."

"Wenn das Baby von dir wäre, hätte sie es dir gesagt."

"Nein." Andrew schüttelte den Kopf. "Nicht Becky. Sie war zu stolz und hatte zu viele Schuldgefühle, weil sie eine Affäre mit einem verheirateten Mann hatte. Nein, sie hat das alles auf sich genommen."

"Sie war nicht besonders stolz, als sie sich später bei Dir meldete, weil sie Geld für ihren Balg haben wollte."

"Mein Sohn", schnauzte er. "Sie brauchte Geld, um sich um meinen Sohn zu kümmern. Als sie sich an mich wandte, war sie schon verzweifelt. Und ich hatte ihr das alles angetan. Ich war derjenige, der ihr Leben ruiniert hatte."

"Du hast ihr keinen Schnaps in die Kehle geschüttet. Du hast ihr keine Nadeln in den Arm gesteckt oder sie gezwungen, für eklige Fotos zu posieren. Du hast sie nicht in eine Hure verwandelt."

"Aber ich habe es getan, Tracy." Andrew fuhr sich mit den Fingern durch die Haare. "Verstehst du nicht? Du tust es schon wieder. Du gibst Becky die Schuld, gibst allen die Schuld und weigerst dich, zuzugeben, dass die wahre Schuld bei deinem Mann liegt. Wenn ich diese junge Frau nicht verführt hätte, hätte sie ihre Ausbildung beendet und wäre nach Hause zurückgekehrt. Sie hätte eine Chance auf ein anständiges Leben gehabt - einen Ehemann, Kinder, eine Zukunft. Aber ich habe diese Chance zerstört. Ich habe sie zerstört."

Seine Stimme zitterte und er lehnte sich in seinem Stuhl zurück.

"Selbst bei dem Chaos, in das sich ihr Leben verwandelt hat, selbst bei ihrer Sucht, der Pornografie, der Prostitution, bei allem ... hätte ich mich von dir scheiden lassen und sie geheiratet, als ich von Owen erfuhr. Aber sie wollte nichts davon wissen. Nichts von mir. Selbst so kaputt wie sie war, hätte sie niemals eine Familie zerstört."

Tracys Stimme war so ruhig wie ein Bergsee. "Nach all den Jahren liebst du sie immer noch mehr, als du mich je geliebt hast."

"Als ich sie zum ersten Mal sah, war ich vernarrt in sie. Ihre Schönheit, ihre Unschuld, ihre Jugend. Aber ob es mir gefällt oder nicht, auf meine eigene verdrehte Art habe ich dich trotzdem geliebt. Ich habe dich bis zu dem Tag geliebt, an dem du Owen abgewiesen hast." Ihr Blick wich seinem aus, als er sie quer durch den Raum ansah. "Er hatte dir nie etwas angetan. Er war noch ein Kind, als ich ihn nach Beckys Tod mit nach Hause nahm. Erinnerst du dich an diesen Tag?"

Sie schwieg, aber er wusste, dass sie sich erinnerte.

"Ich habe dir an dem Tag alles erzählt. Die Wahrheit über Becky, über Owen. Ich versprach dir, dass ich mich ändern würde. Und du hast so getan, als wäre nie etwas passiert. Als ob ich ein Heiliger wäre und alle meine Geständnisse nur erfundene Geschichten wären. Geschichten, die erfunden wurden, um zu beeindrucken."

"Du wolltest Vergebung und ich habe sie dir gegeben."

"Du hast mir nicht verziehen. Du hast mich verleugnet. Aber was ich wirk-lich wollte, war Akzeptanz. Akzeptanz für meinen Sohn. Ein Zuhause für ihn. Aber du hast dich geweigert. Du hast ihn mit weniger Mitgefühl behandelt, als du einem streunenden Hund gegeben hättest." Er stützte seinen Kopf auf die Stuhllehne und starrte ausdruckslos vor sich hin. "Erinnerst du dich an deine Drohungen? Dass du ihn ruinieren würdest, wenn ich ihn offen als meinen Sohn bezeichnen würde. Du hast gesagt, du würdest allen erzählen, was für eine Hure seine Mutter ist. Dass es eine Lüge sei, dass ich sein Vater sei. Jeder würde es wissen, hast du gesagt. Du würdest ihn quälen, bis er wegläuft."

"Er war nur auf Geld aus. Und du hast ihm im Laufe der Jahre viel davon gegeben."

"Um Himmels willen, Tracy, er war erst zehn, als ich ihn nach Hause brachte. Er brauchte eine Familie. Ein Zuhause. Ein richtiges Zuhause. Und du hast dich geweigert, ihn bleiben zu lassen. Geld!" Andrew schnaubte. "Gott, es ist erstaunlich, dass deine Galle dich über die Jahre nicht erstickt hat. Weißt du, warum Owen das College im ersten Jahr abgebrochen hat? Weißt du, warum er quer durchs Land gezogen ist und versucht hat, so viel Abstand wie möglich zwischen uns zu bringen?"

Ihr hob ihr Kinn und stand starr da.

"Er ging weg, weil er mein Geld nicht wollte. Weil er, wie seine Mutter, zu stolz war, Almosen von einem Fremden anzunehmen." Er fuhr sich mit einer dünnen Hand über das Gesicht. "Einem Fremden. Ich war nur jemand, der dafür bezahlt hatte, dass er in einem guten Internat aufwuchs. Das war es, was er in all den Jahren, in denen er aufwuchs, von mir dachte. Nicht als Vater. Nur ein alter Mann, der seiner Mutter in ihren letzten Tagen beigestanden hat. Tracy, du hast meinen Sohn daran gehindert, seinen Vater zu kennen. Du hast uns daran gehindert, eine Familie zu sein. Und ich habe dich gelassen. Ich habe dich gelassen."

Er drehte sich in seinem Stuhl um und wandte den Blick von ihr ab. In seiner Kehle bildete sich ein Kloß, an dem er zu ersticken drohte. Ein kleiner Arm legte sich um seine Schultern. Sie saß auf der Armlehne des Stuhls.

"Er ist ein erwachsener Mann, Andrew. Er hat alles, was er braucht. Es gab nichts, was du für ihn hättest tun können, was besser gewesen wäre als das, was er für sich selbst getan hat."

Er drehte sich zu ihr um und schüttelte ihren Arm ab. Blaue, vor Wut gerötete Augen trafen die ihren.

"Du verstehst immer noch nicht. Es geht nicht mehr um ihn. Es geht um mich. Darum, dass ich sterbe, ohne Owen jemals sagen zu können, dass ich sein richtiger Vater bin. Es geht darum, dass ich meinen Sohn um Vergebung anflehe."

Kapitel Zehn

MIT EINEM LAUTEN Schnappen rastete der Riegel ein. Owen ging schnell durch den Raum, schloss die Glasschiebetür und verriegelte auch diese. Als Nächstes zog er die Schnur für die Jalousien, um das Licht und die neugierigen Blicke von Eindringlingen - und Polizisten - auszusperren.

Als er in der schützenden Dunkelheit seines Plüschkokons stand, hatte er immer noch Schwierigkeiten, die Irritation über Archers Besuch zu unterdrücken.

Er ging in sein Schlafzimmer, um Sarah zu suchen und ging auf die andere Seite des Raumes. Als er die Tür des großen begehbaren Kleiderschranks öffnete, sah er zuerst ihre Koffer, die sich unter seinen eigenen, hängenden Kleidern stapelten. Sie saß mit angezogenen Knien da und umklammerte mit den Händen den zerknitterten Stoff des Anzugs, den sie gestern Abend getragen hatte. Ihr Gesicht war zwischen ihren Knien vergraben. Doch als er das Licht einschaltete, hob sie den Kopf und blickte ihm mit ihren ängstlichen grünen Augen suchend ins Gesicht.

"Er ist weg."

Der Ausdruck von Frustration, fast Hoffnungslosigkeit, den er in ihrem Gesicht sah, wich schnell einem Blick der Erleichterung. Er trat in den Schrank und streckte ihr eine Hand entgegen. Sarah griff danach und Owen zog sie auf die Beine.

"Vielen Dank. Es wäre viel einfacher für Dich gewesen, mich zu verraten."

"Ich weiß nicht, wenn der Rest seiner Abteilung so ist wie er, kann ich verstehen, warum du nicht zu ihnen gehen willst."

"Archers Abteilung hat nicht den besten Ruf." Sie folgte ihm aus dem Schrank. Sie blieb am Nachttisch stehen, nahm ihren Terminkalender in die

Hand und schloss ihn. "Die Versuchung ist wohl zu groß, bei so viel Geld, das in dieser Stadt herumfliegt."

"Hattest Du in der Vergangenheit schon einmal mit Archer zu tun?" fragte er, als sie wieder ins Wohnzimmer gingen.

"Nicht direkt mit ihm, aber ich habe ein paar seiner Beamten wegen eines Falles vor etwa sechs Monaten ganz schön ins Schwitzen gebracht. Die Stadt hat sich geeinigt und der Fall kam nie vor Gericht, aber einer von ihnen ging in den Vorruhestand und der andere wurde gezwungen, zu kündigen." Sie setzte sich auf die Kante des Sofas und startete ihren Computer. "Irgendwie habe ich im Monat nach dem Prozess drei Vorladungen für den Straßenverkehr bekommen. Man könnte also sagen, wir sind nicht die besten Freunde."

"Worum ging es in dem Fall?"

"Ein fünfzehnjähriges Mädchen so lange zu verängstigen, bis sie sich nicht einmal mehr an ihren eigenen Namen erinnern konnte, geschweige denn an den Namen und die Beschreibung des Tieres, das sie vergewaltigt hat und an die Frau, die das Ganze eingefädelt hat." Sie hob die Zeitungen vom Boden auf und stapelte sie zu einem ordentlichen Stapel. "Natürlich hatte es absolut nichts damit zu tun, dass der junge Mann, der des Verbrechens beschuldigt wurde, der Sohn eines der reichsten New Yorker war, der in Newport den Sommer verbrachte. Ein Mann mit einem sehr großen Scheckbuch, wenn es um Spenden für gemeinnützige Zwecke ging."

"Haben die Polizisten sie absichtlich erschreckt?"

"Absolut." Sie sah ihre Aktentasche neben seinem Schreibtisch stehen und holte sie. "Ich konnte beweisen, dass dies auch für diese beiden Beamten nicht das erste Mal war. Sie hatten Karriere damit gemacht, mit ihrer 'Guter Bulle, böser Bulle'-Routine ein paar Schritte zu weit gegangen waren. Das ist schon unter normalen Umständen schlimm genug, aber dieses Mädchen war das Opfer."

"Wurde der Kerl, der für die ganze Sache verantwortlich war, jemals gefasst?"

"Nein. Wir haben die Behörde verklagt, nachdem der Widerling freigelassen worden war. Das Mädchen war ein Wrack und hat sich in einem halben Dutzend Punkten selbst widersprochen, also gab es keinen Fall. Ich habe gehört, dass der Mistkerl diesen Sommer wieder in Newport ist. Nachdem er so glimpflich davongekommen ist, hat er wahrscheinlich wieder diese Frau - oder jemanden wie sie - dafür bezahlt, anderen jungen Mädchen Fallen zu stellen."

Owen beobachtete ihr angespanntes Gesicht, während sie versuchte, sich auf den Bildschirm des Computers zu konzentrieren. Sie hatte keine Zeit gehabt, sich umzuziehen, aber angesichts ihrer Stimmung war ihr Aussehen das Letzte, woran sie dachte. "Was ist mit dem Mädchen passiert?"

"Sie ist nie wieder zur Schule gegangen und hat sich in diesem Frühjahr einfach in unbekannte Gegenden abgesetzt. Als ich mich das letzte Mal bei der Familie erkundigte - das war kurz vor meiner Reise nach Irland - gab es immer noch keine Nachricht von ihr."

Die beiden schwiegen einige Augenblicke. Dann griff Owen nach einem Block Papier und einem Stift und begann, einige Notizen zu machen.

"Darf ich Dir etwas vorschlagen?"

Sie blickte vom Laptop auf.

"Ich weiß, dass Du glaubst, dass jemand Deine Freundin getötet hat, weil er dachte, Du wärst es, um Richter Arnold eine Falle zu stellen."

"Und?"

"Ich habe eine andere Möglichkeit."

"Was?"

"Mord, Sarah. Ein Komplott war nicht das Ziel. Jemand versucht, Dich zu ermorden, nicht jemand anderes, nur Dich. Die Tatsache, dass Richter Arnold der Hauptverdächtige ist, könnte nur ein Zufall sein."

"Was ist mit dem Blut in seinem Boot? Das muss dort platziert worden sein."

Owen nickte. "Stimmt! Aber als es um die eigentliche Abschussliste ging, warst du das Ziel. Du warst diejenige, auf die sie es abgesehen hatten. Vielleicht weißt du etwas Belastendes. Vielleicht hast du schon etwas Schaden angerichtet. Es gibt da draußen ein paar rachsüchtige Leute." Er schob den Block Papier über den Tresen. "Hilf mir dabei."

Sie erhob sich langsam vom Sofa und ging in die Küche. Er sah, wie sie sich die Arme rieb, als sei ihr plötzlich kalt.

"Zähle sie auf", ermutigte er. "Fälle wie der, den Du gerade erwähnt hast. Ergebnisse, die jemandem geschadet haben könnten. Menschen, deren Leben sich durch etwas, das Du getan hast, verändert hat. Vor allem aber, wer Dich immer noch als Bedrohung für sich sieht."

"Das ist keine einseitige Liste." Sie starrte auf den Block hinunter.

Owen reichte ihm den Stift. "Aber ich habe die Liste schon für Dich angefangen - mit dem Newport Police Department an der Spitze."

ZWISCHEN DEN CHINESISCHEN Antiquitäten und den Gemälden, die an jeder Wand hingen, hätte die luxuriöse Wohnung auch ein Museum sein können. Um nicht dumm zu wirken, kämpfte Archer gegen den Drang an, zu fragen, ob alle diese Stücke Originale seien. Gleichzeitig bemühte er sich, nicht gegen irgendetwas zu stoßen, als er durch die großzügigen Räume geführt wurde.

"Danke, dass ich hier vorbeikommen durfte."

"Kein Problem, Captain."

Hal Van Horn strich die Vorderseite seines weißen Oxford-Hemdes glatt und öffnete die Fliegengittertür. Eine leichte Brise trug den Duft von teurem Eau de Cologne zu dem Detektiv zurück, als der Bauunternehmer ihn auf den Balkon mit Blick auf den geschäftigen Hafen führte.

"Es war ein Glück, dass Sie mich zu Hause gefunden haben. Ich kam vor weniger als einer Stunde an."

"Ich weiß", sagte Archer höflich und setzte sich in einen Korbstuhl, der sicher mehr kostete als seine eigene Esszimmereinrichtung. "Einer meiner Männer sah Ihr Boot am Pier anlegen und rief mich an."

"Gracias, Maria. Desearemos el café, por favor", sagte Hal zu seiner Haushälterin. Sie stellte einen Teller mit frischem Gebäck auf den kleinen Tisch zwischen ihnen. "Es tut mir leid, Captain. Ich hatte keine Ahnung, dass Sie unbedingt noch einmal mit mir sprechen wollten. Hätte ich das gewusst, wäre ich schon früher von Block Island zurückgesegelt."

"Ich bin froh, dass Sie es nicht getan haben", antwortete Archer. "Nach allem, was Sie im letzten Monat durchgemacht haben, mussten Sie eine Weile von Newport wegkommen. Wenn es irgendetwas Dringendes gäbe, hätten wir Sie da draußen schon erreicht."

Hal machte einen ernsten Gesichtsausdruck, als er einen unsichtbaren Fussel aus seiner grauen Flanellhose wischte. "Für mich gibt es kein Entrinnen aus dieser Sache. Sarah ist immer noch zu sehr in mir. Hier ... und hier." Er berührte sein Herz und seine Schläfe. "Eigentlich hat Scott Rosen mich ermutigt, die ganze Woche frei zu nehmen. Aber ich konnte nicht."

Archer beobachtete, wie sein Gastgeber eine Sonnenbrille von dem kleinen Glastisch nahm und sie aufsetzte. Die Brise vom Hafen spielte mit den perfekt geschnittenen Strähnen des nassen Haares des Mannes. Die Reflexion der dunklen Brille verdeckte nun die Traurigkeit, die der Detektiv in den Augen des Mannes gesehen hatte. Archer erkannte Van Horns Bedürfnis, sich zu beruhigen und unterließ es daher für einen Moment, die Fragen zu stellen, die ihn in die luxuriöse Eigentumswohnung geführt hatten.

"Diese Reise nach Block Island sollte der große Moment sein. Ich hatte alles geplant. Ich hatte den perfekten Ring ausgesucht. Ich hatte das Boot mit ihrem Lieblingswein bestückt. Meine Sekretärin hatte den Chefkoch der White Horse Tavern angerufen, um genau das richtige Abendessen für diesen Anlass zu planen." Hal Van Horn lächelte den Detektiv verbittert an. "Ich hatte die feste Absicht, Sarah dieses Mal aus den Socken zu hauen. Vor vier Jahren, als wir unsere Verlobung lösten, waren wir zu jung. Wir waren nicht bereit. Aber dieses Mal war ich mir sicher, dass ich sie für mich gewinnen würde."

Hal erhob sich und ging zur Reling. Er blieb einige Augenblicke stehen und blickte auf die Yachten, die den Hafen säumten.

"Etwa eine Meile nordöstlich des Sandy Point Light auf Block Island liegt ein ziemlich großer Stein in einer Platinfassung auf dem Meeresgrund. Ich stand auf dem Deck meines Bootes und warf den Ring über Bord. Ich konnte es nicht ertragen, ihn anzusehen, denn ich wusste, dass die Frau, die ich liebte, dort draußen in den trüben Tiefen des kalten Wassers war. Und da stand ich nun und starrte auf dieses Schmuckstück und dachte, wenn ich doch nur..."

Archer zappelte in seinem Stuhl, als die Stimme des anderen Mannes brüchig wurde. Hal Van Horn lehnte sich an die Reling und starrte geradeaus.

Der Detektiv räusperte sich. "Hören Sie, Mr. Van Horn. Ich entschuldige mich wirklich dafür, dass ich Sie störe. Aber wegen des Vorfalls letzte Nacht in der Villa hielten wir es für notwendig."

"Welcher Vorfall?" Hal drehte sich mit dem Rücken zur Reling. "Gab es einen Einbruch?"

"Das versuchen wir gerade herauszufinden. Evan Steele, der Inhaber Ihres Sicherheitsdienstes, sagte uns, dass, soweit er es beurteilen kann, nichts beschädigt wurde oder fehlt." Archers Finger bewegten sich auf die Zigarettenschachtel in seiner Tasche zu, aber er hielt sich zurück. "Kennen Sie einen Mann namens Frankie O'Neal?"

"O'Neal?" Hal hielt einen langen Moment inne, um über den Namen nachzudenken. "Da klingelt nichts. Woher auch? Sollte ich ihn kennen?"

"Genau das versuchen wir herauszufinden." Archer holte ein Notizbuch aus einer Tasche und blätterte darin. "Mr. Van Horn, wissen Sie, ob Richter Arnold oder jemand aus seinem Büro mit Antiquitätenhändlern in Kontakt stand, um einige Stücke in der Villa zu schätzen?"

Hal nahm seine Sonnenbrille ab, als ein dunkler Wolkenstreifen die Sonne verdeckte. "Ja, natürlich. Aber das ist eine alte Geschichte. Nach dem Tod meiner Mutter fungierte Sarah als Nachlassverwalterin für Averys Vermögen. Ich weiß, dass sie sich an eine große Schätzungsfirma gewandt hat, um den Wert für alles zu ermitteln, was sich noch im Haus befand. Meine Mutter war eine Sammlerin von praktisch allem. Die Schätzung der Werte für die endgültige Abwicklung schien ein ziemliches Durcheinander zu werden. Ich habe versucht, mich so weit wie möglich aus der Sache herauszuhalten."

"Erinnern Sie sich an den Namen der Firma, die Rechtsanwältin Rand beauftragt hat? Oder vielleicht einen Kontaktnamen? Natürlich kann ich jederzeit versuchen, eine Kontaktperson zu finden..."

"Island Antiques". Soweit ich weiß, sind sie das größte Unternehmen dieser Art in Newport. Sie begutachten, kaufen und verkaufen Antiquitäten." Die Haushälterin betrat wieder den Balkon und trug ein silbernes Tablett mit Kaffee. "Ich selbst hatte in der Vergangenheit noch keine direkten Geschäfte mit ihnen, aber ich weiß, dass meine Firma sie bei der Einrichtung der Musterhäuser in unseren neuen Wohnsiedlungen schon öfters eingesetzt hat. Der Name, den Sie erwähnten, Frankie O'Neal, hat er irgendeine Verbindung zu Island Antiques?"

"Daran arbeiten wir noch." Archer lehnte das Angebot eines Kaffees ab und erhob sich, nachdem er den schnellen Blick seines Gastgebers auf seine Uhr gesehen hatte. "Kann man davon ausgehen, dass die Arbeit von Rechtsanwältin Rand am Nachlass Ihrer verstorbenen Mutter noch lange nicht abgeschlossen ist?"

"Angesichts der Umstände, ist mehr als sicher anzunehmen, dass Sarah nicht einmal an der Oberfläche der Angelegenheiten meiner Mutter hatte kratzen können." Hal führte den Weg zurück ins Wohnzimmer. "Wegen der Wende der Ereignisse haben wir uns immer noch nicht für einen Anwalt entschieden, der zu Ende bringen könnte, was Sarah begonnen hat. Kurz bevor ich nach Block Island abgereist bin, habe ich meine Assistentin gebeten, Island Antiques anzurufen und mir einen Statusbericht zukommen zu lassen. Wir haben auch um die Rückgabe der Schlüssel zum Haus gebeten.

"Haben sie schon geantwortet?"

"Ich habe meine Post noch nicht durchgesehen."

"Hier sind ein paar Nachrichten für Sie." Archer schaute auf das blinkende Licht des Anrufbeantworters.

Hal sah ebenfalls darauf hinunter. "So ist es. Wenn mich jemand erreichen will, kann er im Büro anrufen oder mich zurückrufen, wenn ich hier bin."

"Wenn Sie den Anrufbeantworter nicht mögen, warum haben Sie ihn dann?"

"Sarah hat ihn für mich gekauft. Sie war die Einzige, bei der ich die Nachrichten abhörte. Verdammt, ihre Anrufe waren die einzigen, die ich immer beantwortet habe." Hal ging auf die Wohnungstür zu. "Aber machen Sie sich keine Sorgen, Captain. Sie können mich jederzeit in meinem Büro erreichen. Ich habe dort eine Assistentin, die meine Nachrichten entgegennimmt. Sie ist eine Nervensäge, aber sie sorgt dafür, dass ich jeden Anruf zurückrufe."

Archer nahm einen festen Händedruck des Bauunternehmers an der offenen Tür entgegen. "Eine letzte Sache, Mr. Van Horn."

Hal wartete, ein höfliches Lächeln aufgesetzt.

"War gestern Abend jemand bei Ihnen zu Hause?"

"Hier? Nein. Maria ist nur tagsüber hier und an den Abenden, an denen ich vielleicht Gäste habe... was übrigens nicht allzu oft vorkommt. Warum fragen Sie?"

"Gestern Abend gab es einen Anruf aus der Van Horn-Villa zu dieser Nummer, Ihrem Privathaus. Ich habe mich gefragt, ob es Ihnen etwas ausmachen würde, die Nachrichten zu überprüfen, um zu sehen, wer den Anruf getätigt hat."

"Sicher, wenn es helfen würde." Hal warf einen Blick auf den Anrufbeantworter auf der anderen Seite des Raumes. "Aber ich bin sicher, dass die Nachrichten darauf nur Anrufe sind, die heute Morgen eingegangen sind."

"Warum sagen Sie das?"

"Immer wenn ich weg bin, ruft meine Sekretärin gleich morgens hier an. Sie geht die Nachrichten durch und leert die Mailbox. Sehen Sie, sie traut mir nicht einmal zu Hause."

"Dann stört es Sie vielleicht nicht, wenn ich mit ihr rede."

"Natürlich nicht. Es macht mir überhaupt nichts aus. Ihr Name ist Gwen Turner. Sie können sie anrufen, wenn Sie wollen, aber ich würde Ihnen raten, ihr heute aus dem Weg zu gehen. Bei all den Belästigungen durch die Medien und der Tatsache, dass ich fast die ganze Woche weg bin, wird sie ganz schön geladen sein."

Archer blieb stehen und schaute auf den Anrufbeantworter. Hal zuckte mit den Schultern.

"Okay, Captain. Ich kann Ihre Gedanken lesen. Nur für den Fall, dass Gwen heute noch nicht dazu gekommen ist." Er ging quer durch den Raum, Archer dicht hinter ihm.

"Ich will nicht lästig sein. Sie verstehen doch, dass wir nichts unversucht lassen können."

"Kein Problem." Hal nickte und drückte die Nachrichtentaste. Zwei Nachrichten. Eine von Gwen aus dem Büro und eine von einem Nachrichtenreporter, der irgendwie an seine Privatnummer gekommen war. Beide waren offensichtlich heute Morgen hinterlassen worden. "Tut mir leid. Ich habe Sie gewarnt."

Archer nickte stirnrunzelnd und folgte dem anderen Mann wieder zur Tür.

"Eine letzte Sache, Mr. Van Horn."

"Eigentlich werden es zwei 'letzte' Dinge sein ... vielleicht sogar drei." Er fuhr sich mit der Hand durch sein dichtes Haar und schenkte Archer ein freundliches Lächeln. "Aber nur zu. Es ist besser, alles, was Sie haben, jetzt zu fragen, als später zu versuchen, mich zu erreichen. Gwen wird mich auf Trab halten, bis ich mit meiner Arbeit fertig bin."

"Ich weiß, das klingt vielleicht ein bisschen weit hergeholt. Aber letzte Nacht ... oder war es heute Morgen ..." Archer kratzte sich an seinem kahlen Kopf. "Wie auch immer, ich hatte diese verrückte Idee, dass ich zu Ihnen kommen wollte. Was wäre, wenn Sarah Rand doch nicht tot wäre?"

"Captain, ich sehe keinen Sinn darin..."

"Warten Sie, Mr. Van Horn. Ich meine, wir haben noch keine Leiche gefunden. Wir haben ihr Auto nicht gefunden. In ihrer Wohnung fehlten viele persönliche Gegenstände - Toilettenartikel, Brieftasche, sogar ihr Reisepass. Und bis jetzt haben die Tests, die wir gemacht haben, nur das Blut auf Richter Arnolds Boot und in der Wohnung von Anwältin Rand gefunden. Aber was ist, wenn sie gar nicht das Opfer eines Mordes war? Was, wenn *sie* dort jemand anderen getötet hat?"

Archer beobachtete, wie sich Hal's bereits gebräuntes Gesicht vor Wut verdunkelte. "Das ist das Lächerlichste, was ich je gehört habe. Sarah könnte ebensowenig einen Mord begehen wie ich. Wie, in Gottes Namen, kommen Sie auf so etwas?" Bevor der Captain eine Antwort geben konnte, explodierte der Bauunternehmer. "Das ist zu viel! Es macht mich wirklich krank, dass alles in unserem Leben zu einer ekelhaften Schlagzeile für diese Boulevardblätter gemacht wird, die ich früher für echte Zeitungen hielt. Lassen Sie mich etwas ganz klarstellen. Ich habe es satt, tatenlos zuzusehen, während diese Art von Mist über Menschen, die mir wichtig sind, gedruckt wird. Vieles von diesem Mist sieht übrigens so aus, als wären Informationen aus den Akten der Newport Police durchgesickert."

Archer verlagerte sein Gewicht und starrte mit leerem Blick auf die Wand hinter Van Horn. Leider hatte der Mann nicht ganz unrecht. Irgendjemand in der Abteilung schien tatsächlich Informationen aus den Ermittlungen an die Presse weiterzugeben. "Nun, dazu kann ich nichts sagen."

"Auf Anraten meiner Anwälte habe ich es weiterhin vermieden, mich öffentlich über den Richter und meine eigenen Gefühle bezüglich seiner Schuld oder Unschuld zu äußern. Aber wenn Sarahs Name als etwas anderes als das Opfer, das sie war, in die Sache hineingezogen wird, dann werden Sie und ich Krieg führen." Van Horns Finger zeigte auf Archers Gesicht. "Ich bin mir über Sarahs Kampf mit Ihrer Abteilung im Klaren. Ich weiß alles über die geschlossene Gesellschaft der Polizei und die Vergeltungsmaßnahmen, die gegen diejenigen ergriffen werden, die Sie für Ihre Handlungen zur Rechenschaft ziehen."

Archer öffnete den Mund, um etwas zu sagen, aber die schnellen Worte von Hal Van Horn unterbrachen ihn wieder.

"Sarah Rand war eine Blume in einem Dschungel aus Unkraut, Captain. Wenn Sie ihren guten Namen in den Schmutz ziehen, hetze ich die Wölfe so schnell auf Sie, dass Sie nicht einmal mehr wissen, wer von ihnen zuerst zugebissen hat. Und wenn Sie mich jetzt entschuldigen, ich werde im Büro erwartet."

Archer stand einen langen Moment stirnrunzelnd im Flur, nachdem sich die Tür hinter ihm geschlossen hatte. Mein Gott, sogar der Teppich *hier* war besser als sein nagelneuer Teppich zu Hause.

Kapitel Elf

OWEN FALTETE die Zeitung zusammen und legte sie hin, als Sarah aus seinem Schlafzimmer ins Wohnzimmer kam. Sie hatte sich einen einfachen, jadegrünen Laufanzug angezogen, der fast die gleiche Farbe wie ihre Augen hatte. Wortlos ließ sie sich wieder auf der Kante des Sofas nieder und konzentrierte sich auf den Bildschirm ihres Laptops. Die dunklen Ringe unter ihren Augen zeugten von ihrer Müdigkeit, aber in ihrem Gesicht zeigte sich Entschlossenheit.

"Willst du etwas essen?"

Sie schüttelte den Kopf.

"Etwas beschäftigt mich."

"Nur eine Sache?" antwortete sie ironisch, ohne aufzublicken.

"Woher wussten diese Leute - die Typen, die dich auf dem Rückweg vom Flughafen angehalten haben -, dass du in dieser Nacht und zu dieser Zeit dort sein würdest?"

"Ich weiß es nicht."

Owen kam auf die Beine und streckte sich. "Hattest Du ein Hin- und Rückflugticket?"

"Das hatte ich, anfangs." Sie sah auf. "Aber ich musste meinen Rückflug nach der ersten Woche stornieren. Gestern bin ich dann auf Standby zurückgekommen."

Owen steckte die Hände in die Taschen. "Selbst wenn wir davon ausgehen, dass sie irgendwie Zugang zu den Flugdaten, den Passagierlisten oder den Zolldaten hatten, ergibt das immer noch keinen Sinn. Was ist mit dem Kerl, der in der Van Horn-Villa auf Dich gewartet hat? Ich bezweifle, dass er in den letzten zwei Wochen dort gezeltet hat, weil er dachte, dass du früher oder später zurückkommen würdest." Owen betrat die Küche und sah sie über den

Tresen hinweg an. "Warum sollte er denn dort warten und nicht in deiner Wohnung?"

"Meine Wohnung muss von der Polizei überwacht worden sein."

"Das ist wahr, aber das wusstest du nicht. Du wusstest nicht, dass du tot bist. Unter normalen Umständen wärst Du also zuerst dorthin gefahren. Hast du jemanden vom Flughafen aus angerufen?"

Ihr Gesicht verfärbte sich und sie warf ihm einen kurzen Blick zu, bevor sie sich abwandte.

"Versuchst Du, jemanden zu schützen, Sarah?"

Als sie nicht antwortete, ging er zurück ins Wohnzimmer und stellte sich vor sie hin und starrte sie an. Nach einem langen Moment hob sich ihr Gesicht.

"Was geht hier vor? Weißt du, wer hinter all dem steckt? Benutzt Du mich nur, um die Zeit totzuschlagen?"

"Nein!" Sie schüttelte den Kopf. "Nein! Glaub mir, wenn ich sage, dass ich fassungslos bin über alles, was hier passiert."

"Wen hast Du vom Flughafen aus angerufen?"

"Ich habe es zuerst bei mir zu Hause versucht. Aber es ging niemand ran. Dann habe ich es unter der Nummer des Richters versucht, aber ich habe keine Nachricht hinterlassen."

"Um wieviel Uhr war das?"

"Ich war am JFK. Die Flüge nach Providence waren wegen des Sturms verspätet. Es war etwa vier Uhr nachmittags, glaube ich."

"Sonst noch jemand?"

Sie hielt einen langen Moment inne, bevor sie antwortete. "Ich habe Hal angerufen. Hal van Horn."

Owen spürte, wie sich die Muskeln in seinem Kiefer anspannten. All die Anspielungen in den Zeitungen kamen ihm wieder in den Sinn.

"Aber er war auch nicht zu Hause. Also habe ich eine Nachricht hinterlassen."

"Dann ist er derjenige."

Sarah sprang schnell auf. "Es ist nicht so, wie du denkst. Er hat wahrscheinlich noch nicht einmal meine Nachricht abgehört. Hal ist dafür berüchtigt, dass er nie seinen Anrufbeantworter abhört." Sie begann, im Zimmer auf und ab zu gehen und fuhr sich mit den Händen über die Arme. "Hal hat keine Verbindung zu diesen Cops. Er hat nichts davon und ich weiß, dass er mir nie etwas antun würde."

Owen starrte sie an, verblüfft von der Heftigkeit seiner eigenen Gefühle. Er kannte Sarah Rand noch nicht einmal einen Tag, aber trotzdem ärgerte es ihn, dass sie diesen anderen Mann verteidigte, einen Mann, der ein Teil ihrer Vergangenheit war. Verdammt, ein Teil ihrer Gegenwart.

"Ich kann dich heute Morgen bei ihm absetzen, wenn du willst. Dann könnt ihr beide mit dem weitermachen, was auch immer Du hier zu tun versuchst."

"Nein." Sie hörte abrupt auf, auf und ab zu gehen. Eine Hand schoss hervor und legte sich auf seinen Arm. "Bitte nicht."

Erschrocken ließ sie den Arm fallen und ihr Kinn sank für einen langen Moment auf ihre Brust. Owen starrte sie an und wartete.

"Einige Leute haben Zugang zu Hals Anrufbeantworter. Seine Sekretärin. Seine Haushälterin. Ich habe sogar gehört, wie einer seiner Freunde Hal einmal vorgemacht hat, dass praktisch jeder in der Stadt den Code des Anrufbeantworters kennt. Du siehst also, auch wenn es stimmt, dass meine Nachricht jemanden über meine Rückkehr informiert haben könnte, heißt das noch lange nicht, dass es Hal war. Und es bedeutet auch nicht, dass er persönlich für diese Angriffe verantwortlich ist."

"Danke, Herr Verteidiger." Owen zuckte über seinen eigenen sarkastischen Ton zusammen. "Hör mal, wenn du ihn liebst, warum willst du dann nicht sofort mit ihm zusammen sein?"

"Ich liebe Hal nicht", protestierte Sarah. "Ich weiß, dass ich viel von dir verlange. Ohne mich überhaupt zu kennen, hast Du mir schon viel mehr geholfen, als ich vernünftigerweise erwarten kann. Und ich verstehe Deine Neugierde über ... nun ja, mein Privatleben."

Owen spürte wieder dieses Ziehen. Neugierde? Himmel, die sexuelle Anziehungskraft zwischen ihnen ließ sich nur schwer ignorieren. Es war wie der sprichwörtliche 800-Pfund-Gorilla, der in der Mitte des Raumes saß. Sie schaute auf. Seine Finger juckten, ihr Gesicht zu berühren. Sein Mund sehnte sich danach, wieder diese Lippen zu schmecken. Aber er wandte sich stattdessen der Küche zu, um sich etwas Abstand zu verschaffen.

"Tut mir leid", sagte er über die Schulter. "Du musst bedenken, dass mein Leben seit Jahren ein offenes Buch ist. Ich muss sogar selbst die Boulevardpresse anrufen, um zu erfahren, wohin ich nächste Woche gehe und mit wem ich mich treffe."

Er drehte sich gerade noch rechtzeitig um, um ihr Lächeln zu sehen.

"Nun, tot zu sein, schränkt mich ein wenig ein. Da ich nicht mehr lebe, ist es etwas schwierig, das zu korrigieren, was die Zeitungen über *mein* Privatleben drucken."

"Heißt das, dass du vorhast, die Sache richtig zu stellen?" Er griff in den Kühlschrank und holte die Zutaten für ein Sandwich heraus.

Sie ging hinüber und lehnte sich über den Tresen, um ihn anzusehen. "Ich schätze, das bin ich Dir schuldig. Möchtest Du die Kurzversion der Van Horn-Arnold-Rand-Verbindung hören?"

"Kurz klingt ziemlich knapp."

"Ich verkaufe Dir die Millionen-Dollar-Version, wenn ich weiß, wie es ausgeht."

"Gute Idee." Er war des Kaffees überdrüssig, also setzte er Wasser für Tee auf.

"Ich überspringe die rührselige Geschichte meiner Kindheit. Mal sehen. . Nun, Hal Van Horn und ich lernten uns vor etwas mehr als vier Jahren durch einige College-Freunde kennen. Ich war damals schon als Anwalt in Boston tätig. Wir verstanden uns auf Anhieb und im Handumdrehen machte er mir einen Heiratsantrag." Sie spielte mit den Ecken eines Umschlags auf dem Tresen. "Die Begegnung mit Hal's Familie und Freunden in Newport hat mir die Augen geöffnet. Da war ich nun, ein halb-irisches katholisches Mädchen aus Süd-Boston mit genug Studienkrediten, um ein Pferd zu ersticken. Und da war er, der einzige Erbe des Van Horn-Vermögens, altes Geld. Sie kennen den Rest: reicher Junge, armes Mädchen. Es gab nur ein Problem. Ich war nie auf der Suche nach einem Märchenprinzen. Ich war sehr glücklich damit, das College und dann das Jurastudium auf meine Weise zu absolvieren. Ich mochte Hal - um ehrlich zu sein, war ich so verwirrt, dass ich eine Zeit lang glaubte, ihn sogar zu lieben - aber nicht genug, um mich bei einem so großen sozialen Sprung wohl zu fühlen."

"Aber du hast trotzdem deinen Job aufgegeben und bist nach Newport gezogen."

"Ja, das habe ich." Sie nickte. "Ich kam sowohl mit Hals Mutter als auch mit ihrem Mann ziemlich gut aus. Und ungefähr zu der Zeit, als ich merkte, dass ich kalte Füße bekam, erzählte mir Richter Arnold von seinen Plänen, sich vom Richteramt zurückzuziehen, um mehr Zeit mit Avery zu verbringen. Da fragte er mich, ob ich Interesse hätte, mich mit ihm in einer Anwaltskanzlei in Newport zusammenzuschließen."

Sie griff nach der Tasse Tee, die Owen ihr hinstellte.

"Ich glaube, sie wussten, dass ich unruhig wurde und wollten, dass ich näher bei ihnen war. Sie mochten mich. Das war klar. Und es war eine große berufliche Chance für mich. Also habe ich den Schritt gewagt." Der Teebeutel tauchte wieder und wieder ein. "Entgegen den Hoffnungen des Richters und Avery entfernte mich mein Leben und Arbeiten in Newport noch weiter von Hal. Innerhalb von sechs Monaten lösten wir die Verlobung auf. Wir waren zwei verschiedene Menschen, aus verschiedenen Welten, mit unterschiedlichen Interessen und Ansichten zu fast allem im Leben."

Sarah legte den Teebeutel auf die kleine Untertasse auf dem Tisch. In der Stille konnte Owen das Rauschen der Flut in der Bucht hören, die an das Anwesen grenzte. Er sagte nichts und wartete.

"Interessanterweise hatte meine Trennung von Hal keine Auswirkungen auf meine Beziehung zu den Arnolds. Im Laufe der Jahre wurden Avery und ich sogar gute Freunde. Und ich lernte Richter Arnold wirklich zu schätzen. Ich erlebte aus erster Hand die Liebe und Hingabe, die er für seine Frau empfand. Das verstärkte nur noch den Respekt, den ich ohnehin schon für diesen Mann als Anwalt hatte. Der Richter wurde für mich zu einem Mentor."

Ein Dutzend Fragen schossen Owen durch den Kopf, aber er stellte nur eine. "Wie ist Hal mit all dem umgegangen, nach der Trennung?"

"Sehr gut. Wir sind Freunde geblieben. Und entgegen den Behauptungen der Zeitungen blieb es platonisch. Ja, wir besuchten gemeinsam gesellschaftliche und familiäre Veranstaltungen, aber der Funke zwischen uns war erloschen. Es war nicht die Leidenschaft, die jeder von uns in unserer Beziehung suchte, sondern Kameradschaft ... vielleicht sogar Trost." Sie nahm einen Schluck von ihrem Tee. "Ich glaube, die lange Zeit, in der Avery gelitten hat und dann ihr Tod, hat Hal einiges gelehrt. Ich sah, wie er sich veränderte. Er wurde gefühlsmäßig ... ich weiß nicht ... verbundener, denke ich. Wie auch immer, unsere Freundschaft wurde dadurch stärker. Ich war eher bereit, mit ihm zu reden. Deshalb war er auch derjenige, den ich vom Flughafen aus anrufen wollte. Ich kam gerade von der Beerdigung meines letzten überlebenden Elternteils zurück. Hal hatte in diesem Sommer seine Mutter verloren. Ich wusste, er würde verstehen, was ich fühlte."

Als sie zu ihm aufsah, sah Owen die Tränen in ihren Augen glitzern. Auch er wusste, wie es sich anfühlte, den einzigen Elternteil zu verlieren, allein aufzuwachsen, aber er glaubte nicht, dass seine eigene verdrehte Vergangenheit ihn zu einem Experten in Sachen Mitgefühl machte.

"So, jetzt weißt Du alles." Sie nahm einen großen Schluck von ihrem Tee. "Hal hat in diesem Sommer viel gelitten, und ich weiß nicht, ob er bereit wäre, mich von den Toten auferstehen und vor seiner Tür landen zu lassen. Andererseits leistest Du großartige Arbeit, indem Du mich beschützt, herumfährst und fütterst." Sie blickte auf den Tresen. "Übrigens, ist es zu spät, meine Meinung über das Essen zu ändern?"

"Nun, als reifer und emotional verbundener Mann hängt das davon ab, wie viel du isst."

"ENTSCHULDIGE, dass ich dich wecke, Dan, aber es ist wirklich wichtig."

"Hmm."

Das Telefon an ein Ohr gepresst, rieb sich Archer mit den Händen über das Gesicht und schielte auf seine Uhr. 16:32. Die späte Nachmittagssonne fiel durch einen Spalt zwischen den Vorhängen.

"Ja. Okay, was ist los, Bob?"

"Ich habe gerade die Ergebnisse der Spurensicherung erhalten, von gestern Abend bei dem Richter."

Dan Archer schob das Laken weg und setzte sich müde im Bett auf. "Was habt ihr gefunden?"

"Dieser Drecksack Frankie hatte vor, sauber rein- und rauszugehen. Wir haben nichts gegen ihn in der Hand. Aber wir haben etwas anderes gefunden - die Fingerabdrücke von jemand anderem und Du wirst nicht glauben, von wem." McHughs Stimme war hoch, sehr aufgeregt. "Sarah Rand."

Es gab eine lange Pause.

"Bist du noch da, Dan?"

"Ja. Ich bin da."

"Hast du mich richtig verstanden? Sie war es, ich sag's Dir. Wir haben frische Abdrücke, keine zwei Wochen alten. Neue. Sie sind überall. An der

Tür, am Safe, ihrem Schreibtisch, dem Telefon. Sie war letzte Nacht da. Kannst Du das glauben?"

"Wie viele Menschen wissen davon?"

"Du, ich und das Genie da unten, das daran gedacht hat, die Fingerabdrücke zu überprüfen, bevor es sie abheftet. Ich hätte den Hurensohn küssen können."

"Rede mit ihm. Ich möchte, dass die Sache unter Verschluss bleibt, Bob."

"Was meinst du damit, einen Deckel draufhalten? Wenn sie noch lebt, dann bedeutet das, dass jemand anderes gerade eine Leiche ist."

"Halt einfach die Klappe, Bob. Für den Moment." Archer griff bereits nach seiner Kleidung. "Kein Wort zu irgendjemandem. Ich bin in einer halben Stunde da."

Er knallte den Hörer auf und griff nach einem sauberen Hemd.

Natürlich war sie am Leben. Jetzt musste er nur noch die Sache unter Verschluss halten, bis er sich darum kümmern konnte.

DEN GANZEN TAG über hatte Owen sich bemüht, seine Arbeit gewissenhaft zu erledigen. Er ließ es einfach wie einen normalen Tag aussehen. Er hatte seine Anrufe von der Westküste aus entgegengenommen. Er hatte die vor zwei Tagen vereinbarte Telefonkonferenz mit New York abgehalten. Und vor kurzem war er sogar zum Training in den Fitnessraum gegangen. Solange also niemand in seine Wohnung einbrach und Sarah dort entdeckte, konnte niemand auf die Idee kommen, dass im Leben von Owen Dean etwas nicht stimmte.

Trotzdem fühlte er sich, als würde er auf einem unbekannten Set herumstolpern. Archers Besuch heute Morgen hatte ihn neurotisch gemacht. Verdammt, dachte er. Er musste einfach vorsichtig sein. Es war Archers Aufgabe, misstrauisch zu sein.

Owen ging in die Eingangshalle, um seine Post zu holen und kam gerade rechtzeitig zurück, um zu sehen, wie Sarah einen Notizblock auf den Couchtisch warf und sich steif aufrichtete. Sie hatte das Oberteil des Overalls abgelegt und trug ein kurzärmeliges Hemd über der Hose. Als er sie dabei beobachtete, wie sie sich streckte, fiel sein Blick für einen Moment auf die Form des Shirts, das sich an ihren Körper schmiegte.

Sie sah zu gut für ihn aus und das beunruhigte ihn noch mehr als Archers Interesse. Sie drehte sich um und bemerkte seinen Blick auf sich und lächelte. Er schaute schnell auf die Messinguhr auf seinem Schreibtisch. Fünf Uhr.

"Gibt es Fortschritte?"

Sie nickte und nahm den gelben Block in die Hand. "Ich habe alle Termine und Kalendernotizen von Richter Arnold für die Monate Juni und Juli kopiert und heruntergeladen."

Owen ließ die Schlüssel auf den Tresen fallen. "Wie soll dir das helfen?"

"Wenn es eine Schwäche von Richter Arnold gibt, dann die, dass er alles in seinen Akten zu genau dokumentiert. In gewisser Weise ist er ein Kontrollfreak. Er bewahrt alle Arten von Aufzeichnungen auf. Vom Inhalt der Telefongespräche, über die Aktenzeichen der Folgebriefe, bis hin zu den Namen der Personen, die er an einem bestimmten Tag getroffen hat, und wann, sowohl innerhalb als auch außerhalb des Gerichts, und sogar, ob ein Folgeverfahren erforderlich ist. Für ihn ist das wie eine Religion. Linda, unsere Büroleiterin, sagte mir einmal, sie glaube, er habe Angst, senil zu werden. Aber das ist es nicht. Er ist schon immer so gewesen. Der Richter liebt es einfach, die Kontrolle zu haben. Und er liebt Elektronik. Er ist sehr daran interessiert, mit der Technologie Schritt zu halten."

"Ich bin überrascht, dass diese Akten nicht bereits von der Polizei im Rahmen der Ermittlungen beschlagnahmt wurden." Er nahm die gesamte Post mit auf seinen Schreibtisch. "Ich hätte gedacht, dass die Polizei sie als erstes sichergestellt hätte."

"Ich kann mir vorstellen, dass sie seinen Computer mitgenommen haben, aber so wie unsere Bürocomputer vernetzt sind, werden jede Nacht alle Dateien gesichert." Sie gab ihm ein wissendes Nicken. "Also habe ich einfach das Netzwerk angezapft."

"Du bist ein Alleskönner, nicht wahr?"

Sie fuhr sich mit den Fingern durch ihren kurzen Haarschopf. "Ich versuche, es zu sein."

"Was hast Du herausgefunden?"

Sie lehnte sich mit der Hüfte an die Seite des Schreibtisches. Owen versuchte, sich auf das Papier in ihrer Hand zu konzentrieren.

"Ich glaube, ich komme der Sache näher. Sieh dir das an." Sie legte den Block auf den Schreibtisch, damit er ihn sehen konnte. "Wie ich erwartet habe, hat er alles sehr genau genommen. Ich habe die Informationen kategorisiert. Persönliche Kontakte, geschäftliche Kontakte, juristische Kontakte, alte und neue Fälle. Natürlich gibt es Überschneidungen, aber ich bin gerade auf etwas gestoßen, das viel wichtiger ist als all diese Informationen."

Er konnte die Aufregung in ihrer Stimme hören.

"Sieh dir das an."

Er starrte auf die Stelle, auf die sie zeigte. "10. bis 14. Juli?"

"Es gibt hier nichts, was einen Sinn ergibt. Es scheint, als hätte Richter Arnold plötzlich beschlossen, einen speziellen Code für seine Notizen und Termine zu schaffen."

"War er in diesen Tagen verreist?"

"Nö. Und es ist ja nicht so, dass er die Tage leer gelassen hätte. Siehst du, es ist einfach ganz anders. Keine Namen, keine Telefonnummern, nur Buchstaben, die keinen Sinn ergeben. Es sieht so aus, als hätte er Angst, dass jemand weiß, wer die Leute sind, mit denen er in Kontakt steht."

"Erinnerst Du dich an irgendetwas in dieser Woche?"

"Auf jeden Fall. Das war der Anfang von allem", antwortete sie. "Und interessanterweise fängt er nach dem 14. wieder an, Informationen aufzuzeichnen, aber es ist nicht dasselbe. Nach diesem Datum ist er sehr vorsichtig mit seinen Einträgen, als ob er weiß oder glaubt, dass er beobachtet wird."

Das Klingeln des Telefons auf Owens Schreibtisch zog beide Blicke auf sich. Einen Moment lang überlegte er, ob er es dem Anrufbeantworter überlassen sollte, aber der gleiche Impuls, der ihn den ganzen Tag über angetrieben hatte, einen Anschein von Normalität zu wahren, ließ ihn nach dem Hörer greifen.

"Owen Dean hier."

"Mr. Dean. Hallo. Hier ist Evelyn de Young." Die Stimme der Frau war laut und atemlos. "Ich bin so froh, dass Sie sich gemeldet haben. Wir haben uns schon Sorgen gemacht, als Sie noch nicht hier aufgetaucht sind. Die Fernsehteams sind da. Die meisten Gäste sind bereits eingetroffen und wir alle sind natürlich gespannt auf die Ankunft unseres Ehrengastes."

Owen schloss die Augen und fluchte leise vor sich hin.

"Soll ich meinen Fahrer schicken, Mr. Dean? Ich weiß, dass Sie Ihre Rede erst um sechs Uhr halten sollen, aber die Cocktailparty ist in vollem Gange. Man weiß nie, in welchen Stau man geraten könnte. Natürlich haben wir einen Parkservice für Ihr Auto.

"Ich fahre in etwa fünfzehn Minuten, Mrs. De Young. Und nein, Sie brauchen Ihren Fahrer nicht zu schicken. Ich werde da sein. Danke für den Anruf." Owen legte den Hörer auf und sah, wie sich ein Lächeln auf Sarahs Lippen ausbreitete. "Ich schätze, Du hast alles gehört."

Sie nickte. "Ich hatte selbst eine Karte für diese Veranstaltung."

"Willst du trotzdem hingehen? Du könntest als mein Date mitkommen."

Ein hübscher Schimmer errötete ihre Wangen. "Ich glaube, das muss ich verschieben."

Er erhob sich. "Ich muss eine 20-minütige Rede halten und mich dann ein paar Minuten für die Kameras unterhalten. Ich werde höchstens eine Stunde weg sein."

Sie stand ebenfalls auf. "Ich werde hier sein."

Er machte einen Schritt in Richtung seines Schlafzimmers und drehte sich dann wieder um. "Du wirst dich doch nicht der Polizei stellen, während ich weg bin, oder?"

Sie schüttelte den Kopf und versuchte, unbekümmert zu klingen. "Nicht bevor du zurück bist."

Ein plötzliches Gefühl der Beunruhigung erfasste ihn. Owen machte sich ernsthaft Sorgen um sie. Sie gab sich zwar tapfer, aber nach allem, was sie durchgemacht hatte, vermutete er, dass sie kurz davor war, unter all dem zusammenzubrechen.

"Eine Stunde." Seine Hand griff nach ihren Fingern. Sie waren eisig. Er konnte das leichte Zittern spüren, das sie so verzweifelt zu verbergen versuchte. "Geh nirgendwo hin."

Kapitel Zwölf

HAL VAN HORN sah von dem Papierkram auf seinem Schreibtisch auf, als eine schlanke junge Frau leise an seine Bürotür klopfte. "Ich wollte gerade für heute Schluss machen. Gibt es sonst noch etwas?"

"Gibt es weitere Neuigkeiten von Gwen?"

"Sie rief vor einer halben Stunde aus dem Krankenhaus an. Sie waren gerade am Telefon, also habe ich die Info einfach notiert."

"Wie geht es ihrem Sohn?"

"Er ist aus dem OP raus. Ich glaube, sie mussten ihm wegen des Bruchs einen Stift ins Bein einsetzen. Gwen sagte, dass er vielleicht einen Gips vom Brustkorb abwärts bekommt, bevor er entlassen wird." Sie trat ins Büro und nahm Hals leere Tasse von seinem Schreibtisch. "Ich kann länger bleiben, wenn Sie wollen. I-"

"Haben Sie einen Korb ins Krankenhaus geschickt?"

"Natürlich. Luftballons und Teddybären und das volle Programm." Sie lehnte ihre Hüfte gegen den Schreibtisch. "Im Ernst, Hal. Ich habe heute Abend nichts zu tun, also wäre es überhaupt kein Problem, länger zu bleiben."

Die Andeutung war unmissverständlich, aber Hal war nicht interessiert. "Ich komme schon klar. Planen Sie, morgen früher zu kommen, falls Gwen sich verspätet. Wir sehen uns dann."

Hal beachtete das schmollende Stirnrunzeln der Frau nicht, als sie sein Büro schnaufend verließ. Er hatte noch einen Haufen Arbeit vor sich, bevor dieser Tag zu Ende war. Er schob die Telefonnachrichten der vergangenen Tage beiseite und griff nach den Stapeln von Verträgen, die er unterschreiben musste. Nachdem er sich fünf Minuten lang mit dem Papierkram beschäftigt hatte, hörte er, wie sich die Tür zum Vorzimmer öffnete und wieder schloss.

Seine Sekretärin, die für diesen Tag seine Assistentin war, hatte sich verabschiedet.

Als Hal zwanzig Minuten später seine Durchwahl aufleuchten sah, nahm er gleich nach dem ersten Klingeln den Hörer ab.

"Hal Van Horn".

Am anderen Ende der Leitung entstand eine lange Pause. "Vergiss nicht ... du bist zu jung, um einen Herzinfarkt zu bekommen, Hal. Hier ist Sarah."

"*Sarah!*" Der Stift glitt ihm durch die Finger und fiel auf die Papiere.

"Höchstpersönlich ... na ja, sozusagen. Hör zu, ich fühle mich nicht sehr wohl beim Reden, weil ich glaube, dass jemand Deine Leitungen zu Hause anzapft ... oder zumindest Deine Nachrichten abhört oder so. Das könnte auch hier der Fall sein und ich will nicht, dass dieser Anruf zurückverfolgt wird."

"Du bist am Leben, Sarah! Mein Gott! Geht es dir gut? Wo bist du?"

"Könnten wir uns irgendwo treffen, Hal? Ich habe etwas, das du dir ansehen sollst. Es hat mit Averys Bankschließfach zu tun. Ich brauche deine Hilfe."

"Wo?"

Es gab eine weitere Pause. "Weißt du noch, wo wir vor drei Samstagen zu Mittag gegessen haben? Das letzte Mal, als wir uns getroffen haben."

"Ja, bei..."

"Sag es nicht. Geh einfach hin. Und pass bitte auf, dass dir niemand folgt. Jemand, einige *Leute*, sind hinter mir her, wollen mich töten, also sei bitte vorsichtig." Es gab eine weitere lange Pause. "Ich werde mindestens eine Stunde brauchen, um dorthin zu kommen. Wir sehen uns dann vor dem Gebäude."

"Ich werde da sein, Sarah. Gott, tut das gut, deine Stimme zu hören."

Nachdem er aufgelegt hatte, starrte Hal das Telefon einen Moment lang ausdruckslos an. Plötzlich erregte ein Geräusch im Vorzimmer seine Aufmerksamkeit. Er nahm seine Schlüssel, ging durch die teilweise geöffnete Tür und schaute sich in dem großen Raum um. Zwei leere Arbeitsplätze. Gwens geordneter Schreibtisch. Die Türen zu den anderen drei Büros waren fest verschlossen. Das leise Summen des Computers war das einzige Geräusch, das er jetzt hören konnte. Er drehte sich um, um zu gehen und sah, dass die Eingangstür zum Büro einen Spalt offen stand.

Während er die Tür im Auge behielt, griff Hal nach dem Telefon auf Gwens Schreibtisch und wählte eine Nummer, die er inzwischen auswendig kannte.

———

SARAH RUNZELTE MISSBILLIGEND DIE STIRN, als sie ihr Spiegelbild betrachtete. Sie nahm ihre Lieblingsohrringe ab. In aller Eile zog sie sich eine abgetragene Jeans an, die tief in ihrem Koffer vergraben war. Sie zog ein Paar flache Schuhe an und durchwühlte Owens Kleiderschrank, bis sie ein übergroßes marineblaues Sweatshirt und eine gleichfarbige Baseballmütze fand.

Als sie seine Kleidung anzog, betrachtete sie erneut ihr Spiegelbild. Die Schuhe mussten weg. Sie zog ihre Turnschuhe an und zog den Schirm der Mütze tiefer ins Gesicht. In ihrer Aktentasche fand sie ein Päckchen Kaugummi, das von ihrem Flug übrig geblieben war, und stopfte es sich in den Mund. Ohne Make-up, ohne Schmuck, nahm sie im Spiegel eine entschlossene Haltung an. Sie sah höchstens wie sechzehn aus.

Sarah wählte die Nummer der Newport Cab Company und packte dann eilig alles wieder in ihren Koffer. Es dauerte nur wenige Minuten, bis sie in Owens Schlafzimmer den Anschein von Ordnung wiederhergestellt hatte. Bevor sie die Wohnung verließ, schrieb sie ihm eine lange Notiz, in der sie ihm erklärte, wohin sie ging und was sie vorhatte zu tun. Sie ließ sie auf dem Tresen liegen.

Sie konnte es nicht riskieren, über die Terrasse hinauszugehen. Ohne Schlüssel konnte sie die Glastür nicht abschließen. Der einzige Ausweg war, durch die Vordertür in das Foyer des Gebäudes zu gehen. Sarah steckte die Liste, die sie Hal zeigen wollte, in die Tasche ihrer Jeans.

Als sie die Tür öffnete und einen Blick in den Flur warf, schossen ihr alle möglichen Bilder durch den Kopf. Nachbarn, die sehen, wie jemand, den sie nicht kennen, Owens Wohnung verlässt, jemand Minderjähriges. Na toll. Paparazzi, die sich draußen in den Büschen versteckten, bereit, Fotos von Owens neuer Lolita zu machen. Genial. Tja, da war nichts zu machen.

Sarah ging zügig den Korridor entlang. Erst als sie durch die große Halle des Gebäudes ging, sah sie jemanden.

Das Paar ging durch das Foyer und in einem Moment der Panik blieb Sarah an der Tür stehen. Die Frau schürzte misstrauisch die Lippen, als sie ihr gegenüberstanden.

"Können wir Ihnen helfen?"

Sarah ließ ihr Kinn sinken und weigerte sich, einen besseren Blick auf ihr Gesicht zu werfen. "Nein. Mein Vater hat schon ein Taxi gerufen." Sie versuchte, über die Schulter des Mannes zu schauen, während sie ihre Antwort murmelte.

"Dein Vater?" wiederholte die Frau mit einigem Interesse. "Und in welcher Einheit wohnt er?"

Ein Blick auf das Taxi, das die Auffahrt herunterkam, genügte Sarah. "Danke für Ihre Hilfe." Sie schlüpfte an den beiden vorbei und war im Handumdrehen aus der Tür.

Sarah brauchte keine Augen im Hinterkopf, um zu wissen, dass sie von den beiden genau beobachtet wurde. Also scharrte sie mit ihren Turnschuhen auf dem Gehweg und schnippte mit ihrem Kaugummi, bis das Taxi vor ihr hielt.

"Bellevue. Die Tennis Hall of Fame".

Sarah ließ den angehaltenen Atem erst wieder los, als der Taxifahrer die Einfahrt umrundet hatte und wieder auf den Ocean Drive fuhr.

Und das, so dachte sie, war wahrscheinlich der einfachste Teil dessen, was noch vor ihr lag.

OWEN WUSSTE, dass er möglicherweise einen neuen Geschwindigkeitsrekord für das Betreten, das Halten einer Rede und das Verlassen einer Benefizveranstaltung aufgestellt hatte. Die jährlich stattfindende Veranstaltung für "Save the Bay" war gut bekannt und sehr gut besucht. Er wusste, dass die Medien mit den anderthalb Minuten, die er ihnen für Fragen zur Verfügung stellte, nicht sehr zufrieden waren. Auch die Prominenten hatten sich offensichtlich brüskiert gefühlt, weil er nicht früher gekommen oder länger geblieben war. Die durchschnittlichen Karteninhaber in der Menge waren sichtlich erfreut, als er innehielt, um einige Augenblicke mit den Leuten in den hinteren Reihen zu sprechen.

Alles in allem zeigten sich die Organisatoren unter der Leitung von Frau de Young zufrieden, denn Owen Dean hatte nicht nur zuvor vereinbart, dass sein Rednerhonorar an die Organisation zu spenden, sondern er hatte vor seiner Abreise auch einen sehr hohen Scheck an die Stiftung geschrieben.

Er hatte sogar den Parkservice gebeten, den Motor seines Wagens vor der Eingangstür laufen zu lassen.

Jetzt verloren die strahlend goldenen Sonnenstrahlen langsam ihren Kampf gegen die länger werdenden Schatten des Spätsommerabends. Es war sehr lange her, dass Owen sich um jemand anderen als sich selbst Sorgen gemacht hatte. Fast dreißig Jahre, erinnerte er sich, während er mit seinem Auto den Ocean Drive entlang raste. Er machte sich Sorgen um Andrew, korrigierte er sich. Aber das war etwas anderes, denn es gab nichts, was er für den Mann tun konnte, außer einfach hier zu sein.

Seine eigenen Gefühle für Sarah verwirrten ihn zutiefst. Er war noch nie jemand gewesen, der ein verletztes Tier nach Hause brachte. Verdammt, die meiste Zeit seiner Kindheit war er selbst kaum mehr als ein verletztes Tier gewesen.

Es war schwierig, sich auf seine Rede zu konzentrieren. Noch schwieriger war es, vor und nach der kurzen Rede mit den Leuten zu sprechen. Seine Gedanken schweiften ständig zu der Frau in seiner Wohnung zurück. Sarah. Natürlich machte er sich Sorgen um sie. Als er am Brenton Point vorbeikam, verfluchte er sich dafür, dass er kein besseres Sicherheitssystem in seiner Wohnung installiert hatte. Zweimal hatte er nach seinem Handy gegriffen, sich dann aber dagegen entschieden, sie anzurufen. Sie würde sowieso nicht ans Telefon gehen.

Als er sich dem Schloss näherte, sah Owen, wie das Taxi aus der langen Einfahrt fuhr. Die Strahlen der untergehenden Sonne spiegelten sich in den Fenstern des Taxis und versperrten ihm die Sicht auf den Fahrgast auf dem

Rücksitz. Aber für einen verrückten Moment dachte er, dass Sarah in dem Taxi sitzen könnte.

Nein, sie würde nicht einfach so gehen, sagte er sich. Der Tag war noch nicht zu Ende. Und einen Tag hatte sie sich gewünscht.

Als das Taxi in Richtung Bellevue davonfuhr, kämpfte Owen seine Angst nieder, bog in die Einfahrt ein und drückte das Gaspedal bis zum Boden durch. Sie sagte, sie würde nirgendwo hingehen, bis er zurück sei. Sie würde dort sein. Sie wartete.

PORSCHES, Mercedes, Lincolns und Hondas standen an jeder Kreuzung entlang der verstopften Durchgangsstraße, die in einer weitaus vornehmeren Ära Bellevue geheißen hatte. Die Autofahrer warteten mit mehr oder weniger viel Geduld darauf, dass die Fußgänger mit ihren Neckholder-Tops und Polo-shirts zwischen ihren stehenden Fahrzeugen hindurch kamen. Der Verkehr war, wie immer um diese Zeit, langsam, aber zügig.

Auf dem breiten Bürgersteig vor dem Restaurant manövrierten Vornehme mittleren Alters in grünen Hemden und rot karierten Hosen um tätowierte Biker in Lederwesten und schwarzen, ärmellosen T-Shirts. Teenager mit Haaren, die die Farbe von nichts haben, was in der Natur vorkommt, fuhren mit ihren Skateboards in Achten um eine Schar von Frauen, die wallende geblümte Kleider und italienische Schuhe trugen. Kleine Gruppen gut gekleideter Gäste, die drinnen auf einen Tisch warteten, standen plaudernd und trinkend da, lässig auf die Skateboarder und aufeinander achtend. Der Abend versprach eine großartige Partynacht zu werden. Ein Abend, der sich nicht von anderen Sommerabenden in der belebten Touristenstadt Newport unterschied.

"Haltet euch bereit. Ja, ich sehe ihn." Der Mann sprach in sein Handy aus einer grauen Limousine, die auf dem Parkplatz auf der anderen Straßenseite geparkt war.

"Was ist mit ihr?"

"Noch nicht." Er hielt inne. Die Geräusche von Menschen und Autos füllten die Pause. "Er überquert die Straße in Richtung des Restaurants. Er blickt auf seine Uhr. Er sieht wieder die Straße auf und ab. Es sind einfach zu viele Leute da."

"Konzentration. Wir können es uns nicht leisten, diesen Auftrag zu vermasseln."

"Du musst *sofort* herkommen."

"Bleib einfach dran. Und lass ihn nicht aus den Augen. Ich komme, sobald der Schmalzarsch in deine Richtung fährt." Er schnaubte, als Frankie O'Neal innehielt, um sich eine frische Zigarette mit dem Stummel seiner letzten anzuzünden.

"Muss er wirklich wieder hinter uns aufräumen?"

"Der Boss will es so, also halt die Klappe und konzentrier Dich auf Deinen Teil des Auftrags". Wieder eine Pause. "Diesmal wird der Schmalzarsch nicht nur aufräumen. Diesmal muss er den Kopf hinhalten. Halte Dich bereit. Wir fahren los."

ANSTATT DORT AUSZUSTEIGEN, wo sie ursprünglich geplant hatte, bat Sarah den Fahrer, über die Kreuzung hinauszufahren und in eine schmale Seitenstraße einzubiegen. Nachdem sie bezahlt hatte, stieg sie aus und ging in Richtung Bellevue.

Dieselben Straßen, die sie vor nicht allzu langer Zeit noch für absolut sicher gehalten hatte, kamen ihr jetzt bedrohlich vor. Alle Touristen und Sommergäste sahen seltsam, verdächtig, gefährlich aus. Sie zog den Schirm der Mütze tiefer über ihre Augen und beobachtete eine Gruppe Jugendlicher, die in dieselbe Richtung wie sie ging. Sie ahmte die gelangweilte Haltung in ihren Gesichtern nach, steckte die Hände in die Vordertaschen ihrer Jeans und reihte sich hinter den letzten von ihnen ein.

An der Ampel an der belebten Kreuzung Memorial Boulevard und Bellevue blieben alle stehen, um die Straße zu überqueren. Als sie mit den anderen auf Grün wartete, fand sich Sarah neben einem kleinen, schwergewichtigen Mann wieder, dem der Stummel einer Zigarette aus dem Mund hing. Er runzelte die Stirn und blickte zwischen zwei Personen hindurch geradeaus auf die Gruppen, die sich an der gegenüberliegenden Ecke tummelten. Irgendetwas kam ihr an ihm bekannt vor - die Kleidung, sein Körperbau, sein Haar. Sie hielt sich ein wenig zurück, um ihn vor sich zu haben, während er mit den anderen über die Straße ging. Es dauerte nur einen Augenblick, bis sich ihr der Magen umdrehte, da sie ihn wiedererkannte.

Sie entdeckte Hal, der vor dem Restaurant stand und auf seine Uhr schaute. Der schwergewichtige Mann ging an ihm vorbei, ohne ihn auch nur eines Blickes zu würdigen und blieb stehen, um in das Schaufenster des Antiquitätengeschäfts gleich hinter dem Restaurant zu schauen. Sie zögerte an der Ecke und sah sich um. Auf der anderen Straßenseite entdeckte sie auf dem großen Parkplatz gegenüber dem Restaurant einen Polizeiwagen, in dem ein einzelner Beamter am Telefon saß.

Sie waren überall. Panik durchflutete Sarah, kalt und betäubend. Sie vergrub ihre Hand tiefer in ihrer Tasche und umklammerte das Stück Papier. Sie stieß praktisch gegen Hal, als sie an ihm vorbeiging, aber er sah oder erkannte sie nicht.

Die Wirtin, die in der offenen Tür des Restaurants stand, sah Sarah neugierig an, als sie sich näherte.

"Darf ich mir Ihren Stift für einen Moment ausleihen?"

"Klar, natürlich."

Sarah nahm das Papier aus ihrer Tasche und kritzelte eine Notiz an Hal auf die Rückseite. Als sie den Stift zurückgab, wandte sie sich wieder der Straße zu und fand Hal am Straßenrand stehen.

Sie faltete das Papier und ging direkt auf ihn zu.

DIE ROTE AMPEL führte zu einem kleinen Stau an der Kreuzung und das kam Owen gerade recht. Er suchte den Bürgersteig nach einem Zeichen von ihr ab.

"Mein Gott", murmelte er. "Eine Nadel im verdammten Heuhaufen."

Er war stinkwütend auf sich selbst. Er war stinksauer auf sie. Aber was ihn am meisten wütend machte, war, dass er nicht wusste, warum er überhaupt hinter ihr her war. Er hatte sie gebeten, auf ihn zu warten, aber sie hatte beschlossen, sich allein mit ihrem Freund zu treffen. Um Himmels willen, er hatte ihr angeboten, sie zu diesem Mistkerl zu bringen. Er war noch nie eine dritte Partei in einer Beziehung gewesen, bei Gott, und er hatte nicht vor, jetzt damit anzufangen.

Trotzdem hatte ihn ein quälendes Gefühl gezwungen, sie zu suchen. Er machte sich Sorgen um sie, verdammt noch mal.

Er erkannte Hal Van Horn von den Bildern, die er in den Zeitungen gesehen hatte.

"Na, wer hätte das gedacht", murmelte er vor sich hin und ärgerte sich sofort über das geschliffene Aussehen des Mannes. Bevor er Zeit hatte, über seine Feindseligkeit gegenüber Van Horn nachzudenken, entdeckte Owen Sarah, die seine Baseballkappe und sein Sweatshirt trug und sich in einem ziemlich guten Tempo auf den Mann zubewegte.

Er ließ das Beifahrerfenster seines Range Rover herunter, als die Ampel vor ihm grün wurde.

Sarah stieß gegen den Mann und Owen sah, wie sie ein Stück gefaltetes Papier auf den Boden fallen ließ. Offensichtlich verärgert darüber, dass er angerempelt wurde, schaute Van Horn dennoch an ihr vorbei, ohne sie eines Blickes zu würdigen und ignorierte ihre gemurmelte Entschuldigung.

Die Tatsache, dass er seine eigene Freundin nicht erkannt hatte, verschaffte Owen einen Moment der Genugtuung, als er nach vorne blickte. Trotz der grünen Ampel bewegte sich der Verkehr immer noch nicht. Er schaute rechtzeitig zurück, um zu sehen, wie Hal sich umdrehte und näher an den Bordstein ging.

"Hey, Mann", rief Sarah ihm nach. "Das hast du fallen lassen."

Owen sah, wie Hal sich abrupt in ihre Richtung drehte, während er gleichzeitig die Messerklinge in der Hand eines Mannes aufblitzen sah, der plötzlich zwischen ihnen auftauchte.

Er wusste nicht, wie er über den Sitz krabbeln konnte, aber irgendwie schaffte er es und stieß die Beifahrertür auf.

"Sarah!"

Es war, als würde alles in Zeitlupe ablaufen. Wie in einem Traum, in dem man ein schreckliches Ereignis sieht, sich aber nicht schnell genug bewegen kann, um es aufzuhalten.

Owens Schrei riss Sarahs Kopf herum, als der Mann ihr das Papier aus der Hand riss und das Messer auf sie stieß.

DIE ZIGARETTE FIEL Frankie aus dem Mund, aber er bemerkte sie nicht. Er starrte auf den Typen mit der billigen Sonnenbrille, der das Messer geschmeidig herauszog und die Klinge einsteckte, als wäre nichts geschehen. Es war ein verdammtes Meisterwerk.

Als Van Horns Körper auf dem Boden aufschlug, ging das Geschrei natürlich los.

Frankie trat vor und der Mann mit der Sonnenbrille warf ihm einen langen Blick zu, bevor er brüsk an ihm vorbeiging und die Straße hinunterging.

So macht man einen Job, dachte Frankie und trat näher an den engen Kreis von Menschen heran, der sich um das Opfer gebildet hatte. Er war sich sicher, dass niemand in der ganzen Straße den Täter identifizieren konnte. Niemand, natürlich, außer ihm und vielleicht Sarah Rand.

Er warf einen Blick über die Schulter und sah, wie ein Polizist vom Parkplatz auf der anderen Straßenseite herbeigelaufen kam und der Range Rover um die Ecke an der Kreuzung verschwand.

"Scheiß drauf", murmelte er, griff nach einer Zigarette und betrachtete den Fisch auf dem Bürgersteig. Innerhalb einer Minute waren Sirenen aus allen Richtungen zu hören und Frankie entfernte sich von der Menge.

Frankie O'Neal kannte jeden in dieser Stadt, der in irgendeiner Weise mit dem Geschäft zu tun hatte. Und er erkannte den Hai, der diesen Job ausgeführt hatte, trotz seiner billigen Sonnenbrille, ganz sicher.

Was er nicht wusste, war, dass Auftragsmorde das neue Geschäftsfeld dieses Typen waren.

Scheiße. Dieser Trottel hat ihm das Geschäft vermasselt. Buchstäblich.

Kapitel Dreizehn

ALS ER SICH seinen Weg durch die engen Wohnstraßen hinter der Tennis Hall of Fame und dann am College vorbei bahnte, fiel es Owen schwer, die Straße im Auge zu behalten. Obwohl er sicher war, dass die Klinge des Messers Sarah nicht berührt hatte, war es der psychologische Schlag, der seine Spuren hinterlassen zu haben schien. Drei Angriffe auf ihr Leben in weniger als vierundzwanzig Stunden gaben ihr reichlich Anlass zur Sorge. Und dann kam noch hinzu, dass sie gerade miterlebt hatte, wie jemand, der ihr sehr wichtig war, sich vor ein Messer geworfen hatte, das offensichtlich für sie bestimmt war. Das war kein guter Tag.

Er wusste nicht, wie schwer Hal Van Horn verletzt worden war, aber Owen hatte nicht vor, hier zu bleiben, um es herauszufinden. Seine Hauptsorge nach dem Angriff galt Sarah und wie er sie da rausholen konnte. Sie hatte sich in seinen Armen wie eine Stoffpuppe gefühlt, als er sie gepackt und ins Auto gezogen hatte. Und nachdem sie sich zusammengerollt und ihr Gesicht zwischen den Knien vergraben hatte, schien es ihr seitdem auch nicht viel besser zu gehen. Verbesserung? Mein Gott, sie hatte sich nicht bewegt.

Owen überfuhr eine gelbe Ampel, die ihn etwa acht Blocks südlich des Tatorts zurück auf die Bellevue führte. Er konnte in der Ferne Sirenen hören und schaute aus dem Rückfenster. Niemand war ihnen gefolgt. Er erinnerte sich daran, dass es keinen Grund gab, warum das jemand tun sollte. Die ganze Sache war zu schnell passiert. Es waren zu viele Menschen auf der Straße gewesen. Alle waren vor etwas zurückgesprungen, das wie ein einfacher Stoß oder Schubser aussah. Und Owen und Sarah waren gerade weggefahren, als das Geschrei richtig losging.

Ihre Baseballkappe war auf den Boden gefallen und Owen legte Sarah tröstend die Hand auf den Rücken. Sie zitterte heftig.

"Sarah?"

Er konnte sich nicht dazu durchringen, sie wegen Van Horns Zustand zu trösten. Eine weitere Aneinanderreihung von Lügen war nicht das, was sie im Moment brauchte. Er fuhr fort, ihren Rücken zu streicheln.

"Wir sind fast zu Hause." Er nahm die scharfe Rechtskurve, die von Bellevue zum Ocean Drive führte. Das Heulen der Sirenen wurde immer leiser. Die Wolkenstreifen am Himmel waren zerschnitten und blutrot, als die riesige Sonne schließlich hinter Point Judith unterging.

An einer scharfen Kurve rutschte ihr Kopf von den Knien, und Owen berührte ihre Stirn. Ihre Haut war kalt und klamm. Stirnrunzelnd versuchte er, sich an die Symptome eines Schockzustands zu erinnern. Er berührte ihren Hals und fühlte den rasenden Puls.

Er wusste, dass es klüger gewesen wäre, sie in eine Notaufnahme zu bringen. Noch besser wäre es, wenn er sie gleich aus der Stadt fahren und nach Boston bringen würde. Von dort aus könnte er seinen Anwalt in New York anrufen.

Stattdessen bog er in die Einfahrt zum Schloss ein und parkte auf dem Parkplatz. Draußen war niemand zu sehen, aber das war zu diesem Zeitpunkt auch egal. Er ging um das Auto herum und öffnete ihre Tür. Sie bewegte sich nicht.

"Sarah?" Er berührte ihr Haar und zog sie zu sich heran. "Lass uns reingehen."

Sie zitterte weiter. Owen hob sie hoch, studierte das blasse Gesicht und die fest geschlossenen Augen.

"Komm schon, Schatz."

Als er sie aus dem Auto zog und auf die Beine stellte, klammerte sie sich an den Kragen seiner Jacke. Owen spürte, wie ihre Beine unter ihr weich wurden und für eine Sekunde dachte er, dass sie in Ohnmacht fallen würde. Er hob sie in seine Arme und ging über die Terrasse zu seiner Wohnung. Drinnen angekommen, regte sie sich und drängte sich an ihn. Er setzte sie ab und sie machte sich unsicher, aber aus eigener Kraft, auf den Weg zum Badezimmer.

Owen schloss die Tür ab und zog die Vorhänge zu, dann ging er zur geschlossenen Tür des Badezimmers.

Es war unerträglich, das Würgegeräusch von der anderen Seite mit anzuhören.

Senator Rutherford verließ seinen kleinen Kreis von Gästen und nahm den Anruf am Fenster auf der anderen Seite des Raumes entgegen.

"Was kann ich für Sie tun, Chief?"

"Entschuldigen Sie, dass ich Sie so spät anrufe, Sir, aber ich wusste, dass Sie sofort informiert werden wollten."

"Sie brauchen sich nicht zu entschuldigen, Dave. Was ist das Problem?"

"Nun, Sir..." Der Polizeichef von Newport hielt inne. "Es hat einen Zwischenfall in der Stadt gegeben und ich denke, die Presse wird wahrscheinlich vor Ihrer Tür stehen, sobald die Nachricht bekannt wird."

"Danke für die Vorwarnung." Gordon Rutherford drehte dem halben Dutzend Menschen im Raum den Rücken zu und senkte seine Stimme. "Was ist passiert?"

"Es gab heute Abend eine Messerstecherei auf der Bellevue, Sir. Das Opfer wurde ins Newport Hospital gebracht, wo es bei der Ankunft für tot erklärt wurde." Es folgte eine lange Pause. "Das Opfer wurde als Henry Van Horn identifiziert."

Die Fingerknöchel des Senators wurden weiß, seine Schultern versteiften sich. Seine Stimme klang erstickt, als er wieder sprach.

"Wurde... wurde der Richter informiert?"

"Ja, Sir", versicherte Dave ihm. "Obwohl Sie der Nächste auf meiner Liste waren, hat Richter Arnold selbst vorgeschlagen, Sie sofort zu benachrichtigen. Da kein nächster Angehöriger zur Verfügung steht, meinte er, er könne sich darauf verlassen, dass Sie alle notwendigen Vorkehrungen treffen würden."

"Natürlich, natürlich. Hal war wie ein Sohn für mich." Gordon stützte sich mit einer Hand auf dem Tisch ab, um seinen müden Körper zu stützen. "Haben Sie den Mörder in Gewahrsam?"

"Nein, Sir. Aber wir haben eine umfangreiche Liste von Augenzeugen. Unsere Ermittler haben bereits mit der Befragung begonnen."

"Wer bearbeitet den Fall?"

"Dan Archer, Sir. Aber ich werde alles persönlich beaufsichtigen."

"Das ist in Ordnung. Archer ist ein guter Mann", antwortete Rutherford feierlich. "Halten Sie mich über alles auf dem Laufenden, Dave."

Als Gordon Rutherford schließlich zu seinen Gästen zurückkehrte, sahen alle die Trauer, die sich auf dem Gesicht des Senators abzeichnete.

"Ich habe gerade eine Nachricht vom Polizeichef in Newport erhalten." Er holte ein Taschentuch aus seiner Tasche. "Es ist kaum zu glauben, aber Hal Van Horn ist tot."

SIE HATTE BLUT AN IHREN HÄNDEN. Hal's Leiche lag zu ihren Füßen. Sie stolperte zum Waschbecken und drehte den Wasserhahn auf, aber eine bräunliche Flüssigkeit spritzte heraus, besprizte sie und verwandelte sich in einen stetigen Strom von Blut. Sie versuchte, die Knöpfe zu drehen, aber in ihren Händen verwandelten sie sich in zwei Metallstümpfe. Ein lautes Hämmern kam von der Tür. Sirenen kreischten in ihrem Kopf. Sie rannte zur Tür. Der Türknauf löste sich in ihrer Hand. Als sie rückwärts stolperte, wurde die Tür aufgerissen. Der Mann, der dort stand, sie kannte ihn. Es war Owen, der auf der anderen Seite der Türschwelle stand und auf ihre Hand starrte. Sarah schaute nach unten und sah, dass der Türknauf nun ein blutiges Messer war.

Sarah setzte sich erschrocken auf. Das Zimmer war dunkel. Sie lag allein in einem Bett. Einen wahnsinnigen Moment lang konnte sie nicht zwischen der Welt des Alptraums und der physischen Welt unterscheiden. Die beiden hatten sich mit erschreckender Realität verwoben.

Ein plötzlicher Schauer überlief sie, als ihr die Kette der Ereignisse vor dem Restaurant durch den Kopf ging. Sie erinnerte sich an Hals Verärgerung, als der andere Mann Sarah die Zeitung aus der Hand riss. Sie sah den Blick des Todes auf Hals Gesicht, bevor Owen sie wegzerrte.

Owen. Er war gekommen, um sie zu holen.

Durch die teilweise geöffnete Schlafzimmertür sah Sarah den Schein eines Fernsehers in der Dunkelheit des Nebenzimmers flackern. Sie schob die Decke beiseite und stellte ihre nackten Füße auf den Boden.

Sarah erinnerte sich daran, dass sie so heftig gewürgt hatte, dass sie dachte, ihr Inneres würde herausgerissen, Sie erinnerte sich auch daran, dass Owen bei ihr im Badezimmer war - er wischte ihr mit einem nassen Handtuch das Gesicht ab und gab ihr etwas, mit dem sie sich den Mund ausspülen konnte. Später, als sie nicht mehr aufhören konnte zu zittern, fand sie sich unter einer heißen Dusche wieder. Das war das Letzte, woran sie sich erinnerte.

Sie stand auf. Ihr Körper fühlte sich schwach an, ihre Beine wackelten. Sie trug einen ihrer eigenen Trainingsanzüge, aber die dicke Baumwolle half nicht, die Kälte zu lindern, die mit zitternder Regelmäßigkeit durch ihren Körper strömte.

Als Sarah das Wohnzimmer betrat, fiel ihr Blick auf den Fernsehbildschirm. Ein Nachrichtenbanner umrahmte einen Videoclip von Senator Rutherford, der die Kameras wegwinkte, als er das Newport Hospital betrat. Darunter blinkten Untertitel auf.

Das Gesicht einer lokalen Nachrichtensprecherin erschien auf dem Bildschirm. Die Lautstärke des Geräts war zu niedrig, als dass Sarah etwas hätte verstehen können. Sie ging näher heran und versuchte, sich auf die Worte zu konzentrieren.

Der Messerangriff auf Van Horn ist der zweite Mord innerhalb eines Monats, der die Stadt am Meer erschüttert. Beamte der Stadt Newport...

Ein dicker Tränenschleier trübte Sarahs Sicht. Die Worte schienen zu schwanken und vom Bildschirm zu verschwinden. Sie merkte, dass ihre Zähne klapperten und sie es nicht kontrollieren konnte. Ihr zitternder Körper schien zu jemand anderem zu gehören.

"Du hättest im Bett bleiben sollen."

Owens leises Flüstern in ihrem Ohr und das Gefühl seiner Arme, die sie in seine warme Umarmung zogen, waren ein Segen. Sie vergrub ihr Gesicht an seiner Brust und versuchte, die Tränen zu unterdrücken. Es gelang ihr nicht.

"Komm her."

Er setzte sich auf das Sofa und zog sie auf seinen Schoß. Sie spürte, wie sich eine Decke um sie legte, die die Wärme seines Körpers für sie einfing. .

"Ich hätte ihn nicht anrufen sollen. Ich habe ihn getötet. Ich...so viele Menschen sind tot...wegen mir...ich hätte sterben sollen."

"Sag so etwas nicht." Er streichelte ihren Rücken. Er drückte sie so fest an sich, dass sie praktisch zu einer Einheit verschmolzen waren. "Hör mir zu. Das sind skrupellose Menschen. Mörder. Du bist nicht für ihre Taten verantwortlich."

"Ich muss zur Polizei gehen. Ich muss zu ihnen gehen, bevor noch jemand verletzt wird."

"Hast Du den Mann gesehen, der das getan hat? Kannst Du ihn identifizieren?"

"Nein. Ich... ich sah nur das Messer kommen. Und dann war Hal im Weg. Er stellte sich zwischen uns." Ihre Tränen sickerten in sein Hemd. "Ich muss heute Abend zu ihnen gehen. Du könntest der Nächste sein."

"Du machst heute Abend nichts." Er strich mit dem Kinn gegen ihr Haar. "Du bleibst genau hier, bis wir diese Sache durchdacht haben."

Sarah zog die Knie an ihre Brust. Er legte ihr die Decke um die Füße, aber weder die Tränen noch das Zittern in ihrem Körper wollten aufhören.

Owen zog sie noch enger an sich und drückte ihr feuchtes Gesicht an seinen nackten Hals. Sie fühlte sich völlig hilflos - das wusste er -, aber er wusste auch nicht, wie er ihr helfen sollte. Aber es bildete sich ein seltsames Band und er spürte es. Irgendwie hatten sie eine Verbindung zueinander. Sie brauchte ihn und auf eine unerklärliche Weise brauchte er sie auch.

Er beugte sich vor, griff nach der Fernbedienung und schaltete den Fernseher aus. Sie waren in die Dunkelheit des Raumes eingetaucht. Nur ein Hauch von Mondlicht fiel auf den Teppichboden.

Nach dem Tod seiner Mutter hatte Owen sich vor persönlichen Bindungen zurückgezogen. Er verabscheute sie. Verschmähte sie. Selbst nach so vielen Jahren, selbst nach so viel Wasser, das über den Damm geschwappt war, lebte er immer noch auf dieselbe Weise. Nichts war von Dauer. Nichts hielt ewig. Er würde sich nicht erlauben, sich auf etwas einzulassen, was zu einer tiefen Beziehung führen könnte. Zum Teufel, das war auch nicht nötig. Die Frauen in seinem Leben waren immer leicht zu haben gewesen und hatten ihn genauso leicht wieder verlassen. Er war sicher. Er war geschützt. Als Letzter rein, als Erster raus.

Was ging hier also vor sich?

Er wollte jetzt nicht einmal darüber nachdenken. Später, vielleicht. Aber nicht jetzt.

So verharrten sie eine lange Zeit. Es fielen keine Worte zwischen ihnen. Nur der Komfort einer Berührung, die Wärme zweier Körper, die sanfte Dunkelheit des Raumes.

Das unregelmäßige Geräusch ihres Atems ließ allmählich nach und dann hörte sie einfach auf zu zittern.

Einige Zeit später stieß sie sich von ihm ab und setzte sich auf. "Es *muss* etwas mit dem Bankschließfach zu tun haben. Da *muss* etwas drin sein, was sie haben wollen."

Owen hielt die Decke fest und starrte auf ihr Gesicht im Schatten. Ihre Augen waren vom Weinen geschwollen, aber er konnte sehen, dass ein großer Schritt gemacht worden war.

"Welches Bankschließfach?"

"Avery's." Sie kämpfte gegen ihre Tränen an. "Ich bin Testamentsvollstreckerin von Averys Nachlass. Nach ihrem Tod habe ich vier Schließfächer in ein einziges zusammengefasst. Es gab eine Verzögerung bei der Auszahlung des gesamten Vermögens an die Familie aufgrund einiger Bestimmungen in ihrem Testament. Es ging um eine Menge Geld und eine Menge persönlicher Gegenstände. Es war kompliziert. Das Endergebnis war, dass ich eine Liste mit allem, was sich in diesen bestimmten Kisten befand, zusammenstellte. Richter Arnold und Hal hatten jeweils eine Kopie davon.

"Warte einen Moment", sagte Owen und ließ sie von seinem Schoß auf das Sofa gleiten. Er stand auf, ging in die Küche, machte ein Licht an und kam mit einer Schachtel Taschentücher und einem Glas Saft für sie zurück.

"Ich verdiene das alles nicht." Sie schenkte ihm ein trauriges Lächeln und nahm die Taschentücher zuerst.

"Hey, als König dieses Schlosses bin ich der Richter darüber, was du verdienst und was nicht." Er setzte sich neben sie und war erneut überrascht, wie sehr sie sich an ihn schmiegte und noch mehr, wie er sich dabei fühlte. Er strich ihr die Decke über die Schultern. "Sag mir, was deiner Meinung nach das Schließfach mit den Anschlägen zu tun hat?"

"Gestern habe ich dir von den Unstimmigkeiten in den Terminkalendern von Richter Arnold erzählt, die mir aufgefallen sind. Nun, nachdem Du gegangen warst, habe ich meinen eigenen Terminkalender abgeglichen und festgestellt, dass ich an denselben Tagen zweimal mit dem Richter zur Bank gegangen bin, damit er etwas in dem Schließfach überprüfen konnte."

Sie nahm einen Schluck von dem Saft, den er ihr hinhielt.

"Zweimal in einer Woche. Und jetzt, wo ich darüber nachdenke, war das die Woche, in der er unmöglich wurde. Wenn ich nicht dazwischen gegangen wäre, hätte er Linda wegen nichts gefeuert. Und dann gab es noch einige andere Streitereien, die er mit mir anzetteln wollte. Seiner Meinung nach, so sagte er mir unmissverständlich, sei ich über Nacht zu einem Schwachkopf geworden. Es gäbe nichts, was ich richtig machen könnte. Wir fingen an, uns über alles zu streiten. Schließlich drohte ich damit, unsere Zusammenarbeit zu beenden. Ich hatte keine Lust mehr, mich weiter beschimpfen zu lassen."

"Und das ist es, was die Polizei als Motiv anführt - Deine Drohung, ihn zu verlassen."

"Aber ich glaube... ich bin mir jetzt sicher, dass etwas in diesem Schließfach sein muss, das diese ganze Sache ausgelöst hat. Gestern Abend, als ich

Hal in seinem Büro anrief, erwähnte ich das Schließfach. Und später, als dieser Mann das Messer zog, hat er mir die Liste zuerst aus der Hand gerissen."

"Ist es das, was du dort gemacht hast?"

Sie schaute auf einen unsichtbaren Fleck auf der Decke. Er sah, wie ihr frische Tränen in die Augen traten. Owen griff hinüber und wischte sie selbst weg, bevor er ihr Kinn anhob.

"Was wolltest du Hal fragen?"

"Die meisten Dinge in diesen Kisten befanden sich seit dem Tod ihres ersten Mannes in Averys Besitz. Ich dachte, Hal könnte mir vielleicht irgendwie helfen, die Liste zu sortieren."

"Wie viele Dinge waren da drin?"

"Zwischen dem Schmuck, den Münzen, den Briefmarken, den Dokumenten und den verschiedenen handelbaren Aktien und Anleihen befinden sich über fünfhundert Gegenstände."

"Und wer hatte noch Zugang zu dieser Box?"

"Niemand außer mir." Sie nahm ein weiteres Taschentuch und wischte sich das Gesicht ab. "Avery hatte genau festgelegt, wie sie alles geregelt haben wollte. Ich wurde angewiesen, den gesamten Inhalt der Kisten in mehreren Banken der Stadt in eine einzige Kiste zu verfrachten, wobei ich als Testamentsvollstreckerin fungierte. Weder Hal noch Richter Arnold durften etwas herausnehmen, bevor das restliche Verfahren abgeschlossen war."

"Und wo ist der Rest von..."

"Nein. Ich wurde getötet."

"Wie viel Geld ist hier im Spiel?" fragte Owen. "Wie hoch schätzt Du das Nettovermögen des Anwesens ein?"

"Grob geschätzt würde ich sagen, ein Betrag von über achthundert Millionen, einschließlich ihrer europäischen Besitztümer und Konten. Avery stammte aus einer reichen Familie, dann heiratete sie nochmal reich. Und später, mit Richter Arnold ... nun, er war selbst ziemlich wohlhabend, also wuchs das Vermögen einfach weiter und weiter.

"Ich würde sagen, das Hauptmotiv für Deinen Mord liegt genau in diesem Testament."

Sie schüttelte den Kopf. "Aber ich habe nichts geerbt."

"Aber Hal schon, oder?" Er runzelte die Stirn, als ihm eine andere Möglichkeit in den Sinn kam. "Was, wenn die beiden Angriffe nichts miteinander zu tun hatten? Wir gehen davon aus, dass der Angriff heute Abend auch auf Dich gerichtet war. Aber was, wenn *Hal* das beabsichtigte Opfer war und nicht Du? Würde der Richter das gesamte Anwesen kontrollieren, wenn Hal aus dem Weg ist?"

"Das würde auch keinen Sinn machen", protestierte sie. "Avery wollte den größten Teil ihres Vermögens ohnehin dem Richter vermachen. An Hal's Erbe waren eine Menge Bedingungen geknüpft. Nein, ich kann mir nicht vorstellen, dass Richter Arnold den Mord an irgendjemandem plant - weder an mir noch an Hal - und schon gar nicht von einem Gefängnis aus."

Owen beobachtete, wie Sarah ihre Knie wieder an ihre Brust zog. Sie legte ihr Kinn darauf. Sie sah jetzt wacher aus als die ganze Nacht zuvor.

"Meine Zeit ist um. Ich kann nicht länger hier bleiben."

"Natürlich kannst Du das." Die Antwort sprudelte ohne einen Moment des Zögerns aus ihm heraus und überraschte beide. "Hör zu, es ist drei Uhr nachts. Du musst dich wieder ins Bett legen und versuchen, noch ein bisschen zu schlafen. Morgen früh haben wir eine bessere Chance, klar zu denken."

"Ich glaube nicht, dass ich schlafen kann."

"Versuch es." Er half ihr auf die Beine. "Ich bin hier, wenn du mich brauchst."

Der Ausdruck der Dankbarkeit in ihrem Blick berührte Owen innerlich. Sie blickte auf das Sofa und auf das Kissen an einem Ende. Sie löste die Decke von ihren Schultern und reichte sie ihm. "Du bist ein sehr anständiger Mann, Owen Dean. Ich glaube nicht, dass ich das jemals wiedergutmachen kann, was..."

"Das musst du nicht." Seine Finger strichen ihr eine neue Träne von der Wange und sie errötete.

"Ich weiß nicht, ob ich jemals so emotional war." Sarah drehte sich zum Gehen um, und Owen beobachtete jeden Schritt, den sie machte. An der Tür zum Schlafzimmer stellte er die Frage, die ihm im Kopf herumschwirrte.

"Hättest Du ihn geheiratet, wenn er Dich noch einmal gefragt hätte?"

Sie drehte sich langsam um. Ihre Augen glänzten im Licht der Küche wie Jade.

"Nein. Ich hätte Hal nie heiraten können. Ich hatte gelernt, ihn zu respektieren. Es tat mir leid, was er erlitten hatte. Aber ich hätte ihn nie heiraten können." Sie lehnte sich gegen den Türpfosten. "Ich bin selbst das Produkt einer lieblosen Ehe. Ich würde nie den Fehler machen, einen Mann zu heiraten, den ich nicht lieben kann."

Kapitel Vierzehn

IM BESPRECHUNGSRAUM vor dem Büro für Öffentlichkeitsarbeit wimmelte es nur so von Reportern. Die Kameras blitzten immer wieder in die Richtung einer kleinen Gruppe von Beamten, die der Menge gegenüberstanden. Auf dem mobilen Podium blieb der Bezirksstaatsanwalt ernst, als er die Flut von Fragen zum Mordfall beantwortete. Ike Bosler wusste, wie wichtig es war, für die Bilder, die in die Zeitungen kamen, würdevoll, offen und beherrscht auszusehen. Und das war besonders wichtig, wenn in ein paar Jahren der Gouverneursposten zur Disposition stand.

"Glauben Sie, dass es eine Verbindung zwischen dem Mord an Sarah Rand und diesem Mord gibt, Mr. Bosler?"

"Es ist zu früh, um das zu sagen."

"Gab es überhaupt Verhaftungen?" rief ein anderer Reporter.

"Die Polizei von Newport hat eine Reihe von Spuren, denen sie nachgeht. Die Ermittlungen befinden sich noch im Anfangsstadium."

"Letzten Monat gab es eine Messerstecherei vor dem Civic Center in Providence. Könnte dies das Werk eines Serienmörders sein?"

"Es gibt keinen Zusammenhang zwischen den beiden Vorfällen".

"Werden Sie ein Phantombild eines Verdächtigen veröffentlichen?"

Bosler warf dem Polizeichef und Dan Archer einen kurzen Blick zu. Der Captain hatte ein Taschentuch aus seiner Tasche gezogen und wischte sich den Schweiß von der Stirn. Chief Calvin nickte heftig.

"Wir sollten bis heute Nachmittag eins haben", antwortete der Staatsanwalt zuversichtlich.

"Sollen die Touristen vor der Gefahr gewarnt werden, die in diesen Straßen lauert?"

Ike Bosler hielt inne und sah einen Moment lang nachdenklich aus. Er wusste aus Erfahrung, dass dies der Blick war, der besonn, umsichtig, analytisch und souverän aussah. Die Auslöser der Kamera surrten.

"Ich kann ohne zu zögern sagen, dass die Polizei von Newport hervorragende Arbeit leistet, um die Sicherheit in dieser Stadt für Einwohner und Besucher zu gewährleisten. Die Kriminalitätsstatistiken sprechen für sich. Einbruch, Raub, Diebstahl, schwere Körperverletzung - die Kriminalitätsrate in Newport ist um die Hälfte gesunken, seit Chief Calvin und ich uns zu Beginn seiner Amtszeit zusammengesetzt haben, um eine Strategie zur Verbrechensbekämpfung zu entwickeln."

Der Staatsanwalt hielt sich mit beiden Händen am Podium fest und lehnte sich nach vorne, um den Effekt zu verstärken.

"In Newport gab es in den letzten fünf Jahren im Durchschnitt weniger als einen Mord pro Jahr. In jedem Fall gab es eine rechtzeitige Verhaftung, wenn die Fakten dies rechtfertigten, und eine erfolgreiche Strafverfolgung. Ich glaube, dass unsere Touristen in guten Händen sind und man kann mit Sicherheit sagen, dass diese Abteilung unter der Leitung von Chief Calvin gut gerüstet ist, um allen unseren Bürgern zu dienen und sie zu schützen. Die Straßen von Newport sind sicherer als jede andere Stadt vergleichbarer Größe in Amerika. Wir könnten uns nur wünschen, dass es Providence auch so gut geht."

Bosler hörte dem wissenden Lachen der Reporter zu. Jeder im Raum wusste, dass der Polizeipräsident in Providence Gerüchte über eine Kandidatur zum Gouverneur gemacht hatte. Das sollte man besser im Keim ersticken, dachte er.

"Mr. Bosler..."

"Das ist alles, was wir im Moment zu sagen haben, meine Damen und Herren."

Trotz der Rufe und Fragen der Reporter verließ der Bezirksstaatsanwalt die Pressekonferenz, dicht gefolgt von dem Polizeichef und Captain Archer.

Im Korridor, der zum Büro des Polizeichefs führt, wendet sich Bosler an die beiden Polizisten.

"Ich möchte, dass sie beide zuhören, und zwar gut zuhören. Es ist mir egal, ob der Weihnachtsmann das Messer in Van Horn gestochen hat. Ich will heute Nachmittag ein gutes Phantombild und morgen einen Verdächtigen, den wir an die Presse geben können." Das Gesicht des Staatsanwalts war grimmig und bedrohlich. "Ich will einen sauberen, eindeutigen Fall, Dave. Und ich sage Ihnen, Archer, wenn Sie es vermasseln, werden Sie auf Block Island auf Strandpatrouille gehen. Haben Sie mich verstanden?"

"ICH HABE IHN GESEHEN, JAKE." Frankie sah sich in dem überfüllten Lokal um und senkte seine Stimme ins Telefon. "Ich habe gesehen, wie er es getan hat."

"Hat er dich gesehen?"

Frankie nahm die Zigarette aus seinem Mund. "Ich stand genau dort. Er hat mich praktisch umgerannt. Natürlich hat er mich gesehen."

"Plötzlich mache ich mir Sorgen um dich."

"Was? Oh, ich verstehe. Du sagst diesen Scheiß, weil da ein verdammter Wachmann neben dir steht und dir auf die Finger schaut. Ja, ja. Deiner Mutter geht es viel besser."

"Ernsthaft. Wir sind eine Familie. Wenn wir uns nicht umeinander kümmern, wer dann?"

"Hör auf mit dem Scheiß." Frankie holte eine weitere Zigarette aus seiner Tasche und zündete sie an. "Ich habe die Schlampe auch wieder gesehen. Sie lebt wirklich. Sie stand auf der Straße, als Van Horn erledigt wurde. Jake, wessen verdammte Leiche hast du da eigentlich rausgeschleppt? Ich glaube, du hast vergessen, mir etwas zu erzählen."

"Sieh es doch mal so: Wir haben nur unsere Anweisungen befolgt. Wenn der verdammte Arzt wollte, dass wir etwas Genaueres tun, hätte er es sagen sollen."

"Du sprichst in Rätseln, verdammt noch mal." Er runzelte die Stirn und blickte einen Jungen mit lila Haaren an, der herangekommen war und einen Schritt entfernt stand, um zu telefonieren. Frankie hielt das Telefon von seinem Mund weg. "Hey, macht es dir verdammt noch mal was aus?"

Der Junge machte ein Geräusch mit seinem Mund und trat einen Schritt zurück.

"Hör zu, Jake, ich muss gehen. Aber ich habe vergessen, dir etwas zu sagen." Er senkte seine Stimme und drehte dem Jungen den Rücken zu. "Du wirst nicht glauben, zu wem ich die Schlampe ins Auto habe steigen sehen... nach der Sache."

"Wer?"

"Unser neuer, ansässiger Filmstar. Und sie schienen sich auch ziemlich gut zu verstehen. Versuch mal, das zu verstehen."

"Pass für mich auf Ma auf, ja?"

"Ja, ja klar. Aber Jake, Ma sagt, du kannst mich mal und der Wachmann auch." Er konnte Jake einmal kichern hören, als er den Hörer auflegte.

Frankie steckte einen dicken Finger in die Brust des Jungen. "Und dich fick ich auch."

ARCHER NIPPTE AN SEINEM KAFFEE, während er beobachtete, wie der Techniker ein neues Kinn in die zusammengesetzte "Skizze" auf dem Computerbildschirm einklickte. Die Wirtin des Restaurants, ihre bisher zuverlässigste Augenzeugin, schürzte die Lippen und nickte dann.

"Das sieht ihr eher ähnlich. Ihr Haar war kürzer, glaube ich. Zumindest, was ich unter der Baseballmütze sehen konnte." Sie warf Archer einen Blick zu. "Ich werde nicht versuchen, mich in Ihre Arbeit einzumischen."

"Das wissen wir zu schätzen, Miss." Der Captain nahm einen weiteren Schluck seines Kaffees, während der Techniker grinsend auf den Bildschirm starrte.

"Aber ich will es wirklich klarstellen. Sie war nicht diejenige mit dem Messer. Sie war nicht diejenige, die ihn erstochen hat."

"Das verstehen wir. Aber Sie sagten, sie war nah genug dran, um den Mörder zu sehen und sie hat den Tatort sofort verlassen. Sie könnte für die Ermittlungen sehr nützlich sein."

"Sie könnte also eine weitere Augenzeugin sein."

"Das ist richtig." Archer nickte. "Wie war ihre Haarfarbe?"

"Ich bin mir nicht sicher", antwortete sie. "Sie trug diese Kappe. Ihr Haar war hell, glaube ich. Vielleicht sogar blond. Ich konnte nicht viel davon sehen. Helle Augen. Ich habe nicht richtig hingesehen. Vielleicht blau oder so. Die Augenbrauen waren nicht so stark gewölbt wie Ihre. Ja, so ist es besser."

"Sie sagten, sie sei sehr jung. Vielleicht fünfzehn oder sechzehn", fragte Archer einen Moment später. "Was macht Sie da so sicher?"

Die Frau zuckte mit den Schultern. "Sie hatte nichts bei sich. Kein Portemonnaie oder eine Brieftasche. Sie musste sich einen Stift von mir leihen, um etwas auf einen Zettel zu schreiben."

"Haben Sie gesehen, was sie aufgeschrieben hat?"

Die Gastgeberin schüttelte den Kopf. "Vielleicht eine Telefonnummer oder so? Jeder Laden in der Stadt stellt heutzutage Leute ein. Wir finden selbst keine Küchenhilfe. Vielleicht hat sie die Nummer eines Stellenangebots gesehen. Eigentlich sah sie aus wie jemand, der auf der Suche nach seinem ersten Job ist. Sie hat einen nie richtig angeschaut."

"Aha."

"Wie sieht das aus?"

"Kleinere Nase. Nein." Sie schüttelte den Kopf über den Techniker. "Ja. Sie hatte eine hübsche Nase. Gerade. Und ein kleines Kinn. Zart."

"Sie sagten, sie sei nach dem Vorfall verschwunden." Fragte Archer erneut.

"Ich würde sagen, ein langer Hals, jedenfalls dünn, soweit ich sehen konnte." Sie schaute vom Monitor zu Archer. "Jemand könnte sie abgeholt haben. Auf der Bellevue waren eine Menge Autos unterwegs. Aber es war zu viel los, als dass ich sicher sein könnte."

Der Kapitän schob sich seine Lesebrille auf die Nase und schlug sein Notizbuch auf.

"Normale Lippen. Nein, das ist zu aufgedunsen. Ja, das ist ungefähr richtig mit dem Mund. Sie trug weder Make-up noch Lippenstift. Sie hatte eine Art, ihren Kopf zu neigen, sodass die Spitze der Kappe den größten Teil des Gesichts bedeckte. Keine Ohrringe."

"Keine Ohrringe. Warum glauben Sie, dass jemand sie mitgenommen hat?"

"Ich sagte, *es könnte* sein", korrigierte sie ihn. "Ich habe gesehen, wie eine

Autotür vor dem Restaurant geöffnet wurde und jemand eingestiegen ist. Es könnte sie gewesen sein, aber ich kann es nicht mit Sicherheit sagen."

"In welche Richtung ist das Auto gefahren?"

"Norden? Ich kenne mich mit Richtungen nicht so gut aus." Sie zuckte mit den Schultern. "In die Richtung, die zum Memorial Boulevard führt. Der Wagen ist in Richtung First Beach abgebogen."

"Können Sie uns eine Beschreibung des Wagens geben?"

"Hmm. Schwarz? Blau? Grau? Nun, es war ein dunkler Geländewagen."

"Könnten Sie etwas genauer sein?" Archer fragte nach. "Vielleicht ein Nummernschild?"

"Tut mir leid, Captain Archer. Es war zu viel los, als dass ich mich auf diese Art von Details hätte konzentrieren können."

Dan Archer wartete, bis die am Computer erstellte Skizze fertig war und nahm sie dann mit in sein Büro. Innerhalb einer Minute stand Bob McHugh an seinem Schreibtisch.

"Was denken Sie?"

Archer blätterte in einer dicken Akte auf seinem Schreibtisch und zog das Foto von Sarah Rands Führerschein heraus. Er legte die Skizze daneben und bedeckte den Hut mit einem Stück Papier. "Sie war da."

McHugh schob die beiden Bilder ein wenig hin und her und fuhr sich mit der Hand über sein borstiges Kinn. "Wollen Sie es durch den Computer laufen lassen, um sicherzugehen?"

"Nein. Ich bin mir sicher."

Zum ersten Mal in all den Jahren, in denen Archer den stämmigen Detektiv kannte, sah McHugh tatsächlich nervös aus. Mit gutem Grund.

"Wir werden das aber an die Presse weitergeben, nicht wahr?"

"Ja, das tun wir - aber nur mit der Beschreibung unseres Augenzeugen." Archer reichte die Skizze weiter. "Das sollte ihnen einen Anhaltspunkt geben, hinter dem sie her sein können. Vergessen Sie das Alter nicht. Fünfzehn oder sechzehn."

SCOTT ROSENS STIFT blieb auf seinem Notizblock, während Richter Arnold und Evan Steele über mögliche Motive für die Messerstecherei auf Hal diskutierten.

"Richter, es könnte darauf hinauslaufen, dass Hal einfach zur falschen Zeit am falschen Ort war."

Der Richter schnaubte zustimmend, sah sich in dem kleinen Sitzungssaal um, der für die Häftlinge und ihre Rechtsbeistände reserviert war, und richtete dann seinen Blick auf den anderen Mann.

"Glauben Sie ernsthaft, dass jemand anderes mit diesem Messer erstochen werden sollte?" Dann wandte er sich an Scott. "Wurde schon eine Autopsie durchgeführt?"

Der Anwalt richtete den Blick auf seinen Mandanten. "Das sollte heute Morgen geschehen. Wir haben noch keine vorläufigen Ergebnisse."

"Ich habe mit dem Arzt der Notaufnahme gesprochen, der Hal behandelt hat", schaltete sich Steele ein. "Seine Vermutung war, dass es sich bei der Waffe aufgrund der schweren Schnitte und der offensichtlichen Schäden an den wichtigsten Organen nicht um ein einfaches Springmesser gehandelt haben kann. Das wurde professionell gemacht. Ich selbst würde vermuten, dass es sich um ein zweischneidiges Messer handelte, wie es bei Auftragsmorden üblich ist."

Richter Arnold sah besorgt aus, als er sich wieder an seinen Anwalt wandte.

"Sagen Sie mir nicht, dass Sie auch versuchen werden, mir diese Sache anzuhängen."

"Sie sind der Einzige, der ein offensichtliches Motiv hat, Euer Ehren", antwortete Scott.

"Aber der Richter hatte keine Mittel... keine Methode." argumentierte Steele.

"Sie haben selbst gesagt, dass es sich um einen Auftragsmord handeln könnte, Evan", erwiderte Scott. "Euer Ehren, Sie haben Ihren Stiefsohn schon kritisiert, als Sie noch mit seiner Mutter verheiratet waren. Es ist belegt, dass Sie in den letzten Monaten eifersüchtig auf Sarahs Zuneigung zu ihm waren. Es wäre ein Leichtes zu behaupten, dass dieselbe Person, die Sie angeblich beauftragt haben, Sarah Rand zu töten und zu beseitigen, auch für diesen Anschlag angeheuert wurde. Noch schlimmer ist, dass durch Hal's Tod der stärkste Zeuge der Staatsanwaltschaft gegen Sie ausgeschaltet wurde. Wenn Hal von der Bildfläche verschwindet, könnten Sie sehr wohl Ihre Freiheit gewinnen und dabei große finanzielle Gewinne einfahren. Wenn Hal tot ist, können Sie praktisch das gesamte Vermögen von Avery erben."

"Auf wessen Seite stehen Sie eigentlich, verdammt?"

Scott Rosen legte seinen Stift auf seinen Block und begegnete dem wütenden Blick des Richters mit Gelassenheit. "Sie sollten dankbar sein, Euer Ehren, dass ich auf Ihrer bin."

***

IHRE BESTEN GEDANKEN hatte sie immer unter der Dusche.

Sarah genoss das prickelnde Gefühl des heißen Wassers auf ihrer Kopfhaut und ihrem Gesicht und klärte ihren Geist, bevor sie versuchte, den Teil von sich selbst zusammenzufügen, der in den letzten achtundvierzig Stunden verloren gegangen war. Zwei Menschen, die ihr etwas bedeuteten, waren tot. Indem sie bei Owen blieb, setzte sie ihn der gleichen Gefahr aus.

Es musste aufhören. Sie musste sich stellen und die Konsequenzen tragen, bevor auch dieser Mann verletzt wurde. Irgendwie, irgendwo in dem Wahnsinn der letzten zwei Tage, war Owen Dean aus den lange verschütteten

Bildern eines jugendlichen Tagtraums aufgetaucht, nur um ein lebendiges, atmendes menschliches Wesen zu werden. Und was noch viel verrückter war: Er war ein Mann, der alle Erwartungen erfüllte, die sie an einen echten Freund hatte ... und mehr. Aber andererseits, so dachte Sarah, konnte 'Freund' ein ziemlich lockerer Begriff sein. Über den Rest dessen, was zwischen ihnen vorging, wollte sie nicht einmal nachdenken. Sie stellte das Wasser ab und griff nach einem Handtuch.

Er telefonierte, als Sarah wenig später aus dem Schlafzimmer trat. Sie spürte dasselbe seltsame Kribbeln, das sie durchströmte, als er aufblickte und sein Gesicht sich aufhellte, als er sie bemerkte. Er musste sich geduscht und rasiert haben, während sie noch schlief. Eine Tasse Kaffee stand vor ihm auf dem Schreibtisch. Er winkte in Richtung Küche und sie sah das Glas Saft und die Müslischale, die er für sie hingestellt hatte.

Sarah warf einen Blick auf die heruntergelassenen Jalousien und die teilweise geöffnete Glasschiebetür, die ihr einen Blick auf das Sonnenlicht, die Ziegelsteine und das grüne Gras ermöglichte, von dem sie wusste, dass es bis zur Uferpromenade reichte. Einen Moment lang musste sie gegen den Drang ankämpfen, auf die Terrasse zu treten und die frische Seeluft einzuatmen. Mit einem Seufzer ging sie stattdessen in die Küche und goss sich eine Tasse Kaffee ein, wobei sie sich fragte, wann sie jemals wieder auch nur diese kleine Freiheit haben würde. Sie brachte die Kanne herein und füllte gerade Owens Tasse nach, als sein Telefongespräch endete.

"Guten Morgen." Seine Begrüßung war sanft. "Du siehst heute Morgen besser aus."

Bis jetzt war ihr nie aufgefallen, wie dunkelblau seine Augen waren. "Danke für gestern Abend. Ich war völlig fertig."

Er stand auf und sie fühlte sich klein neben ihm, neben seiner selbstbewussten und kraftvollen Ausstrahlung. Das waren zwei Eigenschaften, die sie wiedergewinnen musste. Sie fragte sich, wo sie sie verloren hatte. Großer Gott, sie war ein Wrack, egal wie sie es betrachtete.

"Du musst etwas mehr essen als das." Er deutete auf die Tasse Kaffee in ihrer Hand. "Kann ich dir ein richtiges Frühstück machen?"

"Nein, danke. Das Müsli reicht mir."

"Der Anruf kam aus dem Büro meiner Produktionsfirma in New York", sagte er, während sie die Schüssel füllte. "Captain Archer war sehr beschäftigt."

"Was meinst du damit?"

"Er hat sie gestern angerufen und sich "inoffiziell" nach mir erkundigt."

Sie setzte sich auf die Kante des Stuhls. "Aber es gibt keine Verbindung zwischen dir und mir, soweit er das sehen konnte. Übersehe ich etwas?"

"Da war mein Anruf bei der Polizei vor zwei Nächten. Und dann, in derselben Nacht, hast Du mich von der Van Horn-Villa aus angerufen. Sie müssen den Anruf zurückverfolgt haben."

"Brillant." Sarahs Hand zitterte und sie legte sie um die Tasse. "Ich hätte dich nie von dort aus anrufen sollen." Sie schüttelte den Kopf, um ihn zu klären. "Ich habe unter der Dusche ernsthaft nachgedacht. Ich denke, es ist an der Zeit, dass ich mich selbst stelle. Ich setze dich einem viel zu großen Risiko aus."

"Hast Du noch eine Kopie dieser Liste? Die Gegenstände in Averys Bankschließfach?"

Sie war erschrocken über die Art und Weise, wie er das Thema gewechselt hatte. "Nein. Ich meine, nicht bei mir. Was den Gang zur Polizei angeht..."

"Wo können wir eine Kopie bekommen? Ist sie auf einem Deiner Computer bei der Arbeit? Könntest Du es irgendwie herunterladen?"

Sie sah zu, wie er die Milch auf ihr Müsli goss.

"Warum tust du das?" fragte Sarah leise.

"Die meisten Leute mögen Milch auf ihrem Müsli."

"Du weißt, dass ich das nicht meine. Warum schickst du mich nicht einfach weg?"

Owen saß ihr gegenüber, sein Blick war nachdenklich.

"Ich weiß es nicht", sagte er nach einer längeren Pause. "Ich schätze, ich denke, ob es mir gefällt oder nicht, ich bin bereits involviert. Und es würde alles viel besser aussehen, wenn wir uns den Beamten mit einer vernünftigen Menge an Beweisen stellen würden, anstatt zu sagen: 'Tut uns leid, wir haben nur versucht, Räuber und Gendarm zu spielen, aber es ist uns nicht gut gelungen.'"

"Was hältst Du für eine angemessene Menge an Beweisen?"

"Du bist der Anwalt. Sag es mir."

Seine Bemerkung stärkte das Fünkchen Selbstvertrauen, das sie noch irgendwo in ihrer angeschlagenen Psyche hatte.

"Denken wir darüber nach, was wir haben. Vielleicht ist die Liste der Schlüssel. Vielleicht können Du und ich bei genauerer Betrachtung etwas erkennen, das einen Unterschied macht.

"Das ist ein guter Anfang."

"Aber was ist mit Archer?"

Owen lehnte sich in seinem Stuhl zurück. "So wie ich das sehe, gibt es zwei grundlegende Szenarien, die sich aus einer ganzen Reihe von Möglichkeiten ergeben. Zum einen könnte Archer unschuldig sein und glauben, dass Du tot bist. In diesem Fall könnte meine Verbindung nur ein Ablenkungsmanöver sein. Schließlich will er nur so viele Beweise gegen den Richter zusammentragen, wie er kriegen kann. Und abgesehen davon, dass er einen Durchsuchungsbefehl für diese Wohnung beantragen müsste - was er wahrscheinlich nicht tun würde, da er bereits hier war - wird er nichts über mich herausfinden, was die Boulevardpresse nicht bereits gedruckt hat."

"Und am anderen Ende ... ist er aktiv in alles involviert?" Sie spielte mit ihrem Müsli, als er es ihr hinhielt.

"Richtig. Er ist in die Morde verwickelt und weiß, dass Du noch lebst. Wenn das der Fall ist, dann hat er Leute da draußen, die auf Dich warten. Und wenn das stimmt, bist du sowieso nicht sicher, wenn du dich stellst. Ohne Beweise kannst Du ihn nicht beschuldigen."

"Er könnte vermuten, dass ich bei dir bin."

"Er würde mich nicht für so dumm halten. Dich übrigens auch nicht. Außerdem hat er die Wohnung praktisch auf den Kopf gestellt, als er gestern hier war."

Sie blickte auf die Flocken, die in der Schüssel schwammen.

"Hast du schon immer mit deinem Essen gespielt, oder ist das ein neues Hobby?"

Sarah stellte fest, dass er sie anlächelte. "Hast Du schon immer Damen in Not geholfen, oder ist das ein neues Hobby?"

Er lächelte und legte seine Hand um ihre. "Wie ich sehe, geht es dir besser. Wie wäre es, wenn ich uns ein richtiges Frühstück mache? Dann besorgen wir uns noch eine Kopie dieser Liste."

"Bist du dir da sicher, Owen?" Sie musste einfach fragen. "Dass ich bleibe?"

"Natürlich bin ich sicher." Er stand auf und nahm die Schale weg. "Du hast gehört, was Archer gesagt hat. Es ist eine 'inoffizielle' Untersuchung. Das heißt, wir sind 'inoffiziell' involviert."

Kapitel Fünfzehn

Obwohl es Freitag war, herrschte auf der Newport Bridge, die nach Westen in Richtung Jamestown und Festland führt, kein Verkehr. Es war halb zwölf Uhr morgens, und Andrew Warner drehte das Radio in seinem Auto lauter. Gelegentlich schüttelte er den Kopf und lauschte angestrengt jedem Wort der Nachrichtensendung über den Mord an Hal Van Horn. Er hatte dieselbe Nachricht, praktisch Wort für Wort, heute Morgen um 7 Uhr in den Fernsehnachrichten gehört. Er hatte überlegt, Tracy zu wecken und ihr davon zu erzählen, bevor er zu einer frühen Besprechung am College ging, aber er hatte sich im letzten Moment dagegen entschieden.

Andrew nahm sein Handy in die Hand und blickte auf das leere Display. Es waren keine Nachrichten eingegangen. Keine Anrufe von Owen. Und noch immer gab es nirgendwo eine Nachricht, dass Sarah Rand am Leben war.

Andrew hoffte verzweifelt, dass Owen wusste, was er da tat. Seit gestern hatte er mehrmals überlegt, ihn anzurufen. Aber jedes Mal hatte er sich im letzten Moment zurückgehalten.

Es war ja nicht so, dass Sarah Rand eine Spinnerin wäre. Er hatte die junge Anwältin zum ersten Mal getroffen, als sie ihre Zusammenarbeit mit Richter Arnold begonnen hatte. Sie war klug und charmant gewesen, eine junge Frau mit scheinbar unbegrenztem Potenzial. Und während einige die Zusammenarbeit als große Chance für Sarah gesehen hatten, wusste Andrew, dass Arnold der Glückliche war. Und klug. Mit ihrem Aussehen, ihrem Intellekt und ihrem Ivy-League-Abschluss brachte Sarah eine neue Sichtbarkeit in die Praxis des Richters und sorgte sowohl auf lokaler als auch auf staatlicher Ebene für frischen Wind.

Oh ja, Andrew wusste, dass der Richter sehr wohl wusste, welchen Preis er aus den Bostoner Juristenkreisen weggelockt hatte. Und deshalb war die Nachricht von ihrer Ermordung so schockierend gewesen.

Aber Sarah war nicht tot.

Andrew nahm den zweiten Schotterweg, der durch die Wälder rund um ihr Grundstück führte und parkte sein Auto auf halbem Weg zwischen der Straße und den nördlichen Feldern.

Er wünschte sich nur, die ganze Situation wäre nicht so verworren. Es wäre ein Traum, Owen mit jemandem wie Sarah zusammen zu haben. Trotz all des Ruhms, trotz des Geldes und der Investitionen, die der junge Mann angehäuft hatte, wusste Andrew, dass Owen nicht glücklich war. Und das beunruhigte ihn mehr als alles andere.

Heute war die Luft trockener und viel angenehmer für Andrews Lunge, obwohl es von Woche zu Woche schwieriger wurde. Er holte eine große Plane aus seinem Kofferraum und drängte sich durch das Unterholz in den Wald. Das hatte er schon gestern vorgehabt. Er wollte zurückgehen und Sarahs Auto abdecken, bis sie und Owen bereit waren, es wegzufahren. Aber sein Streit mit Tracy und später seine Atemnot hatten ihn fast den ganzen Tag an seinen Stuhl gefesselt.

Bei all den kleinen Flughäfen in der Umgebung und den vielen Hubschraubern, die hin und her flogen, war die Möglichkeit, dass jemand das liegengebliebene Auto im Wald entdeckte, nicht unwahrscheinlich. Deshalb hatte er heute Morgen, bevor er zum College fuhr, die alte grüne Plane aus der Scheune geholt.

Der Sportwagen war immer noch da, als Andrew durch das Gebüsch kam. Als er einen genaueren Blick auf die zerbrochenen Seitenscheiben warf, sah er stirnrunzelnd, dass die Windschutzscheibe Einschusslöcher zu haben schien. Der ältere Mann schüttelte den Kopf und spürte, wie sich seine Brust vor Sorge zusammenzog.

Jemand hatte versucht, sie zu töten. Und dieser Jemand lief frei herum und wartete auf eine neue Chance.

Andrew breitete die Plane über das Auto. Er ging darum herum und legte Äste und Steine an die Ecken, um sie gegen den Wind zu sichern. Als er damit fertig war, war er völlig außer Atem. Er griff nach der Tasche an seiner Taille. Kein Beutel. Kein Inhalator.

"Verdammt", murmelte er. Er wusste, wo es war. Sie lag genau da, wo er sie auf dem Küchentisch liegen gelassen hatte. Kopfschüttelnd machte er sich langsam auf den Weg zurück zur Kiesauffahrt.

TRACY WARNER WOLLTE SOFORT zur Tür rennen, als sie das Knirschen von Andrews Reifen auf dem Schotter draußen hörte. Aber sie tat es nicht. Der kalte Lauf der Waffe an ihrer Schläfe ließ sie nicht los und sie bedeckte einfach ihren Mund mit den Händen und weinte leise. Sie hörte, wie sich eine Autotür schloss und dann hörte sie das Husten ihres Mannes.

"Setzen Sie sich", befahl einer der beiden Männer und schob ihr einen Stuhl hin. Sie sah, wie er sich zum Fenster bewegte und hinausspähte.

"Setzen Sie sich", wiederholte derjenige, der ihr die Pistole an den Kopf drückte und schmerzhaft ihren Arm festhielt, als er sie auf den Stuhl zwang.

Das Geräusch von Andrews Husten lenkte ihre Aufmerksamkeit auf ihn. Tracy warf einen Blick auf den Inhalator, den er neben der Kaffeekanne liegen gelassen hatte.

"Er ... mein Mann schafft die Treppe vielleicht nicht ohne ihn." Sie zeigte auf den offenen Beutel mit der Medizin. "Er braucht seinen Inhalator."

"Er kommt", flüsterte der Mann an der Tür, während er sich an der Küchenwand entlang zurückzog.

Andrew Warner atmete schwer, als er die Außentür aufstieß und eintrat. Das Jackett des College-Präsidenten hing über seinem Arm, die Krawatte war bereits gelockert und der oberste Knopf des Kragens geöffnet. Er zog am Ausschnitt des Hemdes, während ein heiserer Husten aus seiner Brust aufstieg.

Sein Blick fiel kurz auf die leeren Betten seiner Hunde in der Tür zum Vorratsraum, bevor er bemerkte, dass etwas nicht stimmte. Er ging in die Küche. Tracy saß da und starrte ihn wild an, während ein Mann ihr eine versilberte Pistole an den Kopf hielt.

"Was zum Teufel ist hier los?" konnte er sagen, als ein weiterer Hustenanfall seine Lunge zu verschließen drohte.

"Sie hatten Ausweise", stammelte Tracy. "Ich habe sie reingelassen, weil ich dachte..."

"Halten Sie den Mund." Der Mann stieß ihr die Pistole in die Schläfe und Tränen liefen über ihr entsetztes Gesicht.

"Nur eine Minute..."

"Wo haben Sie sie hingebracht?"

Andrews Herz blieb fast stehen, als er den zweiten Mann hinter sich hörte. Er drehte sich halb um, lehnte sich mit dem Rücken gegen das Waschbecken, und sein stoßweises Husten zwang ihn, seine Worte zu verschlucken. "Was meinen Sie damit?"

"Sie suchen nach Sarah Rand." Tracy schluchzte. "Um Himmels willen, Andrew, sag ihnen, dass sie tot ist. Sag es ihnen. Sie werden mir nicht glauben. Sie haben das ganze Haus auf den Kopf gestellt."

Von dort, wo er stand, hatte Andrew einen freien Blick auf die Tür, die in das offene Wohnzimmer führte. Die Möbel waren umgestürzt und herumgeworfen worden. Glasscherben glitzerten auf dem Boden. Das Engegefühl in seiner Brust wurde immer schlimmer. Er konnte nicht mehr atmen, ohne zu husten. Der Mann, der hinter ihm gestanden hatte, schob ihm plötzlich den Beutel mit dem Inhalator zu.

Andrew ließ sie fallen. Er sah zu den Killern auf.

"Lasst sie gehen." Er zwang sich, die Worte auszusprechen. "Sie ... ist völlig unschuldig ... an dieser ganzen Sache. Bitte ... lassen Sie sie gehen."

"Das glaube ich nicht, Warner", spuckte der Mann aus.

"Ich werde Ihnen nichts sagen, bis Sie meine Frau gehen lassen."

"Nein, Andrew", keuchte Tracy und begann, sich vom Stuhl zu erheben. "Das lasse ich nicht zu."

Ein einzelner Schuss ertönte und Andrew sah entsetzt, wie seine Frau auf den Boden der Küche stürzte. Ihr Körper zuckte und blieb dann regungslos liegen, auf höchst unnatürliche Weise verdreht, ihr Blut sickerte aus ihrem Rücken und ihrer Brust auf die Fliesen.

Andrew sah sie einen endlosen Moment lang an und ihr ganzes gemeinsames Leben schien vor seinen Augen zu vergehen. Die Meinungsverschiedenheiten. Die Streitereien. Seine Untreue. Tracys anhaltende Vergebung.

"Mein Gott", murmelte er.

Er hatte sie nicht wirklich geliebt. Niemals. So sehr sie sich auch bemüht hatte, so sehr sie etwas Besseres verdient hatte, er hatte sie in ihrer Ehe gefangen gehalten und ihr das Glück vorenthalten, das sie mit einem anderen hätte haben können.

Die gesamten fünfzig Jahre ihrer Ehe waren ein einziger langer Kampf gewesen. Ein Kampf, in dem Tracy ständig versucht hatte, seine Liebe zu gewinnen. Ein Kampf, in dem Andrew sie immer wieder besiegt hatte.

Als Andrew Warner sich dem bewaffneten Mann hinter sich zuwandte, kümmerte er sich nicht mehr um die rasselnden Atemzüge in seiner Brust. Er kümmerte sich nicht mehr um seine Frau oder seinen Job. Es kümmerte ihn nicht einmal mehr, dass er alle um ihn herum um den Frieden und das Glück gebracht hatte, das sie vielleicht verdient hatten.

Er dachte nur an eine Sache. Er dachte nur an diese eine letzte Sache, die er für Owen - sein eigen Fleisch und Blut - und für Becky tun konnte.

Andrew griff nach dem Lauf der Waffe und rang mit all seiner schwindenden Kraft darum, bis sein Gehirn in einem hellen, goldenen Lichtblitz explodierte.

* * *

OWEN ZOG EINE GRIMASSE, als Sarah ihm die Drogerietüte aus der Hand nahm und begann, den Inhalt auf dem Küchentisch auszuleeren. Schminke. Haarfärbemittel. Billige, übergroße Sonnenbrillen.

"Bist du dir da sicher?"

"Ich kann nicht mehr blond sein. Und der Look mit Mütze und Sweatshirt passt auch nicht mehr." Sie las das Etikett auf der Haarfarbe, bevor sie die Sonnenbrille abnahm und zum Badezimmerspiegel ging, um ihr Spiegelbild zu betrachten. "In den Fünf-Uhr-Nachrichten haben sie ein Phantombild von mir gezeigt. Ich hoffe, Deine Nachbarn im Haus haben nicht zugeschaut."

Owen stellte die Tüte mit den Lebensmitteln auf den Tresen. "Ich habe zwei Frauen im Laden reden hören. Über das fünfzehn-, vielleicht sechzehnjährige Mädchen, das vielleicht Zeuge der Messerstecherei war."

"Wenn ich das überlebe, gebe ich der Hostess ein sehr großzügiges Trinkgeld, weil sie mich fast zwanzig Jahre jünger gemacht hat."

Owen sah ihr nach, wie sie aus dem Bad kam, die Sonnenbrille aufgesetzt. "Stell dir vor, ich hätte dunkelbraunes Haar, trüge einen Schal und diese Sonnenbrille. Wie würde ich aussehen?"

"Wie die Garbo in den siebziger Jahren?"

Sie nahm die Brille ab und kam auf ihn zu. "Und erinnere mich daran, dir eine ordentliche Tracht Prügel zu verpassen, weil du mein Alter um so viele Jahre erhöht hast."

Owen hielt ihr Handgelenk fest, als sie versuchte, ihn im Vorbeigehen zu schlagen. Ihre Blicke trafen sich. Der Moment schien still zu stehen. Seine Hand hielt sie fest. Das wilde Klopfen ihres Pulses passte zu dem plötzlichen Verlangen in seinem Körper.

Das Geräusch der Sonnenbrille, die ihr aus der Hand glitt und auf den Küchenboden fiel, unterbrach den Moment. Er ließ sie los, sie bückte sich sofort und hob die Sonnenbrille auf. Dann wandte sie sich ab.

"Ich konnte die Liste endlich herunterladen. Linda oder jemand anderes muss heute im Büro gewesen sein. Ich habe zuerst versucht, sie anzurufen, nur um zu sehen, ob sie antwortet. Wenn sie an demselben Stapel von Dateien gearbeitet hat, könnte sie wissen, dass ich auf sie zugreife."

Sie sprach weiter, weigerte sich aber, ihn anzusehen. Owen hingegen konnte seinen Blick nicht von ihrem Profil abwenden, von ihrer Haut und der Röte, die sich darauf ausbreitete. Er konnte sich nicht erinnern, jemals eine Frau so bewusst wahrgenommen zu haben, wie er es bei Sarah tat. Er war sich sicher, dass er noch nie von einem anderen Menschen so gefesselt war wie von ihr.

Im Gegensatz zu dem nervigen Gefühl, angelockt zu werden - ein Gefühl, das er bei seinen Erfahrungen mit anderen Frauen nur allzu oft hatte - hatte er bei Sarah das Gefühl, dass *er* derjenige war, der sie umwarb. Und überraschenderweise tat er das auch noch freiwillig und mit Freude. Und als er sie jetzt ansah, wurde ihm klar, dass er sich keine Gedanken mehr darüber machte, warum er sich so verhielt. Was er tat, fühlte sich richtig an, und das war alles, was zählte. Punkt.

"Ich möchte, dass du dir die Liste mit mir zusammen ansiehst." Schließlich wandte sie sich ihm zu. "Ich bin sie immer wieder durchgegangen, aber nichts sticht hervor. Ich kann mir einfach nicht vorstellen, was da drin stehen könnte, für das jemand töten würde."

"Wo ist die Liste?"

"Auf dem Laptop." Sie zeigte auf ihren Computer. "Warum gehst du nicht rüber und lässt mich heute Abend kochen?"

"Hast du genug von meinen Kochkünsten?"

Sarah schenkte ihm ein Lächeln, das in ihren Augen begann. "Ich versuche nur, mich für alles, was du getan hast, zu revanchieren."

"Die Zeit der Rückzahlung wird kommen. Mach dir darüber keine Sorgen."

Vierzig Minuten später saßen sie Seite an Seite auf dem Sofa und gingen die Liste Punkt für Punkt durch. Aber genau wie Sarah zuvor gesagt hatte, gab es nichts auf der Liste, das als ungewöhnlich auffiel. Nichts, was Richter Arnold dazu veranlassen würde, die Liste noch einmal persönlich zu überprüfen, zweimal in einer Woche.

"Ich nehme an, die Schließfächer gehörten nur Avery?" fragte Owen einige Zeit später und stand auf, um die Weinflasche vom Esstisch zu holen. Er schenkte ihr ein Glas ein und füllte auch seins nach.

"Das waren sie." Sarah zog die Füße unter sich. "Aber nicht, weil sie ihm nicht vertraut hätte. Es ging um andere rechtliche Dinge. Als Everard Van Horn, Averys erster Ehemann, starb, hinterließ er alles seiner Frau. Natürlich enthielt sein Testament alle möglichen Bestimmungen darüber, wie viel des Vermögens an Hal gehen sollte und wann. Da die meisten Gegenstände in diesen Kisten noch aus Everards Zeiten stammten, wurden der Name und die Unterschrift von Richter Arnold bis auf eine Ausnahme nie in die Bankunterlagen eingetragen. Aber die Gegenstände, die sich in dieser Kiste befanden, sind ebenfalls auf dieser Liste aufgeführt."

"Wie alt war Hal?"

Sie schwenkte den Wein im Glas und starrte auf die dunkle, rubinrote Flüssigkeit. "Er wäre diesen Herbst achtunddreißig geworden."

"Nicht alt genug, um alles zu erben, was ihm zusteht?"

Sarah schüttelte den Kopf. "Das war die Art und Weise, wie die Familie Van Horn arbeitete. Everard und Avery benutzten in ihrer Nachlassplanung ausgiebig Treuhandfonds. Im Laufe der Zeit wäre die Kontrolle immer weiter auf Hal übergegangen. Aber laut Averys letztem Willen wäre er schon ein alter Mann gewesen, bevor er das Ruder übernommen hätte."

Owen setzte sich wieder auf das Sofa. "Glaubst du, dass der Inhalt dieser Kisten für Richter Arnold eine Überraschung war?"

"Nein, das glaube ich nicht."

"Hat Avery sie oft kontrolliert? Ich meine, hat sie sie dreißig Jahre lang einfach unberührt stehen lassen?"

"Sie hatte ein paar neue Sachen dabei. Sie kamen in die Kiste, zu der der Richter Zugang hatte, als Avery noch lebte. Hier, sieh dir diese Liste an." Sie beugte sich vor und schaltete den Bildschirm wieder ein. "Dieses passende Schmuckset war ein Geschenk des Richters. Die Heiratsurkunde. Die Urkunde für das Gebäude, datiert vor sechs Jahren. Richter Arnold kaufte das Gebäude, weil er vorhatte, die Büros in der Innenstadt zu eröffnen. Er ließ die Urkunde auf Averys Namen ausstellen." Sie lehnte sich zurück und runzelte konzentriert die Stirn. "Ich würde sagen, dass die Schließfächer aktiv genutzt wurden, aber sicherlich nicht täglich. Das würden natürlich auch die Bankunterlagen zeigen."

"Hast Du die Kisten persönlich umgeräumt?"

"Natürlich. Einer der Bankangestellten war die ganze Zeit bei mir. Wir haben die Liste nach und nach erstellt."

"Und wann war das?" fragte Owen. "Erinnerst du dich an das genaue Datum?"

"Ende Juni. Anfang Juli, vielleicht." Sie stellte das Weinglas auf den Tisch und öffnete ihren Terminkalender auf dem Computer.

Als Owen ihr über die Schulter schaute, war er fasziniert davon, wie hart sie arbeitete und wie wenig Freizeit sie zu haben schien. Sein Blick wurde wieder von ihrem Profil und ihrem Mund angezogen.

"Da ist es. 28. und 29. Juni. Es hat zwei Tage gedauert."

Er runzelte die Stirn und zwang sich, an die Bankschließfächer zu denken.

"Hast Du dem Richter und Hal unmittelbar danach Kopien der Liste gegeben?"

"Innerhalb von ein paar Tagen. Vielleicht am Anfang der nächsten Woche. Es gab noch anderen Papierkram zu erledigen." Sie warf ihm einen Blick über ihre Schulter zu. "Worauf willst Du hinaus?"

"Wie hat Hal auf die Liste reagiert?"

"Ich weiß es nicht. Ich habe sie ihm nicht persönlich gegeben. Er hat mich nicht angerufen und keine Fragen gestellt."

"Er wollte sich die Kiste also nicht selbst ansehen?"

"Nicht, dass ich wüsste." Ihre Augen verengten sich. "Aber Richter Arnold wollte es. Wie ich schon sagte, waren wir zweimal in der Bank."

Owen stellte sein Weinglas auf den Tisch. "War er in Eile, als Du ihn das erste Mal dorthin gebracht hast?"

"Nein."

"Warst du bei ihm? Ich meine, hast Du neben ihm gestanden, als er die Kiste durchgesehen hat?"

Sie schüttelte den Kopf. "Das war nicht nötig. Wir hatten bereits eine Bestandsaufnahme und ich habe ihm vertraut."

"Warum dann die zweite Fahrt?"

Sie rieb sich eine Stelle im Nacken und schüttelte den Kopf. "Er hat sich noch mehr Zeit genommen als beim ersten Besuch. Ich habe mich an diesem Tag sogar geärgert, weil er wusste, dass ich um ein Uhr im Gericht sein musste. Es war wirklich nicht seine Art, so unsensibel mit den Terminen anderer Leute umzugehen."

Owen nahm Sarahs Hand in seine eigene. "Könnte es sein ... ist es überhaupt möglich, dass beim Transport dieser Kisten etwas dort gelandet ist, wo es nicht hätte sein sollen?"

"Beschuldigst Du mich des Diebstahls?"

"Natürlich nicht." Ihm gefiel der verletzte Ausdruck in ihrem Gesicht nicht. "Ich spreche von etwas, das verlegt wurde. Davon, dass Richter Arnold bemerkt hat, dass etwas, das eigentlich hätte da sein sollen, verschwunden ist."

"Am Tag der Überweisungen gingen sowohl der Bankangestellte als auch ich ohne Aktenkoffer in diesen Raum. Es gab keine Möglichkeit, dass ich - oder er - irgendetwas von Wert hätte mitnehmen können, ohne dass der andere es bemerkt hätte. Außerdem hat mich Richter Arnold nie dazu befragt. Wenn irgendetwas gefehlt hätte, wäre seine erste Reaktion gewesen, zu fragen, ob wir dies oder jenes gesehen hätten."

"Was, wenn er keine Aufmerksamkeit auf diesen fehlenden Gegenstand lenken wollte?" drängte Owen. "Was, wenn es etwas Illegales war. Etwas, das ihn belastet."

Sie öffnete den Mund, um zu widersprechen, schloss ihn dann aber wieder.

"Das könnte die gemeinsame Verbindung zwischen Deinem angeblichen Mord und der Verhaftung von Richter Arnold sein." Owens Finger drückten ihre Hand. Sie wich nicht von der Berührung zurück. "Bevor ich Dir begegnete - nur aufgrund dessen, was ich in den Zeitungen gelesen hatte - dachte ich, Dein Richter sei ein unglaublich dummer Mörder."

Ihr Blick war fest auf ihn gerichtet.

"Dich in deiner Wohnung zu erschießen und dich dann auf sein eigenes Boot zu bringen, um die Leiche zu entsorgen? Und dann nicht einmal daran denken, hinter sich aufzuräumen?" Er schüttelte den Kopf. "Aber was noch unglaublicher war, war, dass er nicht einmal daran gedacht hatte, sich ein Alibi zu besorgen. Das klang nicht nach einem Kerl, der schon so viele Jahre auf der Richterbank saß, wie der Richter. Es war einfach so offensichtlich, dass er reingelegt worden war, dass ich nicht verstehen konnte, warum die Polizei das nicht erkannt hatte. Am Ende dachte ich, dass es mehr gab, was die Zeitungen nicht druckten."

"Aber vielleicht ist das ja der springende Punkt", sagte sie. "Vielleicht hat ihm die Polizei von Anfang an eine Falle gestellt."

"Vielleicht, *wenn* dieser fehlende Gegenstand etwas mit Dir zu tun hat." Owen lehnte sich gegen das Sofa, seine Finger immer noch mit ihren verschränkt. "Ich erinnere mich an die ersten Berichte über die Verhaftung. Er hat sich nicht gewehrt. Er hat nicht behauptet, unschuldig zu sein. Er sah schuldig aus und verhielt sich schuldig, aber ich konnte es mir nicht erklären."

Sie lehnte sich ebenfalls zurück, lehnte den Kopf gegen die Kissen und starrte an die Decke. "Ich frage mich, ob Ed Brown etwas zugestoßen ist."

"Wer ist Ed Brown?"

"Der Bankangestellte, der mich bei diesen Überweisungen begleitet hat."

Owen schaute auf seine Uhr und stand vom Sofa auf. "Die meisten Banken haben am Freitagabend noch um sieben Uhr geöffnet. Hast Du die Nummer der Bank?"

Sie suchte die Nummer für ihn heraus, und er rief bei der Bank an und kam nur bis zur Empfangsdame. Nein, Ed Brown war nicht erreichbar. Mr.

Brown war krankgeschrieben. Möchte er mit dem Bankdirektor sprechen? Ja? Einen Moment, bitte.

Owens Vorstellung verlief reibungslos. Der Direktor erkannte ihn sofort. Owen war daran interessiert, dass die Bank etwas von seinem Geld verwaltete. Eds Name war ihm von einem Freund genannt worden.

Der Direktor freute sich über das Interesse des Filmstars und innerhalb von fünf Minuten nach dem Anruf wusste Owen alles über die unglücklichen Umstände, die Ed Brown in den letzten drei Wochen verfolgt hatten.

Kaum hatte Owen den Hörer aufgelegt, stand Sarah vor ihm. "Bitte sag mir nicht, dass er tot ist."

"Nein, er ist nicht tot", sagte er sofort. "Aber interessanterweise hatte Ed Brown am 1. August, dem Tag vor Deinem Verschwinden, einen schweren Autounfall auf dem Weg zur Arbeit. Wie es das Pech wollte, wurde am selben Tag in sein Haus eingebrochen, wobei sein persönliches Eigentum stark beschädigt wurde."

"Wo ist er jetzt?"

"Immer noch im Newport Hospital. Er wurde erst vor zwei Tagen von der Intensivstation verlegt. Mit den gebrochenen Knochen und dem Kopftrauma könnte es mindestens ein paar Monate dauern, bis er wieder arbeiten kann. Zumindest glaubt das meine neue beste Freundin, Jessica, die Bankmanagerin."

"Da war also etwas in der Kiste." Sarah drehte sich um und starrte auf den Computer.

"Ein Brief. Ein Umschlag. Es könnte etwas Kleines, Unauffälliges sein. Hattet ihr beide etwas dabei? Ein Blatt Papier, eine Mappe, irgendetwas?"

"Ja, das hatten wir." Sie blickte zu ihm zurück. "Ein gelber Notizblock am ersten Tag. Am nächsten Tag Papier und ein paar Manila-Ordner. Vielleicht waren es am ersten Tag auch ein paar Aktenordner. Ich kann mich wirklich nicht mehr erinnern."

"Denk noch mal nach, Sarah. Wo war der Ordner? Wo waren die Kisten? Sind die beiden zu irgendeinem Zeitpunkt miteinander in Berührung gekommen? Ist es möglich, dass irgendetwas, auch nur ein Stück Papier, in den falschen Stapel gelangt ist?"

Sie saß auf der Kante des Sofas und vergrub ihr Gesicht lange in den Händen.

"Komm schon", sagte Owen ermutigend. "Wir kommen der Sache schon näher. Fang mit dem ersten Tag an."

Kapitel Sechzehn

Auf der Staatsstraße in der Nähe der Einfahrt zum Haus der Warners wimmelte es von Polizeiautos, Krankenwagen, Uniformierten und anderen Beamten. Zwei Fernsehsender aus Providence hatten ihre Übertragungswagen neben der Straße aufgestellt, ihre Sendeantennen waren voll ausgefahren und ragten vierzig Fuß hoch in den Nachthimmel.

Selbst nachdem sie ihre Dienstmarken gezeigt hatten, mussten Bob McHugh und Dan Archer am Anfang der langen Schotterpiste anhalten, während der örtliche Uniformierte über Funk die Lage meldete. Als der Beamte endlich grünes Licht gab, winkte er sie durch. Nach einer Viertelmeile auf der kurvenreichen Straße wurden die Detectives aus Newport an einer Stelle angehalten, an der ein halbes Dutzend zivile Fahrzeuge den Seitenstreifen säumten.

Als Archer aus dem Auto ausstieg, fuhr ein Tierschutzwagen mit zwei bellenden Hunden im Fond vor.

Einige uniformierte Beamte hatten bereits einen Weg in den Wald gebahnt, und man konnte Taschenlampen zwischen den Bäumen hin- und herschwenken sehen. Ein Detective aus Wickford kam auf Archer und McHugh zu, als sie aus dem Auto stiegen. Die Begrüßung war kurz.

"Bevor Sie zum Haus gehen, sollten Sie sich das ansehen", sagte der Mann aus Wickford.

"Ich habe gehört, dass es dort oben kein schöner Anblick ist", antwortete Archer, als McHugh ihm eine Taschenlampe zuwarf.

"Ein Paketzusteller hat sie gefunden. Er ging zur Hintertür, wo er normalerweise hingeht und fand sie offen. Es war unmöglich, das Durcheinander nicht zu sehen", sagte der Detektiv, der ihnen den Weg zum Waldrand wies. "Wie es aussieht, war das ein Profi. Keine Fingerabdrücke. Keine Anzeichen für gewaltsames Eindringen. Keine Zeugen. Es wurde nichts zurückgelassen, soweit wir das beurteilen können. Das Haus wurde verwüstet, aber bis jetzt haben wir keine Ahnung, was gestohlen worden sein könnte. Wir dachten an einen bewaffneten Raubüberfall durch Profis, bis wir etwas anderes auf dem Grundstück fanden."

Archer schob die Äste des Unterholzes beiseite und folgte ihm dicht auf den Fersen.

Der Detective aus Wickford leuchtete mit seiner Taschenlampe in Richtung einer Gruppe von Beamten, die gerade eine Stelle absicherten. "Eine direkte Verbindung zu dem Schlamassel, den Sie auf der anderen Seite der Brücke haben. Wir haben das Auto von Sarah Rand."

Archer hörte McHugh hinter sich fluchen. Der Mann aus Wickford brach aus dem Gestrüpp in eine kleine grasbewachsene Öffnung. Archer schob sich an ihm vorbei und nahm den Tatort in Augenschein. Gelbes Polizeiband markierte bereits die Umgrenzung des Geländes. Zwei Uniformierte stellten Scheinwerfer auf und einige Kameras beleuchteten das Gelände mit sporadischen Blitzen. Eine große Plane, die wohl das Fahrzeug abgedeckt hatte, war zurückgezogen und für das Fingerabdruck-Team ausgelegt worden. Ein Fotograf machte Nahaufnahmen von der Windschutzscheibe.

"Das Fahrzeug steht noch nicht allzu lange hier." Der örtliche Detektiv richtete seine Taschenlampe auf die natürlichen Ablagerungen rund um die Reifen. "Wir vermuten, dass es frühestens während des Sturms am Mittwochabend hierher gefahren wurde. Spätestens Donnerstagmorgen. Nichts im Kofferraum oder auf dem Rücksitz. Wir haben noch nicht nach Fingerabdrücken gesucht, aber es gibt auch keine offensichtlichen Blutspuren."

Archer ging methodisch um das Auto herum, spähte hinein und richtete dann den Strahl der Taschenlampe auf die Reifenspur im Schmutz. Er ging ein paar Schritte zurück, drehte sich um und studierte den Weg.

"Wir haben die Reifen bis zur Hauptstraße zurückverfolgt", sagte der örtliche Detektive. "Nach dem Schaden an der Windschutzscheibe sieht es so aus, als hätte jemand von hinten auf das Auto geschossen. Wir haben die Stelle noch nicht gefunden, aber sie kann nicht allzu weit entfernt sein. Mit so einer Windschutzscheibe wäre es schwierig gewesen, im Regen zu fahren. Der Fahrer muss von der Hauptstraße abgebogen sein und versucht haben, den Wagen im Wald zu entsorgen."

"Fußabdrücke?" fragte Archer.

"Wir haben schon ein paar Abgüsse gemacht. Eine Menge Leute waren in der Nähe von diesem Ding. Auch Hunde."

"Jemand soll diese Spuren verfolgen." McHugh richtete sein Licht auf zwei Spuren, die an einer schlammigen Böschung jenseits des Bandes verliefen. "Sieh nach, ob sie zum Haus zurückführen."

Archer nickte dem Mann aus Wickford zu.

McHugh kam zu ihnen zurück. "Es hat auch niemand Reifenspuren auf dieser Auffahrt gefunden, oder? Ich wette, ihr Schafsköpfe habt sie ruiniert, bevor jemand auch nur einen Gedanken daran verschwendet hat."

Die Verärgerung war dem Polizisten deutlich anzumerken, als er einen der Uniformierten anschrie.

"In der Tat, Schlauberger, gab es am Mittwochabend, in der Nacht des Sturms, eine hochkarätige Party im Haus der Warners. Die Reifenspuren von allen wichtigen Leuten im ganzen verdammten Staat sind auf dieser Straße zu finden." Er richtete seine Aufmerksamkeit wieder auf Archer. "Das wirft deine 'Bang, Bang, Richter Arnold war's'-Theorie über den Haufen. Wenn du mein spontanes Bauchgefühl hören willst..."

"Das will ich eigentlich nicht hören. Wir werden nicht dafür bezahlt, mit unserem Bauchgefühl zu denken." Archer ging zurück auf die Straße. "Und jetzt zeig mir diese Freakshow."

SARAH LIEß den Stift auf den Schreibtisch fallen und streckte sich nach hinten, um sich die schmerzende Schulter zu reiben. "Ich glaube, das sind alle - alle Fälle, an denen ich in der Woche vom 28. Juni gearbeitet habe. Aber wenn ich etwas aus Versehen mitgenommen habe, könnte es in *jeder* dieser Akten vergraben sein."

Sie hörte, wie er sich näherte und spürte dann Owens starke Hände auf ihren Schultern. Er beugte sich über sie und massierte ihre steifen Schultern, während er die Liste las.

Solch einen zwanglosen Kontakt mit ihm zuzulassen, zu genießen, zu wollen, überraschte Sarah immer noch ein wenig, aber seine Berührung gab ihr ein beruhigendes Gefühl. Eine vertraute, angenehme Lässigkeit in der Art, wie er sanft die Knoten aus ihren schmerzenden Muskeln knetete. Eine angenehme Wärme breitete sich in ihr aus.

"Wo könnten diese Dateien sein?"

"Im Büro in der Innenstadt. Ich würde wetten, dass Linda sie alle vor der Augustpause abgelegt hat."

Sein würziger Duft, das Streicheln seines Hemdes gegen ihr Haar, das Gefühl seiner Finger - Sarah biss sich auf die Lippe, um nicht auf dem Schreibtisch zu zerfließen.

"Können wir da irgendwie reinkommen?"

"Ich habe einen Schlüssel", flüsterte sie. "Es gibt Nachtwächter, die alle Büros im Gebäude reinigen. Morgen ist Samstag. Wir können versuchen, früh am Morgen hineinzukommen."

"Das ist ein Date."

Seine Finger wanderten zu ihrem Nacken und Sarah unterdrückte den Seufzer der Zufriedenheit, der in ihrer Kehle aufstieg. Um einen klaren Kopf zu behalten, griff sie nach dem Stapel Briefe, den sie zuvor auf seinem Schreibtisch entdeckt hatte.

"Wusstest Du, dass die meisten dieser Briefe von ein und derselben Person stammen?"

"Wirklich?" In seiner Stimme lag nicht ein Hauch von Interesse.

"Jemand namens Jake Gantley von der ACI in Rhode Island."

Seine Finger massierten ihre Kopfhaut, aber er hielt inne und beugte sich wieder über sie, um einen Blick darauf zu werfen.

"Seit wir mit dieser Fernsehsendung begonnen haben, verfolgen mich Briefe aus dem Gefängnis, wohin ich auch gehe. Manchmal sind es Hunderte pro Woche. Die meisten gehen an die Büros des Senders oder der Produktionsfirma."

"Liest du jemals die, die zu dir kommen?"

"Niemals. Wenn ich daran denke, gebe ich sie an einen meiner Assistenten weiter. Ich glaube, sie haben eine Standardantwort, die sie zurückschicken."

"Die sind an Newport adressiert - an diese Adresse. Ist es nicht seltsam, dass dieser Typ weiß, wo du wohnst?"

"Manchmal passiert das. Eine Person erzählt es einer anderen Person und diese wiederum erzählt es einer anderen Person." Seine Stimme war sanft, so beruhigend wie seine Berührung. "Ich lasse mich davon nicht beunruhigen."

"Ein paar davon sind geöffnet worden." Sarah zog die offenen Briefe heraus und legte sie obenauf. "Ich dachte, du liest sie nie?"

"Nun, ich musste Archer gestern Morgen meinen Brieföffner vorführen."

"Oh ja. Durch die Schranktür habe ich gehört, wie du ihm von Mels Schwert erzählt hast. *Braveheart*, hm?" Sie lächelte und hielt einen der Briefe hoch. "Darf ich? Ich habe noch nie einen Fanbrief gelesen."

Er lachte leise. "Nur zu."

Sarah lehnte sich gegen den Stuhl und ihr Kopf ruhte zufällig auf seinem harten Bauch. Sie zitterte, als seine Hände ihre Arme auf und ab wanderten. Sie konnte sich nicht erinnern, dass ihr Körper jemals so sehr mit sexueller Spannung aufgeladen war wie jetzt. Sie öffnete den Umschlag und nahm den Brief heraus. Sie zwang sich, sich auf die jugendlich wirkende Schrift zu konzentrieren und die Rechtschreibfehler zu ignorieren, und las laut vor:

Lieber Owen Dean,
Falls Sie noch keine Gelegenheit hatten, meine früheren Briefe zu lesen, mein Name ist Jake Gantley. Ich bin zweiundvierzig Jahre alt und derzeit in der Rhode Island Adult Correctional Institution inhaftiert. Alle hier kennen mich unter dem Namen ACI. Ich verbüße nun schon seit neun Jahren eine Haftstrafe, mehr oder weniger.
Ich bin seit Jahren ein großer Fan von Ihnen und als ich anfing, Ihre jüngste Fernsehproduktion zu verfolgen, kam mir die Idee, dass jemand mit meiner umfassenden Erfahrung im kriminellen Milieu ...

Die Worte verkümmerten auf Sarahs Lippen, als sie spürte, wie seine Hand von ihrer Schulter hinunter zum Vorderteil ihrer Bluse wanderte. Die Berührung seiner Finger war federleicht, aber die Reaktion ihres Körpers war sofort und intensiv.

...Erfahrung im kriminellen Milieu...

Sarah versuchte, sich wieder auf die Worte zu konzentrieren, aber er griff nach dem Brief, nahm ihn ihr aus der Hand und ließ ihn auf den Tisch fallen. Sie ließ sich auf die Füße ziehen und drehte sich in seinen Armen um.

"Was machst du da?" flüsterte sie, als seine Lippen ihre Stirn und die Seite ihres Gesichts berührten.

"Ich versuche, etwas von der Anspannung in deinem Körper zu lösen."

"Aber ich..."

Sein Mund berührte ihre Lippen und Sarah entbrannte in der Hitze, die er in ihr ausgelöst hatte. Bevor sie sich selbst zurückhalten konnte, verstrickten sich ihre Finger in seinem Haar und sie küsste ihn mit einer Leidenschaft, die in ihrer Kraft fast blendend war.

Seine Arme waren wie stählerne Bänder um sie und formten jede Kontur ihres Körpers nach seinem.

"Sarah", flüsterte er heiser an ihrem Mund. "Ich will dich. Ich will dich *jetzt*."

Eine wilde Welle von Gefühlen durchfuhr sie. Das Verlangen riss alte Schranken des Anstands, Schutzmauern des gesunden Menschenverstands nieder. Ein flüchtiger Gedanke durchzuckte sie - sie brachte ihn in Gefahr, indem sie sich noch mehr auf ihn einließ, als sie es ohnehin schon tat. Aber dieser Gedanke war flüchtig, denn sie spürte, wie sie in eine Welt hineingezogen wurde, in der sie wenig Erfahrung hatte. Eine Welt der Sehnsucht nach einem anderen Menschen. Eine Welt, in der die manchmal ins Stocken geratene Dynamik der emotionalen Verbindung plötzlich zum Leben erwachte und sich beschleunigte - verheddernd, wirbelnd, spinnend, webend - angetrieben von der reinen kinetischen Energie des körperlichen Verlangens.

Sarah wurde auf die Kante des Schreibtischs gehoben.

"Owen", flüsterte sie, als sein Mund eine Spur von ihren Lippen zu ihrem Hals zog. "Ich ... ich denke nicht, dass wir das tun sollten."

"Dann sag mir, dass ich aufhören soll."

Das Gefühl, wie sein Mund an der Vorderseite ihrer Bluse hinunter wanderte und den Stoff gegen ihr Fleisch drückte, brachte Sarah dazu, zu keuchen, sich an seine Schultern zu klammern und seinen Mund wieder auf ihren zu ziehen. Sie erwiderte seinen Kuss, wieder und wieder, bis die Luft um sie herum von ihrer Hitze erfüllt war. Seine Hände waren unter ihrer Bluse. Der Verschluss ihres BHs löste sich. Seine Handflächen drückten auf ihre schmerzenden Brüste.

Sie sah ihn durch einen Schleier der Begierde. Er war sogar noch umwerfender, gutaussehend, als sie immer gedacht hatte. Aber jetzt war er nicht auf einer Bühne oder einer Leinwand mit einer anderen Frau. Er war hier bei *ihr*, an sie gepresst mit einer Mischung aus Zärtlichkeit und Verlangen. Nein, dieser Moment gehörte ihnen... nur ihnen beiden.

Ermutigt küsste sie ihn erneut. Ihre Finger griffen nach ihm, berührten die Muskeln auf seinem Rücken und seiner Brust, bevor sie die Knöpfe seines Hemdes öffnete und ihre Lippen auf seine Haut presste.

"Du bringst mich um", flüsterte er, grub seine Finger in ihr Haar und zog ihren Mund grob zu seinem.

Das Klingeln des Telefons auf dem Schreibtisch ließ sie beide aufschrecken und er stöhnte frustriert auf.

"Auf keinen Fall", knurrte er. Sarah lächelte, als er ihre Hand nahm, sie vom Schreibtisch wegzog und in Richtung Schlafzimmer ging.

Sie warf einen letzten Blick auf die Uhr auf seinem Schreibtisch. "Warte. Vielleicht ist es etwas Wichtiges. Es ist elf Uhr dreißig nachts."

"Das sind die verdammten Leute von der Westküste. Der Anrufbeantworter geht ran.”

Im Schlafzimmer spürte Sarah plötzlich, wie sie von Panik übermannt wurde, als Owen sich auf die Kante des großen Bettes setzte und sie zu sich zog. Seine blauen Augen streichelten und verschlangen sie mit einem einzigen, weiten Blick.

"Wo waren wir?"

"Normalerweise mache ich so etwas nicht." Sie musste sich zwingen, die Worte auszusprechen, bevor sie ihren eigenen Namen vergaß.

"Ich weiß. Ich habe Deinen Terminkalender gesehen."

"Nein. Ich meine, ich lasse mich nicht so schnell auf etwas ein, nachdem..."

Der Blick in seinen Augen war zärtlich. "Das weiß ich, Sarah."

Sie hörte das Piepsen des Anrufbeantworters.

"Mr. Dean, hier spricht Carol Doyle, die akademische Dekanin des Rosecliff College." Die ernste Stimme der Frau war laut und deutlich zu hören. "Es tut mir leid, dass ich Sie so spät am Abend noch anrufe. Aber ich habe ... ich habe schreckliche Neuigkeiten. Es hat mit Andrew zu tun. Er ... nun ... er ..."

Als die Stimme des Anrufers verstummte, nahm Owen den Hörer neben dem Bett ab. "Hallo, Carol. Hier ist Owen. Was ist denn passiert?"

Sofort spürte Sarah wieder diese eisigen Krallen, die sich in ihr Inneres bohrten. Sie kannte das Gefühl jetzt. Es wurde zu einem Teil ihrer täglichen Existenz. Sie setzte sich auf die Bettkante, aus Angst, auf den Boden zu stürzen.

Owens Gesicht wurde hart, aber hinter der Maske erkannte sie seine Qual. Er sagte kein Wort, sondern hörte nur zu, was gesagt wurde.

Als er sich selbst setzte, wusste Sarah Bescheid. Ihr Auto. Sie hatte ihr Auto auf dem Grundstück von Warner stehen lassen. Sie schloss ihre Augen und betete, wohl wissend, dass es zu spät war.

"Sind sie jetzt dort?”

Owens Frage lenkte ihren Blick auf sich. Im schummrigen Licht des Schlafzimmers sah sie die Träne, die ihm über die Wange lief.

Zwei Gedanken schossen ihr durch den Kopf. Sie wollte zu ihm gehen, um ihn zu trösten. Aber gleichzeitig sagte ihr der gesunde Menschenverstand, dass sie einfach aus dieser Wohnung gehen und aus seinem Leben verschwinden sollte. Trotz all seiner Bemühungen, ihr zu helfen, hatte sie ihm nur Schmerz und Leid gebracht. Vielleicht sogar noch Schlimmeres für seine Freunde. Vielleicht würde er der Nächste sein.

"Danke für Ihren Anruf, Carol."

Sarah sah, wie seine Hand zitterte, als er den Hörer auflegte. Er saß schweigend da, in Gedanken versunken und rieb sich mit einer Hand gedankenverloren über die Bartstoppeln, die sich im Laufe des Tages gebildet hatten.

Schließlich zwang sie sich aufzustehen und ging zu ihm. Er schien sie nicht einmal zu sehen, als sie sich neben ihn setzte und seine Hand nahm. Eine Träne und dann noch eine, rann über seine verkrampfte Wange. Er arbeitete hart daran, die Nachricht zu akzeptieren und seinen Schmerz zu kontrollieren.

"Es ist ihm etwas zugestoßen, nicht wahr? Jemand wurde wieder verletzt, wegen mir."

"Nicht." Er flüsterte das Wort leise und hart, drehte sich zu ihr um, als er es sagte und zog sie in seine Arme. Sie hielt ihn fest und ließ ihre eigenen Tränen sein Hemd durchnässen, während er sein Gesicht an ihrem Haar ruhen ließ. "Das ist *nicht* deine Schuld. Sich selbst die Schuld zu geben, hilft nicht weiter."

"Sie haben ihn getötet, nicht wahr?" Das war keine Frage. "Sie haben mein Auto gefunden und dann haben sie ihn getötet."

Seine Stimme war kalt, seine Worte waren knapp. "Das sind skrupellose Menschen. Sie töten kaltblütig."

"Oh, mein Gott. Ich hätte dich da nie mit reinziehen sollen."

Sarah schluchzte leise und sie sagten einen langen Moment lang nichts. Owen brach das Schweigen.

"Lange bevor Du in unser Leben getreten bist, lag Andrew Warner im Sterben. Ein schmerzhafter Zentimeter nach dem anderen. Sein Leiden ist nun vorbei. Und das mag sich jetzt seltsam anhören, aber ich weiß, dass er es vorgezogen hätte, *anders* zu sterben als so, wie es ihm bevorstand: in einem Krankenhausbett zu ersticken, während sein Körper Stück für Stück versagte." Owen hielt einen Moment inne und sammelte sich. "Lange Zeit habe ich mich vom Leben abgeschottet. Ich weiß nicht, ob es Schicksal, Karma oder Glück war, das uns zusammengeführt hat, aber ich bin froh, dass es passiert ist. Andrew ist weg. Er ist weg und ich fühle... Schmerz und Trauer und Verlust. Aber ich fühle auch etwas anderes. Etwas, von dem ich weiß, dass er es für mich wollte. Er wollte mich hier haben, weil er wollte, dass ich mich daran erinnere, was es bedeutet, ein Mensch zu sein."

SARAH WUSSTE NICHT, wie lange sie sich in den Armen lagen. Er erzählte ihr alles, was die College-Dekanin gesagt hatte. Tracy war überraschenderweise noch am Leben, aber sie wurde operiert. Ihre Chancen, durchzukommen, waren sehr gering. Er erzählte ihr, was die Polizei der Dekanin über den Vorfall gesagt hatte - dass ein Raubüberfall das wahrscheinlichste Motiv für den Mord war -, aber Owen und Sarah kannten die Wahrheit.

"Wir müssen so vorgehen, wie wir es geplant haben", sagte er ihr schließlich. "Carol ist jetzt im Krankenhaus. Ich möchte erst einmal dort vorbeischauen und sie sehen. Wenn ich zurückkomme, sehen wir uns die Akten in deinem Büro an."

"Ich kann gehen, während du im Krankenhaus bist."

"Nein", widersprach er. "Ich möchte, dass du hier bleibst, mit verschlossenen Türen und geschlossenen Vorhängen, bis ich zurückkomme. Bitte, Sarah. Tu es für mich."

Sie widersprach nicht. Sie hatte nicht vor, noch einmal ein Taxi zu rufen. Das letzte Mal war es zu knapp gewesen und jetzt suchte jeder in Newport nach einer Sechzehnjährigen, die genauso aussah wie sie.

Es war nach ein Uhr nachts, als Owen ins Wohnzimmer zurückging, um ein paar Anrufe zu tätigen. Sarah nutzte die Zeit, um sich im Badezimmer zu verstecken und die Farbe ihrer Haare zu ändern.

Als sie vor dem Spiegel stand, versuchte sie, nicht daran zu denken, was geschehen war. Sie versuchte, sich nicht die Schuld für all diese Todesfälle zu geben. Aber es war unmöglich, die Tatsache zu ignorieren, dass die Menschen um sie herum starben. Es fühlte sich an wie ein heißer Schürhaken in ihrer Brust, wenn sie daran dachte, dass es wieder passieren könnte. Dass es auch Owen passieren könnte.

Owen. Warum war er in jedem ihrer Gedanken?

Was war mit ihr geschehen? Sie war keine Frau, die sich so schnell in einen Mann verliebt. Sie war keine Frau, die einem Mann so instinktiv oder so vollständig vertraute. Zwar vertraute sie dem Richter, aber dieses Vertrauen beruhte auf jahrelanger Zusammenarbeit mit dem Mann und darauf, dass sie ihn mit Avery gesehen hatte.

Sarah starrte auf ihr Spiegelbild. Die Fähigkeit, zu vertrauen, war nicht ihre Stärke. Das war sie nie gewesen. Aber das war nur natürlich, dachte sie. Sie war das Produkt einer Ehe, die niemals hätte geschlossen werden dürfen. Ihr Vater, ein gut aussehender und flirtender Mann, war für einen Sommer aus Irland gekommen, um Freunde zu besuchen. In einem Laden an der Ecke, nicht weit vom Bostoner Südbahnhof, hatte er eine junge, unschuldige Verkäuferin kennengelernt und ihr den Kopf verdreht. Dann wurde sie von ihm schwanger. *Vertrau mir.*

Noch bevor die Sommerhitze der Herbstbrise wich, waren die beiden verheiratet, und John Rand stellte sich seiner Verantwortung. Am Ende hatte er einen Job angenommen und war so lange wie möglich in Amerika geblieben. Aber was Sarah am meisten von der Ehe ihrer Eltern in Erinnerung blieb, waren die Streitereien und die Verletzungen, die Vorwürfe und das Misstrauen. In so vielen Nächten, bevor sie sich in den Schlaf weinte, hatte sie sich gewünscht, gebetet, im Stillen gefleht, dass sie sich vertragen würden. Dass sie sich liebten. Dass sie sie lieben würden.

Aber das war nie geschehen. Eines Tages hatte John Rand einen Koffer gepackt und war in sein Heimatland zurückgekehrt, während Sarah zurückgeblieben war, um sich mit der Bitterkeit und dem Schmerz einer gebrochenen Frau auseinanderzusetzen.

Das nächste Mal hatte sie ihren Vater am Tag ihres Highschool-Abschlusses gesehen. Sarah war die Jahrgangsbeste ihrer Klasse gewesen, aber er hatte sie nach der Zeremonie zur Seite genommen, um ihr zu sagen, dass er sich endlich von ihrer Mutter scheiden lassen würde. Er dachte daran, wieder zu heiraten.

Sie hatte ihn wiedergesehen, als Sarahs Mutter gestorben war. Er war zur Beerdigung eingeflogen. Das war das Mindeste, was er tun konnte, hatte er gesagt. Sarah erinnerte sich, dass sie dachte, dass nie wahrere Worte gesprochen worden waren.

Das dritte Mal, dass sie John Rand nach seiner Abreise gesehen hatte, war vor zwei Wochen bei seiner eigenen Totenwache gewesen. Sie hatte schweigend dagestanden, auf den leblosen Körper gestarrt und kaum gewusst, was sie fühlen sollte ... oder wie sie überhaupt fühlen sollte. Was macht man, wenn sich ein ganzes Leben lang Schmerzen im Herzen angesammelt haben, Schicht um Schicht, bis sich eine fast undurchdringliche Barriere aus Narbengewebe darum gebildet hat? Sarah wusste sehr wohl, wovon Owen gesprochen hatte.

Sarah sah auf die Uhr und sprang unter die Dusche, um das Haarfärbemittel auszuwaschen.

Vor Jahren, als sie ihre Verlobung mit Hal gelöst hatte, hatte er ihr gesagt, dass nicht *er* es war, der unfähig war, sich zu binden. Er hatte ihr gesagt, dass sie es sei, die unfähig sei, eine gesunde Beziehung mit jemandem zu führen. Er hatte ihr vorgeworfen, dass sie weder ihm noch sonst jemandem vertraue und deshalb keinen Teil ihres emotionalen Selbst in die Beziehung investieren könne.

Sie hatte nicht einmal versucht, sich gegen seine Worte zu wehren. Das Leben hatte sie gelehrt, einem Menschen nur einmal zu vertrauen ... wenn überhaupt. Hal hatte seine Chance vertan.

Als Sarah aus der Dusche stieg, wischte sie den Dampf vom Glas und betrachtete ihr Spiegelbild noch einmal. Das dunkle, kastanienbraune Haar bildete einen schockierenden Kontrast zu ihrer blassen Haut, aber abgesehen davon fand sie, dass sie nicht sehr anders aussah.

Owen wartete schon auf sie, als sie endlich aus dem Bad kam. Er sah sehr müde aus, aber es entging ihr nicht, dass er ihr Gesicht und ihr Haar sowie den Bademantel, den sie trug, genau unter die Lupe nahm. Seinen Bademantel.

"Du siehst toll aus. Aber mir gefällt deine natürliche Haarfarbe besser."

"Woher weißt Du, dass ich eine Naturblondine bin?"

Er hob eine Augenbraue. Sarahs Gesicht färbte sich, als sie sich daran erinnerte, wie er sie unter die Dusche gestellt und später fürs Bett angezogen hatte.

"Ich habe im Krankenhaus angerufen. Tracy ist aus dem OP heraus und wurde auf die Intensivstation verlegt. Ich denke, es wäre das Beste, wenn ich jetzt dorthin fahre."

Sie nickte und warf einen Blick auf die Uhr auf seiner Kommode; es war halb zwei Uhr morgens. "Sei vorsichtig."

Er zögerte einen Moment, dann zog er sie in seine Arme und hielt sie einfach fest.

Sie wollte ihn wieder nach Andrew Warner fragen - nach seiner Beziehung zu diesem Mann -, aber sie konnte keine Wunde aufreißen, die er so sehr versuchte, geschlossen zu halten.

"Schlaf etwas", sagte er. "Wenn ich zurückkomme, können wir uns die Akten in deinem Büro ansehen."

SIE HATTE eine Weile unruhig geschlafen und war schließlich aufgestanden, um in der Wohnung herumzugehen. Der Morgen war noch weit weg und es gab keine Anzeichen für Owens Rückkehr.

Als sie den Fernseher einschaltete, begann gerade die Nachrichtensendung *"First News at 5"* und sie setzte sich aufrecht hin, als Bilder ihres Autos über den Bildschirm flimmerten. Hinter dem Nachrichtensprecher wurden Bilder von Andrew und Tracy eingeblendet, überlagert von einem Symbol, das den mit Kreide gezeichneten Umriss eines Mordopfers darstellte. Ein Bild von Hal. Ein Bild von ihr selbst. Ein Bild des Richters. Ein Live-Bericht aus dem Landhaus der Warners. Sarah starrte die Reporterin an, die vor der Polizeiabsperrung stand, mit ihrem Auto im Hintergrund.

Mit einem plötzlichen Gefühl der Übelkeit drückte sie auf die Fernbedienung, als sie wieder in die Nachrichtenredaktion schalteten. Es war zu viel, um es zu ertragen.

Sarah saß still da, atmete kaum und hatte die Augen zusammengekniffen. Es gab kein Geräusch außer dem sanften Rauschen der Meeresbrise und dem Ticken der Uhr. Sie stand auf und ging zu Owens Schreibtisch, wo sie den Braveheart-Brieföffner aufhob, der neben dem Stapel Gefängnisbriefe lag. Sie nahm eine Handvoll der Briefe, ging zurück zum Sofa und setzte sich.

"Okay, Jake Gantley." Vielleicht würde das Lesen eines Berichts über das verdrehte Leben eines anderen sie für eine Weile von ihrem eigenen ablenken.

Die Briefe waren ein Angebot für Owen, Gantleys Memoiren zu verwenden, die der Berufsverbrecher im Laufe der Jahre niedergeschrieben hatte. Jakes kriminelles Leben hatte im Alter von acht Jahren mit einer Anklage wegen Brandstiftung begonnen und sich seitdem allmählich zu schwereren Delikten ausgeweitet. Natürlich gab es keine Einzelheiten, jeder Brief enthielt nur verlockende Andeutungen, die darauf abzielten, einen potenziellen Käufer für das Material, das er verkaufte, zu interessieren.

Sarah las sie in der Reihenfolge des Datums, an dem sie bei Owens Adresse angekommen waren. Die Briefe waren alle ziemlich gleich und enthielten eine Reihe von Äußerungen, von beiläufiger Neugier über Owens Desinteresse bis hin zu offener Wut. Doch als sie den letzten Brief öffnete, fiel ihr ein gefaltetes Bild auf den Schoß. Sarah hob es auf, entfaltete es und starrte einen Moment lang verständnislos auf das Foto.

Und dann durchfuhr sie ein Schmerz, der so stark war, dass es ihr den Atem raubte.

Kapitel Siebzehn

Wᴇɴɴ ᴇs sᴛɪᴍᴍᴛᴇ, dass Räume eine Persönlichkeit haben, dachte Owen, dann war das Wartezimmer eines Krankenhauses ein leeres Blatt Papier, eine Leere. Kalt, teilnahmslos, unberührt von Zeit und menschlichem Leid. Der Nachmittag ging in die Dämmerung über, der Abend ging in die Nacht über, die Morgendämmerung wich dem Tageslicht, aber der Raum, der durch Wände in Beige, Grau oder gedämpften Grüntönen definiert war, blieb unverändert. Überall mit Vinylsitzen in unendlichen Farbvariationen oder mit Stoffen ausgestattet, die für die Ewigkeit bestimmt sind, erstreckt sich die Gleichgültigkeit des Raums ausnahmslos auf alle vagabundierenden Leidenden, die ihn vorübergehend bewohnten. Einige drängten sich wie Flüchtlinge in einer Ecke zusammen, um Wärme und Halt zu finden. Andere saßen allein.

Sie kamen. Sie warteten. Sie gingen. Und Zeit bedeutete nichts.

Dieser Warteraum war nicht anders und Owen fragte sich, ob der Tag außerhalb dieser Mauern bald anbrechen würde. Die einzigen Fenster des Raums gingen auf die Schwesternstation hinaus. Das einzige Licht kam von den langen Leuchtstoffröhren, die in die strukturierte weiße Zwischendecke eingelassen waren.

Die Ärzte hatten ihm gesagt, dass sich Tracys Zustand heute Abend nicht ändern würde. Auch nicht morgen. Vielleicht erst in einer Woche, oder in zwei Wochen ... oder noch länger. Es sei unglaublich, sagten sie, dass sie noch am Leben sei. Aber inwieweit sich ihre Verletzungen auf ihre Genesung und ihre Zukunft auswirken würden - falls sie jemals das Bewusstsein wiedererlangen sollte - musste erst noch festgestellt werden.

Owen hatte Carol Doyle kurz nach seiner Ankunft nach Hause geschickt. Bevor sie jedoch ging, teilte ihm die Dekanin mit, dass man Tracys ältere Schwester in Boston kontaktiert habe und sie auf dem Weg sei.

Allein sitzend, ging Owen die Situation immer wieder durch. Er wusste, dass Tracy Warner stinksauer sein würde, wenn sie wüsste, dass der einzige Mensch, der an ihrem Bett Wache hielt, Owen Dean war. Aber es war ihm völlig egal, was sie denken würde. Er hatte genug von diesem Spiel, das die drei den größten Teil seines Lebens gespielt hatten. Andrew war tot. Der Krieg war vorbei. Es gab nur noch die Toten und die Verletzten.

Jetzt wollte er nur noch, dass sie wieder gesund wurde, bevor er für immer ging.

Owen stand auf, streckte sich und ging zum Eingang des Warteraums. Er starrte mit schmerzendem Herzen auf die glänzenden Kacheln des Korridors. Hinter der Schwesternstation konnte er die Intensivstation sehen, mit ihren Betten und tragbaren Bildschirmen, ihren Monitoren und lebenserhaltenden Maschinen. Außer Tracy gab es noch zwei weitere Patienten und einen Moment lang beobachtete er eine Krankenschwester im blauen Kittel, die durch die Station ging.

Er war nach Newport gekommen, um sich von Andrew zu verabschieden. Aber er hätte nie gedacht, wie sehr es schmerzen würde, wenn es endlich soweit war. Andrew war auf eine Weise gegangen, die keiner von ihnen je erwartet hätte. Die Heftigkeit, mit der es geschah, machte Owen krank. Und er hatte nicht einmal die Chance gehabt, die Dinge zu sagen, die er sagen wollte. Er hatte nicht einmal die Chance gehabt, sich zu verabschieden.

Er holte sein Handy aus der Tasche und wählte erneut seine Privatnummer. Genau wie beim letzten Mal, vor einer halben Stunde, folgte auf seine eigene Antwortnachricht ein Piepton. "Ich bin's. Kannst du bitte abnehmen?"

Er wartete und hoffte, dass Sarah ihn hörte und ans Telefon ging. Aber es kam keine Antwort. Vielleicht schläft sie, wie er es vorgeschlagen hatte. Gott weiß, sie muss erschöpft sein. Owen versuchte, sich mit dem Gedanken zu trösten. Verdammt, sie könnte wieder unter der Dusche stehen. Sie duschte gerne lange, das wusste er bereits.

Aber nichts von alledem machte es ihm leichter, Sarah allein in seiner Wohnung zu lassen. Er schaute wieder auf seine Uhr. Fünf Uhr zweiundvierzig.

Wenn sie es nicht schon getan hätten, würde die Polizei sicherlich Sarahs Auto auf dem Warner-Grundstück finden. Owen überlegte, ob Andrew seinen Mördern irgendetwas darüber gesagt hätte, dass er Sarah und Owen zusammen gesehen hatte. Er wandte sich wieder dem Zimmer zu und starrte ins Leere. Nein, er war sich sicher, dass Andrew niemals ein Wort gesagt hätte, egal was passiert wäre.

Ganz gleich, was passiert war.

Er hörte das Klingeln des Fahrstuhls und das Klicken von High Heels, die den Flur entlang kamen. Als er sich umdrehte, erkannte Owen die ältere Frau, die hinter dem Tresen stehen blieb und kurz mit einer Krankenschwester sprach. Mit einem Nicken ging die Frau zu dem großen Glasfenster der Intensivstation und betrachtete Tracy und die um sie herum aufgestellten Geräte lange Zeit.

Als er Joanne, Tracys Schwester, das letzte Mal getroffen hatte, war er gerade mit der High School fertig geworden. Andrew hatte ihn gezwungen, zu einem Familienpicknick zu kommen, von dem Owen wusste, dass er dort nicht willkommen war. Er war nur für eine halbe Stunde geblieben. Abgesehen von Andrew war Joanne die einzige Person gewesen, die freundlich zu ihm war, ganz zu schweigen von Höflichkeit. Nein, sie war ausgesprochen freundlich gewesen und er hatte ihr Lächeln nie vergessen.

Er schätzte, dass die ältere Frau inzwischen auf die Achtzig zuging, aber trotz der Tragödie hatte sie immer noch das gleiche einladende Lächeln, als sie sich umdrehte und sah, dass er sie beobachtete.

"Owen." Das war alles, was sie sagen konnte, bevor die Tränen einsetzten. "Danke, dass du hier bist."

Er ging zu ihr, tröstete sie, so gut er konnte und führte sie zurück in den Wartebereich.

Aber selbst als er bei Joanne saß, konzentrierten sich seine Gedanken wieder auf Sarah. Die Angst begann an ihm zu nagen und er begann, sich das Schlimmste vorzustellen, während er sich selbst dafür verfluchte, dass er sie allein gelassen hatte.

DIE ERSTEN ROSAFARBENEN Streifen der Morgendämmerung zeichneten sich am östlichen Himmel ab, als der Porsche auf den Parkplatz des Port of Entry Motels fuhr. Die Fahrerin wich zwei Schlaglöchern von der Größe Delawares aus, fuhr zur Rückseite und parkte neben einem stinkenden grünen Müllcontainer. Als sie zu den Zimmern im zweiten Stock hinaufschaute, starrte sie einen Moment lang auf das Licht, das durch einen Riss im Vorhang in 213 fiel.

Sie schaltete das Oberlicht über dem Fahrerspiegel ein und trug frischen Lippenstift auf. Der Himmel wurde mit dem Ticken ihrer Rolex immer heller. Sie schaltete das Licht aus und blickte wieder ungeduldig zu 213 hinauf.

Scheiße, dachte sie, heute wird es heiß werden. Sie konnte die verdammte Luftfeuchtigkeit schon spüren.

Ein Zeitungslieferwagen hielt an der Ecke des Hinterhofs und blieb mit laufendem Motor stehen. Gleich darauf stieg ein kräftiger Mann aus und warf einen gebündelten Zeitungsstapel an die Ecke des Gebäudes.

Sie schenkte dem Kerl keinen zweiten Blick, aber nachdem er den Parkplatz verlassen hatte, erwog sie, auszusteigen und sich eine Zeitung zu nehmen. Wer wusste schon, wie lange sie hier warten würde?

Aber als sie sah, dass die Tür zu Zimmer 213 offen war, stand ihr Entschluss fest. Sie stellte den Motor ab, schnappte sich ihr Handy und ihre Handtasche und stieg aus.

"Diese Braut war wirklich gut." Ihr Kunde stupste sie gut gelaunt, als er die Treppe hinunterkam. "Ich hätte sogar nichts dagegen, wenn du sie morgen Abend wieder mitbringen würdest. Ja, ich möchte sogar, dass du sie mitbringst. Ich bringe einen neuen Kumpel von mir mit. Wir werden eine kleine Party machen."

"Ich habe sie noch nicht gesehen." Ihr Blick huschte zur Seite. "Aber ich werde sie wahrscheinlich zum Einkaufen mitnehmen müssen. Das heißt, ich muss Ihnen dasselbe in Rechnung stellen wie für eine neue."

Sie versuchte, sich nichts anmerken zu lassen, als sich das Gesicht des jüngeren Mannes in einem Anflug von Wut verhärtete. "Blödsinn, Cherie."

"Sie kostet mich..."

Bevor sie sich wehren konnte, griffen die Finger des Mannes nach ihrer Kehle. Ihre Füße berührten kaum noch den Boden und sie wurde nach hinten geschleudert, bis ihr Rücken gegen das Treppengeländer prallte.

"Du bringst sie umsonst mit, du gieriges Miststück. Nach all dem Geld, das ich dir in den Rachen schmeiße." Sein Gesicht war nur wenige Zentimeter von ihrem entfernt. Der Geruch von Scotch war stark. Sie konnte nicht atmen. "Nach all dem Schaden, den du diese Woche an meinem anderen Auto angerichtet hast, zeigst du so deine Dankbarkeit?"

Sie griff mit beiden Händen nach oben und zerrte an seinem Griff, bis er sich ein wenig lockerte.

"Es tut mir leid", flüsterte sie. "Okay, ich verstehe. Ich werde sie hier haben und für Sie bereithalten. Hinterlassen Sie mir einfach eine Nachricht, wann Sie sie brauchen."

Er ließ Cheries Hals los und tätschelte ihr die Wange. "Na, das ist schon besser. Immer noch meine Lieblingsfrau. Wo sind meine Autoschlüssel?"

Sie konnte nicht verhindern, dass ihre Hände zitterten, als sie in die Handtasche griff, um die Schlüssel zu holen.

"Du hast doch nicht zu viel daran herumgepfuscht, oder?"

"Nein."

"Diesmal keine kaputten Scheinwerfer? Keine Verfolgung durch die Bullen?"

"Ich habe schon tausendmal gesagt, dass es mir leid tut wegen neulich Abend. Aber ich konnte nicht zulassen, dass sie mich mit dem Mädchen im Auto erwischen." Sie warf ihm den mitleidigen Blick zu, den er ihr immer abkaufte. "Es wird nicht wieder vorkommen. Wenn Sie wollen, rufe ich wieder Taxis."

"Nein." Er schenkte ihr ein hübsches Lächeln. "Eines Tages, Cherie, wirst du Limousinen haben, die diese Mädels abliefern und abholen."

Sie fing den Motelzimmerschlüssel auf, den er ihr zuwarf. Sie wartete an der Treppe, bis er vom Parkplatz weggefahren war. Sie drückte sich die Hand an die Kehle und blieb noch ein paar Minuten dort, um sich zu beruhigen, bevor sie nach oben ging.

Cherie steckte den Schlüssel ins Schloss und ging hinein, schloss schnell die Tür und verriegelte sie hinter sich. In dem schmuddeligen Motelzimmer brannten alle Lampen, auch die im Badezimmer. Auf dem abgenutzten Fernseher lief eine Schwarz-Weiß-Version von *King Kong*. Sie hatte diesen Film schon eine Million Mal gesehen. Es war die Stelle, an der er mit der Schlange auf der Klippe kämpfte. Cherie hat diese Stelle immer gehasst. Sie schaltete den Fernseher aus.

Als sie sich die Plastikhandschuhe überzog und einen kurzen Blick in den Raum warf, sah sie das Mädchen, das zusammengerollt am Kopfende des Bettes lag und sich mit einem Laken zugedeckt hatte. Cherie machte sich sofort an die Arbeit. Sie hatte keine Lust, den ganzen Tag hier zu verbringen.

"Hey, du bist wirklich *etwas Besonderes*, Baby. Wirklich gut!" Sie griff in ihre Handtasche, holte einen gefalteten Plastikmüllsack heraus und schüttelte ihn aus. "Das hast du sogar so gut gemacht, dass wir heute richtig einkaufen gehen, du und ich."

Sie hob die fast leere Flasche Scotch vom Boden auf und warf sie in ihre eigene Mülltüte, dann warf sie auch die halb aufgegessene Packung Chips hinein.

"Was hältst du davon, wenn wir die Lederstiefel kaufen, auf die du gestern so scharf warst? Die hast du dir wirklich verdient, Baby. Das hast du wirklich." Cherie hob zwei benutzte Kondome am Fußende des Bettes auf und steckte sie ebenfalls in ihre Mülltüte. Sie griff nach der offenen Schachtel neben dem Bett und zählte, was noch übrig war. Zwei fehlten noch.

Sie ging ins Bad und sah im Mülleimer nach. Da sie dort keinen fand, schloss sie den Abfluss in der Wanne, stellte das Wasser an und ging zurück ins Zimmer.

"Ich lasse ein Bad für dich ein, Baby. Danach wirst Du dich wieder gut fühlen."

Als sie dem Mädchen das Laken wegzog, zog es die jungen Knie schützend an. Aber Cherie wollte nichts davon wissen. Sie nahm das Kinn des Mädchens und bewegte ihr Gesicht von einer Seite zur anderen, wobei sie die getrockneten Tränen ignorierte. Keine blauen Flecken. Das war gut.

"Er hat dich gut behandelt, nicht wahr, Baby?"

Sie löste die Hände des Mädchens von den großen, festen Brüsten und betrachtete stirnrunzelnd die schwärzlichen Spuren, die seine Finger hinterlassen hatten. Und auf die Rötung zwischen den Brüsten.

"Nun, dieser Mann steht auf euch Grünschnäbel mit großen Titten. Den kann man nicht ändern." Sie ignorierte die Blutspritzer auf dem Laken. "Aber ich werde mich um dich kümmern, Baby. Wir kümmern uns umeinander. Das ist es, was Freunde tun."

Das Teenager-Mädchen wimmerte ein wenig, ließ sich aber von Cherie auf die Bettkante rollen. Die Kondome waren alles, wonach sie gesucht hatte. Sie fand beide unter dem Mädchen.

Das heftige Klopfen an der Tür ließ Cherie in ihren Gedanken innehalten. Sie blickte auf das nackte Mädchen, das über ihre eigenen Beine gebeugt auf der Bettkante schaukelte. Sie warf einen kurzen Blick in Richtung des Badezimmers, wo sie das Wasser in der Badewanne laufen hören konnte.

Es klopfte erneut. Sie warf dem Mädchen das Oberlaken über die Schultern und spähte durch die geschlossenen Vorhänge.

Ein schmuddelig aussehender Mann stand mit der Hand an der Tür, bereit, erneut zu klopfen. Unten auf dem Parkplatz konnte sie das Dachlicht eines Taxis sehen.

"Scheiße." Im Stillen verfluchte sie ihren Auftraggeber. Für wie schnell hatte er sie gehalten?

Sie öffnete die Tür einen Spalt. "Hören Sie, ich brauche jetzt kein Taxi. Warum kommen Sie nicht zurück....?"

Die Tür wurde ihr ins Gesicht geschlagen. Sofort drückte der schmuddelige Mann ihr Gesicht in den Teppichboden. Wie aus dem Nichts stürmten Polizisten in den Raum. Eine Polizistin ging an ihr vorbei zu dem Mädchen auf dem Bett.

"Scheiße", murmelte sie erneut, als ihr die Handschellen angelegt wurden. Sie konnte hören, wie ihr ein Polizist ihre Rechte vorlas.

So viel zu den verdammten Limousinen.

***

IN SEINEM GEBÄUDE gab es so wenige Wohnungen, dass Owen bereits mit den Autos vertraut war, die normalerweise auf dem Parkplatz parkten. Das Auftauchen der blauen Limousine, die dort geparkt war, erregte also seine Aufmerksamkeit. Stirnrunzelnd stieg er aus seinem eigenen Auto, sah aber niemanden, als er zum Vordereingang des umgebauten Herrenhauses ging. Keine verdächtigen Personen lauerten in den Büschen oder in der großen Halle des Gebäudes. Tatsächlich war nirgendwo jemand zu sehen. Natürlich war der frühe Samstagmorgen nicht die Zeit, in der seine Nachbarn normalerweise unterwegs waren.

Als er seinen Schlüssel in das Schloss seiner Tür schob, merkte er, dass er bis auf die Knochen müde war. Als Schauspieler kannte er die Anforderungen der langen und ungewohnten Arbeitszeiten nur zu gut. Aber die ständige Unruhe der letzten Tage zermürbte ihn jetzt. Er durfte nicht nachlässig werden. Nicht jetzt. Ein Fehler könnte einen weiteren Tod bedeuten. Seinen eigenen. Oder den von Sarah. Für einen wahnsinnigen Moment fraßen ihn die Sorgen, sie allein gelassen zu haben, auf und er wurde vorsichtig. Er zwang sich, sich zu konzentrieren und stieß die Tür auf.

Das Erste, was er sah, als er eintrat und die Tür hinter sich schloss, waren die beiden Koffer und der Laptop, die an der Wand aufgereiht waren. Das nächste, was er sah, war Sarah, die in einem dunkelgrünen Kostüm auf seinem Sofa saß. Sie legte einige Zeitungen, die sie gerade las, auf ihren Schoß und beobachtete ihn, als er hereinkam. Sie sah sehr professionell aus - wie die

Anwältin, die auf dem Weg zum Gericht oder zu einem Treffen mit einem Klienten war.

Sie war definitiv auf dem Weg nach draußen.

Die neue Haarfarbe unterschied sie nicht wesentlich von den Dutzenden von Fotos, die in den letzten zwei Wochen in allen Zeitungen der Ostküste erschienen waren. Aber es war der harte, unnachgiebige Ausdruck in ihrem Gesicht, der Owen noch deutlicher an diese Fotos erinnerte. Irgendetwas war schief gelaufen, seit er sie vor ein paar Stunden verlassen hatte.

"Was soll das alles?" Er deutete auf die Koffer neben der Tür und ließ seine Schlüssel auf einen Beistelltisch fallen.

Sie faltete die Zeitungen fein säuberlich zusammen und legte sie auf den Couchtisch, bevor sie aufstand. "Jetzt, wo Du zu Hause bist, würde ich gerne Dein Telefon benutzen, um ein Taxi zu rufen, wenn es Dir nichts ausmacht."

Owens Augen verengten sich, als er beobachtete, wie sich die Kälte in die perfekten Konturen ihres Gesichts meißelte. Er konnte sehen, dass diese Verwandlung für ihr Überleben in dem harten Beruf, den sie gewählt hatte, entscheidend sein würde.

"Du brauchst kein Taxi. Ich fahre dich. Aber bist Du nicht ein wenig over-dressed für einen kurzen Stop im Büro?"

Sie lächelte nicht. Stattdessen ging sie um das Sofa herum und griff nach dem Telefon auf seinem Schreibtisch. "Danke. Aber ein Taxi reicht auch."

Ein paar lange Schritte und er war an ihrer Seite. Er nahm ihr das Telefon aus der Hand und legte es zurück in seine Halterung. "Was ist hier los?"

Sie versuchte erneut, nach dem Telefon zu greifen, aber er hielt es außer Reichweite-

"Was ist los, Sarah?", wiederholte er schärfer.

"Gut!" Sie wandte sich ab und ignorierte seine Frage. "Ich bin nur geblieben, weil ich dachte, dass ich Dir diese Höflichkeit schuldig bin. Aber wenn du mir nicht erlaubst, dein Telefon zu benutzen, werde ich einfach gehen."

"Den Teufel wirst du tun." Er knurrte und hielt ihren Ellbogen fest. "Warum kommst du nicht raus mit der Sprache und sagst, was das Problem ist?"

Ihre Augen spuckten Feuer, als sie sich umdrehte. Ihr Tonfall war jedoch sehr beherrscht. "Glaub mir, nur wegen Deines Anstands in den letzten Tagen, wegen Andrew Warner, bin ich..."

"Lass den Quatsch, Sarah. Rede mit mir."

"Im Gegensatz zu dir mag ich keine Szenen." Sie starrte ihn an.

"Du gehst nirgendwo hin, bis du mir sagst, warum du dich so verhältst."

"Einen Teufel werde ich tun." Sarah schubste ihn und versuchte, ihn zu umgehen.

Owen ergriff ihren Arm und drehte sie um, bis sie ihm wieder gegenüber-stand. "Was ist mit dir passiert?"

"Ich bin derselbe Mensch, der ich immer war. Lass meinen Arm los."

"Das werde ich." Er lehnte sich zu ihr, bis ihre Gesichter nur noch wenige

Zentimeter voneinander entfernt waren. "Wenn du mir sagst, warum du mich plötzlich ausschließt."

Die Wut, die in ihrem Gesicht loderte, erhitzte Owens eigenes Blut. Doch sein Gedankengang ging in eine andere Richtung. Unkontrolliert legten sich seine Hände auf ihren Arm und sein Blick fiel auf ihre Lippen.

"Wage es nicht, mich so anzuschauen, nachdem ich diese Nacht etwas über dich herausgefunden habe." Ihr Tonfall - und der angewiderte Gesichtsausdruck - trafen ihn wie ein harter Schlag.

"Wovon redest Du?"

Sie antwortete nicht, sondern drehte nur ihr Gesicht weg.

"Was bist Du denn für eine Anwältin?" fauchte er. "Wie soll ich mich denn verteidigen, wenn Du mir nicht einmal einen Hinweis gibst, was ich falsch gemacht habe?"

"Du willst wissen, was Du falsch gemacht hast?" Sie riss ihren Arm los und marschierte auf seinen Schreibtisch zu. "Willst du das wirklich wissen?"

"Natürlich will ich das." Er folgte ihr.

"Das hier." Sie stieß ihm einen Umschlag gegen die Brust. "Wie willst Du dich dagegen verteidigen?"

Er versperrte ihr den Weg, riss den Umschlag auf und nahm einen Brief heraus. Etwas anderes in dem Umschlag fiel auf den Boden, aber er ignorierte es. Schnell bückte sie sich, hob es auf und drückte es ihm in die Hand. "Das, verdammt noch mal. Nicht der Brief. *Das hier!*"

Owen blickte einen Moment lang auf das Foto hinunter und sah dann wieder hinauf.

"Das ist es, was dich so stinksauer macht?" Er lachte freudlos. "Nun, es tut mir leid, dir das zu sagen, Schatz, aber ich bin ein verdammter Schauspieler."

"Eine brillante Wortwahl, würde ich sagen."

"Ich meine, ich schauspielere. Ich habe keinen Sex mit dieser Frau. Aber es gibt mehr als ein paar Aufnahmen wie diese aus Filmen, die ich vor Ewigkeiten gedreht habe, die noch im Umlauf sind. Schauspielerei... verstehst du das Wort?"

"Ja, ich verstehe das Wort."

"Warum regt dich dann ein verdammtes Foto von einer Szene auf, die es nicht einmal in einen Film geschafft hat? Ein Foto, das von einem Kleinkriminellen mit der Post geschickt wurde?"

"Du verstehst es nicht, oder?" Sarah riss ihm das Bild aus der Hand und zeigte auf die nackte Frau darauf. "Weißt du, wer das ist?"

Er warf einen flüchtigen Blick darauf. "Natürlich weiß ich das. Tori Douglas. Psycho-Frau. Sie hatte eine kleine Rolle in diesem Film, der übrigens schon vor über zehn Jahren gedreht wurde. Sie arbeitet als Schauspielerin, aber das weiß ich nur, weil sie mich in den letzten Jahren verfolgt hat. Sie belästigt mich. Sie taucht am Set der Serie auf und ist generell eine Nervensäge. Sie ist besessen. In letzter Zeit hat sie sich sogar die Mühe gemacht, bei jedem meiner Auftritte aufzutauchen und mich zu stören. Erst zu Beginn dieses Sommers mussten meine Anwälte ihr mit einer einstweiligen Verfügung drohen, wenn sie nicht aufhört, mich zu verfolgen. Was soll ich Dir noch über sie erzählen? Ich könnte dir wahrscheinlich ihre verdammte Sozialversicherungsnummer sagen, wenn du mir eine Minute Zeit gibst."

Sie machte einen Schritt zurück und stieß dabei gegen den Schreibtisch.

"Komm schon, Sarah. Rede mit mir."

Plötzlich standen ihr Tränen in den Augen und sie versuchte, ihr Gesicht abzuwenden. Owen runzelte die Stirn, nahm sanft ihr Kinn in seine Hand und sah ihr ins Gesicht.

"Worum geht es hier eigentlich?"

"Hast du nicht eine Brieftasche in meinem Auto aufgehoben? Du hast sie mir gegeben."

Er dachte zurück. "Ja? Und?"

"Aber du hast doch hineingeschaut, oder?"

"Nein, habe ich nicht. Andrew ist dann aufgetaucht. Aber eigentlich habe ich mehr an den Schaden am Auto gedacht, an das zerbrochene Glas und daran, wie viel Glück du hattest, dass du noch am Leben bist."

Tränen liefen ihr über das Gesicht und im Nu hatte er seine Arme um sie gelegt. Zuerst versuchte sie, ihn zurückzustoßen, aber nicht sehr stark. Also hielt er sie fest und einen Moment später schlang sie ihre Arme um ihn, ein Schluchzen blieb ihr im Hals stecken.

"Tori... Tori Douglas war meine Freundin aus Kalifornien. Diejenige, die in meiner Wohnung geblieben ist. Ich dachte, du wüsstest es, aber du hast beschlossen, mir nichts zu sagen. Ich habe dir vertraut und dachte, du würdest mich anlügen, wie alle anderen auch."

"Nein", flüsterte Owen.

Sie hob ihr Gesicht und er küsste ihren Mund, ihre Augen. Er küsste die Tränen von ihren Wangen. Ihre Worte hatten ihn tief getroffen. Wann hatte sich jemals jemand so sehr um ihn gesorgt, dass er so verletzt wurde? Wann hatte er jemals jemanden so sehr geliebt, dass er es erwiderte? Er zog sich zurück und runzelte heftig die Stirn.

"Ich habe nie die Verbindung hergestellt, dass es sich um Tori Douglas handelt. Ich habe die beiden nie in Verbindung gebracht. Wie sollte ich auch?"

Als Sarah in sein Gesicht blickte, wollte er nur den gejagten Blick besänftigen, den er dort sah.

"Lass uns das nie wieder tun", flüsterte er. "Ich bin kein Experte, aber wenn man einem anderen Menschen vertraut, gibt man sich dann nicht gegenseitig die Chance, es zu erklären?"

"Ja." Sie schloss die Augen und strich mit ihrer heißen Stirn über seine Lippen. "Ich fühle mich, als ob der Rest der Welt da draußen ist und dann gibt es nur uns beide, hier drinnen. Ich war so verletzt, verängstigt, mehr als verletzt, als ich diese Dinge hier in mir spürte. Dinge über dich, die ich nicht erklären kann. Hal nannte mich immer die Eiskönigin, weil er dachte, dass ich keine Gefühle habe. Dass ich nicht lieben kann. Ich werde nicht wütend oder schlage nicht zurück, als ob ich keine Gefühle hätte."

Sarah zog sich zurück, bis sie in sein Gesicht blickte.

"Aber du lässt mich all diese Dinge fühlen. Ich war noch nie so wütend, so zerstört, wie ich es war, als ich das Foto von dir und Tori sah. Es war wie etwas, das man in einem Film sehen oder in einem Buch lesen könnte. Meine Krallen fuhren aus. Ich hatte Reißzähne. Ich wollte Tori die Augen ausstechen ... aber sie war tot."

"Ich war also das nächste Opfer?" Er schob ihre Arme höher um seinen Hals und presste ihre Körper zusammen.

"Das war lächerlich. Ich habe keinen Anspruch auf dich, was mich noch wütender machte. Ich hatte kein Recht, mich so zu fühlen, wie ich fühlte."

Er unterbrach ihre Worte mit einem weiteren Kuss.

Sie waren beide atemlos, als er den Kuss abbrach. "Wenn ich dich nicht ins Büro bringen müsste, bevor in der Stadt etwas los ist, würde ich dich ins Schlafzimmer tragen und dir die Möglichkeit geben, deine Ansprüche zu stellen."

"Ich bin krank ... krank ... krank", sagte sie mit einem gebrochenen Lachen. "Alle sterben da draußen und alles, was mir durch den Kopf geht, ist..." Eine Röte breitete sich bereits wieder auf ihren Wangen aus.

"Was?" Er schob seine Hand in ihre Jacke und fühlte die Kurven ihres Körpers durch die Bluse hindurch. Sie schloss ihre Augen und lehnte sich in seine Berührung.

"Ich kann es kaum erwarten, bis wir miteinander schlafen."

Owen küsste sie erneut. Diesmal wich sie zurück und drückte ihre Finger gegen seine Lippen.

"Es ist schon sehr spät und ich sollte mir etwas Unauffälliges anziehen."

"Ich kann dir beim Umziehen helfen."

"Keine Chance." Sie schenkte ihm ein Lächeln, das ihm direkt ins Herz ging und gleichzeitig seinen Körper in Flammen setzte. "Aber ich werde eine Menge Hilfe brauchen, wenn wir zurück sind."

Kapitel Achtzehn

DIE JALOUSIEN in den geräumigen Büros im zweiten Stock der Anwaltskanzlei Arnold und Rand waren fest zugezogen. Scott Rosen hatte jedoch keine Schwierigkeiten, alles zu sehen. Die holzgetäfelten Türen waren an einer Wand zurückgeschoben worden und gaben den Blick auf eine Reihe von stählernen Aktenschränken frei. Er saß auf einem hohen Hocker und überflog den Inhalt der Akten, die er aus einer offenen Schublade gezogen hatte.

Die Standuhr in der Ecke - ein hundertfünfzig Jahre altes Stück aus Bristol mit drehenden Monden - schlug sieben Mal. Er schaute auf seine eigene Uhr, um die Zeit zu überprüfen. Lucy schlief am Wochenende morgens gerne etwas länger, aber er wollte nach Hause kommen und das Frühstück für sie bereit haben, wenn sie aufstand.

Er war sich bewusst, dass er in letzter Zeit ein störrischer Bastard war. Aber Lucy ließ sich, obwohl sie fast im neunten Monat schwanger war, seinen Scheiß immer noch gefallen. Er hatte ihr Verständnis nicht verdient und eines Tages würde er es bei ihr wieder gutmachen. Eines Tages.

Aber jetzt musste er erst einmal finden, wonach er suchte.

Er schob die Akte auf seinem Schoß zurück in die Schublade, genau dorthin, wo er sie hergenommen hatte. Er warf einen Blick auf den nächsten Namen auf seiner Liste, schob seinen Stuhl zwei Schränke weiter, fand die Schublade und zog eine weitere Akte heraus.

Als er die Mappe öffnete, erregte das oberste Schreiben in der Mappe sofort die Aufmerksamkeit des Anwalts.

"Was machst du hier?"

Scott sprang auf und stieß sich das Knie an, als er sich blitzschnell zu dem Eindringling umdrehte. Noch bevor er die Gestalt an der Tür entdeckte, erkannte er die Stimme.

"Du hast mich zu Tode erschreckt. Ich habe dich gar nicht reinkommen hören."

Evan Steele betrat den Raum und blickte von der Akte auf Scotts Schoß auf die offene Schublade.

"Was machst du da?" fragte er erneut.

Scotts Augen verengten sich. "Wonach sieht es denn aus? Ich arbeite natürlich an dem Fall meines Klienten." Er klappte den Ordner auf seinem Schoß zu. "Und was treibt Sie an einem frühen Samstagmorgen hierher?"

"Du hast den Sicherheitsalarm ausgelöst, als Du hereingekommen bist." Er setzte sich auf die Kante des Schreibtischs. "Mein Disponent hat mich angerufen."

"Aber ich habe ihn ausgeschaltet, als ich reinkam. Richter Arnold gab mir den Code."

"Wir mussten ein zweites System installieren." Evan Steeles scharfe Augen musterten alles auf dem Schreibtisch, auch Scotts Liste. "Ein Standardverfahren wegen seiner Inhaftierung."

"Davon habe ich noch nie etwas gehört." Scott legte den Ordner in seiner Hand lässig auf die Liste. "Ein stiller Alarm, der direkt an den Sicherheitsbeauftragten geht."

"Nun, wir wollen doch nicht, dass jemand abhaut, oder?"

Steele erhob sich und ging in dem großen Büro umher, wobei er die beiden anderen Büros und den Konferenzraum, der als Rechtsbibliothek diente, überprüfte. Scott sah Steele einen Moment lang nach, während der Offizier des Marinegeheimdienstes die kleine Teeküche und den Waschraum überprüfte.

"Ich glaube, ich nehme ein paar davon mit nach Hause und bearbeite sie dort", sagte er so, dass der andere Mann es hören konnte. Er legte seine Aktentasche auf den Schreibtisch und öffnete sie.

"Es sei denn, Du willst, dass man Dir den Kopf abschlägt", sagte Steele, kam zurück in den Raum und deutete auf eine Schachtel mit blauen Trennwänden auf dem Schreibtisch der Büroleiterin, "schlage ich vor, Du hinterlässt Linda eine Karte mit den Namen der Akten, die Du mitnehmen willst. Sie hat in letzter Zeit mit zu vielen Polizisten und Leuten von der Staatsanwaltschaft zu tun. Die Dame ist ein bisschen genervt von den Leuten, die ihr System durcheinander bringen."

Scott holte schnell ein Dutzend Akten aus den Schubladen, sowohl relevante als auch unwichtige. Er kritzelte die Informationen, die sie enthielten, auf einen blauen Trennstreifen für jede Akte und schob sie dort hinein, wo die Akten gewesen waren. "Ich denke, damit sollte ich über das Wochenende kommen. Ich bringe sie Montagmorgen zurück."

Scott gesellte sich zu dem anderen Mann am Haupteingang zu den Büros. Er beobachtete, wie der Sicherheitsspezialist die Codes eintippte, die Scott beim Hereinkommen benutzt hatte. Vor dem Büro blieb er stehen, während Steele einen verschlossenen Kasten an der Flurwand öffnete. Wie auch immer der Code lautete, Evan Steele sorgte dafür, dass er ihn nicht sehen konnte.

"Wie kann ich die am Montag zurückgeben?"

"Ruf mich vorher an. Ich treffe dich hier."

Scott wartete, während der andere Mann den Kasten schloss und verriegelte. "Hat außer Dir noch jemand diese neuen Sicherheitscodes?"

"Nein."

"Die Putzkolonne?"

"Wir lassen sie rein."

"Was ist mit Linda? Braucht sie den Code nicht?"

"Das Büro ist offiziell bis nach dem Tag der Arbeit geschlossen, aber was jetzt passiert, liegt in Deinen Händen, Herr Anwalt. Wie auch immer, Linda ruft mich an, wenn sie etwas erledigen muss und ich treffe sie dann hier. Treppe oder Aufzug?"

"Die Treppe." Die beiden Männer gingen gemeinsam nach unten.

Als Sarah auf dem Treppenabsatz ein halbes Stockwerk über den Kanzleiräumen lauschte, zog sie an Owens Arm. Gemeinsam stiegen sie leise die Treppe hinunter. Einen Moment später hörten sie, wie Steele und Rosen durch die Vordertür des Gebäudes gingen.

"Ich würde sagen, wir haben fünf Minuten." Sie ignorierte den neuen Kasten im Korridor und öffnete mit ihrem Schlüssel die Tür. Schnell schaltete sie das ursprüngliche Sicherheitssystem aus. "Ich war hier, als Steele dieses System installiert hat. Es gibt eine zweiminütige Verzögerung und der Anruf geht an sein automatisches System. Es gibt einen Rückruf, bevor das Signal an die Polizei geht. Ich hoffe, dass wir mindestens so lange Zeit haben, bevor sein Büro Steele anruft. Wenn er sein Handy nicht ausgeschaltet hat oder mit Scott Rosen um die Ecke einen Kaffee trinkt - was beides sehr unwahrscheinlich ist -, haben wir ungefähr fünf Minuten Zeit."

Owen folgte dicht hinter ihr, als sie zu ihrem Büro ging. "Was passiert, wenn es diesmal keine Verzögerung gibt?"

Sarah hörte nicht zu. Er beobachtete, wie sie die Aktenschränke in ihrem eigenen Büro und dann den am Schreibtisch der Büroleiterin im Außenbüro durchwühlte. Er blieb dicht bei ihr und nahm die Ordner, die sie ihm reichte.

"Ich kann es nicht glauben", sagte sie kurze Zeit später, nachdem sie ein Paar blaue Trennblätter aus einer Schublade gezogen hatte. "Er hat zwei meiner Akten mitgenommen."

"Der Anwalt des Richters?"

Sie warf einen Blick auf die Tür, bevor sie wieder auf die Karte in ihrer Hand starrte und nickte. "Montag ... Rosen bringt sie am Montag zurück."

"Was wir suchen, könnte genau hier sein", erinnerte Owen sie. Er warf einen Blick auf seine Uhr. "Ich glaube, wir überschreiten die Vier-Minuten-Marke."

Sie schloss die Aktenschränke und sie gingen zur Tür. Schnell reaktivierte sie die ursprüngliche Sicherheitsbox. Sie waren im Handumdrehen wieder draußen.

"Wir können durch den Notausgang hinten raus. Er führt uns in die Gasse."

"Wer hat noch den Sicherheitscode?" fragte Owen, als sie hinausgingen.

"Alle", antwortete sie. "Linda. Die beiden Teilzeitangestellten. Das Reinigungsteam."

Sie hatten sein Auto auf dem fast leeren Parkplatz der Kirche geparkt, einen Block den Hügel hinauf von der Anwaltskanzlei entfernt. Sarah trug eine Tasche über der Schulter, eine übergroße Sonnenbrille, khakifarbene Shorts und ein ärmelloses Tanktop. Sie sah aus wie jeder andere früh aufstehende Tourist auf der Suche nach einem offenen Geschäft. Owens bekanntes Gesicht zog jedoch alle Blicke auf sich, als sie zum Auto gingen.

"Du bist derjenige, der die Verkleidung braucht", neckte Sarah ihn, als sie sicher im Range Rover saßen.

"Ja? Nun, ich weigere mich, blond zu sein oder eine so hässliche Sonnenbrille zu tragen." Er blickte zu ihr hinüber, als er vom Parkplatz fuhr. Sie hatte sich die Brille auf den Kopf geschoben und blätterte bereits in den Ordnern, die sie aus dem Büro mitgenommen hatte. Statt auf den Papierkram auf ihrem Schoß fiel Owens Blick auf ihr Profil, auf ihre Lippen und wanderte dann nach unten, wo er das Heben und Senken ihrer Brüste unter dem Tanktop wahrnahm. Er zwang sich, seine Aufmerksamkeit wieder auf das Fahren zu richten.

"Das habe ich gehört", murmelte sie, ohne aufzusehen. "Und du solltest besser auf die Straße achten."

Er lachte, nahm ihre Hand und küsste sie. Als Vorsichtsmaßnahme nahm Owen eine Nebenstraße bis zum Ocean Drive.

"Hier ist nichts", verkündete sie ein paar Minuten später.

"Bist Du sicher?"

"Ich habe sie ziemlich schnell durchgesehen, aber ich habe nichts gefunden, was nicht dorthin gehört." Sie klappte einen Ordner zu und starrte konzentriert geradeaus, die Stirn in Falten gelegt. "Da passt es gut, dass Rosen die gleichen beiden Akten ausgewählt hat, die ich gesucht habe."

"Waren das die einzigen beiden, die er herausgenommen hat?"

"Nein. Ich habe da drin mindestens ein halbes Dutzend Karten gesehen."

"Wie gut kennst du den Kerl?" Owen warf ihr einen Seitenblick zu.

"Jung, ein Draufgänger. Sehr hungrig und klug. Er ist einer der härtesten Anwälte im Staat. Vielleicht sogar der beste. Er will unbedingt gewinnen und ist mit seinem Job verheiratet. Er ist bekannt dafür, dass er sich von Anfang bis Ende sehr für seine Fälle einsetzt."

"Kennst Du ihn gut genug, um bei ihm zu Mittag zu essen?"

"Sehr witzig. Und ich kenne ihn auch nicht gut genug, um in sein Haus einzubrechen." Sie lehnte ihren Kopf zurück. "Ich weiß, dass er nicht auf der Insel wohnt. Aber selbst wenn er es täte, hätte ich im Moment mehr Angst, in sein Haus zu gehen, als eine Bank auszurauben. Er würde nicht zögern, mich an Archer auszuliefern, selbst wenn er wüsste, dass sie mir auf dem Weg zum Revier zwischen die Augen schießen würden. Er will nur, dass sein Klient freikommt."

"Was passiert, wenn er findet, wonach Du suchst?"

"Ich kann nur hoffen, dass er es nicht erkennt." Sarah schüttelte den Kopf. "Ich weiß gar nicht, warum er die Akten überhaupt mitgenommen hat."

"Wir werden diese Ordner noch einmal durchsehen, wenn wir zu mir nach Hause kommen." Owen legte seine Hand auf ihr Knie und drückte sie sanft. "Und wenn wir nichts finden ... na ja, bis Montag sind es nur noch zwei Tage."

Einer von Owens Nachbarn fuhr gerade aus, als sie in die lange Einfahrt des Schlosses einbogen. Sarah setzte sofort ihre Sonnenbrille auf und er erwiderte das freundliche Winken.

"Abgesehen davon, dass ich dich in mein kriminelles Leben verwickle, ruiniere ich auch deinen Ruf, indem ich hier bleibe."

"Was ist das für ein Ruf?" fragte Owen, dem die blaue Limousine auf dem Parkplatz wieder auffiel.

"Irgendetwas muss ja nicht stimmen, wenn du das Wochenende mit einer alten Schachtel verbringst, die eine hässliche Brille trägt."

Er stellte den Motor ab und lächelte sie an. "Ruiniere mich."

Sie drückte die Akten an ihre Brust und schaute ihn an, ihre grünen Augen waren todernst, während sie jeden Aspekt seines Gesichts studierte. "Ist das echt?"

Er nahm ihre Hand. "Komm mit rein, dann zeige ich dir, wie echt es ist."

Anstatt über die Terrasse gingen sie durch die große Halle hinein. Nachdem sie an seinem Briefkasten angehalten hatten, gingen sie zu seiner Wohnung. Owen klemmte sich die neue Post unter den Arm und steckte den Schlüssel in das Schloss. Er konnte spüren, wie die Hitze zwischen ihnen aufstieg. Sie war elektrisch. Die Berührung eines Arms. Die Art, wie sich ihr Rücken bei der Berührung seiner Hand wölbte. Er öffnete die Tür.

Die Wohnung war so, wie sie sie verlassen hatten. Er schloss die Tür und lehnte sich dagegen. Sie kam herein, ließ die Akten und ihre Tasche auf den Couchtisch fallen und drehte sich dann zu ihm um.

Die Post fiel auf den Boden, aber Owen sah sie nicht. Alles, was er sah, war Sarah. Alles, was er fühlte, war, wie sehr er sie wollte.

Sie machte einen Schritt. Er machte zwei ... und dann war sein Mund mit ihrem verschmolzen, seine Hände formten ihren Körper gegen den seinen. Es war Wahnsinn, dieses dringende Bedürfnis in ihnen beiden. Es war etwas, das er noch nie zuvor erlebt hatte.

"Sarah."

Ihr Mund, weich und voller Verlangen, lud ihn ein. Beide schienen sich nach einer Berührung zu sehnen, die nur durch den anderen gestillt werden konnte. Sie waren rücksichtslos, hemmungslos in ihrem körperlichen Verlangen und doch irgendwie bewusst, dass dies das erste Mal für zwei schmerzende Seelen war.

Sie zerrte sein Hemd aus den Shorts. Ihre Hände strichen über seinen Rücken, seinen Bauch, sie griffen nach seinem Gürtel.

"Ich habe Angst, Owen, Angst vor meinen Gefühlen für dich, davor, wie sehr ich dich will." Ihre Finger glitten nach unten, berührten ihn an Stellen, an denen er darum gebetet hatte, dass sie ihn berühren möge. "Aber ich will nicht, dass du mich so siehst wie... wie Tori."

"Das ist nicht möglich." Er zog ihren Mund zu einem weiteren Kuss heran. "Mein Gott, Sarah! Ich will dich."

Sie hob ihre Hände in sein Haar und küsste ihn innig.

"Ich möchte dich berühren", flüsterte er heiser. "Ich möchte mit dir schlafen."

Seine Lippen strichen über ihr Gesicht und hinunter über die weichen Linien ihres Halses. Er hob sie hoch und sie schlang ihre Beine um seine Taille.

Im schummrigen Licht des Zimmers leuchteten ihre Augen in einem wilden Grünton. Er trug sie ins Schlafzimmer und sie ließen sich auf das Bett fallen. Streifen der Morgensonne fielen durch die geschlossenen Jalousien und tanzten um sie herum.

Er wich einen Moment zurück und zog sein Hemd aus. Als er sie ansah, wurde es eng in seiner Brust. "Hattest du jemals das Gefühl, dass du die Zeit anhalten wolltest, um einen Moment zu bewahren, ihn in die Ewigkeit zu tragen?"

"Das habe ich. Ich fühle mich jetzt so."

Owen würgte den Kloß hinunter, der in seiner Kehle aufstieg. Sein Mund war bedächtig und langsam, als er sich wieder hinunter senkte. Er wollte jeden Geschmack, jede Berührung, jeden Seufzer auskosten. In diesem Moment gehörte sie ihm, aber der Gedanke, jemals ohne sie zu sein, schmerzte ihn sehr. Er verdrängte solche Gedanken.

Einen Augenblick später legten sie ihre Kleider ab und vereinten sich. Mit nackten Gliedern ineinander verschlungen, liebten sie sich, wie sie es noch nie getan hatten. Sogar der wilde Moment der Befreiung war etwas Neues, etwas anderes... fast heilig.

Ihre Vergangenheit, ihre Zukunft, ihre Freude und ihr Kummer waren alle Teil dieses Augenblicks. Als sie sich an ihn klammerte, als er sich an sie klammerte, erhoben sich ihre Geister an einen völlig neuen Ort. An einen Ort, der nur ihnen gehörte. Ein Ort, der auf Träumen aufbaute. Ein Ort, der auf Vertrauen aufgebaut war.

Ein Ort, der bewahrt werden muss, und sei es nur für die Ewigkeit dieses Augenblicks.

Kapitel Neunzehn

DIE FIFTH WARD. Arbeiterklasse mit Stil. Dreißig Blocks der alten Hafenstadt. Voller Menschen. Prall gefüllt mit Leben. Dreißig Blocks mit Geschäften, Lagerhäusern und Schindelhäusern, die sich hart aneinander lehnen, zusammengekauert gegen Wind, Graupel und Regen. Dreißig Häuserblocks mit engen, gewundenen Straßen und Gassen, die sich vom Bellevue in Richtung Westen zu einem arbeitenden Hafengebiet schlängeln, das einst die härtesten Huren der Ostküste beherbergte.

Einst die Domäne der aus Cork und Dublin stammenden Bediensteten der vergoldeten "Cottages" der Astors, Vanderbilts und Dukes, hatten der Fifth Ward und die dort lebenden Iren dem Eindringen der Italiener, Portugiesen und schließlich der Yuppies aller Couleur, die in den letzten Jahrzehnten zugezogen waren und das Viertel zurückerobert hatten, zunächst widerstanden und dann widerwillig nachgegeben.

Aber trotz allem sind die Iren nie weggezogen. Kelly's Place. Der irisch-amerikanische Club. Flanagan's Pub. Die Finian Bar. Die Gesichter an den Bars zeugten noch immer von der Hartnäckigkeit eines Volkes, das es immer gehasst hat, etwas aufzugeben, das ihm gehörte, selbst wenn es niemand anderes wollte.

Die Fifth Ward.

Als er hinter Frankies schwarzem Mercedes parkte, leerte der Fahrer der dunklen Limousine den letzten Kaffee aus dem Pappbecher und sah zu, wie sein Partner aus der Sackgasse kam. Frankie wohnte in demselben Haus in dieser Gasse, in dem schon drei Generationen der O'Neals vor ihm gelebt hatten.

Der Partner überquerte die Themse und stieg in das Auto ein.

"Und?" fragte der Fahrer.

"Er schläft."

"Für wie lange?"

"Wie klingt für immer?"

Der Fahrer startete den Motor. "Was ist mit dem Messer?"

"Versteckt in einer Küchenschublade...unter einigen Handtüchern."

Sie fuhren auf die Straße hinaus. "Hast du hinter dir aufgeräumt?"

"Du weißt, dass ich das immer tue." antwortete der andere Mann, während er die Gläser seiner Sonnenbrille an seiner Hose polierte.

"Werde nicht zu übermütig. Nicht nach dem Schlamassel neulich."

"Vergiss es."

"Scheiß auf "vergiss es". Der Boss war stinksauer. Du hattest deine Anweisungen und du hast es versaut. Wir sollten einfach warten, bis sie Kontakt aufnehmen und dann Frankie sich um sie kümmern lassen. Aber nein, du musstest eingreifen, den falschen Kerl töten und sie entkommen lassen. Und du sagst, 'vergiss es'."

"Ich sagte doch, ich habe das Papier in ihrer Hand gesehen."

"Was soll's! Das Papier bedeutet gar nichts."

"Aber keiner von uns war sich sicher, nicht wahr?"

"Ja. Jetzt *sind* wir es."

"Ich würde an deiner Stelle die Klappe halten, wenn man bedenkt, dass du der falschen Frau ins Gesicht geschossen hast."

"Woher zum Teufel sollte ich das wissen?" schnauzte der Fahrer zurück. "Du warst derjenige, der sie kannte und nichts gesagt hat, als wir durch den Laden gingen. Aber versuch nicht, das Thema zu wechseln. Du hast es damals versaut und du hast es neulich Abend versaut."

Der Beifahrer warf dem Fahrer einen drohenden Blick zu. "Du hättest dasselbe getan. Wenn sie dem anderen Typen das Papier gezeigt hätte und es sich als echt herausgestellt hätte, hätten wir ihn sowieso loswerden müssen. Auf diese Weise finden sie das Messer in O'Neals Haus und er muss den Kopf hinhalten."

Der Mann auf dem Beifahrersitz erwiderte das Winken eines Verkehrspolizisten, als sie eine Kreuzung passierten.

"Ich sage immer noch, du hast es vermasselt. Frankie hat dich dabei gesehen."

"Aber er wird jetzt nicht mehr reden, oder?"

Was, wenn er schon alles gesagt hatte, dachte der Fahrer verärgert, als er in Richtung der verlassenen Werft in Portsmouth fuhr. Fehler zu machen, war in ihrem Geschäft verpönt.

Aber unverzeihlich war, die Leute, die Fehler gemacht hatten, am Leben zu lassen, damit sie weitere machen konnten. Er warf einen Seitenblick auf seinen Partner. Seinen ehemaligen Partner.

Unverzeihlich. Und er hatte einen Ruf zu wahren.

SARAH LÄCHELTE. Selbst im Schlaf hatte Owen einen Arm schützend um ihre Taille gelegt und ein Bein über ihre Hüfte geschlungen. Ihr Körper summte noch immer von der Liebe, die sie gemacht hatten, und ihr Geist... nun, der summte auch.

Sex war nie ein Höhepunkt in Sarahs Beziehungen zu anderen Männern gewesen. Nicht, dass sie besonders viele Liebhaber gehabt hätte. Aber die wenigen, die hartnäckig genug gewesen waren, um diese besondere Ebene der Intimität mit ihr zu erreichen, waren im Nachhinein eindeutig enttäuscht gewesen.

Hal war einer von ihnen gewesen. Sie hatte eine andere Frau in seinem Bett entdeckt, in derselben Woche, in der sie mit ihm geschlafen hatte. Aber seine Untreue war ebenso sehr ihr Verdienst wie seiner, das hatte sie erkannt, nachdem sie die ganze Sache besprochen hatten. Er hatte sie um Verzeihung gebeten, sich der Gnade des Gerichts anvertraut und sie hatte versucht, Verständnis zu zeigen. Jedenfalls anfangs. Wie dumm sie doch gewesen war.

Trotzdem brauchte Sarah niemanden, der ihr sagte, dass sie kalt und unempfänglich war. Dass sie keine Erfahrung damit hatte, wie man einen Mann verführt.

Trotzdem hatte Sarah es nicht geschafft, dass Hal in der Zeit, in der sie zusammen waren, nur sie wollte. Sie fragte sich jetzt, ob es ihr jemals wichtig genug gewesen war, es wirklich zu versuchen. Deshalb war es auch so einfach gewesen, die Beziehung zu beenden, als sie sich dazu entschlossen hatte.

Sie streckte ihren Körper und spürte, wie sich Owen neben ihr regte.

In der Vergangenheit wollte sie nach einer solchen Intimität immer nur das Bett verlassen, aussteigen und die Situation hinter sich lassen, um sie aus ihrem Gedächtnis zu streichen. Für Sarah hatte es sich immer so angefühlt, als wäre das Erlebte nicht erfüllend genug gewesen, um noch mehr von sich selbst darin zu investieren. Sie muss etwas falsch machen, hatte sie sich gesagt.

Aber dieses Mal war alles anders.

Es gab keinen Ort auf der Welt, an dem sie lieber wäre als hier, in diesem Bett mit diesem Mann, solange sie bleiben konnte.

Owens Hand wanderte von ihrer Taille nach oben und seine Finger strichen über eine Brust. Sarah spürte, wie ihr ganzer Körper wieder lebendig wurde, als sein Bein an ihrer Hüfte entlang wanderte und sein kratziges Gesicht sich an ihren Hals schmiegte. Sie zitterte.

"Kitzelig, hm?" knurrte er und legte sich auf sie. "Wie lange habe ich geschlafen?"

Sie drehte ihren Kopf, um auf die Uhr auf dem Tisch neben dem Bett zu schauen. Er nutzte ihre Bewegung aus, sein Mund wanderte über ihre Brüste.

"Zwei Stunden", schaffte sie es zu sagen. "Nicht genug, nach Gott weiß wie vielen Nächten, in denen wir keinen bekommen haben."

"Das war genug." Seine Hand glitt über ihren Bauch, sodass sie dort, wo sein Mund hin gleitete, ein Kribbeln verspürte.

"Du ... du musst hungrig sein. Wir haben nicht gefrühstückt."

"Verhungert." Er schenkte ihr ein teuflisches Grinsen. "Aber darum kümmere ich mich jetzt gleich."

SIE TRUG eines seiner längeren T-Shirts, als sie schließlich in die Küche gingen, um etwas zu essen. Owen hatte ein Paar Boxershorts angezogen. Während er das, was er als "richtiges Frühstück" bezeichnete, aus dem Kühlschrank holte, holte Sarah die Tasche und die Mappen, die sie auf dem Couchtisch abgelegt hatte. Als sie sah, dass Owens Post auf dem Boden neben der Eingangstür verstreut lag, ging sie hin, um sie zu holen.

"Ein weiterer Fanbrief deines gefangenen Freundes."

Sarah erstarrte, als sie die zusätzliche Schriftzeile unter der Adresse sah.

"Ich habe den Brief, den er mit dem Bild geschickt hat, nie gelesen." sagte Owen in der Küche. "Ich kann nicht anders, als mich zu fragen, warum er gerade diesen Brief geschickt hat. Es gibt keinen Grund, warum er von ihr wissen sollte."

Sarah blickte von dem Brief in ihrer Hand auf. Ihre Stimme war heiser, sogar für ihre eigenen Ohren. "Er sagte, ihr hättet etwas gemeinsam. Dass ihr beide sehr vertraut seid mit ... Tori." Sie spürte, wie sich eine Gänsehaut auf ihren Armen bildete, als sie in die Küche ging und Owen den Brief hinhielt. Er war gerade dabei, ein paar Eier in eine Pfanne zu schlagen. "Aber ich denke, du solltest ihn öffnen."

Er sah den Namen auf dem Umschlag. "'*Hal*!' Was zum Teufel macht dieser Witzbold jetzt?"

Sarah beobachtete, wie Owen den Umschlag aufriss und ein einzelnes Blatt herauszog, das offensichtlich aus einem Notizbuch gerissen war. Sie sah über seine Schulter auf die fünf Zeilen, die auf die Seite gekritzelt waren:

Ich weiß, wer Hal getötet hat.
Ich weiß, dass Sie dort waren.
Ich weiß, dass Sie gerne tote Frauen ficken, aber für mich sieht sie nicht tot aus.
Kommen Sie mich besuchen.
Ihr Fan, Jake Gantley

Die doppelte Verhaftung von Cherie Lake und William Hamilton, auch bekannt unter dem Spitznamen Billy the Kid, brachte David Calvin, dem Polizeichef von Newport, einen Seufzer der Erleichterung. Die drei Beamten und die beiden Detektives, die im vergangenen Jahr für Archer an dem Fall gearbeitet hatten, drängten sich am Samstagmorgen im Büro des Polizeichefs.

"Wir hatten es hier mit einem zweiköpfigen Monster zu tun und wollten sicherstellen, dass wir beide Köpfe auf einmal abschlagen." Einer der Detectives, eine junge Brünette, die Calvin selbst befördert hatte, fuhr mit ihrer Zusammenfassung der Razzia fort. "Cherie Lake war die Rekrutierungsabteilung für Billy. Sie sah sich die Mädchen an der Highschool an - bei Sportveranstaltungen, in den örtlichen Skaterhallen, in den Pizzalokalen der Nachbarschaft, am Strand. Sie machte ihre Hausaufgaben und fand heraus, wer Probleme mit der Familie hatte, wer aus zerrütteten Familienverhältnissen kam, wer Geldsorgen hatte. Sie wollte wissen, wer daran interessiert war, high zu werden, es sich aber nicht leisten konnte. Sie schien sich immer auf die Mädchen zu konzentrieren, die nach Aufmerksamkeit lechzten. Seit wir angefangen haben, sie zu beobachten, hat sie wohl mindestens ein Dutzend von ihnen gleichzeitig im Auge behalten."

Der Detektiv hielt inne, als er Dan Archer mit einer Tasse Kaffee in der Hand den Raum betreten sah. Der Captain nickte und lehnte sich gegen eine Wand.

"Mach weiter, Sal", befahl der Chef.

"Cherie hatte eine ganze Menge Tricks auf Lager. Sie hat sich Zeit gelassen, um sie an Land zu ziehen. Sie hat ihnen diese 'große Schwester, kleine Schwester'-Rede aufgedrückt. Sie hat sie nicht gleich am ersten Abend zu Billy geschleppt und ihn über sie herfallen lassen. Sie tastete sich erst an das Kind heran und gewann sein Vertrauen, bevor sie zuschlug."

Der Detektiv, der sich bei der Razzia als Taxifahrer ausgegeben hatte, fuhr fort. "Wenn sie andeutete, was sie wollte und das Mädchen sich sträubte, zog sie sich zurück und kam nach ein paar Monaten wieder darauf zurück. In Zusammenarbeit mit der Staatspolizei von Massachusetts haben wir sie von Fall River bis New Bedford und zurück verfolgt. Es gab viele Fische im Teich."

"Korruption von Minderjährigen. Kinderprostitution. Zwischenstaatlicher Menschenhandel. Verschwörung." Der Chief hatte Mühe, sich nicht zufrieden die Hände zu reiben. "Wie weit reichen ihre Verbindungen zu dem Hamilton-Jungen zurück?"

Sally warf einen Blick auf Archer und fuhr fort. "Soweit wir das beurteilen können, zwei Jahre. Sie müssen in denselben Bars abgehangen haben. Da sie kaum Geld hatte, um ihre teuren Gewohnheiten zu finanzieren, war es für sie eine Verbindung wie im Himmel. Sie war vorher Kellnerin in der Stadt, aber sie hat seit zwei Jahren nirgendwo mehr gearbeitet... dem ersten Sommer, in dem Hamilton anfing, in Newport herumzuhängen."

"Haben Sie in der Stadt, in der er zur Schule geht - New Haven, nicht wahr? - nach etwas Ähnlichem gesucht?"

"Das ist in Arbeit", fügte der andere Detektiv hinzu.

"Diesmal hast Du ihn festgenagelt, nicht wahr?"

"Das haben wir." Sally sah wieder zu Archer. "Cherie war auch die Aufräummannschaft. Aber letzte Nacht sind wir reingekommen, bevor sie alles beseitigen konnte."

Calvin runzelte die Stirn. "Aber nicht bevor das Mädchen angegriffen wurde."

Es herrschte eine unangenehme Stille. Archer ergriff das Wort. "Die beiden sind unseren Leuten entwischt. Wir haben sie eingeholt, als Hamilton auf dem Weg aus dem Motelgelände war."

Der Chef nickte. "Wird das Mädchen mit uns reden?"

Sally schaltete sich ein. "Das wird sie. Ihre Mutter ist hier und das Mädchen hat bereits eine Aussage gemacht. Sie ist bereit, genau zu bezeugen, was er ihr angetan hat... was er zu ihr gesagt hat. Sie ist nicht sehr glücklich mit Cherie und sie weiß, dass Cherie ein paar ihrer Freundinnen angemacht hat. Wenn diese eine bereit ist, denke ich, dass wir vielleicht ein paar Mädchen finden, die sich jetzt melden. Wir haben ihn, Chef."

David Calvin beglückwünschte sie und sie verließen alle sein Büro. Er wandte sich an Archer.

"Sarah Rand lag vor sechs Monaten nicht allzu weit daneben."

"Nein, lag sie nicht", gab Archer zu, zerknüllte die leere Kaffeetasse und warf sie in den Mülleimer seines Vorgesetzten.

"Schade, dass sie nicht mehr da ist, damit wir uns öffentlich bei ihr und ihrem Mandanten entschuldigen können."

"Ja." Archer ging aus dem Büro. "Schade."

"DAS KÖNNTE EINE FALLE SEIN", warnte Sarah, als der Range Rover die Autobahn verließ. Das Gefängnis zeichnete sich auf der Nordseite der Interstate ab. "Er könnte sich die ganze Sache auch nur ausgedacht haben."

"Ich habe einen triftigen Grund, mit diesem Mann zu sprechen. Ich bin ein Fernsehproduzent. Wir sind ständig auf der Suche nach neuem Material für unsere Sendungen. Jake Gantley korrespondiert schon seit einer Weile mit unseren Autoren. Da ist es nur natürlich, dass ich mich mit ihm persönlich treffe." Owen legte seine Hand auf ihr Knie und versuchte, sie zu trösten. "Sogar der Gefängnisdirektor hat mir meine Geschichte abgekauft."

"Nun, ich nicht." Sie runzelte die Stirn und blickte geradeaus. "Warum sind all diese Gefängnisbeamten so freundlich zu dir? Du rufst an und eine Stunde später kannst du dich mit dem Kerl treffen. Irgendetwas stimmt da nicht."

"So ist das Show-Business." Er führte ihre Hand an seine Lippen - eine zärtliche Geste, die ihr mehr gefiel, als er ahnte. "Normalerweise mögen uns die Leute oder sie hassen uns. Sie sind entweder nett oder total mürrisch. Wenn ich bei der örtlichen Polizeistation anrufen und eine Führung durch ihre Büros haben wollte, könnte ich wetten, dass ich wochenlang in der Schlange stehen würde."

Sarah wusste auch warum, da sie einige Folgen von Owens Sendungen gesehen hatte. Sehr realistisch und nicht sehr schmeichelhaft für die Menschen, die die dargestellten Polizeidienststellen leiten.

"Was wirst du tun, wenn du dort ankommst? Er wird wissen, dass du ihn verärgert hast, und dass du deshalb hier bist."

"Ich gehe nur rein, um zuzuhören. Wenn er wirklich weiß, wer Hal getötet hat, dann weiß er auch, wer versucht hat, dich zu töten..." Er warf ihr einen Blick zu. "Das ist jeden Preis wert, den er für die Information verlangt."

"Ich wünschte, ich könnte mit dir reinkommen."

"Auf keinen Fall, Liebes", sagte er zärtlich. "Ich parke den Wagen auf dem öffentlichsten Parkplatz, den ich in der Nähe des Gefängnisses finden kann. Ich möchte, dass du dich hinter das Lenkrad setzt. Verriegele die Türen. Zögere nicht, wegzufahren, wenn Du dich bedroht fühlst."

Sarah nickte. Sie hatte mitkommen wollen, nicht weil sie Angst hatte, in seiner Wohnung allein gelassen zu werden. Sie hatte Angst, dass Owen etwas zustoßen könnte. Er fuhr auf einen Pendlerparkplatz gegenüber der Einfahrt zum ACI.

"Hast Du etwas zu lesen?"

Sie gab ihm einen Klaps auf sein Bein. "Wer hat dich hier zum Erwachsenen erklärt?"

Er beugte sich vor und küsste sie lange auf den Mund. "Viel besser. Temperament und Leidenschaft in einer unwiderstehlich erwachsenen Frau."

Sarah war immer noch aufgeregt, als sie ihm beim Überqueren des Parkplatzes hinterher sah. Eitelkeit war noch nie eine Stärke von ihr gewesen. Aber Owens Worte hatten sie tief in ihrem Herzen berührt.

Und genau das war der Grund, warum sie so viel Angst hatte, dachte Sarah, als sie sah, wie er aus ihrem Blickfeld verschwand. Alles an ihm, von der Art, wie er sie vom ersten Moment an behandelt hatte, bis hin zu ihrer entfesselten Leidenschaft heute Morgen, berührte sie mehr, als sie je für möglich gehalten hatte.

Sarah lernte schon als Kind, dass das Leben nicht fair ist. "Glücklich bis ans Lebensende" war der Stoff, aus dem Märchen sind. Die Leute sagten selten die Wahrheit, und die Leute hatten es auf sie abgesehen, schlicht und einfach. Deshalb wartete sie darauf, dass die nächste Hiobsbotschaft kam, dass die tickende Bombe diese perverse Fantasie zum Explodieren brachte, die so sehr nach Glück aussah. Aber der Gedanke, Owen von ihr wegzustoßen, aus der Schusslinie zu bringen...

Sarah starrte auf seinen breiten Rücken, der durch das Gefängnistor verschwand, und rutschte hinter das Lenkrad.

Kapitel Zwanzig

OWEN DACHTE, er hätte in seinem Leben schon alle getroffen.

Als Kind auf den Straßen von Philadelphia hatte er sie gesehen. Verdammt, er war einer von ihnen. Im Internat hatte er sie auch gesehen. Sicherlich eine höhere Klasse von Punks, aber trotzdem Punks. Mehr Geld bedeutete einfach mehr teure Laster.

So viele von ihnen hatten die gleichen Dinge gemeinsam. Jeder dachte, er sei das Zentrum des Universums. Jeder dachte, er stünde über den Regeln, Normen und Gesetzen, die gewöhnliche Sterbliche davon abhielten, die Freuden zu genießen, die ihnen "rechtmäßig" zustanden.

Einige dieser Punks waren inzwischen tot. Einige saßen in den Vorstandsetagen von Fortune-500-Unternehmen. Einige saßen zweifellos im Gefängnis.

Sarah hatte gedacht, sie müsse ihn auf der Fahrt zum Gefängnis vor dem Sträfling warnen. Sie hatte ihm eine Zusammenfassung dessen gegeben, was sie in seinen Briefen gelesen hatte - den frühen Einstieg des Häftlings in ein kriminelles Leben und seine fortwährende Beteiligung trotz seiner jahrelangen Inhaftierung. Owen hatte zugehört, dachte aber, dass er den Kerl wie seine Westentasche kannte.

Aber nachdem er Jake Gantley persönlich getroffen hatte, wusste er, dass er sich geirrt hatte.

Owen hatte keinen Grund, die Geschichte des Mannes über seine kriminellen Aktivitäten zu glauben oder zu bezweifeln. Aber er war nicht auf die Stärke von Jakes Persönlichkeit vorbereitet gewesen. Dies war kein Punk. Dies war ein gefährlicher Mann.

Trotz der strengen Umgebung im Besucherraum, hatte der Häftling Owen auf der anderen Seite der Trennwand wie ein Gastgeber begrüßt, der einen Ehrengast zu einer Dinnerparty willkommen heißt. Trotz der Gefängniskleidung sah der Mann sauber, gepflegt und poliert aus. Seine Umgangsformen waren auf den ersten Blick kultiviert, fast vornehm. Er sprach kühl, intelligent und wortgewandt, als er Owen einige der Probleme mit Kriminalgeschichten und die Motivationsprobleme aktueller TV-Charaktere erklärte - einschließlich Owens eigener Figur, John McKee.

Owen hatte versucht, freundlich und zwanglos zu bleiben und dem Gesagten zuzuhören, ohne eine Spur von Ungeduld zu zeigen. Er wollte den Hauptgrund für diesen Besuch nicht preisgeben. Aber die Stunde, die er beantragt hatte, war knapp bemessen und Jake hatte das Thema noch nicht angesprochen.

"Ich habe selbst ein paar Drehbücher geschrieben", sagte der Häftling beiläufig. "Da ich hier so viel Zeit habe, habe ich allein im letzten Jahr drei Fernkurse zum Schreiben absolviert."

"Das ist großartig." Owen versuchte, sein Interesse aufrechtzuerhalten, während der Wachmann, der außer Hörweite an der Tür stand, sie aufmerksam beobachtete.

"In meinen Briefen habe ich etwas über die Abschriften erwähnt, die ich zusammengestellt habe." Jake blinzelte mit seinen grauen Augen, die offensichtlich Owens Reaktion abschätzten. "Bevor ich etwas von dem, was ich zu bieten habe, weitergeben kann, muss natürlich eine Vereinbarung getroffen und vielleicht ein Vertrag aufgesetzt werden."

"Sicher, warum schicken Sie nicht einen Vorschlag an mein Produktionsbüro? Wenn es etwas ist, das unser Autorenteam interessieren könnte, werden sich die Anwälte mit Ihnen in Verbindung setzen."

Owens Pro-Forma-Antwort hatte den gewünschten Effekt. Jakes sonst so ruhige Miene geriet für einen Moment ins Wanken.

"Ich bin mir der geheimen Handschläge und familiären Verbindungen, die die Grundlage für die Geschäfte in Ihrer Branche sind, sehr wohl bewusst, Mr. Dean. Das ist in meiner Branche nicht viel anders... meiner *früheren* Branche. Aber meine Texte werden nicht auf irgendeinem Stapel landen."

"Dann tut es mir leid, ich kann Ihnen nicht helfen." Owen beugte sich vor und sah Jake direkt in die Augen.

"Sie haben mir den Eindruck vermittelt, dass Sie sich für mein Material interessieren", sagte Jake ruhig.

"Es tut mir leid, Sie zu enttäuschen. Aber ich habe noch nichts gehört, was mich überzeugt."

Die grauen Augen konzentrierten sich wieder. "Sie haben das Bild gesehen, das ich Ihnen geschickt habe."

"Aus einem alten Filmausschnitt. Selbst die Boulevardpresse wird sich nicht für einen zusammengeschnittenen Clip interessieren, der schon seit ein paar Jahren im Internet kursiert."

"Ich habe Tori vor kurzem getroffen", antwortete Jake.

"Schön für Sie." Owen schaute auf seine Uhr.

Die Stimme wurde leiser. "Sie war in der Wohnung von Sarah Rand."

"Der Name sagt mir nichts."

"Dann wird es Sie wohl nicht interessieren, was ich dort gemacht habe. Oder wer mich angeheuert hat, ihr einen Besuch abzustatten. Oder wie es dazu kam, dass ich die falsche Leiche entsorgt habe und Ihre neue Freundin weiterhin ohne einen Kratzer herumlaufen kann ... zumindest vorerst."

Owen lehnte sich in dem Metallstuhl zurück, sein Gesicht war sachlich. "Stand in einem Ihrer Briefe nicht, dass Sie eine Zeit lang im Gefängnis waren?"

"Noch nie etwas von dem fortschrittlichen Hafturlaubsprogramm unseres Staates gehört?" Jake schenkte ihm ein breites Lächeln. "Die meisten von uns können sich nicht zurücklehnen und darauf warten, dass der richtige Produzent auftaucht und uns eine Million Dollar für unsere Arbeit zahlt. Ein Mann muss seinen Lebensunterhalt verdienen."

"Ist das das Drehbuch, das Sie verkaufen wollen?"

"Es ist ein Gesamtpaket."

"Und wenn ich sage, dass ich nur an diesem Teil des Pakets interessiert bin?" antwortete Owen.

Die Blicke der beiden Männer trafen aufeinander. Die bedrückende Stille wurde durch das Geräusch einer schweren Metalltür unterbrochen, die irgendwo in der Ferne zuschlug.

"Wenn Sie nicht mitmachen wollen, Jake, kann ich auch gleich wieder gehen."

Gantley sah ihn mit einem ausdruckslosen Blick an, aber Owen hatte diesen Blick schon einmal gesehen. Wenn sie jetzt auf der Straße stünden, würde Jake ihm das Herz mit einem Löffel herausschneiden.

"Letzte Chance. Wollen Sie verkaufen?"

"Vielleicht. Für den richtigen Preis."

Owen hatte ihn jetzt. Es war ein kleiner, aber vielsagender Sieg.

"Ich bin nicht an Fiktion interessiert", sagte er schlicht. "Ich habe einen Stab von Schriftstellern, die sich Geschichten ausdenken können."

"Das ist keine Fiktion." Jakes Blick fiel auf den Boden der Glastrennwand. . Als er wieder aufblickte, hatte er sich wieder unter Kontrolle. "Und ich denke, wenn Sie wüssten, dass mehr als eine angepisste Person hinter Ihrer Freundin her ist, wären Sie nicht so blasiert." Der Häftling starrte ihn an. "Habe ich Ihre Aufmerksamkeit, Mr. Dean?"

"Belegen Sie das mit Fakten", drängte Owen. "Sie könnten das alles erfinden, basierend auf dem, was Sie in den Zeitungen gelesen haben."

Jake warf einen Blick in die Richtung des Wachmanns. "Ich wurde von einer bestimmten Person beauftragt, einen Job zu erledigen. Als ich dort ankam, war mir jemand anderes zuvorgekommen. Jemand anderes, der nicht besonders helle war", fügte er im Nachhinein hinzu. "Dieser Jemand hatte seine Hausaufgaben nicht gemacht. Derselbe Jemand hat die falsche Dame umgelegt."

"Und woher wissen Sie, dass es die falsche Frau war?"

"Ich bin ein Profi. Details sind mein Leben." Jake schenkte ihm ein selbstbewusstes Lächeln. "Die schicken Ohrringe, die deine Freundin immer trägt, waren der erste Hinweis. Eigentlich hätten sie dem Trottel, der sich in meinem Revier einnistet, sofort verraten müssen, dass er auf dem falschen Weg war. Und dann war da noch diese Musik. Man muss kein Einstein sein, um zu wissen, dass jemand mit dem Stilempfinden deiner Freundin nicht auf Pearl Jam stehen kann. Und dann war da noch der Flugticket-Stummel in der Tasche von Toris enger kleiner Jeans. Sie hatte zwar einen schönen Hintern, aber ihre wahren Vorzüge waren ihre..."

"Lassen Sie das." unterbrach Owen ungeduldig. "Machen Sie weiter."

Jake schenkte ihm ein weiteres Lächeln. "Der Laden war ein einziges Chaos, als ob das Genie nach etwas gesucht hätte, sich dann aber halb entschlossen hat, es wie einen Raubüberfall aussehen zu lassen."

"Was haben Sie getan?"

"Ich wurde für einen Zwei-Schritte-Job angeheuert. Man könnte sagen, es war ein 'Staubwischen und Staubsaugen'-Job. Wenn nun jemand anderes beschlossen hätte, die erste Hälfte für mich zu erledigen, wie könnte ich mich dann beschweren?"

Jake blickte wieder in Richtung der Wache.

"Die Zeit war knapp, wenn Sie verstehen, was ich meine. Ich wollte bezahlt werden." Er zuckte mit den Schultern. "Ich habe getan, was jeder andere Profi in so einer Situation tun würde. Ich ging herum und nahm die Gepäckanhänger von der Tasche oben ab und mischte ihre Sachen mit denen Ihrer Freundin. Dann habe ich getan, was mir in der kurzen Zeit, die mir noch blieb, einfiel. Hey, der erste Typ hatte mir geholfen, indem er eine Frau umgelegt hat. Jetzt revanchierte ich mich, indem ich die Wohnung verwüstete, so dass die Bullen - zumindest anfangs - denken würden, Sarah Rand sei diejenige, die umgebracht wurde."

"Waren Sie derjenige, der sie zu Richter Arnolds Boot geschleppt hat?"

"Nur Teile von ihr. Blut, Haare, Zeug vom Teppich. Ich habe jede Menge Zeit, all diese Kriminal- und Ermittlungsbücher zu lesen. Ich weiß, wonach diese Typen suchen und wie sie ihre Beweise sammeln. Ich sagte doch, ich bin ein Profi. Es ist mein Job, auf dem Laufenden zu bleiben. Eines Tages sollte ich sogar selbst ein Buch darüber schreiben."

"Wo ist ihre Leiche jetzt?"

"Das wollen Sie nicht wissen." Jake schüttelte mit gespielter Abneigung den Kopf.

"Wer hat Sie mit dem Auftrag betraut?"

"Jetzt kommen Sie zum interessanten Teil."

"Und?" fragte Owen ungeduldig.

"Wir fangen mit kleinen Dingen an und steigern uns dann." Jake wirkte jetzt wie ein Geschäftspartner, der mit einem anderen spricht. "Ich möchte, dass Sie einen Cousin von mir anrufen, wenn Sie wieder in Newport sind. Sein Name ist Frankie O'Neal. Er ist mein Inkassobüro. Ein guter Kerl. Sehr anständig. Ein bisschen übergewichtig, aber ich arbeite daran. Ich versuche, sein Image zu verbessern und sein Selbstwertgefühl."

Owen schrieb die Adresse und Telefonnummer auf einen Zettel.

"Wenn wir ein Geschäft machen wollen, musst du bezahlen. Zwanzig Riesen sind ein fairer Preis für den Kleinkram, und damit kann ich mich mit Bleistiften und Kugelschreibern versorgen."

"Ich bitte Sie nicht darum, jemanden zu töten, Jake. Sie geben mir nur einen Namen."

Gantley schüttelte den Kopf. "Wissen Sie, ich hasse es, über Geld zu reden. Andererseits, wenn Sie auf meinen Vorschlag eingehen und sich meine Texte ansehen, nur um zu sehen, ob Sie einige meiner Geschichten verwenden können, dann werde ich Ihnen eine Chance geben. Aber so wie es jetzt aussieht, sind mir die Hände gebunden. Ich habe Mäuler zu stopfen, wissen Sie. Nun, nicht wirklich, aber es klingt gut."

"Wann bekomme ich den Rest?"

Jake blickte sich um. "Morgen. Das heißt, wenn Sie Frankie bis dahin etwas Geld schicken. Und keine Schecks."

"Woher soll ich wissen, dass Sie nicht nur Scheiße erzählen?"

"Sie sind ein schlauer Kerl, Owen." Der Häftling lächelte wieder. "Okay. Ich gebe Ihnen etwas umsonst. Ich habe heute in der Zeitung gelesen, dass morgen Mittag ein Gedenkgottesdienst für den millionenschweren Goldjungen Hal Van Horn stattfindet. Hören Sie gut zu. Derjenige, der den Auftragsmord an deiner Freundin abgeschlossen hat, wird dort sein."

"Halb Newport wird dort sein."

"Schauen Sie genau hin. Sie kennen den unmittelbaren Kreis der Familie und der Freunde. Sie können ihn nicht übersehen."

Owen stand auf, um zu gehen, aber Jake hielt ihn auf.

"Ich sage Ihnen noch etwas. Inzwischen wissen die Bullen, dass sie lebt." Er schenkte Owen ein langes Nicken. "Wenn ihre Labore auch nur annähernd so gut sind, wie ich annehme, wissen sie bereits, dass das Blut, das sie in der Wohnung und auf dem Boot gefunden haben, zwar übereinstimmt, aber nicht von Sarah Rand stammt."

"Danke für die Warnung."

ER WAR IMMER NOCH in der Warteschleife.

Scott Rosen klemmte das Handy zwischen Schulter und Ohr und schaute auf seine Uhr. Er runzelte die Stirn und verlagerte sein Gewicht, dann blieb er stehen.

Der Anwalt starrte durch die großen Fenster, die die vier Neugeborenen von den Keimen und dem Schmutz trennten, die das Leben außerhalb des Krankenhauses ausmachten. Ein Pfleger in Kitteln schob ein fünftes gläsernes

Kinderbett in den Raum. Der Neuzugang - ein acht Pfund schweres Mädchen - wurde zum Fenster der Säuglingsstation gerollt.

"Es sollte nur noch ein paar Minuten dauern, Mr. Rosen." Die Stimme am Telefon war höflich.

"Danke."

Scott blickte von dem Namensschild an der gläsernen Krippe auf das faltige, rote Gesicht seiner Tochter. Seine Hand berührte das Glas. Sie machte ein wütendes Gesicht, und der Schnuller fiel aus ihren gespitzten Lippen.

Als er heute Morgen nach Hause kam, fand er nur eine eilige Nachricht von Lucy vor. Sie war kurz und bündig. Ihre Fruchtblase war geplatzt, während er weg war. Da sie ihn und seine Arbeit nicht stören wollte, hatte sie einfach einen ihrer Nachbarn gebeten, sie ins Krankenhaus zu bringen.

Als er im Kreißsaal ankam, hatte Lucy bereits entbunden.

Scotts erster Instinkt war, dass er wütend auf sie sein sollte, weil sie ihn nicht angerufen hatte. Dieser Gedanke war aber schnell wieder vergessen. Wem wollte er eigentlich etwas vormachen? Er war während ihrer gesamten Schwangerschaft ein unsensibler Idiot gewesen. Scheiße, während ihrer gesamten Ehe, um genau zu sein. Aber sie hatte sich weiter mit ihm abgefunden.

Dennoch hatte sich heute etwas verändert und Scott wusste es.

Die Wehen und die Entbindung hatten fast drei Stunden gedauert. Sie hatte alles allein durchgestanden, ohne jegliche Medikamente. Als er sie schließlich sah, sah sie müde, aber sehr stolz aus.

Als Scott Lucy am frühen Nachmittag beobachtet hatte, wie sie versuchte, ihre Tochter zu stillen, hatte er die neue Unabhängigkeit gesehen. Es war, als ob etwas Mächtiges in ihr erwacht war.

Sie waren zu zweit - Mutter und Kind. Ein gemeinsames Erlebnis nur für sie. Und dann war da noch Scott gewesen. Er sah zu. Ein Außenstehender, der nicht einmal wusste, wie er seine Tochter halten sollte. Irgendetwas in ihrem Blick sagte ihm, dass Lucy nun begriff, dass sie ohne ihn auskam.

Die schroffe Stimme von Richter Arnold ertönte am Telefon. "Was wollen Sie, Scott?"

"Ich bin Vater." Die Worte purzelten unerwartet heraus. Was für eine Dummheit, so etwas zu sagen. "Tut mir leid, Euer Ehren. Deshalb habe ich Sie nicht angerufen."

"Herzlichen Glückwunsch. Wie geht es Lucy?"

"Gut. Sie macht das ganz toll. Danke." Er war überrascht über die plötzliche Wärme in der Stimme des Richters. "Der Grund für meinen Anruf ist jedoch, dass ich soeben von Senator Rutherfords Büro gehört habe. Sie sind sehr verärgert darüber, dass Sie sich weigern, an der morgigen Gedenkfeier für Hal teilzunehmen. Sie verstehen, dass der Senator einen besonderen Antrag stellen musste, damit Sie teilnehmen dürfen, sogar mit einer Polizeieskorte. Als Ihr Anwalt, Sir, war ich überrascht..."

"Junge oder Mädchen?"

"Euer Ehren..." Scott entfernte sich von dem Glas des Kinderzimmers. "Ich bin Ihr Anwalt und nicht Ihr Pressesprecher, aber das-"

"Junge oder Mädchen?"

"Was? Ein Mädchen."

"Wie wollen Sie sie nennen?"

"Wir haben noch nicht wirklich darüber gesprochen." Er warf einen Blick zum Fenster des Kinderzimmers und sah seine Tochter weinen. Die Betreuerin kam herüber und nahm sie auf den Arm.

"Nun, anstatt zu telefonieren, Scott, sollten Sie an Lucys Seite sitzen. Ihre Hand halten. Namen aussuchen. Was für Blumen haben Sie ihr aufs Zimmer liefern lassen?"

"Blumen? So weit bin ich noch nicht gekommen."

"Verdammt, Scott", schnauzte der Richter am anderen Ende. "Verstehen Sie, was *Prioritäten* bedeuten? Avery und ich hatten nie Kinder, aber bei Gott, es hat ihr nie an Blumen oder Geschenken gefehlt. Frauen brauchen diese Art von Aufmerksamkeit von ihren Männern. Das gibt ihnen einen gewissen Anreiz, uns in ihrer Nähe zu behalten."

Scott merkte plötzlich, dass er ins Straucheln geraten war. Er war es nicht gewohnt, die Kontrolle über Gespräche mit seinen Kunden zu verlieren. Er war es definitiv nicht gewohnt, daran erinnert zu werden, wie inkompetent er auf dem Gebiet der Ehe war.

"Herr Richter, wegen der morgigen Gedenkfeier für Hal. Ich glaube, die Medien werden sich auf Ihre Kosten austoben, wenn Sie nicht teilnehmen."

"Gut", knurrte der ältere Mann. "Sollen sie doch. Sie sind mein Anwalt. Sie entschuldigen mich. Aber was noch wichtiger ist: Bringen Sie unbedingt ein paar Fotos von Ihrem Baby X mit, wenn Sie mich am Montag besuchen kommen. Und in der Zwischenzeit können Sie Lucy meine Glückwünsche übermitteln. Sie ist ein tolles Mädchen, Scott."

"Aber, Euer Ehren..."

Scott hörte, wie das Telefon in seiner Hand verstummte und er wusste, dass er den Kampf verloren hatte.

Er steckte das Telefon zurück in seine Tasche und sah seine Tochter an. Die Pflegerin trug sie in einen anderen Raum und seine Gedanken kehrten zu einer der Akten in seiner Aktentasche zurück. Die, in der er gerade gelesen hatte, bevor Evan Steele ihn unterbrochen hatte.

Das hing alles zusammen. Die offene Feindseligkeit des Richters gegenüber seinem Stiefsohn, selbst jetzt, nach dessen Tod. Hals belastende Aussage bei der Polizei und der Staatsanwaltschaft über eine Beziehung zwischen Richter Arnold und Sarah Rand. Der Bericht, den Scott heute Morgen in den Akten entdeckt hatte und der sicherlich Auswirkungen auf Averys Testament hatte.

Ein Pfleger, der einen großen Blumenstrauß trug, kam aus dem Zimmer eines Patienten. Es dauerte einen Moment, bis er begriff, was er vor sich hatte.

"Scheiße", rief er unterdrückt aus und ging zum Aufzug.

Er befand sich im Blumenladen des Krankenhauses neben der Rezeption im Erdgeschoss und wartete darauf, dass seine Bestellung von zwei Dutzend Rosen verpackt wurde, als er den anderen Mann den Laden betreten sah. Berühmtheiten in der Stadt zu sehen, hatte Scott nie beeindruckt. Tatsächlich wusste er nicht, wer die meisten dieser Leute waren. Er schaute kaum noch Fernsehen, wenn es nicht gerade um Nachrichten ging. Er ging nicht ins Kino. Oder ins Theater. Er war froh, wenn er ab und zu Zeit fand, einen Roman zu lesen. Wie Lucy über ihn zu sagen pflegte, war er "kulturell benachteiligt".

Owen Dean war jedoch ein Gesicht und ein Name, der ihm durchaus vertraut war. Von den wenigen Filmen, die er im Laufe der Jahre gesehen hatte, waren es die von Dean gewesen. Über den Erfolg seiner Fernsehshow hatte er in den Zeitungen gelesen, obwohl er sie nie gesehen hatte. Aber er war sehr beeindruckt gewesen, als er gelesen hatte, dass der Schauspieler und Filmproduzent ein Semester lang an einem örtlichen College unterrichten würde.

Der Prominente warf einen Blick auf die eingepackten Blumen und gab eine Bestellung auf. Als er sich zum Gehen wandte, nickte er Scott zu, bevor er ihn ein zweites Mal genauer betrachtete.

"Entschuldigen Sie, sind Sie nicht Scott Rosen?"

Der Anwalt war geschmeichelt und verblüfft zugleich. "Ja, das bin ich."

"Ich bin Owen Dean." Starker, selbstbewusster Händedruck. "Ich habe in letzter Zeit so viel über den Rand-Mord gelesen, dass ich es mir nicht entgehen lassen konnte, Hallo zu sagen."

"Danke", erwiderte Scott, noch immer ein wenig verwirrt. "Aber ich bin ein wenig verblüfft, dass Sie mich erkannt haben. Ich meine ... ich kenne Sie. Ich bin schon seit Jahren ein Fan, aber..."

"Zeitungen." Owen lächelte. "Ich interessiere mich immer für die Leute hinter den Kulissen. Diejenigen, die die ganze Arbeit machen. Eine der Zeitungen hat ein Foto von Ihnen veröffentlicht, obwohl ich das Gefühl habe, dass Sie es vorziehen, nicht im Rampenlicht zu stehen."

"Bis zu einem gewissen Grad ist das wahr. Es ist die Arbeit, die ich liebe."

"Das dachte ich mir schon. Das ist mein letztes Ziel im Leben. Ein bisschen mehr in den Hintergrund zu treten."

"Sie können also die ganze Arbeit machen?"

Er lachte. "Und genieße es auch. Es macht keinen Spaß, die ganze Zeit im Rampenlicht zu stehen. Keine Privatsphäre. Keine Zeit für die wichtigen Dinge. Sie wissen, was ich meine."

Scott nickte, als die beiden aus dem Laden gingen.

"Diese ganze Sache, dieser Arnold-Rand-Fall, muss Sie sehr unter Druck setzen." Sie blieben bei den Fahrstühlen stehen. "Haben Sie ein Verteidigungsteam oder machen Sie das ganz allein?"

"Wir beraten uns mit den besten Leuten in der Branche - Dershowitz, Miller, Bergman -, aber wir befinden uns noch in der Anfangsphase. Sobald wir uns ein wenig mehr mit der Sache befasst haben, werden wir ein komplettes Verteidigungsteam zusammenstellen."

Der Aufzug öffnete sich und die beiden Männer traten zurück, um einem älteren Ehepaar den Ausstieg zu ermöglichen, bevor sie einsteigen konnten. Jeder von ihnen drückte den Knopf für sein Stockwerk, aber Owen hielt den Aufzug auf, als eine ziemlich erschöpft aussehende Frau durch die Lobby eilte und ihnen zurief, sie sollten die Tür aufhalten.

"Und wie läuft es bisher?" fragte der Prominente, als sie aufbrachen. "Ich meine, nur Ihre Meinung, aus der Perspektive der Verteidigung."

"Gut." Scott wartete, bis der andere Passagier ausgestiegen war, bevor er seine ehrliche Antwort gab. "Im Vertrauen gesagt, fühle ich mich bis jetzt eher wie in einem Verschwörungsfilm als in einem Mordfall. Es ist schwer zu erklären."

Die Tür öffnete sich zur Entbindungsstation.

"Es war mir ein Vergnügen, Sie kennenzulernen, Mr. Dean." Er streckte eine Hand aus.

"Das Vergnügen war ganz meinerseits", erwiderte Owen. "Ich wünsche Ihnen viel Glück bei dem Fall."

Kapitel Einundzwanzig

DER HARTE WASSERSTRAHL aus dem Duschkopf prasselte auf Sarahs Gesicht und Kopfhaut. Mit geschlossenen Augen genoss sie das warme Prickeln auf ihrer Haut, während sie versuchte, das Wirrwarr an Plänen in ihrem Kopf zu sortieren.

Es war bereits Sonntagmorgen und sie musste sich etwas einfallen lassen, das sie bei der Trauerfeier tragen konnte, ohne als sie selbst erkannt zu werden. Keine leichte Aufgabe.

Aber mehr als die Frage, was sie anziehen würde und wie sie ihr Aussehen verschleiern könnte, beschäftigte Sarah die Information, die Owen gestern bei seinem Treffen mit Jake Gantley herausgefunden hatte. Es hatte zwei Leute gegeben, die ihren Tod wollten.

Ein Auftragskiller glaubte, er hätte Erfolg gehabt und der zweite Killer hatte sich daran gemacht, die Arbeit gemäß den Anweisungen seines Auftraggebers zu Ende zu bringen - wenn man Jake Gantley glauben konnte.

Derjenige, der Tori getötet hatte, hatte etwas gesucht, das er offensichtlich nicht gefunden hatte. Das Ziel des zweiten Mörders war es, Richter Arnold eine Falle zu stellen. Das war ein Erfolg gewesen.

Und wenn beide herausfanden, dass sie noch lebte, dann war der Angriff auf der Straße in der ersten Nacht nach ihrer Rückkehr aus Irland und der zweite Versuch in der Van Horn-Villa nur logisch.

Im Endeffekt ging es um das Gleiche. Beide Leute wollten ihren Tod, aber aus unterschiedlichen Gründen.

Sarah schauderte bei dem Gedanken, wie unwichtig ihr Leben für diese Menschen war. Und nicht nur ihr Leben. Das von Andrew und Tracy Warner. Das von Tori. Das von Hal. Wie unbedeutend das Leben sein konnte.

Sie holte tief Luft und war entsetzt, als sie daran dachte, dass die Person, die Jake angegriffen hatte, jemand war, den sie kennen musste. Ein Freund der Familie Van Horn, jemand aus dem engsten Kreis. Sie kannte sie alle, hatte sie kennengelernt, war mit ihnen verkehrt, dachte, sie würde von ihnen akzeptiert. Was für eine Närrin sie doch war.

Das Geräusch der sich öffnenden Duschtür schreckte sie auf ... und dann trat Owen ein. Sie erschauderte bei der Berührung von Owens Hand, die über ihren nassen Rücken strich. Sie sah, wie er um sie herum nach der Seife griff und im nächsten Moment ihre glitschige Haut einseifte. Sie lehnte ihre Stirn gegen die Fliesen und spürte, wie sich sein Körper an sie presste.

"Ich habe mir schon Sorgen gemacht, dass du mir kein heißes Wasser übrig lassen würdest."

Sie drehte sich in seinen Armen um und lächelte, als ihr Blick über seinen nassen und nackten Körper wanderte. "Ich glaube, eine *kalte* Dusche ist alles, was du brauchst."

"Ich zeige Dir, was ich brauche."

Während sie sich unter der Dusche liebten, sonnte sich Sarah in der Glut ihrer Leidenschaft, in Owens Fähigkeit, die Zeit einzufrieren und alles Bedrohliche auszublenden.

———

"MORGEN KÖNNTE DER GROßE TAG SEIN", sagte Owen später nachdenklich. "Scott Rosen wird diese Akten ins Büro zurückbringen, und Du wirst herausfinden, was hinter all dem steckt."

"Und bis morgen habe ich vielleicht endlich Frankie O'Neal erreicht. Dann können wir Jake dazu bringen, uns einen Namen zu geben."

Er hatte sich geweigert, ihr zu sagen, wie viel Geld Jake für die Informationen wollte. Er hatte ihr nur gesagt, dass es ein Schnäppchen war. Sarah stand in mehr als einer Hinsicht in seiner Schuld für alles, was Owen für sie getan hatte. Wenn sie diese Tortur überlebte, würde sie sehen, dass die Rückzahlung umfangreich war.

"Es ist ziemlich klar, dass die Motive für jeden Angriff unterschiedlich waren. Der Name, den unser Freund Jake uns gibt, wird uns nur zu demjenigen führen, der dem Richter etwas anhängen wollte."

"Egal was passiert, wir werden den Behörden etwas Wichtiges liefern können", sagte er. "Ich habe bereits mit meinem Anwalt in New York darüber gesprochen. Er wird dafür sorgen, dass sich die richtigen Leute zum richtigen Zeitpunkt mit uns treffen."

Sarah sah ihn einen Moment lang an und nickte dann. Sie hatte gesehen, wie er in den letzten Tagen eine Reihe von Anrufen getätigt hatte. Einige der letzten Anrufe waren an das Krankenhaus gegangen, um sich nach Tracys Zustand zu erkundigen. Bei anderen hatte sie angenommen, dass es sich um geschäftliche Dinge handelte und sie hatte nicht genau darauf geachtet. Sie war nicht unglücklich darüber, dass außer ihnen beiden noch jemand wusste, was vor sich ging. Schließlich konnten sie und Owen jeden Moment ermordet werden.

Sarah entschied sich für ein schwarzes, kurzärmeliges Kleid, das sie in Dublin für die Beerdigung ihres Vaters gekauft hatte. Sie trocknete ihr Haar mit einer neuen Frisur mit Pony auf der Stirn und setzte die große Sonnenbrille auf. Sie selbst konnte keinen großen Unterschied feststellen, aber Owen versicherte ihr, dass sie wahrscheinlich unentdeckt bleiben würde, solange sie sich im Hintergrund hielt und sich ein Taschentuch vor das Gesicht hielt, um ihren "Kummer" zu verbergen. Niemand erwartete sie dort.

Sie hatten ohnehin nicht vor, den ganzen Gottesdienst zu besuchen. Sarahs einziges Ziel war es, ihren Kopf lange genug hineinzustecken, um einen Blick auf die Leute in den vorderen Reihen zu werfen und alles zu sehen, was ihrem Gedächtnis auf die Sprünge helfen könnte.

Owen bestand darauf, dass sie das Gleiche von der Straße aus tun könnten, indem sie einfach die Leute beim Eintreten beobachten.

Sie war eher bereit, ein Risiko einzugehen.

Er wollte auf Nummer sicher gehen und darauf warten, bis Jake ihnen einen Namen verriet.

Sie *musste* für sich selbst gehen und in gewisser Weise auch für Hal. Trotz der Differenzen, die sie vielleicht hatten, hatte es auch gute Tage zwischen ihnen gegeben. Es hatte Freundschaft gegeben, Verständnis in letzter Zeit, sogar Opferbereitschaft. Als Sarah in den Spiegel blickte, spürte sie die vertraute alte Schuld, die ihr ins Herz stach. Hal hatte sich für sie physisch vor das Messer geworfen.

"Ich halte es immer noch für einen Fehler, zu gehen."

Owens Arm um ihre Schultern brachte Sarah zurück in die Gegenwart. Sie drehte sich in seinem Arm um und fand Trost in seiner Umarmung. Die Momente des Glücks, die sie mit Owen teilte, waren so unverdient.

"Ich muss..."

Sie zog sich zurück und wischte sich die Tränen weg, von denen sie nicht einmal wusste, dass sie ihr gekommen waren. Sie wollte nicht vor ihm um Hal trauern. Owen hatte schon genug von ihren Gefühlsausbrüchen mitbekommen. Sie sah hoch und runter an dem dunkelgrauen Anzug, dem weißen Hemd und der konservativen Krawatte.

"So geht das nicht."

"Was meinst du?"

"Ich kann mich da draußen nicht mit dir blicken lassen, nicht, wenn du so schneidig aussiehst."

"Wenn du so weiter redest, Schatz, gehen wir nirgendwo hin."

Sie lachte, als er seine Arme um sie schlang. "Bei all dem Klatsch und Tratsch, den ich im Laufe der Jahre über dich gelesen habe, wurde nie erwähnt, was für ein Flirt du bist."

"Das liegt daran, dass ich kein Flirt bin. Außerdem ist das kein Flirten. Das ist ehrliche, unverblümte Lust."

Sie lachten beide und hielten sich dann einen langen Moment lang aneinander fest.

"Nichts davon scheint real zu sein." sagte Sarah. "Du ... und ich. Du würdest nicht glauben, wie sehr ich in dich verknallt war, als ich jünger war."

"Heißt das, Du ...?"

Das Geräusch des Telefons unterbrach seine Frage, und Owen ging ans Telefon. Sie wusste sofort, dass Captain Archer am anderen Ende der Leitung war.

Sarah verfolgte das Gespräch mit zunehmender Nervosität.

"Ja. Frankie O'Neal?"

Sie setzte sich auf die Kante eines Stuhls und Owen sah sie an.

"Wann wurde er tot aufgefunden?"

Owen fuhr sich mit der Hand über das Gesicht, als wolle er sich selbst aufwecken. Sarah war zu betäubt, um auch nur zu versuchen, zu erkennen, was sie fühlte.

"Ja, Captain. Das ist richtig. Ich habe ihm eine Nachricht hinterlassen. Nein, warten Sie. Ich habe ihm zwei Nachrichten hinterlassen, eine gestern Abend und eine heute Morgen."

Sarah starrte Owen an, als er im Zimmer auf und ab ging. Sie hatte selbst gehört, wie er die vagen Nachrichten hinterlassen hatte. Jetzt war der Mann tot und Owens Stimme war die auf seinem Anrufbeantworter.

"Nein, ich kenne den Mann wirklich nicht, aber ich habe seinen Cousin, einen Häftling namens Jake Gantley, gestern im ACI besucht. Ja, natürlich. Rufen Sie den Aufseher direkt an. Ja, natürlich. Es war Gantleys Empfehlung, dass ich Mr. O'Neal anrufen sollte."

Während Owen zuhörte, was auch immer Archer fragte oder sagte, fragte sich Sarah, ob es das war. Nun, wenn Owen beschloss, dass es genug war und Archer alles enthüllte, würde sie es ihm nicht verübeln. Sie hatte sich sogar schon fast damit abgefunden.

"Jake Gantley steht schon seit einiger Zeit in Kontakt mit unserer Produktionsfirma. Er hat versucht, uns einige Geschichten zu verkaufen. Ja, das war der Grund, warum ich ihn aufgesucht habe. Wir sind vielleicht daran interessiert, einige seiner Arbeiten für eine der kommenden Staffeln zu verarbeiten." Owen warf einen Blick auf Sarah am anderen Ende des Raumes, ging dann hinüber und legte ihr die Hand auf die Schulter. "Gantley wies mich an, dass alle Verhandlungen bezüglich des Schreibens über seinen Cousin Frankie O'Neal laufen sollten. Das stimmt. Deshalb habe ich ihn auch angerufen."

Owen hielt erneut inne, weil er etwas anderes sagen wollte.

"Wirklich. Das ist aber schade. Er muss also schon tot gewesen sein, bevor ich überhaupt mit seinem Cousin gesprochen habe."

Sarah drückte seine Hand gegen ihre Schulter.

"Die Briefe? Ja, natürlich. Ich rufe am Montag meine Produktionsfirma an und lasse sie Ihnen sofort zukommen."

Es gab eine weitere Pause. "Ja, ich werde eine Weile in der Stadt sein. Ja, natürlich. Rufen Sie mich an, wenn Ihnen noch etwas einfällt."

Sarah spürte, wie Owens Griff fester wurde.

"Ja, ich habe von der Tragödie durch Dr. Doyle erfahren. Ja, die Dekanin von Rosecliff. Sie hat mich angerufen. Ja, ich war schon ein paar Mal im Krankenhaus. Heute Morgen, als ich anrief, war noch alles beim Alten. Danke, Captain. Ja, Andrew war ein guter Freund."

Als Owen schließlich auflegte, hielt Sarah weiterhin seine Hand fest.

"Wir brauchen Hilfe", flüsterte sie. "Ich werde Evan Steele anrufen. Er ist ein wahrer Alleskönner. Sicherheitsexperte. Background-Checks. Nachforschungen. Er muss Scott bei der Verteidigung des Richters helfen. Er wird in der Lage sein, mich in und aus unseren Büros zu bringen."

"Er wird dich sofort anzeigen."

Sie schüttelte den Kopf. "Nicht, wenn ich ihm sage, dass ich mich morgen stellen werde. Ich werde ihm alles erklären. Ich kenne ihn und er arbeitet für mich und für den Richter, schon so lange, wie ich in Newport bin. Wir haben in der Vergangenheit gut zusammengearbeitet. Ich weiß, dass er mir vertraut."

"Und was würde das bringen?", fragte Owen. "Mit Steele zu reden?"

"Ich werde ihn dazu bringen, mich morgen früh ins Büro zu lassen. Ohne Zeitdruck kann ich das Büro gründlich durchsuchen. Hoffentlich hat Rosen die Akten bis dahin zurückgebracht. Ich kann Lindas Akten durchsehen. Ich habe noch nicht daran gedacht, aber was ist, wenn sie noch nicht alles abgeheftet hat?" Sie spürte, wie ihr ein Kloß in die Kehle stieg. "Wir können nicht zulassen, dass noch jemand stirbt, Owen."

"Dieser Tod könnte völlig unabhängig davon sein." Owen zog Sarah auf die Beine. "Und es klingt, als hätten die Cops eine Vorgeschichte mit diesem Kerl. Tatsächlich würde ich sagen, dass Archer dies nicht als eine Ermittlung mit hoher Priorität dargestellt hat. Natürlich hat er zur Zeit ziemlich viel zu tun."

Sarah schüttelte den Kopf. "Ich kann es nicht mehr riskieren. Bitte, Owen, lass uns nicht darüber streiten. Ich will die Sache hinter mich bringen. Und abgesehen von dem, was Jake Gantley weiß, ist alles, was ich aus den Schließfächern entfernt habe, mein einziger Anhaltspunkt. Ich muss einige Zeit in diesem Büro verbringen."

Sie konnte in seinem Gesicht den Kampf sehen, der in seinem Kopf stattfand. Schließlich nickte er.

"Okay. Willst du dann immer noch zu diesem Gedenkgottesdienst gehen?"

"Auf jeden Fall. Steele ist wahrscheinlich sowieso dort."

"Ruf ihn danach an, Sarah. Du kannst nicht wissen, wie er reagieren wird, wenn er dich lebend sieht."

Sie stimmte zu. Die nächsten vierundzwanzig Stunden waren alles, was sie sich gab, um diese Morde aufzuklären.

Kluges Handeln war jetzt angesagt, mehr noch als auf Nummer sicher zu gehen.

FAST EINE STUNDE lang saß Jake Gantley regungslos auf der obersten Pritsche. Seine Beine hingen über die Kante. Sein Rücken war kerzengerade. Seine Augen, intensiv und ohne zu blinzeln, brannten sich in die Farbe von der Betonwand, die anderthalb Meter von ihm entfernt war. Jeder Muskel in seinem Körper schien wie versteinert zu sein. Seine Hände waren in seinem Schoß gefaltet.

Sein Zellengenosse Amir lehnte am Waschbecken aus Edelstahl, sah Jake nicht direkt an, behielt ihn aber im Blickfeld. Er hatte im Hof von Frankies *Adios gehört,* eine gute halbe Stunde bevor der Wärter Jake gerufen hatte, um die Nachricht zu überbringen. Die Nachricht hatte sich im Haus schnell herumgesprochen und Amir war froh, dass er es vor Jake erfahren hatte. Man konnte nicht wissen, was ein so gefährlicher Kerl wie sein Zellengenosse tun würde. Jetzt konnte er ein Auge auf ihn werfen.

Es gab viele Leute hier drin, die in der einen oder anderen Sache mit Frankie zu tun hatten. Er war ein anständiger Buchmacher, der ziemlich ehrlich mit Geld umging. Frankie hatte sogar so viele Verbindungen, dass man in der Regel mit einem oder zwei Jobs durch ihn rechnen konnte, wenn man sie brauchte. Der dicke Junge hatte auch seine Schuld bei der Familie in Providence bezahlt - bevor es dort bergab ging -, sodass die derzeitige Führung ihn jetzt ziemlich frei agieren ließ.

Und niemand legte sich mit ihm an, aus einem Grund: Jake Gantley.

Die Ermordung von Frankie machte also keinen Sinn. Auf dem Hof hieß es, er sei in seinem Bett erschossen worden. Einer sagte, er habe gehört, es sei ein Familienmord aus Providence gewesen. Ein anderer, der dort Verbindungen hatte, sagte, es müssten die Westies aus New York gewesen sein. Das ergab mehr Sinn - Amir hatte gehört, dass letztes Jahr ein Job schief gelaufen war und Frankie die Schuld zugeschoben worden war.

Nun, wer auch immer es war, er könnte sich genauso gut von seinem Arsch verabschieden. So viel konnte Amir in Jakes Gesicht sehen.

Amir fuhr sich mit der Hand über seinen rasierten Kopf. Er hatte damit gerechnet, dass sein Zellengenosse ausflippen würde, wenn er von dem Gespräch mit dem Aufseher zurückkam. Er riskierte einen kurzen Blick auf Jake. Er war immer noch mucksmäuschenstill. Es lag das Töten in seinen Augen. Amir wollte nicht in der Nähe des Mannes sein, obwohl man nicht viel dagegen tun konnte. Es war nicht so, dass er Angst hatte. Es war nur so, dass er wusste, wenn Jake schließlich explodierte, würde er nach Blut trachten. Und er mochte Jakes klugscheißerische, großmäulige Art schon zu sehr. Er wollte ihn auf keinen Fall umbringen.

Eine der Wachen kam an die Gittertür und Amir beobachtete, wie Jake von der Koje heruntersprang, um mit ihm zu sprechen. Er wusste, dass der Mann und Jake ein Geschäft abwickelten.

Seltsam, dachte Amir, dass Jake nichts tat, um zu verbergen, was er der

Wache erzählte. Kein Flüstern. Kein Nichts. Keine Ruhe. Er schaute an ihnen vorbei. Er konnte die beiden Brüder sehen, die ihm direkt gegenüberstanden und ihn beobachteten. Eindeutig nicht cool.

"Rufen Sie diese Nummer für mich an. Sagen Sie dem Anrufer, er soll heute Nachmittag zu mir kommen. Sagen Sie ihm, dass ich einen Knüller für ihn haben werde. Sagen Sie ihm, er soll den Gefallen, um den ich ihn gestern gebeten habe, vergessen. Sagen Sie ihm, es muss heute Nachmittag sein. Verstanden?"

"Und wenn sich niemand meldet?"

"Hinterlassen Sie eine Nachricht. Rufen Sie wieder an, wenn Sie müssen. Wissen Sie nicht, wie man sich wie ein verdammter Sekretär benimmt?"

"Hey, mach mal halblang, Jake. Wie ist sein Name?"

"Owen Dean", antwortete Jake.

Amir konnte sehen, wie beeindruckt der Wachmann aussah. "Sie kennen ihn?"

"Kümmern Sie sich darum und ich bringe ihn dazu, ein Foto für Ihre Frau zu signieren. Und jetzt bewegen Sie sich, ich muss mit der Show anfangen."

Kapitel Zweiundzwanzig

EINE GROSSE LEUCHTREKLAME. Mit einem großen, fetten Neonpfeil, der auf sie zeigte und großen Blockbuchstaben, auf denen stand: "Schau mich an!"

Warum auch nicht, dachte Sarah. Sie hatte bereits festgestellt, dass sie neben Owen in der Öffentlichkeit auf keinen Fall der Aufmerksamkeit entgehen konnte. Mit seinen 1,88 m, seinen Muskeln und einem Gesicht, das die meisten Amerikaner besser kannten als das ihres Nachbarn, zog Owen Dean überall die Blicke auf sich. Und weil er eine solche Berühmtheit war, zog auch jeder, der mit ihm ging oder neben ihm stand, die Aufmerksamkeit der Leute auf sich. Nun, diese Art von Aufmerksamkeit konnte sich Sarah im Moment nicht leisten.

Andererseits, wenn sie sich von ihm fern hielte, würde die Aufmerksamkeit, die er auf sich zog, ihr sicherlich mehr Bewegungsfreiheit geben.

Der Gedenkgottesdienst sollte in der Trinity Church stattfinden, einem alten Kolonialgebäude aus weißen Schindeln, das sich durch seinen vom Zaunkönig inspirierten Kirchturm und die Tatsache auszeichnete, dass George Washington dort ein- oder zweimal den Gottesdienst besucht hatte. Die Kirche lag auf einer großen Grünfläche und bot einen Blick auf den Hafen und die trendigen Geschäfte und Restaurants von Bannister's Wharf. Die Spring Street, die direkt hinter der Kirche verlief, war relativ leer. Nur ein paar Touristen und interessierte Schaulustige tummelten sich auf den gepflasterten Bürgersteigen und beobachteten die gut gekleidete Schar der Elite von Newport beim Betreten der Kirche. In einer nahe gelegenen Ladezone war ein Nachrichtenwagen geparkt.

Owen hatte sich strikt dagegen gewehrt, dass Sarah die Kirche betrat, aber auch diesen Kampf hatte sie gewonnen. Jetzt aber spürte sie ein flaues Gefühl im Magen, bei dem Gedanken daran hineinzugehen. Mehrere große Gruppen strömten gleichzeitig auf den Eingang zu, als sie und Owen, die auf entgegengesetzten Seiten der Spring Street gingen, auf die Kirche zukamen. Sarah mischte sich unter die kleine Menge, hielt sich ihr Taschentuch vor das Gesicht, sah niemandem in die Augen und betrat die Kirche.

Owen hielt sich ein wenig zurück und tat so, als würde er einen Moment lang über den Zaun schauen, auf die Grabinschrift auf einem der Grabsteine auf dem historischen Friedhof, während er Sarah beobachtete, die vor ihm eintrat. Drinnen umging sie eine Menschenmenge in der Vorhalle. Er folgte einer Gruppe in die Kirche.

Owen wollte niemanden in ein Gespräch verwickeln, aber wenn ihn jemand bedrängte, hatte er einen guten Spruch parat, warum er anwesend war. Er würde einfach sagen, dass er wusste, dass Hal Van Horn ein enger Familienfreund der Warners war - wie er selbst auch. Da Tracy immer noch bewusstlos im Krankenhaus lag, hielt Owen es für seine Pflicht, die Warners zu vertreten und ihm die letzte Ehre zu erweisen. Und nein, er hatte nicht vor, die bizarren Morde, die die Küstenstadt erschütterten, für seine Fernsehserie zu verwenden.

Sarah stand mit Dutzenden von Menschen dicht gedrängt unter der Empore. Alle Kirchenbänke waren besetzt und die Emporen darüber bis auf den letzten Platz gefüllt. Owen stand an einer Säule rechts von ihr. Weit genug, um die Aufmerksamkeit von ihr abzulenken und doch nah genug, um im Bedarfsfall zu ihr zu gelangen.

Dass sie ihre große Sonnenbrille aufbehielt, war kein Problem, denn viele taten dasselbe, um ihre Tränen für Hal zu verbergen. Sarah passte genau in die Hunderte von Trauernden, die die Halle füllten.

Im vorderen Teil der Kirche, neben der weißen Kanzel, die sich gut sechs Fuß über die Spitzen der Kirchenbänke erhob, war ein Blumenständer um ein großes Porträt eines jugendlichen Hal aufgestellt worden, der hinter seiner Mutter stand.

Während sie auf den Beginn des Gottesdienstes wartete, starrte Sarah einen Moment lang auf das Porträt und richtete dann ihre Aufmerksamkeit auf zwei Frauen, die sich leise hinter ihr unterhielten.

"Ich bin überrascht, wie schnell sie das alles arrangiert haben", kommentierte eine Frau.

"Ich habe gehört, dass sie nicht wissen, wann der Gerichtsmediziner seine Leiche freigeben wird."

"Es ist erstaunlich, was hier alles vorgeht. Ich habe gehört, dass die Messerstecherei mit einem missglückten Drogenverkauf zu tun hat."

"Ich habe gehört, dass der Anschlag ein arrangierter Selbstmord war, den Hal selbst inszeniert hat. Du weißt, dass er seit Sarahs Tod furchtbar deprimiert war."

"Genevieve erzählte mir - Du wirst es nicht glauben - dass Hal und Sarah Rand einen Sohn hatten, bevor sie vor fünf Jahren nach Newport kam und dass sie das Kind zur Adoption freigegeben hatte. Sie sagte, Richter Arnold habe bis vor kurzem nichts davon gewusst. Er war so aufgebracht über die Nachricht, dass Sarah seiner Frau die Freude nehmen würde, Großmutter zu sein, dass er sie um Averys willen töten musste. Kannst Du dir vorstellen, dass jemand so eine Geschichte erzählt?"

"Du wirst nie erraten, wer uns beobachtet. Owen Dean."

"Wo?"

Der Gottesdienst begann. Ein Organist spielte ein wunderschönes Stück aus dem achtzehnten Jahrhundert, von dem Sarah dachte, dass Hal es wahrscheinlich noch nie in seinem Leben gehört hatte. Ein Geistlicher, den sie nicht kannte, sprach dann ausführlich über Tod und Ewigkeit. Ein Solist gab eine bewegende Darbietung des obligatorischen "Amazing Grace" zum Besten. Schließlich bestieg Senator Rutherford die Kanzel und begann, Geschichten aus Hals Kindheit und Jugend zu erzählen. Plötzlich war Sarah fassungslos, als er begann, ein Gespräch zu erzählen, das er vor einer Woche mit Hal geführt hatte.

"Viele von Ihnen wissen oder haben vielleicht gehört, wie sehr Hal nach dem Mord an Sarah Rand vor nicht allzu langer Zeit gelitten hat. Nun, was ihr gehört habt, ist wahr. Ich erinnere mich noch sehr genau an seine letzten Worte an mich. Gordon', sagte er, 'Sarah und ich hatten etwas Seltenes auf dieser Welt gefunden. Freundschaft. Zuneigung. Hingabe. Liebe. Ich betete Sarah an, und Sarah... aus irgendeinem Grund... betete mich an. Keine zwei Menschen auf der Welt haben jemals besser zueinander gepasst als Sarah und ich. Gordon", sagte er, "die Zukunft gehörte uns. Das Glück lag in unserer Hand. Aus Respekt vor dem Andenken meiner Mutter hatten wir beschlossen, es für eine Weile zu verschweigen. Aber wir wussten es beide. Unsere Zeit hätte jetzt kommen sollen. Wir wollten den Bund fürs Leben schließen.'"

Sarah warf einen Blick auf Owen. Sein Gesicht hatte sich verhärtet, als er den Senator ansah. Plötzlich wünschte sie sich, sie könnte in den Mauern dieser Kirche die Wahrheit sagen, jedem sagen, dass dies weit mehr war als eine lächerliche Übertreibung dessen, was sie und Hal füreinander gewesen waren. Es war eine Lüge. Aber wie sollte sie das tun? Sie wollte zu Owen gehen und seine Hand berühren. Sie wollte sicher sein, dass er das alles nicht glaubte.

"Wir waren seelenverwandt, Gordon", erzählte mir Hal nicht weit von dieser Stelle entfernt. 'Was wir geteilt haben, war fast göttlich. Was ich verloren habe, kann in diesem Leben *niemals* ersetzt werden.'"

Rutherford hielt inne, um seine zitternde Stimme unter Kontrolle zu bringen und einige Taschentücher fanden den Weg zu den Gesichtern der Zuschauer.

Trauer war jedoch nicht das, was Sarahs Geist in diesem Moment erfüllte. Die falsche Darstellung der Wahrheit durch den Senator entsetzte sie, ekelte sie an. Es war eine Lüge und sie konnte nicht glauben, dass Hal jemals so etwas gesagt hätte. Doch anstatt zu zeigen, was an Hal gut war, diente dieser rührselige Brei nur dazu, ihr all seine Schwächen vor Augen zu führen.

Sie hatte sich mit ihrer Vergangenheit mit ihm versöhnt. Sie hatte keine

Lust, die Vergeblichkeit ihrer Beziehung wieder aufleben zu lassen. Sie lag jetzt hinter ihr. Aber diese falschen Worte - ganz gleich, wie gut es der Senator meinte, als er sie aussprach - verletzten sie mehr, als sie je für möglich gehalten hatte.

Und dann fiel es ihr ein. Langsam, zuerst, tauchte der Gedanke auf, verdrängte allmählich die Grabrede und erfüllte sie mit Abscheu. Sie war nie wirklich Hal's Typ gewesen, aber sie erfüllte ein Bedürfnis von ihm. Es ging nur um das Image. Sie passte genau in das Bild seiner Familie, vor allem aber in das des Richters, der großen Einfluss auf Hal's Mutter ausübte.

Im Gegensatz zu den vielen anderen Frauen, die Richter Arnold auf die eine oder andere Weise immer als mangelhaft empfunden hatte, war Sarah von der Familie sofort willkommen geheißen worden. Sie war eine Selfmade-Frau auf dem Weg nach oben. Eine Außenseiterin, die auf dem Weg zum Erfolg war. Fleißig. Klug. Eine gute Anwältin. Ziemlich attraktiv, aber nie auffällig. Sie konnte es jetzt ganz deutlich sehen. Irgendwann hatte Hal sich auf die Suche nach dem perfekten Vehikel für seinen Schritt in ein verantwortungsvolles Leben gemacht und Sarah war es gewesen.

Sie dachte an ihr erstes Treffen zurück. Es war von einem von Hal's Freunden arrangiert worden. Es war kein Zufall, dass er an einem bestimmten Abend in einem bestimmten Restaurant gewesen war. Sarah war vom ersten Tag an eine unbewusste Schachfigur in seinen Plänen gewesen.

"Die Liebe überdauert den Tod und den Zahn der Zeit". Rutherfords Worte hallten in der Kirche wider. "Das waren meine Worte an diesem Tag an Hal. Nachdem ich vor so vielen Jahren so gelitten hatte wie Hal an jenem Tag, teilte ich ihm den Trost mit, der mich am Leben gehalten hat. Eines Tages werden du und Sarah sich wiedersehen", sagte ich Hal an jenem Abend, "so wie Julia und ich uns eines Tages darüber freuen werden, dass wir wieder zusammen sind, für die Ewigkeit."

Noch einmal hielt der Senator inne, um Kraft zu schöpfen und seine Stimme zu sammeln.

"Die beiden Liebenden sind wieder zusammen."

Viele Köpfe neigten sich. Sarah tupfte sich die Augen ab, als ein Fotograf ein Foto von einer Frau machte, die neben ihr offen weinte.

"Aber ich habe keine Sekunde daran gedacht, dass Hal so schnell von uns gehen würde. Nun ..." Gordon Rutherford blickte hinauf in die Chorempore im hinteren Teil der Kirche. "'Gute Nacht, süßer Prinz, und Engelschöre singen dich zur Ruhe.'"

Von der Wiese draußen ertönte das tiefe, melodische Wehklagen eines einsamen Dudelsacks. Sehr wirkungsvoll, dachte Sarah und richtete ihre Aufmerksamkeit auf die Leute, die in den ersten Bänken saßen.

Der Senator saß zusammen mit Scott Rosen in der Kirchenbank, in der Richter Arnold Platz genommen hätte, wenn er anwesend gewesen wäre. In der nächsten geschlossenen Kirchenbank blickte Sarah auf eine Reihe von Hal's Freunden und Angestellten. Gwen Turner, seine Sekretärin, schien von der Tortur am meisten mitgenommen zu sein. Gwen wäre für ihren Arbeit-geber bis ans Ende der Welt gelaufen. Sie hätte Feuer geschluckt oder wäre über heiße Kohlen gelaufen, wenn Hal sie darum gebeten hätte.

Ihnen gegenüber saß Evan Steele neben Linda, der Büroleiterin des Rich-ters. Sarah dachte einen Moment lang darüber nach. Wenn es um den andauernden Krieg zwischen Richter Arnold und Hal ging, musste man in der Regel Partei ergreifen. Obwohl Sarah einigermaßen erfolgreich gewesen war, war es für jeden, der mit der Familie zu tun hatte, fast unmöglich, neutral zu bleiben. Evan Steele hatte immer auf der Seite von Richter Arnold gestanden. Es gab keinen Zweifel daran, wo die Loyalität dieses Mannes lag.

Bei ihnen bemerkte sie das vertraute Gesicht von Fran Bingham, die noch vor einem Monat mit Hal zusammen war. Das Gesicht der Frau war eine Maske und Sarah konnte nicht umhin, sich zu fragen, was Fran von all dem Gerede über Hals ewige Liebe zu einer anderen hielt.

Sie war nicht überrascht, als sie Captain Archer in der Menge unter der hinteren Galerie stehen sah. Das blasse, müde Gesicht des Detektivs zeigte keinerlei Emotionen bezüglich des Geschehens. Er hätte auch Gras beim Wachsen zusehen können, so wenig zeigte er von seinen Gefühlen.

Sie schlich sich hinter eine Säule und betrachtete noch einmal die, die ganz vorne saßen. Hinter den meisten von ihnen steckte eine Geschichte. Jeder von ihnen konnte einen Groll gegen Hal hegen. Aber keiner von ihnen, so glaubte Sarah, hatte jemals einen Grund gehabt, sie tot sehen zu wollen. Sie konnte sich auch nicht vorstellen, dass einer von ihnen Richter Arnold den Mord in die Schuhe schieben wollte. Sie runzelte die Stirn und blickte rechtzeitig hinüber, um zu sehen, wie Owen durch die offene Kirchentür trat. Sein Nicken war fast unmerklich, aber Sarah wusste, dass er das Auto dort haben würde, wo sie sich verabredet hatten.

Während ein anderer Freund der Familie Van Horn das Podium bestieg, um ein Gedicht vorzutragen, arbeitete sich Sarah an der Seitenwand entlang zur Tür vor.

Sie konnte das nicht mehr ertragen. Und es war dumm, so dazustehen und sich von all den negativen Gedanken über Hal unterkriegen zu lassen. Die Luft an diesem Ort war stickig geworden. Es fühlte sich an, als würde eine schwere Last auf ihren Rücken lasten. Eine Menschenmenge versperrte ihr den Weg, aber Sarah drängte sich durch.

Was sie natürlich völlig durcheinander brachte, war, dass Hal Van Horn sich am Donnerstagabend vor sie stellte und sein eigenes Leben opferte, um ihres zu retten.

War er ein Held oder ein Feigling? War sie eine Realistin oder ein undank-bares Monster?

Sie war schon fast an der Tür.

Jemand beobachtete sie. Sarah spürte es so sicher, als ob eine Hand auf ihre Schulter gelegt worden wäre. Rasch blickte sie sich um. Der Freund, der das Gedicht vorlas, war gerade am Ende und die Orgel über ihr erwachte zum Leben. Meistens sah sie nur die Rücken der Leute.

Die Aufmerksamkeit aller schien auf den vorderen Teil der Kirche gerichtet zu sein. Aber sie spürte trotzdem das Gewicht des wachsamen Blicks von jemandem. Aus Versehen stieß sie mit einem älteren Ehepaar zusammen, das abseits der Mauer stand.

Sie murmelte eine Entschuldigung und ging weiter. Als jemand ihren Ellbogen berührte, wich sie sofort nach links aus, um einen korpulenten Mann im Anzug herum. Panik ergriff sie, als sie spürte, dass ihr immer noch jemand auf den Fersen war. Sie versuchte, sich an den Leuten vorbeizudrängen, die ihr den Weg versperrten, aber wohin sie sich auch wandte, es waren immer mehr.

Sie spürte, wie wieder jemand nach ihrem Arm griff, und sie riss sich los, indem sie sich an einem jungen Mann vorbei drängte, der gerade in die offene Tür getreten war.

Ihre niedrigen Absätze rutschten auf der ersten Steinstufe weg und sie wäre fast kopfüber auf den Bürgersteig vor der Kirche gefallen. Sie fand wieder Halt und drehte sich um, um einen Blick auf die Kirche zu werfen. Nur die Rücken der Menschen in der Tür waren zu sehen. Keiner beobachtete sie. Keiner folgte ihr.

Bei strahlendem Sonnenschein schlenderten weitere Menschen die Straße entlang. Sarah schaute wieder zur Kirche. Nichts. Nur der Klang der Orgel. Sie ging die Spring Street entlang.

Sie verlor den Verstand. Die ganze Sache war ein Produkt ihrer Einbildung gewesen.

Owen sollte sie zwei Straßen weiter treffen. Sie steckte das Taschentuch, das sie bei sich trug, in ihre Handtasche und reihte sich hinter zwei schwule Männer ein, die Hand in Hand dahin schlenderten.

"Miss Rand".

Der Klang ihres Namens, der ihr ins Ohr geflüstert wurde, war ebenso erschreckend wie der metallische Gegenstand, den sie in ihrem Rücken spürte. Ihr Herz hämmerte in ihrer Brust und Sarah zuckte zusammen, als er ihren Oberarm fest umklammerte.

"Ganz ruhig, Miss Rand."

Die Stimme hatte etwas, das ihr bekannt vorkam.

"Augen geradeaus", knurrte er und stieß ihr die Pistole in die Nieren, um ihr Nachdruck zu verleihen. "Weitergehen."

Sie spürte, wie die Jacke oder etwas anderes, das er über seine Waffenhand gezogen hatte, gegen sie stieß. Sie spürte, wie ihre Beine weich wurden. Niemand sah sie an, als ob etwas nicht in Ordnung wäre.

"Sie ... Sie haben die falsche Person." Endlich schaffte sie es, die Worte herauszubringen.

"Das glaube ich nicht, Miss Rand."

Sie schätzte, dass er ziemlich groß war. Aus dem Griff, mit dem er sie umklammerte, wusste sie, dass er sehr stark war. Alles, was sie je über Angriffe auf Frauen gehört und gelernt hatte, schoss ihr durch den Kopf. Sie befanden sich an einem öffentlichen Ort. Obwohl er eine Waffe in der Hand hielt, wusste sie, dass sie hier gegen ihn kämpfen musste, um überhaupt eine Chance zu haben, zu überleben.

"Jetzt gehen wir ganz ruhig über die Straße und steigen in mein Auto."

Sie blieb stehen.

"Wenn Sie sich dumm anstellen, bringe ich Sie hier um, Miss Rand. Wir haben nichts gegen öffentliche Szenen. Erinnern Sie sich an Ihren Freund?"

Sarahs Blick huschte zu einem blauen Sedan, der gerade aus einer Parklücke auf der Straße fuhr. Ihr Entführer gab ihr einen festeren Schubs und sie ging auf die andere Straßenseite.

Sie waren auf halbem Weg, als sie sah, wie die blaue Limousine unerwartet beschleunigte und direkt auf sie zusteuerte. Sie blieb wieder stehen und weigerte sich, sich weiter schubsen zu lassen.

Sarah spürte die Überraschung ihres Angreifers über das heranrasende Auto und ihre Reaktion. Als der Druck der Waffe auf ihren Rücken verschwand und sein Griff sich lockerte, riss sie ihren Arm weg und trat ihm so fest sie konnte gegen das Schienbein, bevor sie auf den Bürgersteig sprang.

Hinter sich hörte sie das dumpfe Geräusch, als das Auto seinen Körper traf und dann das Quietschen der Bremsen. Sie drehte sich gerade noch rechtzeitig um, um zu sehen, wie ein großer, grau gekleideter Körper auf der Straße aufschlug, sich einmal überschlug und dann still liegen blieb. Die Waffe, die er noch immer in der Hand hielt, lag auf dem Bürgersteig, halb verdeckt durch den Trenchcoat über seinem Arm.

Für einen Moment stand alles still.

"Oh, mein Gott!" schrie jemand vom gegenüberliegenden Bürgersteig.

Und dann rannte Sarah los.

Kapitel Dreiundzwanzig

DIE DICKEN, rauchbraunen Schichten des Vergessens lagen schwer auf ihren Augen. Langsam und mühsam bahnte sie sich einen Weg durch die Schichten. Manchmal dachte sie, sie würde es nie schaffen. Manchmal sah sie ohnehin keinen Sinn darin. Aber sie machte weiter, krallte sich fest und drängte.

Ihre Kehle war trocken, kratzte und tat unglaublich weh. Obwohl sie das Gefühl hatte, dass etwas gegen ihre Ohren drückte, erfüllten das laute metallische Summen und das rhythmische Hämmern von Maschinen ihren Kopf. Irgendetwas steckte in ihrer Nase und ein schweres Gewicht auf ihrer Brust hinderte Tracy Warner daran, in ihrem eigenen Tempo zu atmen.

Sie konnte ihre Augen nicht öffnen. Sie konnte ihren Mund nicht bewegen. Sie versuchte, ihre Finger zu bewegen, aber sie wusste nicht, wo sie waren.

Die braune Rauchwolke legte sich wieder über sie und sie spürte, wie sie erneut versank.

Bevor sie wegdriftete, erinnerte sie sich daran, wie Andrew in ihre Küche kam. Der Schütze hielt ihr seine Waffe an den Kopf. Sie erinnerte sich an den Gesichtsausdruck ihres Mannes. Trotz allem, was geschah, trotz allem, was passieren würde, hatte er nie den Blick von ihr abgewendet.

ALS OWEN SARAH die Straße entlangrennen sah, wusste er, dass etwas nicht stimmte. Er startete sofort den Wagen und fuhr an die Kreuzung. Kaum war sie eingestiegen, gab Owen Vollgas.

Die Sonnenbrille wurde auf den Boden geworfen. Sofort hatte sie den Kopf auf den Knien vergraben. Er konnte hören, wie sie unregelmäßig nach

Luft schnappte. Es fiel ihm schwer, die Augen auf der Straße zu halten, aber Owen bog in eine Seitenstraße ein, als hinter ihnen Sirenen ertönten.

"Was ist passiert?"

"Hat jemand gesehen, wie ich ins Auto gestiegen bin?", fragte sie, den Kopf immer noch gesenkt.

"Nein."

"Bitte, pass auf, dass uns niemand folgt. Bitte!"

Er warf einen Blick in den Rückspiegel. "Niemand. Was ist passiert?"

Aus allen Richtungen waren Sirenen zu hören. Anstatt zurück zum Ocean Drive zu fahren, machte Owen einen Umweg in Richtung Strand.

Sie hob ihren Kopf. Ihr Gesicht war bleich und ihre Finger eiskalt, als Owen seine Hand auf ihre legte.

"Ein Mann, ein bewaffneter Mann, stellte sich vor der Kirche hinter mich. Er wusste, wer ich war. Er wollte, dass ich mit ihm gehe. Aber als wir die Straße überquerten, kam dieses Auto... ein dunkelblaues Auto auf uns zu. Irgendwie konnte ich entkommen und... der Mann wurde angefahren." Sarah verbarg ihr Gesicht in ihren Händen. "Es gibt kein Entrinnen. Nicht mehr. Du hast gesagt ... Du kannst deinen Anwalt bitten, etwas zu veranlassen, damit ich mich den richtigen Behörden stelle. Wir müssen es tun. Ich kann das nicht mehr ertragen. Wenn sie mich so erkannt haben, könnten sie ... in deiner Wohnung auf uns warten."

Er warf erneut einen Blick in den Seitenspiegel.

"Haben Sie das Gesicht des Mannes gesehen? Den mit der Waffe?"

"Nein, das konnte ich nicht. Aber ich glaube, ich kannte ihn. Er war sehr groß, wie ein Footballspieler und seine Stimme ... warte!" Ihr Gesicht drehte sich in seine Richtung. "Es war der Polizist, der mich auf dem Rückweg vom Flughafen angehalten hat. Da bin ich mir sicher. Er war derjenige. Mein Gott! Alle sind miteinander verbunden. Wir könnten so nah dran sein."

Sie ergriff seine Hand und drückte sie ganz fest. "Ich werde Steele anrufen. Ich werde ihn bitten, mich morgen früh ins Büro zu lassen. Könnten wir uns dort irgendwie treffen oder nachher abholen lassen?"

"Ich werde es versuchen", sagte er beruhigend. "Aber was ist passiert, nachdem das Auto den Bewaffneten angefahren hat?"

"Ich weiß es nicht. Ich bin weggelaufen."

"Hast Du den Fahrer gesehen? Erinnerst Du dich an irgendetwas an dem Auto?"

Sie schüttelte den Kopf. "Blau. Dunkelblau. Das ist alles, woran ich mich erinnere. Aber er hat auf uns gezielt. Ich sah, wie er beschleunigt hat."

Der Wagen schlängelte sich über die Landstraßen und bald waren sie wieder auf der östlicheren der beiden Hauptstraßen, die auf der Insel nach Norden führten. Sie konnte Segelboote auf dem blauen Wasser des Sakonnet River sehen, jenseits der abfallenden Felder.

Owen griff nach seinem Mobiltelefon und wählte eine Nummer. Er sprach am anderen Ende mit einer Frau namens Susan, von der Sarah annahm, dass es sich um eine seiner Assistentinnen handelte, und gab ihr eine Reihe von Hinweisen. Bevor er auflegte, stellte er noch einige Fragen zu einem Haus in der Nähe von Little Compton, einem malerischen Dorf auf der anderen Seite des Sakonnet. Als er fertig war, wandte er sich ihr zu.

"Kannst du dich bis morgen Nachmittag mit dem begnügen, was du bei dir hast?"

"Ja", antwortete sie und sah zu, wie er eine weitere Nummer wählte.

Sie war froh zu wissen, dass wenigstens einer von ihnen angesichts dieses Chaos einen kühlen Kopf bewahren konnte. Seine Zuversicht half ihr, etwas von dem Mut wiederzuerlangen, der ihr seit Tagen wie Blut aus einer nicht gestillten Wunde entwichen war.

"Da ist eine Nachricht von Jake Gantley", sagte er ihr und warf das Handy auf die Konsole. "Er hat wohl von dem Anschlag auf seinen Cousin gehört. Er ist bereit zu reden, wenn ich heute Nachmittag dort bin."

"Ich denke, du solltest gehen", flüsterte Sarah. "Ich komme mit dir mit."

"Wenn diese Leute eine Verbindung zwischen uns vermutet haben, hat es keinen Sinn, heute Nacht in irgendeinem Hotel zu übernachten. Dort wären wir weniger sicher als in meiner Wohnung. Deshalb habe ich Susan gebeten, uns im Haus ihrer Schwiegereltern südlich von Little Compton unterzubringen. Niemand kann uns mit diesem Ort in Verbindung bringen. Susan sagt, sie segeln diese Woche um Nantucket herum."

"Kommen wir in die Hütte rein?"

"Sie gab mir den Sicherheitscode für ihre Garage. Sie sagt, es gibt immer einen Schlüssel unter einem Blumentopf an der Hintertür. Wir kommen schon rein." Er warf ihr einen kurzen Blick zu. "Willst du mit mir zum ACI kommen, oder soll ich dich lieber erst zum Haus bringen?"

"Ich komme mit dir", antwortete sie sofort. "Es geht alles zu schnell, Owen. Wenn wir dort sind, setze ich mich hinter das Steuer und passe auf, dass mich niemand sieht..."

"Gut." Ihre Hand zitterte nervös auf ihrem Schoß und er nahm sie in seine eigene. "Weil ich dich wirklich nicht aus den Augen lassen will."

Sie lächelte. "Darf ich dein Handy benutzen?"

DER LÄRM und die Aufregung auf der Straße standen in deutlichem Kontrast zu der Ruhe, die im Inneren der Kirche herrschte.

Dan Archer schritt den kopfsteingepflasterten Bürgersteig entlang und beobachtete das Treiben mit gerunzelter Stirn. Die Straße war abgesperrt worden, was er für eine gute Sache hielt, denn es schien, als wären alle Polizeiautos, Krankenwagen und Feuerwehrautos der Insel bereits am Tatort eingetroffen. Das Fernsehteam war begeistert, und sogar ein paar "Trauernde" aus der Kirche waren ihnen auf die Straße gefolgt, um das Geschehen zu verfolgen.

Mit Evan Steele auf den Fersen drängte sich Archer durch die Menge um die blaue Limousine, die immer noch mitten auf der Straße stand. Einer der uniformierten Beamten, die versuchten, die Gaffer zurückzudrängen, rief sofort den Captain.

"Schön, dass Sie hier sind, Sir."

"Was ist passiert? Ist jemand überfahren worden?"

Der Uniformierte nickte. "Seltsamer Fall. Die Sanitäter kümmern sich immer noch um den angefahrenen Mann, aber das ist Zeitverschwendung. Jack und Stan waren zuerst am Tatort. Sie sagten, er sei schon tot."

Archer schaute zu der blauen Limousine hinüber. In dem schwarz-weißen Auto sprachen zwei Beamte mit einem Mann, den sie auf den Rücksitz gesetzt hatten. Zweifellos der Fahrer des Fahrzeugs. "Was zum Teufel hat er gemacht?"

"Jetzt wird es wirklich seltsam, Sir." Der Uniformierte nickte in Richtung der Leiche, die auf der Straße lag und der Gruppe von Leuten, die an ihr arbeiteten. "Das Opfer hatte eine 9mm bei sich. Ich meine nicht *an* ihm. Der Typ hatte sie in der Hand - und sie war entsichert."

"Was?"

"Sieht aus, als wollte er jemanden erschießen. Und genau das sagt auch der Mann im Auto. Bevor wir ihn in den Streifenwagen setzten, hörte ich ihn sagen, dass er die Straße herunterkam und plötzlich sah, wie dieser Typ, das Opfer, eine Waffe zog. Bei all den Menschen um ihn herum wurde er nervös oder so. Statt auf die Bremse zu treten, tritt er aufs Gaspedal, und *bumm - der* Typ mit der Waffe fliegt in die Luft. Die Vorderseite des Wagens ist stark beschädigt. Ich frage mich, ob die Versicherung das abdeckt."

"Gibt es Zeugen?" fragte Archer.

"Tonnenweise. Und bis jetzt haben alle das Gleiche gesehen. Ed hat mit dieser alten Dame gesprochen", er zeigte auf ein anderes Polizeiauto. "- die dort drüben in meinem Auto sitzt. Sie dachte, der Kerl mit der Waffe sei hinter einer jungen Frau hergegangen. *Sie glaubt* sogar, dass er diese Frau gezwungen hat, irgendwohin zu gehen... das heißt, bevor das blaue Auto die Lage ein wenig verändert hat."

Der Streifenpolizist sah die Straße hinauf. "Sie glaubt, dass die Frau hinter Ihnen aus der Kirchentür kam und der Bewaffnete hinter ihr auftauchte. Nun, Stan hat die Aussagen und all das..."

"Okay." Archer schob sich an dem Polizisten vorbei und ging zu der Stelle, an der die Leiche des Schützen lag.

Evan Steele wollte dem Captain folgen, doch das Klingeln seines Handys ließ ihn innehalten und danach greifen.

"Evan." Die Stimme war ihm so vertraut wie seine eigene. "Bitte sage oder tue nichts, was die Aufmerksamkeit auf Dich oder diesen Anruf lenkt. Bitte, Evan!"

"Wer ist da?" Er trat von dem Streifenpolizisten weg und drückte das Telefon näher an sein Ohr.

"Hier ist Sarah... Sarah Rand. Ich möchte, dass Du dir anhörst, was ich zu sagen habe."

OWEN WARF ihr einen beruhigenden Blick zu und sie schloss die Augen und konzentrierte sich auf den Anruf. Sarah konnte die Sirenen durch das Telefon hören.

"Kann ich mit Dir reden? Ist das ein guter Zeitpunkt?"

"Gehen Sie weiter." Evan Steeles Stimme war klar und geschäftsmäßig und sie wusste, dass er sich von der Quelle der Hintergrundgeräusche entfernte.

Sie nickte Owen zu. "Ich weiß nicht, was los ist, aber ich bin aus Irland zurückgekommen und soll angeblich ermordet worden sein."

"Das ist richtig. Fahr fort."

"Ich möchte jetzt nicht zu viel reden, aber da draußen gibt es Leute, die wissen, dass ich noch lebe und die versuchen, mich zu töten. Deshalb habe ich noch nicht mit der Polizei gesprochen oder mich gemeldet. Bist Du vor der Kirche?"

"In der Nähe."

"Der Mann, der von dem Auto angefahren wurde, war einer von ihnen."

Seine Stimme wurde leiser. "Du warst hier?"

"Ja." Sie rieb sich die Schläfe. "Hör zu, ich weiß, du fragst dich wahrscheinlich, wie ich den Richter im Gefängnis lassen konnte, während ich frei herumlaufe. Nun, ich gehe morgen zu den Behörden. Bis dahin wird alles geklärt sein. Aber in der Zwischenzeit brauche ich deine Hilfe. Ich muss...nun ja, etwas besorgen, das die Sache aufklären wird. Es wird enthüllen, worum es bei diesen Morden geht. Kannst du mir helfen?"

"Was brauchst Du?"

"Ich muss morgen früh in die Büros in der Innenstadt. Ich habe das Gefühl, dass irgendetwas aus Averys Schließfach entwendet wurde. Ich glaube, dass es sich um einen Brief oder einen Umschlag handelt. Was auch immer passiert ist, es hat mit dem Brief oder dem Umschlag zu tun, oder was auch immer verlegt worden ist. Würdest Du mich reinlassen?"

"Aber Du weißt doch gar nicht, was es ist?"

"Nein. Aber ich habe den starken Verdacht, dass ich es finden werde, wenn ich erst einmal Zugang zu den Akten habe." Sie versuchte, so viel Enthusiasmus wie möglich in ihre Worte zu legen. "Das wird alles klären, Evan. Hilf mir, reinzukommen."

Es gab eine weitere lange Pause. In der Ferne waren Stimmen und Verkehr zu hören.

"Wo wohnst du?"

"An einem sicheren Ort, aber mach Dir darüber keine Sorgen. Ich komme zum Gebäude. Ich habe noch meinen Schlüssel für die Außentür. Können wir uns ... sagen wir, auf der Treppe treffen?"

"Warte, ich muss etwas überprüfen."

Sarah konnte erkennen, dass er sich nicht die Mühe gemacht hatte, den Hörer abzudecken, denn sie hörte, wie er mit Scott Rosen sprach, der ihn wohl angesprochen hatte. Nach einer Minute war er wieder in der Leitung.

"Sagen wir zehn", sagte er leise. "Der Anwalt des Richters wird um neun Uhr vorbeikommen, um einige Akten vorbeizubringen. Ich werde Zeit brauchen, um ihn loszuwerden, aber dann gehört das Büro Dir."

"Danke, Evan", sagte sie und gab Owen einen Daumen hoch. "Wir werden das ganze Chaos aufklären."

"Wir werden alle froh darüber sein. Bitte sei vorsichtig." Eine Pause am anderen Ende. "Und ich möchte, dass Du weißt, dass es zu schön ist, um wahr zu sein, von Dir zu hören."

ARCHER MUSSTE das Telefon vom Kopf weghalten, um sein Trommelfell zu schonen und sah seine Frau über den Küchentisch hinweg an. Zu sagen, dass David Calvin verärgert war, war so, als würde man sagen, dass ein oder zwei Dollar in Newport herumflogen.

"Ich weiß nicht, was du im Schilde führst, Dan, aber wenn du auch nur eine Minute lang glaubst, dass ich das wie ein weiteres Von-Bülow-Fiasko platzen lasse..."

"Ich kann alles erklären, Chef."

"Darauf kannst du deinen dünnen Arsch verwetten, dass du es erklären wirst." rief Calvin. "Was glaubst du eigentlich, wer du bist, dass du diese Berichte nicht an die Staatsanwaltschaft weitergibst? Weißt du nicht, dass Rosen uns von hier bis West Jabroo verklagen wird? Sagt Dir der Begriff *"Freiheitsberaubung"* etwas? Herrgott noch mal, die Zeitungen werden uns fertigmachen."

Archer konnte fast hören, wie Calvin sich die Haare raufte.

"Es wurde ein Verbrechen begangen, Chief. Die Blutproben in Richter Arnolds Boot stimmten mit den Proben aus Rands Wohnung überein. Wir hatten einen hinreichenden Grund, ihn zu verhaften."

"Aber du wusstest verdammt noch mal, dass nichts davon Rands Blut war."

"Wir haben diesen Bericht erst letzte Woche erhalten."

"Und die Fingerabdrücke im Haus?"

"Auch letzte Woche. Alles, was wir wissen, alles, was mich glauben ließ, sie sei noch am Leben, ist weniger als fünf Tage alt."

"Es dauert weniger als fünf Tage, um zum verdammten Mond zu fliegen, verdammt noch mal! Warum, in Gottes Namen, hast Du diese Berichte nicht veröffentlicht? Ich sag's dir gleich, Archer, ich nehm dir deine Marke ab und hänge deinen hässlichen Kopf an meine Wand, wenn du nicht..."

"Weil es eine undichte Stelle gab, Chef." Stille.

"Was?"

"Wir haben einen Verräter in der Abteilung. Für das, was wir tun, musste ich etwas Zeit gewinnen."

"Weiter."

Archer erläuterte schnell, was er über den Fall wusste und seine Vermutungen und schließlich, dass eine andere Strafverfolgungsbehörde in den Fall verwickelt war - dieselbe Behörde, die David Calvin eine halbe Stunde zuvor kontaktiert und ihn streng vertraulich über die für morgen geplante Operation informiert hatte.

Als Archer fertig war, klang Calvins Stimme ziemlich mürrisch. "Und warum zum Teufel konntest Du mir das alles nicht schon am Freitag sagen? Weißt du, wie dumm ich ausgesehen habe, als ich den Anruf bekam? Der ganze verdammte Haufen wusste, was in meiner Abteilung vor sich ging, und ich sitze hier und drehe Däumchen. Meine eigenen verdammten Leute."

"Nicht Ihre Leute, Sir", beteuerte Archer. "Nur ich. McHugh hatte nur einen der Berichte gesehen und er dachte, ich würde ihn bereits mit Ihnen teilen. Ich bin der einzige in der Abteilung, der sich der Zurückhaltung von Informationen schuldig gemacht hat, Sir."

Der müde Detective zog das Telefon wieder vom Ohr weg, als der Chief ihm einen weiteren Schwall von Obszönitäten an den Kopf warf. Als Calvin schließlich die Puste ausging, beantwortete Archer den Rest der Fragen seines Vorgesetzten.

"Wenn die Geier anfangen, an den Knochen zu nagen", sagte Chief Calvin zu ihm. "Dann wirst Du da draußen liegen. Wenn die Medien endlich Wind von der Sache bekommen, wirst Du da draußen stehen. Und ich werde am ganz hinter auf dem Podiums stehen, Archer. Hast Du mich verstanden?"

"Aha."

"Was?"

"Ja, Sir."

"Wenn Ike Bosler beschließt, jemanden lebendig zu häuten, liefere ich *dich* aus, Dan. Hast du das verstanden?"

"Ja, Sir."

Das Geräusch, als der Hörer aufgelegt wurde, war ein deutlicher Hinweis darauf, dass das Gespräch beendet war. Er blickte zu seiner Frau hinüber, die gerade sein kaltes Abendessen in die Mikrowelle stellte.

Archer ahmte die Stimme seines Chefs nach. "Und wenn die Abteilung für die Aufklärung des Mordes des Jahrhunderts in den höchsten Tönen gelobt wird ... werde ich Dir die volle Anerkennung zuteil werden lassen, Dan."

Kapitel Vierundzwanzig

"ICH SAGE es Ihnen ganz klar. Hal Van Horn hat den Auftrag gegeben, Sarah Rand umzubringen."

Auch wenn Owen es jetzt noch mal hörte, konnte er Jake Gantleys Worte kaum fassen.

Er hatte nicht alles geglaubt, was heute bei der Gedenkfeier gesagt worden war. Rutherford hatte sich das meiste davon ausgedacht und Owen wusste das. Dennoch hatte er das Gefühl, dass an den Worten des Senators etwas Wahres dran sein musste. Immerhin gab es dort eine Menge Leute, die ziemlich offen mit ihrer Trauer umgingen. Vor dem Gottesdienst hatte er jemanden sagen hören, dass es nach dem Mord an Sarah keine Gedenkfeier gegeben hatte. In gewisser Weise, so hatte er beschlossen, war der heutige Tag eine Chance für Newport, sich von beiden zu verabschieden - von Sarah *und* Hal.

Aber jetzt das!

"Hal war der Mann", wiederholte Jake noch einmal.

"Sind Sie sich da sicher?" Owen musste fragen. "Ich meine, Soe hatten nicht direkt mit ihm zu tun. Könnte es sein, dass Ihr Cousin einen Fehler gemacht hat?"

"Kein Irrtum. Er war es", behauptete der Häftling und sein Gesicht verfinsterte sich. "Sie wissen, dass ich nichts davon zugeben werde, wenn Sie zu den Bullen rennen. Aber warum zum Teufel sollten Sie das tun? Van Horn ist eine Leiche."

Jake Gantleys Gesicht war hart, als er einen Seitenblick auf den Wachmann warf, der am anderen Ende des Besucherraums stand.

"Ich kann Ihnen sogar sagen, wo Sie Beweise für Ihre Freundin finden können, falls sie die braucht."

"Geben Sie sie mir."

"Okay. Um einen Teil der Zahlung aufzubringen, wollte Hal seinen Treuhandfonds legal in Anspruch nehmen. Also brachte Frankie ihn zu einem befreundeten Juwelier in Warwick. Hal ging mit einem fünf Dollar teuren Glasdiamanten in einer dreißig Dollar teuren Fassung nach Hause. Angeblich wollte er diesen Ring seiner Freundin als Verlobungsring schenken. Dem Ring lagen Papiere bei, die besagten, dass er fünfzigtausend wert ist. Hal zahlte die fünfzigtausend aus seinem Treuhandvermögen und Frankie ging mit dem Geld und seinen Anweisungen für den Anschlag davon. Ganz einfach."

"Wie lauteten seine genauen Anweisungen?"

"Dasselbe, was ich Ihnen schon gesagt habe. Schritt eins: Ich soll sie umlegen und die Leiche zur Entsorgung eintüten."

Owen konnte in den grauen Augen des Häftlings das völlige Desinteresse an dem Menschenleben sehen, über das er sprach. Nur Geschäft. Interessant, dass Frankies Leben für Jake etwas anderes bedeutete, dachte Owen.

"Wie es aussah, war der erste Schritt für mich getan und auch der zweite Schritt war ein Kinderspiel. Jeder, der halbwegs bei Verstand ist, kann zu den Docks in Newport gehen und auf eines dieser Boote steigen. Mit Hals Hilfe hat Frankie einfach dafür gesorgt, dass wir zum richtigen Zeitpunkt auf das Boot des Richters kamen - nachdem der alte Mann von seiner regelmäßigen Mittwochsfahrt zurück war und bevor die Reinigungskräfte des Yachtclubs an Bord gingen, um den Schnickschnack auf Vordermann zu bringen."

Oh Gott. Owen spürte, wie sich die Nackenhaare aufstellten. Dieser hinterhältige Mistkerl. Nach allem, was er heute erfahren hatte, konnte er sich vorstellen, Hal Van Horn selbst umzubringen. Und wenn man bedenkt, dass Sarah sich so schuldig fühlte wegen dem, was mit dem Widerling passiert war.

"Ihrer Freundin fallen bestimmt ein paar Millionen Gründe ein, warum mein Mandant sie so sehr gehasst hat. Aber ich kann Ihnen sagen, dass es bei dem Streit, den Hal mit dem Richter hatte, nur um das Testament der alten Dame ging." Jake schenkte ihm ein sarkastisches Lächeln. "Diese verwöhnten reichen Jungs sind viel brutaler als sanftmütige arme Jungs wie ich, das kann ich Ihnen sagen."

"Ist das so?"

"Auf jeden Fall." Jake lehnte sich in seinem Stuhl zurück. "Wir haben gerade einen in der Aufnahme, habe ich gehört. Dieser Billy Hamilton, der neulich in Newport verhaftet wurde ... ein weiterer reicher Junge. Im *Journal* von gestern Abend stand die ganze Geschichte. Sie sollten es sich mal ansehen."

"Ich habe die Schlagzeile gesehen." Owen hatte Sarah über die Zeitung gebeugt zurückgelassen. Sie hatte sich sofort auf die Geschichte gestürzt.

"Ein hübscher Junge aus der Ivy League, dem es Spaß macht, minderjährige Portugiesen zu vergewaltigen." Jake grinste ihn an. "Ich weiß, dass es einige der Knackis hier kaum erwarten können, Billy-Boy über ein Dampfrohr zu beugen. Wir werden sehen, wie gut Mr. Prep es in den Arsch bekommt."

"Bleiben wir einfach bei Van Horn. Ich möchte wissen, ob das Geschäft mit dem Diamantring das letzte Mal war, dass Ihr Cousin mit Hal Kontakt hatte."

Jakes Gesicht wurde wieder hart. "Nein. Frankie war schon immer der nervöse Typ. Er hatte hohen Blutdruck. Einen hohen Cholesterinspiegel. Er hat geraucht. Wenn man ihm sagte, dass etwas schlecht für seine Gesundheit war, griff er automatisch danach. Ich sagte ihm immer, er habe ein Problem mit seinem Selbstwertgefühl. Jedenfalls dachte ich mir, dass er nicht noch mehr Stress in seinem Leben brauchte, also sagte ich nichts dazu, dass das Mädchen nicht Sarah war. Ich dachte mir, wir werden bezahlt und alle Hinweise auf den Anschlag zeigten auf den Richter, egal, wer die Braut war. Fall abgeschlossen."

"Wann hat Hal angerufen und sich beschwert?"

"Letzten Mittwochnachmittag. Ihr Mädchen hatte ihm eine Nachricht auf dem Anrufbeantworter vom Flughafen aus hinterlassen." Jake runzelte die Stirn. "Anscheinend war Van Horn auf Block Island, rief seinen Anrufbeantworter an und machte sich ziemlich in die Hose. Jedenfalls rief er Frankie in O'Malley's Pub von Block aus an und sagte ihm, dass er den Job nicht richtig gemacht hatte und dass er ihn zu Ende bringen muss. Nun, mein Cousin war ein guter Kerl, aber er war nie das, was man ein Genie nennen würde. Und Van Horn hatte ihn ein bisschen wachgerüttelt. Und auch wenn Frankie hart reden konnte, war er kein Stehaufmännchen. Wie auch immer, Hal sagte ihm, dass sie zum Haus des Richters geht und sagte ihm auch, wo er einen Schlüssel bekommen kann. Dann versteckte sich Frankie einfach im Haus, bis sie dort ankam."

Owen war dankbar, dass Frankie in Sachen Töten keine Erfahrung hatte.

"Er wollte nicht mit Waffen und Blut und all dem anderen Scheiß zu tun haben. Und er hatte auch Angst, dass Sarah irgendeinen Selbstverteidigungsscheiß kann und ihn verprügelt, also dachte er, Kinderspiel, ich drehe einfach das Gas auf und sperre sie in die Küche." Gantley rieb sich ungeduldig mit der Hand übers Gesicht. "Nun, das hat nicht funktioniert, obwohl der arme Trottel wahrscheinlich sich selbst und die halbe Nachbarschaft in die Luft hätte jagen können. Im Endeffekt war Frankie derjenige, der von deinem Mädchen außer Gefecht gesetzt wurde."

"Und war das das letzte Mal, dass Hal Kontakt zu Ihrem Cousin hatte?"

Jake schüttelte grimmig den Kopf. "Hal rief ihn an und sagte ihm, dass dein Mädchen vor dem La Forge beim Tennisplatz sein wird, um sich mit ihm zu treffen. Er wollte, dass Frankie ihnen in die Gasse runter folgt, bis hinter den Lebensmittelladen am Ende der Straße, damit er sie dann umbringen kann. Anstatt Hal zu sagen, dass er sich selbst ficken soll, geht mein einfältiger Cousin darauf ein. Aber als er darauf wartete, dass Van Horn sie anspricht, sah er, wie der andere Typ ein Messer zieht. Laut Frankie kam es zu einer Schubserei und Van Horn stellte sich zwischen den Typen und das Mädchen. Frankie glaubte nicht, dass Hal das Messer überhaupt gesehen hatte. Aber peng, das Arschloch kriegt es genau zwischen die Rippen."

Owen erinnerte sich in dieser Szene nur noch daran, dass er darüber nachgedacht hatte, wie schnell er Sarah von dort wegbringen konnte.

"Jetzt war Frankie eigentlich erleichtert, dass Van Horn tot war, denn das
war das Ende des Jobs. Aber er wusste auch, dass ich versucht habe, ein großer
Schriftsteller zu werden und all das, und als er sah, wie das Mädchen in Ihr
Auto steigt, machte er sich auf den Weg und rief mich etwas später an."

Die beiden Männer starrten sich lange durch die Scheibe an.

"Warum erzählen Sie mir das alles?"

"Ganz einfach. Weil Frankie den Kerl erkannt hat, der Van Horn umgelegt
hat. Das Traurige ist, dass der Drecksack auch Frankie erkannt hat. Verstehen
Sie das? Der Typ, der Van Horn getötet hat - der Typ, der wirklich versucht
hat, Sarah Rand zu töten - ist auch der Typ, der Frankie getötet hat."

"Wer war er?"

"Einer der Besten von Newport."

AUF DEM BESUCHERPARKPLATZ DES KRANKENHAUSES, der in der späten
Nachmittagssonne glühte, standen nur ein paar wenige Autos. Scott Rosen
parkte seinen grünen BMW unter einem Baum in der Ecke des Parkplatzes
und schwitzte schon, bevor er den Haupteingang erreichte.

Er blickte stirnrunzelnd in Richtung des Blumenladens neben der
Eingangstür. Sonntags geschlossen. Seine Hände fühlten sich verdammt leer
an, als er sich auf den Weg zum Aufzug machte. In letzter Minute wandte er
sich der Rezeption zu, wies sich aus und fragte nach der Zimmernummer von
Tracy Warner. Frau Warner befand sich noch auf der Intensivstation, aber die
Empfangsdame gab ihm die Etagennummer.

Scott wollte sich nicht eingestehen, dass er die Sache hinauszögerte... dass
er das Unvermeidliche hinauszögerte. Er wollte nicht zugeben, dass er noch
nicht bereit war, seiner Frau und seiner neuen Tochter gegenüberzutreten.

Seine neue Tochter. Scheiße, dachte er. Was für ein Mann war er
eigentlich?

Ein Mann, der einen Job zu erledigen hat, dachte er sich. Das Auto von
Sarah Rand wurde auf dem Warner-Grundstück gefunden. Diese Tatsache
brachte seinen Fall in irgendeiner Weise mit dem Angriff auf Andrew und
Tracy Warner in Verbindung. Um Richter Arnold nach bestem Wissen und
Gewissen zu vertreten - und das hatte er geschworen - hatte er eine gewisse
Verantwortung, diese Frau zu überprüfen. Er würde nur einen kurzen
Zwischenstopp auf der Intensivstation einlegen.

Die Tatsache, dass er gesehen hatte, wie Owen Dean am Vortag Blumen zu
Tracy Warner geschickt hatte, hatte nichts damit zu tun, auch wenn es Scott
freuen würde, den Schauspieler irgendwann in der Zukunft wiederzusehen.

Der Korridor auf der Etage, auf der Mrs. Warner lag, war ein Spiegelbild
des leeren Parkplatzes, wenn auch unendlich viel kühler. Auf dem Tresen des

unbesetzten Schwesternzimmers sah er einen großen Blumenstrauß. Zweifellos die Blumen, die Owen gestern ausgesucht und hochgeschickt hatte. Hinter den Glasfenstern, in der Station selbst, bewegten sich einige Pflegekräfte geschäftig zwischen den Betten hin und her. Ihm wurde klar, dass er nicht erkennen konnte, wer Arzt und wer Krankenschwester war. Um zwei der anderen Betten waren Vorhänge gezogen worden.

Stirnrunzelnd wandte er sich ab und blickte in den Warteraum. Eine ältere Frau saß dort allein und las eine Zeitung.

Freundliche graue Augen blickten ihn grüßend an.

"Tut mir leid, ich wollte nicht stören."

"Ganz und gar nicht. Kommen Sie herein, Mr. Rosen."

Scott blickte sich um, extrem verblüfft über das Wiedererkennen. "Ich ... sind wir uns schon einmal begegnet?"

"Nein, wir hatten noch nicht das Vergnügen." Sie stand mit quälender Langsamkeit auf. "Mein Gott, diese alten Knochen."

Er ging auf sie zu und die Frau streckte eine kühle, weiche Hand zur Begrüßung aus. "Ich bin Joanne Emerson, die Schwester von Tracy Warner. Ihre Frau und ich haben uns heute Nachmittag kennengelernt."

Scott spürte, wie er rot wurde. Er schüttelte ihre Hand zur Begrüßung.

"Das ist ein sehr deprimierender Flur, besonders für jemanden in meinem Alter. Nichts, was einen aufmuntert. Ich wollte die Blumen, die Freunde meiner Schwester geschickt haben, verschenken. Die dürfen sie hier nicht haben und es gibt keinen Platz, um sie alle hier draußen abzustellen." Joanne deutete auf einen einzelnen Strauß auf einem Ecktisch. "Ich liebe die Entbindungsstation. Ich war vorhin dort unten und Ihre Frau ging auf dem Gang spazieren, so haben wir uns kennengelernt."

Lucy war bereits auf den Beinen? Scott versuchte, sich seine Überraschung nicht anmerken zu lassen.

"Das ist großartig."

"Sie wissen gar nicht, was für ein Glück Sie haben, dass der Arzt Ihrer Frau erlaubt, die zwei Nächte hier zu verbringen. Die Krankenkassen tun heutzutage so, als wäre es nicht traumatischer, ein Baby zu bekommen, als zum Zahnarzt zu gehen. Rein und raus. Rein und raus. Sie *haben* doch jemanden, der ihr zur Hand geht, wenn sie morgen nach Hause kommt, oder?"

Sie würde *morgen* nach Hause kommen? Eine weitere Welle der Verlegenheit überkam ihn.

"Natürlich", log er und fragte sich, ob er diese Art von Hilfe über das Krankenhaus organisieren könne.

"Das wundert mich nicht." Joanne fuhr fort, ohne eine Pause zu machen. "Ihre Lucy ist eine reizende junge Frau. Sie ist auch sehr stolz auf Sie. Das ist ein sehr schönes Foto von Ihnen, das sie in ihrer Brieftasche hat. So habe ich Sie erkannt - sie hat es mir gezeigt. Wir haben uns über alles Mögliche unterhalten. Sie hat mir sogar erzählt, dass Sie in den Mordfall Rand verwickelt sind. Ich habe die ganze Sache über die Zeitungen in Boston verfolgt. Das arme Kind. Sarah Rand stammte aus Bostons South End, wissen Sie. Sie hat auch in Harvard studiert. Wie Sie sich vorstellen können, ist sie ein beliebtes Thema für die Medien in ihrer Heimat."

Joanne sprach weiter über die Berichterstattung, über den Fall und über Sarahs Leben, wie es in den Zeitungen dargestellt worden war, und Scott versuchte, aufmerksam zu sein. Die ganze Zeit über musste er jedoch an die Worte der Frau denken, dass Lucy stolz auf ihn sei. Er konnte sich nicht einmal vorstellen, dass sie ein Foto von ihm aus ihrer Brieftasche zog, um es einem Fremden zu zeigen. Scheiße, er wusste nicht einmal, dass sie ein Foto von ihm in ihrer Brieftasche hatte.

Stolz auf ihn? Seit einiger Zeit hatte er Angst - und hatte immer noch Angst davor, dass Lucy aufwachen und erkennen würde, was für ein Versager er als Ehemann war.

Er warf einen Blick auf seine Uhr. "Wenn Sie mich entschuldigen würden. Ich glaube, ich gehe besser selbst hinunter."

"Wunderbar." Joanne geleitete ihn zum Aufzug. "Sagen Sie Lucy, dass ich sie und das Baby morgen früh vielleicht noch besuchen werde, bevor sie geht."

"Das werde ich." Er wandte sich zum Gehen, drehte sich aber im letzten Moment um. "Ich habe vergessen zu fragen. Wie geht es Ihrer Schwester?"

"Die Ärzte haben mir gesagt, dass sie heute Nachmittag einige ermutigende Anzeichen sehen, was auch immer das heißen mag." Sie senkte ihre Stimme. "Wenn Sie mich nach meiner nicht-medizinischen Meinung fragen, meine Schwester wird erst wieder zu sich kommen, wenn sie den ganzen Mist aus fünfzig Jahren losgeworden ist, bitte entschuldigen Sie den Ausdruck. Ich will nicht respektlos gegenüber den Toten sein. Aber es ist schon erstaunlich, dass manche Frauen erst mit einem Knüppel auf den Kopf geschlagen werden müssen, bevor sie merken, was für einen Arsch sie sich als Lebenspartner ausgesucht haben."

Als der Aufzug auf die Entbindungsstation hinabfuhr, überlegte Scott, welches Geschenk er Lucy machen könnte, um ihre Ehe zu retten. Einen Schutzhelm.

Das Problem dabei war allerdings, dass er nicht einmal wusste, welche Größe sie trug.

Kapitel Fünfundzwanzig

Hal hatte den Vertrag auf ihr Leben abgeschlossen. Hal.

Sarah war nicht überrascht, irgendwie.

Die Informationen, die Owen aus dem Gefängnis mitbrachte, verletzten sie, sie fühlte sich belogen, betrogen und wütend. Aber nachdem sie während des Gedenkgottesdienstes heute Morgen die Gelegenheit hatte, ihre Gedanken zu sortieren, konnte sie die Nachricht nicht mehr überraschen.

"Vor vier Jahren hat er mich umworben, um seinen Kampf gegen seine Familie zu verstärken, aber die Dinge liefen nicht so, wie er es geplant hatte. Er muss sich im Stich gelassen gefühlt haben, als er sah, wie ich mich auf die Seite von Avery und dem Richter schlug." Sarah lehnte ihren Kopf gegen das Seitenfenster und dachte an die Ereignisse der letzten Monate, während sie auf dem Highway in Richtung Providence fuhren. Die verschwommenen Linien der blauen, grünen und rosafarbenen Häuser entlang des Highways vermischten sich mit dem schmutzigen Ziegelrot und Schwarz der verlassenen Geschäfte und Fabriken.

"Aber das ist wohl kaum Grund genug, um jemanden umbringen zu lassen." Owen griff nach ihrer Hand.

"Ich denke, für Hal war es das. . Jeder hatte einen Zweck für ihn. Meine Aufgabe war es, ihm Richter Arnold vom Hals zu schaffen. Avery sollte das Testament von Hal's Vater in Ordnung bringen und sicherstellen, dass er alles erhält, was ihm von Geburt an zusteht. Wir haben beide nicht so gehandelt, wie er es von uns erwartet hat."

Sie schluckte schwer. "Weißt du, ich hätte ahnen müssen, wie wütend er bei der Verlesung des Testaments seiner Mutter war. Er hat sich mir gegenüber verschlossen. Wollte mir nicht sagen, wie er über irgendetwas denkt. Ich habe ihn sogar darauf hingewiesen, dass es sein gutes Recht sei, das Testament anzufechten. Obwohl ich Testamentsvollstrecker war, wusste ich sehr wohl, wie krank sie in den letzten Monaten ihres Lebens gewesen war und wie einflussreich ihr Mann in dieser Zeit gewesen war. Es war kein Geheimnis, dass Hal und Richter Arnold in keiner Weise einer Meinung waren.

"Er hat es nicht angefochten, oder?"

"Nein." Sie schüttelte den Kopf. "Törichterweise nahm ich an, dass er seine Entscheidung aus Respekt vor seiner Mutter getroffen hatte. Ihm schien es mit seiner Firma gut zu gehen, also dachte ich, er sei froh, die Dinge so zu lassen, wie sie sind."

"Wie lauten eigentlich die Bestimmungen des Testaments?"

"Hal würde weiterhin ein jährliches Taschengeld erhalten, das im Vergleich zum Umfang des Nachlasses relativ gering war. Dies stand im Einklang mit dem von Everard Van Horn eingerichteten Treuhandvermögen. Darüber hinaus konnte er Pauschalbeträge aus dem Kapital entnehmen, allerdings nicht ohne die Zustimmung und Unterschrift aller Treuhänder. Der Umfang der Zustimmung hing von dem Betrag ab, den er abheben wollte.

"Ich nehme an, dass Richter Arnold einer dieser Treuhänder war."

"Natürlich."

Sarah starrte geradeaus. Unerwartet brodelte eine heftige Wut an die Oberfläche.

"Ich war *so* naiv. Ich kann nicht glauben, dass ich mich in all das verwickeln ließ. Diese *beiden* Männer versuchten, mich für ihre Zwecke zu benutzen. Ich war dem Richter ein treuer Partner und betete den Boden an, auf dem er wandelte. Ich tat, was er mir riet, und lernte, und sah, wie meine eigene Praxis zu florieren begann. Und das war auch gut so, solange ich nicht versuchte, meine eigene Unabhängigkeit in einer Sache auszuüben, zu der der Richter bereits eine Meinung hatte." Sie lachte bitter auf. "Und Hal ... ich habe versucht, ein Freund für ihn zu bleiben. Aber aus seiner Sicht war ich in jeder Hinsicht ein schrecklicher Mensch. Ich war die Anwältin seiner Mutter und die Büropartnerin seines ärgsten Feindes. Ich wusste von den Bestimmungen des Testaments und habe ihn nicht davor gewarnt. Und ich war die Eiskönigin..."

"Nicht." Sofort lenkte er den Wagen auf den Seitenstreifen der Autobahn und wandte sich ihr zu. "Du kannst dir nicht die Schuld für eine Familie geben, die schon lange vor deinem Erscheinen dysfunktional war."

Er fasste ihr Kinn an und sah ihr in die Augen. "Du solltest stolz darauf sein, wie du gehandelt hast. Du hast eine Gratwanderung mit viel Ausgeglichenheit und Integrität vollzogen. Du hast ein gutes Urteilsvermögen bewiesen. Und am Ende hast du dich von keinem von ihnen manipulieren lassen."

Er küsste sie mit einer solchen Zärtlichkeit, dass Sarah spürte, wie die Wärme durch sie hindurchfloss und sich um ihr Herz legte. Als er sich zurückzog, sahen ihre Augen nur ihn.

"Was mir jetzt Angst macht, ist das, was wir immer noch nicht wissen. Wir dürfen nicht vergessen, was Gantley sagte, als er in deiner Wohnung ankam und feststellte, dass jemand anderes den Job erledigt hatte." Sein Blick verweilte noch einen Moment auf ihrem Gesicht. "Frankie erkannte den Kerl, der Hal erstochen hatte. Jake Gantley sagt, dass die Wiedererkennung auf Gegenseitigkeit beruhte und deshalb wurde sein Cousin ermordet."

Sein Gesicht war wieder ganz geschäftlich, als er auf die Autobahn zurückfuhr.

"Hatte er einen Namen oder eine Beschreibung? Irgendetwas, woran wir uns orientieren können?"

"Äh, ja, das hat er. Der Name des Mörders ist Paul Yeats. Nach dem, was Gantley sagt, war er ein-"

"Polizist in Newport, bis vor sechs Monaten." Sie beendete den Satz für ihn.

Owens Kopf drehte sich ruckartig in ihre Richtung.

"Weißt du noch, was ich dir über den Streit mit der Polizei von Newport erzählt habe? Über die Fünfzehnjährige und die Polizisten, die das Mädchen eingeschüchtert hatten?"

"Ich erinnere mich."

"Nun, der jüngere Polizist - derjenige, der gezwungen war, zu kündigen - das war Paul Yeats." Sie beugte sich vor und sammelte die Zeitungen ein, die sie zu ihren Füßen gefaltet hatte. Sie schlug die Titelseite mit den Schlagzeilen auf. "Das ist derselbe Fall. Sie haben ihn gerade geknackt. William Hamilton war der Widerling, der meine Mandantin vergewaltigt hatte. Und diese Frau, Cherie Lake, war es auch, die das damals arrangiert hat. Das geht schon eine ganze Weile so, und es gab eine Reihe von minderjährigen Mädchen, die ange-lockt und benutzt wurden."

Sarah blätterte erneut durch die Seiten, bis sie den Abschnitt fand, den sie suchte. "Sie erwähnen sogar meinen Namen und die Klage gegen die Abtei-lung im letzten Frühjahr. Aber hier ... sie erwähnen auch die beiden beteiligten Beamten. Der ältere von ihnen ist in Florida und weigerte sich, dem Reporter, der ihn kontaktierte, eine Aussage zu machen. Der andere, Paul Yeats, lebt immer noch auf der Insel, konnte aber nicht erreicht werden."

"Deshalb hat Jake den Artikel erwähnt."

"Was meinst du?" Sie ließ die Zeitung auf ihren Schoß fallen. "Versucht Yeats, mich wegen dieses Prozesses umzubringen?"

"Was weißt du noch über Yeats?"

"Er hatte einen militärischen Hintergrund. Ich glaube, er war ein Marine MP. Keine Frau oder Kinder. Er war nach seiner Entlassung aus dem Dienst in die Gegend gezogen. Ein echter Männerheld. Unbehaglich... ich würde sogar sagen, feindselig gegenüber Frauen. Ein Typ wie Ollie North, wenn es darum ging, Befehle zu befolgen, wenn auch nicht so intelligent. Es überrascht nicht, dass er bei den anderen Männern in der Abteilung sehr beliebt war, obwohl die weiblichen Beamten nicht viel für ihn übrig hatten."

"Er befolgt Befehle", wiederholte Owen. "Ein Ex-Polizist, möglicherweise mit guten Verbindungen zu den örtlichen Polizeidienststellen, vielleicht sogar mit Zugang zu Polizeifahrzeugen. Außerdem ein Ex-Marine mit Erfahrung im Nahkampf."

"Er war nicht derjenige, der mir heute Morgen eine Pistole in den Rücken gedrückt hat."

"Du hast gesagt, dass Du letzten Mittwochabend von zwei Beamten auf der Straße angehalten wurdest."

"Das ist wahr. Er könnte der andere gewesen sein." Sie sah zu, wie Owen den Wagen durch die S-Kurve in Providence manövrierte, bevor er an der Ostseite der Narragansett Bay nach Süden fuhr. "Aber die beiden sind doch nur Handlanger, oder?"

"Verdammt rücksichtslose Handlanger, aber trotzdem Handlanger. Sie müssen auf Befehl von jemand anderem gehandelt haben."

Sarah wischte sich die schwitzenden Handflächen an ihrem Kleid ab. "Ist alles für morgen vorbereitet?"

"Ich denke schon. Wir müssen nur hoffen, dass Rosen sein Versprechen hält."

BIS AUF ZWEI waren alle Kinderbetten im Kinderzimmer verschwunden. Scott sah die blauen Mützen und Namenskärtchen bei den schlafenden Babys und vermutete, dass seine Tochter bei Lucy war.

Der Geruch des Abendessens wehte bereits aus einigen Zimmern, als er sich dem privaten Zimmer seiner Frau zuwandte. Geräusche von Gesprächen, gemischt mit einem Lachen hier und da und dem leisen Weinen eines Babys, schienen in diesem Teil des Krankenhauses selbstverständlich zu sein, so anders als die Stille der Intensivstation drei Stockwerke höher.

An der Tür von Lucys Zimmer sah Scott das unangetastete Tablett mit dem Essen auf dem Rolltisch. Er machte einen weiteren Schritt hinein und betrachtete stirnrunzelnd das leere Bett. Sein Herz sank ihm in die Hose, als ihm der Gedanke kam, dass sie das Krankenhaus verlassen hatte, ohne ihm Bescheid zu sagen.

Ein leises Gurren aus einem tragbaren Kinderbett aus durchsichtigem Plastik erregte seine Aufmerksamkeit, als er gleichzeitig eine Toilettenspülung hörte. Im nächsten Moment öffnete sich die Badezimmertür. Er stand regungslos in der Tür und genoss die Ewigkeit von dreißig Sekunden, in denen er seine Frau beobachten konnte, bevor sie ihn bemerkte.

Sie sah gut aus. Nein, sie sah wunderschön aus, korrigierte er sich und bewunderte das warme Lächeln, das sie dem Kind schenkte, als sie sich vorbeugte, um es hochzuheben.

"Ich bin hier, mein Schatz. So ein Gesicht ..." Sie erstarrte mit dem Baby in ihren Armen, als ihr Blick auf ihn fiel. "Scott."

"Ist es gerade ungünstig?"

"Natürlich nicht."

Da er nichts Besseres zu tun hatte, steckte er die Hände in die Taschen und lehnte sich an den Türpfosten. Ein dummes Lächeln zeichnete sich auf seinem Gesicht ab, als er beobachtete, wie sich der Mund des Babys weiter in ihre Richtung bewegte.

"Ich... ich glaube, sie ist hungrig."

"Sie ist *immer* hungrig." Lucy legte den Säugling an ihre Schulter und stützte den zarten Kopf und den Hals mit ihrer Hand. "Ich glaube, ich habe Steak und Kartoffeln zum Abendessen bestellt. Wenn du den Deckel vom Essen nimmst und das Fleisch ganz klein schneidest, können wir ihr etwas zu essen geben."

Er richtete sich an der Tür auf und zog die Hände aus den Taschen. "Das ist nicht dein Ernst."

Ihr Lachen war eine Art Musik, die er schon zu lange in seinem Leben vermisst hatte. Seine Stimmung hob sich, sein Verstand wurde etwas klarer.

"Das ist schon besser." Die Grübchen, die ihn sonst in den Wahnsinn trieben, kamen jetzt zum Vorschein. "Weißt du, du hast dich die letzten Tage wie ein richtiger Idiot benommen. Komm mal her."

Er tat genau das, was sie ihm sagte. Sie saßen nebeneinander auf dem kleinen Sofa. Er sah ihr zu, wie sie den hungrigen Säugling stillte, und dann zeigte sie ihm, wie man das Baby hält.

Als er mit seiner Tochter im Arm dasaß, wurde ihm klar, dass er noch nie in seinem Leben ein Baby gehalten hatte. Sie roch nach Milch und Badepuder. Wenn er sie hielt, musste er an Träume und Unschuld denken. Er schob die Strickmütze beiseite und rieb seine Wange an ihren weichen Haarsträhnen. Die perfekten kleinen Finger bewegten sich. Er starrte voller Ehrfurcht auf die Fingernägel. Selbst sie waren so perfekt.

"Ihr beide kommt also morgen nach Hause?"

"Hoffentlich früh am Morgen." Sie küsste ihn über den Kopf des Babys hinweg. "Ich kann ein Taxi rufen."

"Nein. Ich werde hier sein", sagte er und meinte es ernst. "Lucy, du musst mir eine Chance geben. Ich verspreche, ein guter Vater zu sein. Und ein viel besserer Ehemann."

"Sei nicht albern." Sie schüttelte den Kopf, doch ihr Blick war nachdenklich, als sie ihr Gesicht abwandte. Sie hatten nie darüber geredet, hatten nie offen darüber gesprochen, aber sie wussten beide seit einer Weile, dass er am Abgrund stand. Als er ihr Profil anstarrte, wusste er, dass dies durch und durch Lucy war, die alles in sich hineinfrass und so tat, als wäre nie etwas gewesen.

Als sie ihre Aufmerksamkeit wieder auf ihn richtete, sah Scott, wie ihr Blick vom schlafenden Gesicht ihrer Tochter zu seinen flehenden Augen wanderte.

"Wir werden hier auf dich warten."

Kapitel Sechsundzwanzig

DAS KLEINE HÄUSCHEN lag auf einer grasbewachsenen Anhöhe mit Blick auf eine glitzernde, tiefe Wasserbucht südlich des Dorfes. Sarah sah es an und dachte, sie träume. Gekräuselte rote, weiße und rosafarbene Rosen, die vom Seewind gebogen wurden, blühten auf kleinen Hügeln aus Sand und Stein. Hier wuchsen keine hohen oder geraden Bäume. Keiner war stark genug, um die Stürme des atlantischen Winters unbeschadet zu überstehen, und knorrige Kiefern ragten wie trotzige Hausbesetzer aus den Höhlen.

Im Osten zog sich das blasse Azurblau des Himmels vor dem immer tiefer werdenden Blau zurück. In der Ferne kreisten Seevögel und sie konnte in Gedanken ihre klagenden Rufe hören. Das ruhige Wasser der Bucht jenseits der Hütte war in einem dunklen, unbenennbaren Blau- und Grünton gehalten. Jede Linie, jede Farbe war unglaublich scharf im brillanten Licht der untergehenden Sonne, und als sie ihren Blick drehte, sah sie, dass der westliche Himmel selbst zu einer göttlichen Palette von Gold- und Rottönen, Blau und Violett geworden war.

Sarah konnte keine anderen Häuser in der Nähe sehen, als das Auto die unbefestigte Straße entlangfuhr, die zu ihrem Haus führte. Die sanften Hügel und das niedrige, dichte Brombeergestrüpp verdeckten die neugierigen Blicke der Nachbarn, boten aber dennoch einen klaren Blick auf die friedliche Landschaft, die sich im Süden bis zum Meer erstreckte.

Das Cottage selbst war ein altmodisches Cape-Cod-Gebäude mit eineinhalb Stockwerken und Naturschindeln, die in einem schönen Grau gebeizt und verwittert waren. An einer Seite des Hauses rankten rote Rosen an einem Spalier bis zum Dach hinauf. Weiße Fenster mit grünen Fensterläden und Blumenkästen trugen leuchtend rote Geranien in voller Blüte. Dahinter führte ein gepflasterter Weg hinunter zu einem Bootssteg. Dieser Anblick raubte Sarah fast den Atem.

Sie stieg aus, als Owen die Garage öffnete. Auf der Fahrt hierher hatten sie angehalten, um alle notwendigen Toilettenartikel und genügend Lebensmittel für die Nacht zu kaufen. Er parkte den Wagen in der leeren Garage und schloss das Tor. Sarah half ihm, die Taschen zu tragen. Der Schlüssel lag unter dem Blumentopf neben der Tür, genau wie Susan, seine Assistentin, es versprochen hatte.

"So *schön*", flüsterte sie und schaltete das Licht an der Küchentür ein.

Trotz des rustikalen Aussehens von außen, war das Innere der Hütte ein sehr luftiger und komfortabler offener Raum, der Küche, Familien- und Wohnzimmer miteinander verband. Eine Treppe neben der Eingangstür führte nach oben. Die Patina der Holzvertäfelung und die breiten Kieferndielenböden verliehen dem Haus eine warme Ausstrahlung, und es roch nach Holzfeuer, Zimt und frischer Salzluft. Als sie die Taschen auf dem Küchentisch abstellte, fiel ihr auf, dass die Mischung aus neuen und alten Möbeln dazu diente, das Haus zu einem echten Zuhause zu machen, und nicht zu einem aus einer Zeitschrift.

"Ich habe immer davon geträumt, an einem Ort wie diesem zu leben."

Sie ging zum Fenster über der Spüle und blickte im schnell schwindenden Licht über einen Landstrich und die Bucht.

"Ein Garten." Sie lächelte, legte ihre Hände auf den Tresen und lehnte sich weiter vor, um einen besseren Blick zu haben. "Ich hätte meinen Garten auch dort angelegt. Und ja, ich würde dort einen Schuppen für Gartengeräte haben. Und ich würde mir einen Golden-Retriever-Welpen zulegen, der den Vögeln hinterherjagt und jeden Tag nass vom Schwimmen ist und furchtbar stinkt."

"Und Du würdest einen Van brauchen."

Seine Stimme war ein warmes Flüstern in ihrem Ohr. Sarahs Atem stockte in ihrer Brust, als sie seine Wärme in ihrer Nähe spürte. Seine Hände rieben den Stoff ihres Kleides an ihrer Haut. Sie spürte, wie seine Zähne über die empfindliche Haut unter ihrem Ohr kratzten.

"Du würdest einen Van brauchen, um einen nassen Hund zu transportieren."

Eine Hand umfasste ihre Brust, die andere glitt über ihren Bauch und tiefer. Sie lehnte ihren Kopf gegen ihn, während seine Zähne an ihrem Ohrläppchen knabberten.

Seine Stimme war ein heiseres Knurren. "Wie wäre es mit ein paar Kindern, die im Van mitfahren?"

Sie lehnte sich zur Seite und drehte den Kopf, um ihm ins Gesicht zu sehen, und der sinnliche Blick voller Aufrichtigkeit und Verlangen war unwiderstehlich. Statt einer Antwort grub sie ihre Finger in sein dichtes Haar und küsste ihn innig.

Obwohl sie schon mehrmals miteinander geschlafen hatten, war die Kraft seiner Leidenschaft in diesem Moment unvergleichlich und ließ sie vor lauter Kraft nach Luft schnappen.

Danach, als sich ihre Kleider um ihre Füße stapelten, sah Sarah ihr nacktes Spiegelbild im Küchenfenster. Erstaunt beobachtete sie, wie seine Hände sie umfassten und streichelten und ihren Körper augenblicklich wieder zum Leben erweckten. Es war, als könne er nicht genug von ihr bekommen, sich nicht tief genug in ihr vergraben, sie nicht fest genug an sich drücken. Als er ein zweites Mal mit ihr schlief, sah sie zu, wie sie beide gemeinsam auf Wellen der Leidenschaft emporstiegen.

Und in diesem Spiegelbild sah sie noch etwas anderes. Auf ihrem Gesicht sah sie die unverwechselbare Präsenz von Freude, Hoffnung und Vertrauen, die die Einsamkeit eines ganzen Lebens in einem Augenblick auslöschte.

ALS DIE LÖSCHFAHRZEUGE das Gelände erreichten, war die lange Reihe von Lagerhallen ein flammendes Inferno, das den schwarzen Himmel mit Flammen, Rauch und Gasen aus den schmelzenden Metallgebäuden erhellte. Die Zäune um das Gelände behinderten die Einfahrt der größeren Löschfahrzeuge , und die schmalen Gassen zwischen den Hallen waren schnell mit Fahrzeugen, Schläuchen und herabfallender Asche verstopft. Mit unerwarteter Heftigkeit explodierte ein Lagerraum nach dem anderen in einer Reihe heftiger Explosionen, so dass die Feuerwehrleute in Deckung gehen mussten, während geschmolzene Schlacke vom Sommerhimmel regnete.

Nach fünf Stunden intensiver Bemühungen konnte das Feuer unter Kontrolle gebracht werden. Nachdem der Brandursachenermittler das Okay des Feuerwehrkommandanten erhalten hatte, öffnete er den Kofferraum seines Lieferwagens und führte seinen Labrador Retriever auf das Gelände.

Der Hund war speziell darauf trainiert, verschieden flüchtige Substanzen, selbst kleinste Mengen von Brennstoffen und Lösungsmitteln, die einen Brand beschleunigen könnten, aufzuspüren, und umkreiste die Reihen der Lagerräume, wobei seine Nase knapp über dem Boden schwebte. In weniger als fünfzehn Minuten hatten der Hund und sein Ausbilder die äußere Umgebung des Katastrophengebiets abgesucht und begannen, sich auf den Bereich zu konzentrieren, in dem der Brand den größten Schaden angerichtet zu haben schien.

Der vierbeinige Spezialist scharrte und kratzte vor einem großen Aktenschrank, der einer örtlichen Anwaltskanzlei gehörte und nur noch ein verkohltes Loch aus dampfendem Metall und Papierasche war, und gab den Ermittlern einen Ausgangspunkt für die Probenentnahme.

Es würde Stunden dauern, bis die anschließenden Laboranalysen bestätigen konnten, dass in den Betonspalten vor den Lagerräumen der Anwaltskanzlei von Charles Hamlin Arnold und Sarah Rand tatsächlich Spuren von brennbaren Flüssigkeiten vorhanden waren. Dan Archer brauchte jedoch nicht auf die Berichte zu warten, um zu wissen, was passiert war.

Was er wissen wollte - und was ihm keine Laborschlampe sagen würde - war, *warum* jemand die alten Akten des Richters in Brand gesetzt hatte.

GORDON RUTHERFORD HIELT das Schnapsglas gegen das Licht und bewunderte das Spiel des Lichts in der bernsteinfarbenen Flüssigkeit.

"Ich weiß, dass diese beiden Männer seit langem mit Ihnen befreundet sind und Ihren Wahlkampf unterstützen, Senator, aber ein Rückgang der Umfragewerte um acht Punkte könnte einen Schneeballeffekt haben, wenn Sie sich von Ihrer besten Seite zeigen wollen. Wir wollen nicht, dass irgendetwas die Unterstützung des nationalen Parteikomitees für ihre mögliche Kandidatur bei den nächsten Präsidentschaftswahlen beeinträächtigt."

Rutherford nahm einen Schluck von seinem Drink, während Edward North, sein junger Stabschef, eine mit Zeitungsausschnitten gefüllte Mappe aus seiner offenen Aktentasche holte.

"Wir haben zunächst beschlossen, dass wir nicht viel gegen die Richter-Arnold-Assoziation unternehmen können. Es war unvermeidlich, dass in jedem verdammten Artikel erwähnt wurde, dass Sie beide Ihre juristischen Karrieren gemeinsam begonnen haben." Edward breitete bestimmte Zeitungsausschnitte auf dem Tisch aus. "Aber hier haben die verdammten Liberalen ihre Taktik geändert. Jetzt enthält jeder Bericht und jeder Nachrichtenartikel, der sich auf den Fall Arnold bezieht, einen direkten Angriff auf Sie und das, wofür Sie stehen. Sie greifen Ihre Prinzipien an, Senator, ganz zu schweigen von Ihrer spezifischen Haltung gegen Waffenkontrolle. Sehen Sie sich das an..."

"Recht und Ordnung. Doppelte Standards für die Reichen". Edward hielt den Ausschnitt hoch. "Sie behaupten, dass Sie immer schnell eine Pressekonferenz geben, wenn irgendeine Art von Verbrechen in diesem Staat begangen wird, aber dass Sie in Bezug auf Richter Arnold geschwiegen haben."

"'*Verlierer*' ist das neueste Etikett für Rutherford." Edward hob einen weiteren Artikel auf. "Sie haben die Namen aller Menschen ausgegraben, mit denen Sie auch nur gelegentlich Kontakt hatten, und sie haben etwas aufgelistet, das potenziell anstößig sein könnte."

"Und jetzt der Fall Hamilton. Sehen Sie sich diese Leitartikel an... ´Lernen Sie die Freunde des Senators kennen´. Wieder eine Anspielung auf Ihre Verstrickung mit zwielichtigen, aber wohlhabenden Freunden. 'Billy the Kid: Wie der Vater, so der Sohn.' Andeutungen, dass ähnliche Anklagen gegen William Hamilton Sr. vor dreißig Jahren erhoben wurden, nur um dann fallen gelassen und aus den Akten getilgt zu werden."

Der Stabschef hielt ihm den letzten Artikel vor die Nase.

"' Essen gehen: Mörder und Vergewaltiger bei der Rutherford Soirée'".

Edwards gewohnte Gelassenheit begann zu schwinden, und er fuhr sich mit der Hand durch die Haare und zog an seinem Kragen.

Der Senator musterte ihn. "Was soll ich tun?"

"Geben Sie eine Erklärung ab. Distanzieren Sie sich von ihnen. Nennen Sie sie als das, was sie sind. Zeigen Sie ihnen ihr wahres Gesicht. Seien Sie umsichtiger bei der Wahl Ihrer Freunde."

Der Senator starrte einen langen Moment auf den geöffneten Ordner auf dem Tisch und nahm einen weiteren Schluck von seinem Drink. "Niemand ist perfekt, Edward."

"Das ist nicht wahr, Senator. Ihr Ruf ist untadelig."

"Das ist Ihre Aufgabe, das zu sagen." In dem braungebrannten Gesicht blitzten strahlend weiße Zähne auf. "Aber wir alle, auch Sie und ich, haben kleine Leichen im Keller. Wie lange, glauben Sie, können wir zum Beispiel die Tatsache verheimlichen, dass Sie schwul sind?"

"Homosexuell zu sein ist kein Verbrechen, Senator", wandte Edward ein, und sein Gesicht verfinsterte sich.

"Sehr richtig. Aber es wäre sicherlich eine Belastung für einen konservativen, unverheirateten Politiker, der die Absicht hat, eines Tages Präsident der Vereinigten Staaten zu werden."

"Senator, ich glaube nicht..."

Rutherford schnippte mit den Fingern und brachte ihn zum Schweigen. "Selbst wenn unser Rechtssystem nicht auf der grundlegenden Überzeugung beruhen würde, dass wir unschuldig sind, bis unsere Schuld bewiesen ist, glaube ich vielleicht, dass einvernehmlicher Sex mit jungen ... ja, möglicherweise sogar minderjährigen Frauen nicht schlimmer ist als Sodomie und andere unnatürliche Sexualakte zwischen zwei erwachsenen Männern."

Der Senator lehnte sich zurück und lächelte, als er sah, wie Edward rot wurde. Der junge Mann begann, die Zeitungsausschnitte wieder in die Mappe zu stecken.

"Siehst du, Edward? Manchmal kann dieser harte alte Haudegen in seinen Ansichten fast liberal sein." Der Senator beugte sich vor. "Sie werden noch früh genug lernen, dass mir so kurz vor einer Wahl die Umfragen nichts bedeuten. Richter Arnold und ich kennen uns in der Tat schon lange, und ich würde ihn auf keinen Fall im Stich lassen, nur weil er in einem Haufen Scheiße gelandet ist. Wenn wir ein wenig davon abbekommen, dann soll es so sein. *Loyalität* ist das Motto, das wir jetzt an den Tag legen. Und was die Hamilton-Situation angeht... verdammt, sie haben den kleinen Idioten bereits verhaftet. Ich persönlich habe den Jungen sowieso nie gemocht, also können sie ihm den Schwanz abschneiden, was mich betrifft. Aber William Sr. und seine Unternehmen waren über die Jahre hinweg stets unsere größte Quelle für Wahlkampfspenden. Ich werde auf keinen Fall meine Verbindungen zu dieser Familie kappen."

Die Schlösser der Aktentasche schlossen sich mit einem lauten Schnappen.

"Verstehen wir uns, Edward?"

"Ja, das tun wir, Senator." Mit einem knappen Nicken schritt Edward North aus dem Raum.

DA ES IHNEN etwas unangenehm war, gemeinsam in einem fremden Bett zu schlafen, lagen sie stattdessen in den Armen des anderen auf dem Sofa. Durch die offenen Fenster wehte die sommerliche Meeresbrise über sie hinweg.

Sarah hatte ihm gerade von ihrer Kindheit erzählt, von ihren Eltern und davon, wie unangenehm ihr die Teilnahme an John Rands Beerdigung gewesen war.

"Aber noch seltsamer als die Gefühle, die ich bei der Beerdigung hatte, war das, was ich auf dem Rückflug von Irland empfand." Sie stützte ihr Kinn auf Owens Brust. "Ich war ganz, ganz allein. Ich schätze, technisch gesehen hatte ich noch einen Onkel und zwei Tanten jenseits des Atlantiks und ein paar Cousins mütterlicherseits, die ich nie kennengelernt habe. Aber all diese Menschen waren mir noch fremder als mein Vater es gewesen war."

Die Brise fühlte sich plötzlich kühler auf ihrer Haut an, und Sarah griff nach der Decke hinter ihnen. Owen verlagerte sein Gewicht, drückte Sarahs Körper zwischen sich und das Sofa und deckte die beiden mit der Decke zu.

"Es ist ein seltsames Gefühl, niemanden zu haben, den man anrufen kann. Niemand, dem man zu Weihnachten eine Karte schicken oder mit dem man zu Thanksgiving essen könnte. Natürlich ist es nicht so, dass ich so etwas jemals mit meinem Vater gemacht habe, aber es war schön zu wissen, dass es eines Tages, wenn einer von uns es wollte, eine Chance dazu geben könnte. Sie rieb sich das Ohrläppchen. "Weißt du noch, diese Ohrringe, die ich immer trage, die sternförmigen? Sie gehörten seiner Mutter, und er hat sie *meiner* Mutter geschenkt, als ich geboren wurde."

"Ich nehme an, diese Art von Verbindungen sind wichtig."

Sie zuckte mit einer Schulter. "Vielleicht. Aber weißt du, ich habe ihn nie wirklich anerkannt. Nicht bei den Leuten, die ich kannte. Es ist schon ironisch, wenn man bedenkt, dass ich angeblich vor drei Wochen ermordet wurde und niemand in dieser Stadt auch nur die geringste Ahnung hatte, dass mein Vater noch leben könnte. Es gab niemanden, den man hätte benachrichtigen müssen. Nun, ich schätze, wir haben diese Eltern-Kind-Verbindung vor zu vielen Jahren abgebrochen."

Sarah schaute traurig in seine dunkelblauen Augen. "Tut mir leid, dass ich dich mit so einer rührseligen Lebensgeschichte belästige."

Er beugte sich vor und strich mit seinen Lippen über ihre Wangen, ihre Augen, ihre Lippen.

"Wir sind ein Paar." Er lächelte und zwirbelte eine Strähne ihres kurzen Haares um seinen Finger. "Als ich noch sehr, sehr klein war, träumte ich von einem Haus mit Garten und einem Hund und von Eltern, die da waren. Als ich etwas älter wurde, wurde ein Dach über dem Kopf, Essen im Bauch und eine Mutter, die bei Bewusstsein war, mein größter Wunsch. Und dann, nicht lange danach, hätte ich auf das Essen und das Dach verzichten können, wenn ich meine Mutter an einem sicheren Ort hätte, an dem sie nicht regelmäßig verprügelt würde... an einem Ort, an dem sie keine Drogen nehmen müsste."

Jeder Nerv in Sarahs Körper schrie danach, dass sie versuchen sollte, seinen Schmerz zu lindern. Aber sie wartete und gab ihm die Chance, das auszusprechen, was er vermutlich schon seit Jahren in sich aufgestaut hatte.

"Ich habe mich mit all dem abgefunden. Ich habe keine Albträume mehr von diesen Tagen. Es ist mir nicht einmal mehr peinlich, wenn irgendein Nachwuchsreporter beschließt, in Owen Deans bewegter Vergangenheit zu wühlen." Er zuckte mit den Schultern. "So ist das Leben. Wir können das Blatt, das uns früh in die Hände gespielt wird, nicht kontrollieren. Aber ich habe mein Bestes gegeben, um zu kontrollieren, was ich seitdem aus dieser Hand gemacht habe."

Sarah sah ihm lange zu und starrte an die weiße Decke.

"Sie hat mir nie gesagt, wer mein Vater ist. Am Anfang war ich zu jung, um den Unterschied zu kennen oder zu fragen. Später geriet unser Leben so sehr durcheinander, dass es keine Rolle mehr spielte." Seine Hand glitt an ihrem Arm auf und ab und wärmte sie. "Du hattest einen Namen für John Rand. Obwohl sich deine Eltern entfremdet hatten, war er immer noch dein Vater. Ich kannte nur einen etwas zähen, seltsamen Typen namens Andrew Warner. Ich habe nie erfahren, was er damit zu tun hatte, nur dass er eines Tages aus heiterem Himmel auftauchte und so tat, als wolle er sich um uns kümmern."

Sarah spürte, wie sich die Spannung in ihm aufbaute.

"Meine Mutter war wirklich krank. Ich weiß nicht, ob es am Alkohol, an den Drogen oder am rauen Umgang mit ihren Männern lag, aber ich war klug genug, um zu wissen, dass Andrew nicht vorbeikam, um etwas von ihr zu bekommen." Er fuhr sich mit der Hand über die Stirn. "Das hat mich damals zu Tode erschreckt. Ich hatte so etwas schon auf der Straße gesehen. Wir wohnten in einer Bruchbude im dritten Stock auf der Bainbridge in Philadelphia. Einige dieser Mütter... viele von ihnen waren so verkorkst wie meine eigene, setzten ihre eigenen Kinder aus, um für Geld zu huren. Oft hatten diese Typen, die in die Nachbarschaft kamen, Geld, wie Andrew.

Aber die Sache war die, dass sie so etwas noch nie getan hatte. Jedes Mal, wenn sie jemanden in das eine Zimmer brachte, das wir hatten, schnappte ich mir eine Decke und schlief auf dem Dach, bis sie mich holen kam. Aber ich wusste schon, dass Menschen sich ändern, sogar Mütter. Ich wusste auch, dass meine Mutter zu verzweifelt war, um sich um irgendetwas zu kümmern."

Sarahs Griff um ihn wurde fester. Sie ertappte sich dabei, wie sie den Atem anhielt, während er sprach.

"Ich besorgte mir ein Messer und begann es zu tragen. Immer wenn Andrew in der Nähe war, hielt ich mich fern. Er brachte uns Essen, aber ich rührte es nicht an. Ich sah, wie er meiner Mutter Geld gab, aber mir wurde schlecht bei dem Gedanken, dass ich wusste, wofür es war. Ich schlief sogar nicht mehr, weil ich dachte, dass dieser Idiot eines Nachts, wenn ich nicht aufpasste, das Geld abholen würde. Je freundlicher er wurde, desto feindseliger und verschlossener wurde ich. Aber das war egal, er kam immer wieder vorbei."

Er rieb sich müde die Augen. "Ungefähr sechs Monate, nachdem er aufgetaucht war, brachte er meine Mutter in ein Krankenhaus, wo sie mir sagten, dass sie sie mindestens ein paar Wochen dabehalten würden, vielleicht auch länger. Andrew wollte, dass ich dorthin gehe und dort lebe, wo auch immer er damals gelebt hat, während meine Mutter in der Entgiftung war." Owen lachte bitter auf. "Er hatte Glück, dass er an dem Tag nicht das Messer in den Bauch bekommen hat. Stattdessen bin ich einfach weggelaufen. Natürlich bin ich nicht wirklich weggelaufen. Ich hing in den Straßen von Philadelphia herum. Ich habe mich nicht einmal zu weit von der Nachbarschaft entfernt. Das waren die Gesichter, die ich kannte. Und Andrew konnte mich nicht finden."

"Meine Mutter kam endlich aus dem Krankenhaus zurück, und ich habe auf sie gewartet. Aber zwei Tage später sah ich die Nadel auf dem Waschbecken im Bad und wusste, dass es nur eine Frage der Zeit war, bis sie für immer weg sein würde."

"Hast du sie damals gefragt, wer Andrew ist?" fragte Sarah.

"Ja … nun, in so vielen konfrontativen und kindischen Worten, ich denke, das habe ich." Er zuckte mit den Schultern. "Aber außer der Tatsache, dass er ein alter Freund von ihr war, hat sie nichts weiter über ihn gesagt. Und dann kam ich eines Tages nach Hause und sie saß tot in einer Ecke des Badezimmers, die Nadel noch immer in ihrem Arm."

Owen holte tief Luft und hielt einen Moment inne. Sie wusste, dass er diesen schrecklichen Ort, diesen schrecklichen Tag vor Augen hatte.

"Was geschah nach ihrem Tod?"

"Ich wollte wieder abhauen, aber ich war noch ein Kind. Ich war in dem Sommer erst zehn Jahre alt geworden. Ich wollte nicht auf der Straße leben. Ich wusste, was mit den Kindern dort geschah, und es war nicht besser als das Schlimmste, was ich von Andrew bekommen konnte. Als Andrew mir also sagte, dass er sich um alles gekümmert hatte und ich mit ihm gehen sollte, nahm ich mein Messer und ging mit ihm."

Er sah zu ihr hinunter und berührte ihr kurz geschnittenes Haar.

"Ich habe mich in ihm getäuscht, in dem, was er wollte. Er nahm mich mit zu seinem Haus, aber das war eine ziemliche Szene. Seine Frau wollte mich dort nicht haben, Punkt. Und sie war nicht schüchtern, das zu sagen. Andrew war wütend, aber aus irgendeinem Grund ließ er ihr den Vortritt. Noch am selben Nachmittag war ich wieder weg von dort. Es war einer der längsten Tage in meinem Leben.

Er fand ein Internat für mich. Eine Vorbereitungsschule in Connecticut, die bis unter die Decke mit weißen, reichen Kindern gefüllt war. Das war eine weitere Katastrophe, wenn man bedenkt, dass ich ein Straßenkind mit einem klugen Mundwerk war, das nichts hinter sich und nichts vor sich hatte. Ich war von Anfang an ein Problem. Ich will dich nicht mit den Details langweilen, aber irgendwie habe ich es dort geschafft und bin sogar aufs College gegangen."

"Aber du bist nicht auf dem College geblieben, oder?"

"Das ist der Punkt, an dem die Boulevardpresse Owen Deans Leben aufgreift", antwortete er. "Nein, das bin ich nicht. Ich weiß nicht, ob es Stolz oder Unabhängigkeit oder Hormone oder was auch immer war. Wer weiß das schon? Aber ich war noch nicht einmal mit meinem ersten Semester fertig, als mir klar wurde, dass ich Andrew nicht mehr auf mich aufpassen lassen konnte. Er war sehr anständig gewesen. Er hat immer meine Studiengebühren bezahlt. Er hat mich immer wieder aus allen möglichen Schwierigkeiten herausgeholt, für die ich eigentlich hätte rausfliegen müssen. Mindestens einmal im Monat kam er zu mir. Wir gingen essen und sprachen während des ganzen Essens über nichts. Ich konnte es einfach nicht verstehen. Ich konnte ihn nicht verstehen."

Er sah ihr ins Gesicht. "Der Rest ist ein offenes Buch. Ich zog nach L.A. und hatte Glück mit kleinen Rollen, zuerst in Werbespots, dann in Low-Budget-Filmen. Die Schauspielerei war etwas, das mir in die Wiege gelegt wurde. Einige von Andrews Prinzipien sind wohl hängen geblieben. Während ich mich um Rollen bemühte, begann ich an der UCLA zu studieren und erwarb innerhalb von zehn Jahren mehrere Abschlüsse. Und dann nahm die Karriere Fahrt auf und das Leben ging weiter."

Sie berührte seine Kinngrube, die Vertiefung an seinem Hals. "Hast du danach noch oft Andrew und seine Frau gesehen?"

Er lachte vergnügt.

"Tracy hasste mich abgrundtief. Ich hatte es schon als Kind gespürt. Ich wusste es als Erwachsener. Deshalb habe ich es ihr übel genommen, dass Andrew sie mindestens einmal im Jahr nach L.A. mitgeschleppt hat. Er hat sich irgendwelche dummen Ausreden ausgedacht, nur damit wir in Kontakt bleiben konnten. Also ja, ich habe sie gelegentlich gesehen." Eine dunkle Röte kroch seinen Hals hinauf. "Er war der einzige Mensch, den ich in dieser Welt hatte. So kalt und seltsam und unerklärlich es auch war, er war meine einzige Verbindung zur Vergangenheit. Und es blieb die Tatsache, dass ich ihm etwas schuldete. Ich schuldete ihm eine Menge."

Sarahs Hand ruhte auf seiner Brust.

"Und das ist es, was mich an der ganzen Sache wirklich wütend macht." Er drehte sich um und sah sie an. "Es gab Zeiten in der Vergangenheit, in denen ich dachte, vielleicht... vielleicht ist Andrew mein Vater. Warum sonst hätte er all die Jahre in meiner Nähe verbracht? Ich habe mir eingeredet, dass ich ihn einfach so akzeptieren sollte, wie er ist, und aufhören sollte, die Dinge zu analysieren. Aber weißt du, er hat die ganze Zeit so einen bildlichen Scheiß erzählt. *Du bist wie ein Sohn für mich, Owen*, oder... *ich will wie ein Vater für dich sein*."

Die Worte blieben ihm im Hals stecken, und er bedeckte seine Augen.

"Mein Stolz ließ es nicht zu, dass ich ihn fragte. Wenn es wahr war, wollte ich, dass *er* es mir sagte. Ich wollte, dass er mir von meiner Mutter erzählt. Darüber, wer sie war, bevor sie so verkommen war. Soweit ich weiß, hätte meine Mutter auch in einer Gasse mit einer Nadel im Arm geboren werden können. Aber andererseits waren die späten sechziger und siebziger Jahre für viele Menschen hart."

Tränen liefen Sarahs Gesicht hinunter.

"Andrew hatte Lungenkrebs. Er hätte Glück gehabt, wenn er bis Weihnachten überlebt hätte. Er bat mich, nach Newport zu kommen, und ich dachte, wir könnten endlich mit der Vergangenheit abschließen."

"Es tut mir leid, Owen. Wenn ich nicht gewesen wäre, mein Auto... auf ihrem Grundstück, dann wären sie..."

"Nicht." Er umfasste ihr Gesicht. Sein intensiver Blick traf den ihren. "Ich habe einen Freund früher verloren, als ich gehofft hätte, aber Andrew lehnte bereits Behandlungen ab. Er wäre schon vor der Zeit gestorben, die die Ärzte ihm gegeben haben."

"Aber du hast auch die Antworten auf deine Vergangenheit verloren, wegen dem, was ihm passiert ist."

"Aber sieh dir an, was ich gewonnen habe."

Ihre Lippen zitterten, als sie seine berührten. Als er seine Arme um ihren Körper schlang, presste sie sich an ihn, bis sie eins wurden.

"Aber ich habe solche Angst, Owen. Ich traue mich nicht einmal zu träumen."

"Hör zu, wir wissen beide, dass wir Angst haben. Ich kann mir aber vorstellen, dass manche Träume nur einen Tag nach dem anderen wahr werden können."

Kapitel Siebenundzwanzig

DER ANWALT WARTETE, bis Evan Steeles Anrufbeantworter ansprang und begann dann mit seiner Nachricht.

"Hallo, Evan. Scott Rosen hier. Es ist sieben Uhr morgens. Wenn Sie gerade duschen, werden Sie diese Nachricht hoffentlich erhalten, bevor Sie in die Stadt fahren. Wir hatten geplant, uns um neun im Büro des Richters zu treffen, aber ich werde meine Frau im Krankenhaus abholen, bevor ich dorthin fahre. Wir können also im Büro vorbeischauen, nachdem ich Lucy abgeholt habe, nur um die Akten abzuliefern. Es könnte ein wenig später werden. Es könnte näher an zehn sein. Andererseits, wenn Sie mich auf meinem Handy anrufen wollen, kann ich auf dem Weg zum Krankenhaus bei Ihnen vorbeikommen. Wie auch immer es Ihnen passt." Er hielt eine Sekunde inne und fügte dann einen Nachsatz hinzu. "Vergessen Sie nur nicht, den Sicherheitsalarm abzuschalten, bevor ich komme."

DIE ANGESTELLTE DES SOUVENIRSHOPS meldete sich wieder in der Leitung. "Sie hatten recht, Mr. Dean. Frau Rosen wird heute früh entlassen. Es wäre besser, wenn Sie uns die Blumen zu ihrem Wohnsitz schicken lassen. Haben Sie die Adresse?"

"Ja, warten Sie einen Moment." Owen blätterte im Telefonbuch, aber die einzige Adresse und Telefonnummer, die er finden konnte, war die des Anwaltsbüros. Er gab der Frau am Telefon trotzdem die Adresse.

"Und wird das alles sein?"

"Ich möchte, dass Mrs. Warner ein identisches Arrangement zugeschickt wird - den gleichen Boden wie bei meiner Bestellung vor zwei Tagen."

"Sie wissen doch, dass keine Blumenlieferungen auf die Intensivstation erlaubt sind."

"Übergeben Sie es an Mrs. Joanne Emerson. Sie ist die Schwester von Mrs. Warner."

Der Angestellte nannte ihm die Gesamtkosten für die beiden Sträuße. "Sonst noch etwas?"

"Das war's."

"Ich bin ein großer Fan von Ihnen, Mr. Dean." Das Mädchen fing an, all die Filme aufzuzählen, in denen sie ihn gesehen hatte, aber Owens Aufmerksamkeit galt Sarah, die die Treppe herunterkam. Sie trug dasselbe schwarze Kleid wie gestern, die Spitzen ihrer kurzen Haare trockneten in alle möglichen Richtungen um ihr blasses Gesicht herum und für eine Tote sah sie verdammt gut aus. Er beobachtete, wie ihr Blick durch den Raum wanderte, jede Ecke, jedes Fenster und jedes Detail in Augenschein nahm, bevor er schließlich auf dem Sofa zur Ruhe kam, auf dem die beiden den größten Teil der Nacht verbracht hatten, um zu reden, sich zu lieben und wieder zu reden.

Vor der letzten Nacht hatte er noch nie einem anderen Menschen sein Herz geöffnet, so wie er es Sarah gegenüber getan hatte. Er hatte nie gewusst, was es heißt, jemanden für die Ewigkeit zu wollen. Für die Ewigkeit, dachte er.

"Ist da jemand am Telefon?" formte Sarah mit den Lippen, als er näher kam.

Er wandte sich wieder dem Telefon zu und stellte fest, dass die junge Frau immer noch sprach. "Es tut mir leid, aber ich muss jetzt auflegen. Vielen Dank für Ihre Hilfe."

"Worum geht es hier?" Sie schaute auf das aufgeschlagene Telefonbuch auf der Arbeitsplatte.

"Ich habe Rosens Frau gerade zwei Dutzend Rosen in sein Büro geschickt."

Eine neugierige Augenbraue hob sich.

"Ich habe vergessen, dir zu sagen, dass ich ihn am Samstag im Geschenkeladen des Krankenhauses getroffen habe. Ich habe mich umgehört und herausgefunden, dass seine Frau an diesem Morgen ein Baby zur Welt gebracht hat."

Ein schiefes Lächeln umspielte ihre Lippen. "Was hast Du vor? Ihn bezirzen und hoffen, dass er uns nicht verklagt, wenn er herausfindet, dass wir seinen Mandanten absichtlich im Gefängnis festhalten?"

Er zwinkerte ihr zu. "Eigentlich hatte ich gehofft, zum Abendessen eingeladen zu werden, damit ich sein Haus ausrauben kann." Er klappte das Telefonbuch zu und legte es weg. "Bist du bereit zu gehen?"

"Es ist erst zehn nach sieben. Sind wir nicht ein bisschen früh dran?"

"Nicht für das, was ich geplant habe."

"Was hast du vor?" Sie blieb stehen, als Owen einen Arm um ihre Taille legte und sie in die Küche führte.

"Nichts. Wirklich nicht. Ich dachte nur, wir könnten zuerst im Krankenhaus vorbeischauen. Ich wollte dort nachsehen, ob sich Tracys Zustand verändert hat. Dann können wir an einem Fast-Food-Laden anhalten, wo ich dir ein fettreiches, kalorienreiches Frühstück kaufen kann - du bist viel zu dünn. Und dann können wir uns das Büro in der Innenstadt ansehen, bevor du reingehst."

Sie sah überzeugt aus. "Ich habe das Bad oben in Ordnung gebracht, aber gib mir zehn Minuten, um..."

"Vergiss es." Er drückte ihr einen Kuss auf die Lippen und führte sie wieder zur Tür. "Wir rufen Susan vom Auto aus an und lassen sie ein professionelles Reinigungsteam herschicken."

"Hey, *so* viel Chaos haben wir doch gar nicht angerichtet", beschwerte sie sich. "Wenn das alles vorbei ist, werde ich Susan und ihrer Familie eine Nachricht und ein Geschenk schicken." Sie warf noch einen wehmütigen Blick auf den Ort, bevor sie hinausgingen. "Das war ein ganz besonderer Ort."

EVAN STEELE WARTETE am oberen Ende der Treppe auf die Büromanagerin, die außer Atem nach oben kam. Als er den Rollkoffer in der Hand der Frau sah, stieg er die wenigen verbleibenden Stufen hinunter und nahm ihn ihr ab.

"Weigerst du dich immer noch, den Aufzug zu nehmen, Linda?"

"Ich habe dir doch gesagt, dass das Treppensteigen meine einzige Übung ist, Evan."

Er hob den Koffer hoch. "Was hast du da drin, eine Leiche?"

"Mach nicht solche Witze." Die Frau mittleren Alters stand auf dem Treppenabsatz und versuchte, zu Atem zu kommen. "Das war ein ganzer Stapel von Sarahs Akten, die ich mit nach Hause genommen hatte, um sie zu sortieren, bevor wir für die Sommerferien schließen. Was für ein Urlaub."

Steele rollte den Koffer aus Lindas Weg, und die beiden betraten die Büroräume.

"Danke, dass Du so früh gekommen bist", sagte sie und legte ihre Tasche unter den Schreibtisch. "Ich hatte gestern Abend fünf Anrufe von Klienten und heute Morgen zwei, die alle darum baten, bestimmte Akten an ihre neuen Anwälte zu schicken. Ich glaube, das Feuer hat alle ziemlich aufgewühlt. Nicht, dass sich jemand Sorgen machen müsste. Es war nichts auch nur annähernd aktuelles im Lager. Warst du drüben?"

Steele stellte den Koffer neben Lindas Schreibtisch auf den Boden. "Ja, war ich. Ich habe mir sogar einen Weg vom Lagerhaus zur Polizeiwache und wieder zurück gebahnt. Gut, dass du mich auf meinem Handy angerufen hast, sonst hättest du mich nicht erreicht." Er fuhr sich mit einer Hand über das Gesicht. "Es war eine lange Nacht. Ich freue mich auf eine heiße Dusche und eine Rasur."

"Du musst nicht hierbleiben", rief die Büroleiterin über die Schulter, als sie in Richtung Küche ging. Evan hörte das Geräusch von fließendem Wasser und das Klappern der Kaffeekanne. "Ich werde hier sein, wenn du zurückkommst.

Es kann sogar sein, dass ich den ganzen Tag hier verbringe. Es gibt furchtbar viel, was ich aufholen muss."

Steele schaute auf seine Uhr. 7:35. Sein Blick wurde von dem Koffer mit Sarahs Akten angezogen, den Linda mitgebracht hatte.

"Ich weiß warum Du hier rumhängst." Die Büroleiterin lächelte ihn an, als sie zurück ins Büro kam.

Steele starrte sie an. "Ach ja?"

"Du hast meinen Kaffee verpasst. Deshalb rennst du hier auch nicht raus."

"Wie hast Du das erraten?" Er schenkte ihr ein halbes Lächeln, dann ging er zu den geschlossenen Jalousien am Fenster, das auf die Straße hinausging. Er blickte durch den Schlitz in den Jalousien auf den bereits regen Montagmorgenverkehr. "Scott Rosen kommt so gegen neun Uhr, um einige Akten zurückzubringen, die er sich am Freitag ausgeliehen hat. Ich habe ihn gebeten, eine Karte für alles zu hinterlassen, was er mitgenommen hat."

"Ich bin froh, dass ich *jemanden* in diesem Büro richtig ausbilden konnte." Er sah zu, wie sie sich vor den Koffer kniete und ihn öffnete. Sie zog einen Stapel Aktenordner heraus und legte sie auf den Schreibtisch. "Meine Güte, Sarah war immer sehr gut darin, Ordnung zu halten. Es war eine wahre Freude, die Akten für sie abzulegen. Sie hat alles nach Datum, Klient und Aktennummer sortiert. Armes Ding."

Linda schob die Türen auf, hinter denen sich die Wand mit den Aktenschränken verbarg. "Ich weiß allerdings nicht, was mit diesen Ordnern passiert ist. Sie waren ein einziges Durcheinander. Ich habe ewig gebraucht, um sie durchzugehen. Es sah aus, als hätte ein Tornado hier gewütet."

Sie warf Evan einen Blick über ihre Schulter zu. "Weißt du, ich habe das Gefühl, dass das nicht Sarahs Werk war."

"Was meinst du damit?"

Sie konzentrierte sich darauf, wo sie einen bestimmten Ordner in den Schrank legte, bevor sie fortfuhr. "Ich weiß, dass Richter Arnold am 1. August den ganzen Tag hier verbracht hat. Als ich mittags vorbeikam, um noch ein paar dieser Akten mit nach Hause zu nehmen, fand ich ihn an Sarahs Schreibtisch, wo er ihre Sachen durchsuchte. Ich weiß nicht, was er gesucht hat, aber er wirkte sehr schuldbewusst, als ich ihn fragte, ob ich ihm bei irgendetwas helfen könne. Ich glaube, dieses Chaos war sein Werk."

"Haben Sie der Staatsanwaltschaft etwas davon erzählt?"

"Evan Steele." Sie warf ihm einen tadelnden Blick über die Schulter zu. "Du weißt doch, dass Du mich nicht fragen solltest, was ich zu Ike Bosler gesagt oder nicht gesagt habe. Ah, ich kann den Kaffee schon riechen."

Evan sah zu, wie Linda in Richtung Küchenzeile marschierte und warf noch einmal einen Blick auf seine Uhr, bevor er auf die Straße sah.

Es blieb nicht mehr viel Zeit. Er musste Linda irgendwie loswerden, bevor Sarah im Büro eintraf. Sie hatte ausdrücklich gesagt, dass sie die ganze Sache geheim halten wollte, bis sie kam und fand, wonach sie suchte.

Mehr könnte er ihr nicht zustimmen.

Sie saßen schon seit mindestens zehn Minuten untätig auf dem Besucherparkplatz des Krankenhauses. Sarah beobachtete Owen dabei, wie er nach seiner Tasse Kaffee griff und den Rest ausleerte, der darin war. Während der ganzen Zeit wich sein Blick nicht von der Einfahrt zum Parkplatz ab.

"Worauf warten wir noch?" Sie flüsterte ihre Frage.

"Warum flüsterst du?"

"Um Deine Aufmerksamkeit zu bekommen." Sarah sah ihn lächeln. Sie war besorgt über alles, was heute vor ihnen lag. Aber gleichzeitig wusste sie, dass es jetzt soweit war. Das Ende des Weges. Sie würde sich der Welt stellen, komme was wolle.

Aber sie mussten immer noch ins Büro. Es war noch früh, sagte sie sich, und sie wusste, dass Owen sie keine unnötigen Risiken eingehen lassen würde.

Sarah holte tief Luft. Gott, sie hoffte so sehr, dass sie finden würden, was auch immer da fehlte. Ohne das, wäre die Erklärung ihrer Handlungen gegenüber den Beamten ein Alptraum, auf den sie sich nicht freute. Ohne Beweise war es sehr gut möglich, dass man sie wegen Behinderung der Ermittlungen anklagen würde. Sie wollte nicht einmal an die Möglichkeit denken, dass man sie des Mordes an Tori beschuldigen könnte.

Und dann gab es natürlich immer noch die erfreuliche Aussicht, selbst ermordet zu werden.

"Okay, Du hast meine Aufmerksamkeit. Und jetzt hör auf mit diesem Blick."

"Welcher Blick?"

"Dein 'der Himmel wird jeden Moment auf uns herabfallen'-Blick."

"Oh, dieser Blick." Sarah riskierte einen weiteren Blick auf ihn. "Ist es nicht so?"

"Dafür hast du ja mich, Liebes. Ich bin nur hier, um ihn festzuhalten, bis du da raus kommst. Nenn mich einfach Atlas."

Sie versuchte, den Tennisball herunterzuschlucken, der sich plötzlich in ihrem Hals gebildet hatte. "Wenn du noch einmal so etwas Nettes zu mir sagst, könnte ich weinen, weißt du."

"Wirklich?" Sein Blick wanderte zu ihr, doch als seine Hand ihre Wange berührte, riss ihn etwas in seinem peripheren Blickfeld aus dem Konzept.

"Bingo! Da ist er."

"Wer?" Sarah folgte Owens Blick und sah den dunkelgrünen BMW auf den Besucherparkplatz fahren.

"Setz Deine Brille auf. Steig aus dem Auto aus und geh zur Ecke. Bleib weg von der Stelle, wo er parkt. Schnell, Sarah!"

Sie tat genau das, was er ihr sagte. Sie ging so lässig wie möglich zwischen den Reihen der Autos hindurch und behielt den BMW im Auge. Bevor sie den Rand des Parkplatzes erreichen konnte, hielt der Anwalt in ihrer Nähe an.

Sarah spürte, wie ihr die Panik den Rücken hinunterlief. Wenn Rosen auch nur einen Blick in ihre Richtung warf, könnte er sie erkennen. Bevor sie die Richtung ändern konnte, sah sie, wie der Anwalt aus dem Auto stieg.

Aber seine Aufmerksamkeit war nicht auf sie gerichtet. Sie beobachtete, wie Rosen etwas vom Rücksitz holte. Einen Babyautositz.

"Scott. Scott Rosen."

Owens Schrei verwirrte Sarah noch mehr. Sie blieb zwischen zwei Autos stehen und tat so, als würde sie etwas in ihrer Handtasche suchen. Die Motorhaube von Owens Auto war offen.

"Gut, dass ich jemanden getroffen habe, den ich kenne. Ich habe gerade nach Tracy geschaut, und als ich zurückkam, war die Batterie meines Autos leer. Ich muss in zehn Minuten zu einer wichtigen Besprechung in der Stadt sein, sonst würde ich den Kundendienst anrufen, aber ich bin so spät dran."

Sarah ging weiter in Richtung Straße. Sie ging bis zur Ecke, bevor sie sich umdrehte. Als sie zu den geparkten Autos zurückblickte, war sie schockiert, als sie sah, wie Owen in Rosens BMW einstieg, während der stämmige Anwalt in Richtung Krankenhauseingang eilte und den Autositz unter einem Arm trug.

Sofort eilte sie zurück zu Owens Auto. Bevor sie dort ankam, war der BMW bereits vor dem Range Rover geparkt worden. Die Motorhauben beider Autos waren hochgeklappt und Owen zog einige Kabel aus dem Kofferraum seines Wagens.

"Was machst du da?" rief sie leise und kam zum Auto.

"Mit Kabeln spielen." Er winkte mit den Starthilfekabeln in ihre Richtung. "Rosens Aktenkoffer liegt auf der Rückbank. Während ich versuche, die beiden Autos in weniger als fünf Minuten zu ruinieren, schau doch mal in den Koffer und sieh nach, ob Deine Akten darin sind."

"Was ist, wenn er seine Aktentasche abschließt?", beschwerte sie sich und sprang auf den Rücksitz. Als sie das Ding auf ihren Schoß nahm, wurden ihre Befürchtungen sofort bestätigt.

"Beeil dich, Sarah. Er kommt in ein paar Minuten mit seiner Frau und dem Baby zurück, und ich soll die Schlüssel bis dahin an der Rezeption in der Lobby zurückgeben."

Sie schaute sich das Zahlenschloss genauer an und stellte fest, dass der letzte der drei Ziffernblätter zwischen zwei Zahlen eingeklemmt war. Sie stellte ihn auf eine Zahl ein. Als das nicht klappte, drehte sie das Rad auf die nächste Ziffer zurück.

Die Schlösser schnappten auf.

"Da kommt ein Auto." rief Owen.

Sarahs Herz raste und ihre Finger flogen, als sie die Akten und Papiere in der Aktentasche des Mannes durchblätterte.

Zwei weitere Autos fuhren auf den Parkplatz.

"Mensch, das ist eine Party." fügte Owen hinzu, bevor er sich selbst ans Steuer setzte und sein Auto startete.

"Ich habe sie." Gerade als sie begann, ihre eigenen Akten aus dem Koffer des Anwalts herauszuholen, erregte die Akte darunter ihre Aufmerksamkeit. Sie stammte ebenfalls aus ihrem eigenen Büro und trug Hal's Namen. Als sie einen kurzen Blick hineinwarf, sah sie einen an Richter Arnold adressierten Brief. Der Briefkopf stammte von einer privaten Ermittlungsfirma aus Providence. Sie nahm auch diese Akte an sich, schloss die Aktentasche wieder und stellte die letzte Ziffer wieder auf die alte Position ein. Als sie aus Rosens Auto in den Range Rover stieg, sah sie, wie Owen die Kabel, die er vorgab, benutzt zu haben, aufnahm und auf den Rücksitz warf.

"Ich bin gleich wieder da. Schließ die Türen ab."

Jeder Zentimeter ihres Körpers vibrierte vor Aufregung. Sie schloss die Türen ab, wie er es ihr gesagt hatte, und sah zu, wie er Rosens Auto auf einen freien Platz fuhr. Eine Sekunde später joggte Owen mit den Schlüsseln in der Hand über den Parkplatz zum Krankenhaus.

Ihre Finger juckten, um die Akten zu öffnen. Aber ihr Herz trommelte wie wild und sie konnte ihren Blick nicht von der Tür lösen, durch die er verschwunden war.

Der Klang von Sirenen lenkte ihre Aufmerksamkeit auf die Straße. Ein Rettungswagen und ein Polizeiauto fuhren um das Gebäude herum und steuerten auf den Noteingang zu. Sarahs Blick fiel wieder auf den Besuchereingang.

"Bitte, Owen. Bitte."

Der Anblick, wie er aus dem Gebäude trat, unverletzt und allein, erfüllte sie mit unerwarteter Freude. Sie biss sich auf die Lippe und versuchte, ihre Erregung zu zügeln, als er zum Auto eilte.

"Und? Irgendetwas Neues?"

Statt einer Antwort schlang sie ihre Arme um seinen Hals und küsste sein gerötetes Gesicht, bevor sie sich zurückzog.

"Danke."

"Wofür?"

"Dafür, dass Du zurückgekommen bist." Ihre Gefühle gewannen die Oberhand über sie. Schnell öffnete sie die oberste Akte auf ihrem Schoß. "Tut mir leid, ich habe sie mir noch nicht angesehen."

Er nahm ihr Kinn in die Hand und hob ihr Gesicht an. Sie sah die Zärtlichkeit in seinem Blick.

"Wir werden später noch viel Zeit haben. Jetzt geh an die Arbeit."

"Ja, Sir", scherzte sie und konzentrierte sich auf den Papierkram in ihrem Schoß. Owen ließ den Motor an und fuhr dann zur Ausfahrt des Parkplatzes.

"Du weißt schon, dass Rosen herausfinden wird, dass du die Akten genommen hast, noch bevor der Morgen vorbei ist", sagte sie, als sie die Straße entlang fuhren. "Ich glaube nicht, dass er es gutheißt, wenn jemand seine Aktentasche durchwühlt."

"Ja. Vielleicht sollte ich den Blumenladen zurückrufen und die Karte auf den Blumen an Scott Rosen adressieren lassen und nicht an seine Frau."

"Mach ruhig Deine Witze", sagte sie ernst, "aber Rosen ist als Mann bekannt, der seinen Gegnern an die Gurgel geht."

Kapitel Achtundzwanzig

VERGLICHEN mit den ständigen Berichten über Morde, Messerstechereien und Zwangsprostitution von Teenagern, die in letzter Zeit die Seiten der lokalen Zeitungen zierten, erregte das Feuer in der Lagerhalle in Newport am Sonntagabend nicht viel Interesse bei den Gefangenen der staatlichen Strafvollzugsanstalt für Erwachsene. Richter Charles Hamlin Arnold hatte jedoch ein persönliches Interesse an dieser jüngsten Katastrophe.

Er hatte zum ersten Mal während des Abendessens davon gehört. Danach hörte er im Radio ein Interview mit ein paar Feuerwehrleuten. Sie waren ziemlich beeindruckt von der Intensität des Feuers und den damit einhergehenden Explosionen gewesen. Als der Richter allein in seiner Zelle saß, dachte er darüber nach, was er bei dem Feuer verloren haben könnte. Die Kommentare der Feuerwehrleute ließen ihn das Schlimmste befürchten.

Das Band war sicherlich zerstört worden.

Die Schlinge um seinen Hals zog sich immer enger zu. Die Zeit wurde knapp.

Die erste Anhörung in dem Mordfall sollte in zwei Tagen stattfinden. Aber zu diesem Zeitpunkt war die Anordnung einer Gerichtsverhandlung das geringste Problem für den Richter. Wenn er nicht sofort etwas unternahm, würde er nicht mehr lange genug leben, um vor Gericht zu stehen. Er würde innerhalb dieser Mauern getötet werden.

Ein paar Insassen im Aufnahmezentrum waren ihm heute Morgen verdächtig nahe gekommen. Ein anderer, der während des Frühstücks am Nebentisch saß, hatte seine Augen nicht von ihm abgewandt. Abschaum.

Von seinem Richterstuhl auf der anderen Seite der Mauern und des Stacheldrahts aus hatte Richter Arnold die Missstände im Strafvollzug zu viele Jahre lang beobachtet. Er war sich der Machtstrukturen bewusst, die in diesen

Anstalten herrschen. Morde, Drogenhandel, Gaunereien und Geldwäsche waren hier genauso üblich wie draußen. Sogar noch häufiger.

Und das galt auch für Auftragsmorde.

Der Richter fragte sich, ob es eine Möglichkeit gäbe, herauszufinden, ob bereits ein Kopfgeld auf ihn ausgesetzt war. Er könnte einen besseren Deal aushandeln. Mehr zahlen. Den Topf lukrativer machen im Austausch für ein wenig Schutz vor denselben Leuten.

Aber vielleicht auch nicht. Als ehemaliger Richter hatte er mehr als nur ein paar von diesen Drecksäcken hier reingebracht. Es hieß immer, in Rhode Island genügten zehn Cent für einen Anruf, um jemanden auszulöschen.

Als er zum Edelstahlwaschbecken ging und das Wasser anstellte, um sich Hände und Gesicht zu waschen, dachte Arnold an den ehrgeizigen Plan, der sich in den letzten Tagen in seinem Kopf gebildet hatte. Verdammt, was hatte er zu verlieren?

Er rief den Wachmann und bat ihn, für ihn das Büro von Ike Bosler anzurufen. Er wollte ein privates Treffen mit dem Staatsanwalt, und zwar noch heute Vormittag.

<hr>

STEELE LEERTE seine dritte Tasse Kaffee, bevor er zum Fenster ging, die Jalousien hochzog und ungeduldig auf den Parkplatz auf der anderen Straßenseite starrte.

"Es ist keine große Sache, wenn er das Zeug heute nicht zurückbringt, Evan." zwitscherte Linda von ihrem Platz bei den Aktenschränken aus. "Ich habe hier genug, um mich zu beschäftigen."

"Ich dachte, Rosen würde wenigstens pünktlich sein."

"Gönn dem Kerl eine Pause. Er hat am Samstagmorgen ein Baby bekommen. Seine Frau kommt wahrscheinlich heute nach Hause." Ein Lachen lag in ihrer Stimme. "Ich weiß, er scheint nicht der liebevolle Typ zu sein, aber seine Art verliebt sich normalerweise am heftigsten."

Die Jalousien fielen mit einem deutlichen Knall herunter.

Die Frau drehte sich überrascht zu ihm um. "Du siehst einfach zu müde aus. Warum gehst du nicht nach Hause und legst dich ein paar Stunden schlafen?"

Er schüttelte den Kopf. "Du musst heute Morgen eine Besorgung für mich machen. Es ist eigentlich für das Büro. Ich wollte Rosen bitten, es zu tun, aber da er nicht kommt ..."

Linda warf einen traurigen Blick auf die Stapel von Akten, die sie auf ihrem Schreibtisch sortiert hatte. "Ist es etwas, das getan werden muss? Ich meine, das ist der einzige Tag in dieser Woche, an dem ich hier sein wollte, und ich habe diese Dinge zu erledigen. Und bei den vielen Anrufen und den vielen Leuten, die nach diesem und jenem suchen ..."

"Ja, es muss jetzt getan werden." Sein Ton war schärfer, als er hätte sein sollen, und er erregte sofort ihre Aufmerksamkeit.

Sie ließ die Akten in ihren Händen kurzerhand auf den Schreibtisch fallen und stand auf. "Also gut. Was gibt es?"

"Du musst für mich einige Informationen zur Polizeiwache bringen. Das Zeug hat..."

Das Klingeln seines Handys ließ Steele kurz innehalten, und er ging sofort ran.

"Hi Evan. Ich bin's, Sarah."

"Warte einen Moment." Er nahm seinen leeren Kaffeebecher und ging, Lindas neugierige Blicke ignorierend, in Richtung Küchenzeile. Dort angekommen, drehte er das Wasser auf, um ein wenig Hintergrundgeräusch zu erzeugen. "Bist du auf dem Weg?"

"Ich glaube, ich habe gefunden, was ich gesucht habe."

"Wo? Was ist es?" Seine Stimme erhob sich. Er ging in eine Ecke der Küche, das fließende Wasser völlig vergessen.

"Ich rufe Dich zurück, wenn ich mehr weiß."

"Wo bist du, Sarah?"

"Ich rufe Dich zurück."

Er konnte den Verkehr im Hintergrund hören. "Gehst du zur Polizei?"

"Ja. Nicht die örtliche Polizei. Aber ich werde mich heute stellen."

"Sarah."

"Ich muss auflegen, Evan. Ich verspreche, dich anzurufen, sobald ich kann."

Die Verbindung wurde am anderen Ende unterbrochen.

"Was hast du gesagt?"

Steele drehte sich abrupt um und fand Linda in der Tür zur Küche stehen. Das Gesicht der Frau war blass.

"Mit wem hast du gesprochen, Evan?"

Er überlegte einen langen Moment lang, bevor er sich entschied. Er fügte sich in das Unvermeidliche, steckte das Handy zurück in seine Tasche und begegnete dem Blick der Büromanagerin.

"Ich habe mit Sarah gesprochen", sagte er und ging auf sie zu. "Ja. Sie lebt."

"DU MUSST mir immer noch erklären, warum wir das alles durchmachen mussten, wenn wir später einfach in meine Büros gehen und dasselbe hätten finden können."

Owen zuckte mit den Schultern. "Nenn es die Intuition eines Schauspielers, oder besser noch, nenn es Schauspieltraining. Es geht nur darum, den Charakter zu verstehen. Wenn ich Rosen wäre und meine Frau mit einem Baby nach Hause käme, würde ich mir heute auf keinen Fall die Mühe machen, diese Akten zurückzubringen. Und bist Du nicht froh, dass wir es getan haben?"

Sarah legte den Hörer auf und nahm den Umschlag wieder in die Hand. Sie drehte ihn um und studierte den versiegelten Rand.

"Bist Du sicher, dass es das ist?" fragte Owen und versuchte, den Wagen durch den Verkehr zu manövrieren und gleichzeitig ein Auge auf sie zu haben.

"Das muss es sein." Sie drehte den Brief wieder um. "Hotelbriefpapier. Ziemlich alt. Schau mal, wie es an den Rändern vergilbt ist."

"Vielleicht ist es von Rosen. Er könnte es aus Versehen hineingesteckt haben."

"Das könnte sein", gab sie zu. "Aber das ist die Handschrift von Richter Arnold auf der Vorderseite. *Philadelphia, 10. September 1982, 1 von 2.*"

"Rosen ist der Anwalt des Richters."

Sie blickte auf die offene Akte auf ihrem Schoß hinunter. Sie hob den Notizblock auf, in dem der Umschlag versteckt war. "Ich habe diesen Block benutzt, als ich die Gegenstände aus Averys Schließfächern ausgeräumt habe. Hier sind einige der Notizen, die ich an diesem Tag gemacht habe." Sie drehte den Block in ihren Händen. "Ich muss ihn hingelegt haben und der Umschlag ist irgendwie zwischen die Seiten gerutscht."

"Öffne ihn." Er nickte ihr aufmunternd zu. "Das ist die einzige Möglichkeit, es herauszufinden."

"Wenn dies ein Beweis für ein Verbrechen ist, könnten wir wegen Manipulation und Behinderung und Gott weiß was noch angeklagt werden. Archers Forensiker würden ausflippen." Sie starrte eine Sekunde lang vor sich hin. "Aber es könnte natürlich auch nur eine Hotelquittung sein, und wir würden wie Trottel dastehen, wenn wir sie aushändigen."

Er fuhr den Wagen auf den leeren Parkplatz einer Kirche. Er verriegelte die Türen, ließ aber den Wagen laufen.

"Öffne ihn, Sarah."

Ihre Hand zitterte und ihr Herz raste, als sie die versiegelte Klappe öffnete. Darin befand sich ein einzelnes gefaltetes Stück Briefpapier, das sie herauszog. Auch dieses Papier war ein wenig verfärbt, was sie auf das Alter zurückführte. Sie öffnete den Zettel. Der elegante Briefkopf desselben Hotels und zwei Zeilen in der Handschrift von Richter Arnold waren das Einzige, was sich auf der Seite befand.

Sarah las die erste Zeile laut vor, die nichts weiter als eine Reihe von Zahlen war. Die zweite Zeile jedoch ließ sie die Stirn runzeln.

"Strawberry Mansion Bridge?"

"Das ist eine Brücke in Philadelphia." sagte Owen. "Sie führt über den Schuylkill River im Fairmount Park. Weißt du, was die erste Reihe der Zahlen bedeutet?"

Sie starrte einen Moment lang auf die Zahlen, bevor es ihr klar wurde.

"Ja", sagte sie aufgeregt. "Es ist ein bestimmter Ort in unseren Akten für ungelöste Fälle."

Sie warf noch einmal einen Blick auf die Rückseite des Umschlags und die Aufschrift "1 von 2".

"Ich frage mich, ob das der Ort ist, an dem '2 von 2' steht."

"Wo bewahrst Du die Akten für ungelöste Fälle auf?"

"In einem Lagerhaus hier in Newport. Wir können dort anfangen. Ich habe den Code, um in den umzäunten Außenbereich zu gelangen, und ich habe den Schlüssel für den Lagerraum selbst."

Sie verließen den Parkplatz, sobald sie ihm den Weg zum Lagerraum beschrieben hatte.

"Aber warum die ganze Geheimnistuerei?", murmelte sie vor sich hin. "Und welche Bedeutung hat das Datum? 10. September 1982."

"War Arnold da schon Richter?"

Sie dachte zurück. "Nein. Damals hatte er sich gerade selbstständig gemacht. Arnold und Rutherford waren ein paar Jahre lang Anwaltspartner, bis Rutherford seinen Sitz im Senat gewann." Sie schüttelte den Kopf. "Nein, im September 1982 wären sie noch Partner gewesen ... obwohl Gordon zu diesem Zeitpunkt bereits die Vorwahlen gewonnen haben muss. Ja, das war das Jahr, in dem Rutherford seine erste Wahl gewann. November 1982."

Sie starrte wieder auf den Brief in ihrer Hand.

"Der Rest der Antwort auf diese Frage muss in diesem zweiten Teil stehen. Und was auch immer es ist, es liegt wahrscheinlich schon so lange in diesen toten Akten, wie dieser Umschlag in diesem Schließfach lag."

"Mein Gott."

Sarah hob den Kopf und blickte über die Umzäunung hinweg auf das Lagerhaus. Oder was davon übrig war.

"Sieht aus, als wären sie uns wieder zuvorgekommen." schnauzte Owen.

SCOTT FUHR in die letzte freie Parklücke auf dem Parkplatz. Er ließ das Auto und die Klimaanlage laufen. Er wandte sich an Lucy. "Es wird nicht länger als fünf Minuten dauern."

"Wir werden hier sein." Sie drehte sich um und lehnte sich auf den Rücksitz, um das Baby zu betrachten, das sicher in der Babyschale lag.

Obwohl Lucy ihm gesagt hatte, dass seine Tochter nicht sehr geräuschempfindlich sei, war Scott mucksmäuschenstill, als er seine Aktentasche vom Rücksitz nahm. Mit einem Lächeln für seine Frau eilte er über die Straße in Richtung des Bürogebäudes.

Er hatte einen Schlüssel für die Außentür. Von dort aus nahm er drei Stufen auf einmal in den zweiten Stock. Er klopfte einmal an die Türen zu den Büros. Während er darauf wartete, dass Steele öffnete, balancierte Scott die Aktentasche auf einem Knie und griff darin nach den Akten. Der Stapel schien viel dünner zu sein, aber bevor er ihn genauer inspizieren konnte, öffnete sich die Tür, und er sah das blasse Gesicht der Büromanagerin, die ihn anstarrte. Rot umrandete Augen und Flecken auf den Wangen verrieten, dass die Frau geweint hatte.

"Was ist los, Linda?"

Auf seine Frage hin brach sie erneut in Tränen aus, was ihn überraschte. "Es ist ... ich kann es nicht glauben. Ich mag es nicht, wenn man mich auf den Arm nimmt, aber wenn es wahr ist. Ich weiß es einfach nicht."

Sie redete wirres Zeug, und Scott folgte ihr hinein.

"Was ist hier los?" fragte er und ließ seine Aktentasche auf einen Stuhl fallen.

"Dieser Anruf." Sie wischte sich über die Augen. "Es könnte ein Scherzanruf gewesen sein, aber ..."

Scott verlor langsam die Geduld. "Wer hat angerufen?"

"Sarah." Die Frau drehte sich zu ihm um. "Sarah Rand hat angerufen. Sie hat Evan Steele angerufen und ihm gesagt, dass sie am Leben ist."

Scott spürte, wie sich jeder Muskel in seinem Körper versteifte. "Wo ist Steele?"

"Er ist gerade gegangen. Eine Minute vor dir. Er wollte nach Hause, um zu duschen und sich umzuziehen. Er sagte, er müsse sich entscheiden, ob es sich um einen Scherzanruf handele oder ob er echt sei. Er kommt bald wieder, hat er gesagt." Sie knüllte das Taschentuch zusammen. "Ich denke, wir sollten sofort die Polizei anrufen. Die sollen tun, was sie tun müssen. Sie können den Anruf zurückverfolgen, oder was auch immer."

Linda redete weiter, aber Scott hatte bereits begonnen, im Raum auf und ab zu gehen, in Gedanken bei dem, was das alles ruinieren könnte. Vor der Büromanagerin blieb er abrupt stehen.

"Ich will nicht, dass ein Wort davon nach außen dringt."

Sie öffnete den Mund, um zu widersprechen, aber sie schloss ihn wieder, als sie die Wut in seinen Augen aufflammen sah.

"Hörst du mich, Linda?", wiederholte er drohend. "Ich kümmere mich um die Polizei. Aber im Moment darf kein einziges verdammtes Wort über diese Sache nach außen dringen."

Kapitel Neunundzwanzig

SIE WAREN MINDESTENS sechs Stunden von Philadelphia entfernt, aber was
Sarah betraf, so konnten sie genauso gut sechshundert Stunden entfernt sein.
Schließlich würde sie mindestens so lange brauchen, um alles zu verstehen,
was hier vor sich ging.

Owens Telefon klingelte erneut. Und wieder hatte sie nur wenig Erfolg
dabei, das einseitige Gespräch zu verstehen. Sarah spürte, wie ihre Geduld
langsam zu Ende ging.

In Newport hatte Owen, nachdem er das ausgebrannte Lagerhaus gesehen
hatte, darauf bestanden, dass sie sich in dieser Stadt auf keinen Fall den
Behörden stellen würde. Er habe kein Vertrauen, sagte er grimmig, dass sie in
der Lage seien, sie zu beschützen.

Sie waren auf dem Weg nach Philadelphia.

Sobald sie sich auf den Weg gemacht hatten, hatte sie gehört, wie er
jemanden namens Stu Ramsay anrief, von dem sie annahm, dass er sein Anwalt
in New York war. Und unmittelbar danach hatte er einen Agent Hinckey angerufen. Sie nahm an, dass es sich um einen FBI-Agenten handelte, obwohl sie
keine Ahnung hatte, wo er sich befand. Nach dem, was sie mitbekommen
hatte, war dies nicht das erste Mal, dass die beiden über Sarahs Fall sprachen.
Tatsächlich hatte der Ton des Gesprächs eher so geklungen, als würde Owen
Hinckey nur auf dem Laufenden halten.

Dieses Gespräch zu hören, hatte sie völlig verwirrt. Sie hatte nie geahnt,
wie sehr Owen die Behörden in ihre Situation einbezogen hatte.

Während sie durch Connecticut fuhren, erklärte Owen Sarah, dass nach
der Messerstecherei von Hal eindeutig bewiesen sei, dass es tatsächlich eine
Verschwörung gab, um sie zu töten. In dieser Nacht hatte Owen seinen
Anwalt angerufen, der wiederum das FBI kontaktiert hatte. Agent Hinckey

war der Ermittler, der bereits mit dem Fall betraut worden war, weil man einen Zusammenhang zwischen dem "Mord" an Sarah und zwei anderen, einige Jahre zurückliegenden Morden vermutete. Hinckey stand seit diesem ersten Tag mit Owen in Kontakt.

Sie wusste nicht, ob sie wütend auf ihn sein sollte, weil er nichts davon erzählt hatte, oder ob sie froh sein sollte, dass er genug Verstand hatte, um diese Vorsichtsmaßnahmen zu treffen.

Nun, was auch immer sie fühlte, Sarah würde es nicht länger dulden, außen vor gelassen zu werden.

Ein weiterer Blick in den Seitenspiegel beunruhigte sie. Dieselbe blaue Limousine verfolgte sie schon eine ganze Weile.

"Wir fahren direkt zum Fairmont Park", sagte Owen, als er das Gespräch beendete. "Höchstwahrscheinlich werden sie uns treffen, wenn wir den Kelly Drive in Philly erreichen."

"Jemand folgt uns." Sie warf erneut einen Blick in den Spiegel.

"Gut! Ich habe mich schon gefragt, wann er wohl kommen würde."

"Ein Freund von dir?"

"Nicht wirklich." Er schenkte ihr ein halbes Lächeln, offensichtlich im Bewusstsein, dass sich ihre Stimmung verdüsterte. "Zumindest sind wir uns noch nicht persönlich begegnet. Aber mir wurde gesagt, dass er auch für das FBI arbeitet. Von deren Regionalbüro aus. Er ist auch derjenige, der gestern nach der Trauerfeier für Hal deinen potenziellen Mörder zur Strecke gebracht hat."

"Wirklich." Sie starrte wieder auf das Auto und fühlte sich besser. "Wo ist die Delle von dem Unfall?"

"Sie müssen ihm einen anderen Firmenwagen gegeben haben."

"Wie kommt es, dass er den Kopf des Mannes nicht auf der Motorhaube montiert hat?"

Er räusperte sich. "Vielleicht gab es eine Schlange beim Präparator."

Sarah unterdrückte ein Lächeln. Obwohl sie nichts für den toten Killer empfand, wollte sie nicht glücklich aussehen. Sie wollte Owen sagen, dass sie wütend darüber war, dass man ihr nicht einmal ihr eigenes Leben anvertraute.

"Er überwacht seit Freitag meine Wohnung und hat ein Auge auf dich."

Sie unterdrückte den Drang, etwas Scharfes darüber zu sagen, warum er gestern Abend das Bedürfnis hatte, sie in dieses hübsche Häuschen zu bringen. Aber dann wiederum dachte sie...

"Nach dem gestrigen Anschlag auf Dein Leben war ich mir nicht sicher, wie lange er brauchen würde, um die Behörden in Newport zu überwinden. Ich wollte nicht riskieren, dich mehr als nötig in Gefahr zu bringen. Deshalb sind wir zu dem Haus in Little Compton gefahren."

Genial, dachte sie. Jetzt begann er, ihre Gedanken zu lesen. Warum hatte sie ihn so nah an sich herangelassen? Wenn sie erst einmal in den Händen der Behörden war, würde das sicher das Ende sein. Das Ende von ihnen.

Fünf Tage waren nicht genug Zeit für jemanden von Owens Berühmtheit, um eine ernsthafte Beziehung zu jemandem wie ihr aufzubauen. Sie hatten einen unterschiedlichen Lebensstil. Sie hatten unterschiedliche Bedürfnisse. Unterschiedliche Ziele im Leben.

Sie sollte nicht eine weitere Tori in seinem Leben sein, besessen und zu blind, um zu erkennen, dass sie nicht erwünscht war.

Es tat weh, daran zu denken, die Sache zu beenden, fast bevor sie begonnen hatte. Aber es schien keine Optionen zu geben.

"Hinckey wird in wenigen Augenblicken zurückrufen. Er hat vorhin nicht viel darüber gesagt, aber es scheint, dass er, während wir telefoniert haben, andere Informationen über die Strawberry Mansion Bridge bekommen hat."

Es würde sicherlich bei den Erklärungen helfen, die sie abgeben würde, wenn diese Entdeckung etwas Wesentliches ergeben würde, dachte Sarah. Sie war bereit, alle Konsequenzen ihrer Entscheidung, nicht sofort zur Polizei zu gehen, zu tragen. Und wenn man ihr nicht glaubte, so sei es eben. Sie wusste, dass es, egal was passierte, wahrscheinlich eine Anklage geben würde. Behinderung einer Mordermittlung. Manipulation von Beweismitteln. Verlassen des Tatortes.

Das Telefon klingelte erneut und unterbrach Sarahs Gedankengang. Anhand von Owens Begrüßung wusste sie, dass der Anrufer wieder Agent Hinckey war.

"Das macht es viel einfacher."

Sein blauer Blick wandte sich ihr zu, und ihr verräterischer Magen flatterte angesichts der Gefühle, die er in ihr auslöste. Als er den Hörer auflegte, griff seine Hand nach ihrer.

"Sie beginnen zu graben."

"Wo denn?"

"An einer Stelle unterhalb der Brücke."

"Aber so, wie Du es beschrieben hast, muss die Brücke ein riesiges Bauwerk sein. Woher sollen sie wissen, wo sie anfangen sollen? Oder wonach sie suchen sollen?"

"Richter Arnold hat beschlossen, einen Deal zu machen." sagte Owen. "Er hat ihnen genau gesagt, wo sie graben sollen."

"Und hat er gesagt, wonach sie suchen sollen?"

Er nickte und richtete seine Aufmerksamkeit wieder auf die Straße.

"Nach dem Körper einer Frau".

IKE BOSLER NICKTE der Gruppe von Männern vor ihm zu, als er den Hörer auflegte. "Sie fangen sofort an."

Es waren zu viele Leute in dem kleinen Konferenzraum des staatlichen Aufnahmezentrums versammelt. Im Moment schien es niemanden zu stören.

Richter Arnold nahm eine Zigarette von Dan Archer und ließ sich von dem Polizeibeamten Feuer geben. Er nahm einen tiefen Zug, lehnte sich im Stuhl zurück und schlug die Beine übereinander.

"Okay, Ike", sagte der Richter. "Was kommt als Nächstes?"

"Wir werden unseren Teil der Abmachung einhalten. Sie erhalten die vollständige Immunität, die Sie beantragt haben." Bosler runzelte die Stirn, als er einen Block mit den Notizen seines Assistenten betrachtete. "Zusätzlich zu den Angaben, die Sie uns bereits gemacht haben - wo wir die Leiche finden und so weiter - benötigen wir auch alle anderen Details. Daten, Namen, Orte, andere Kunden, die daran beteiligt waren. Alle Informationen, die Sie über den zweiten Vorfall haben. Und dann dieser Letzte. Wir haben nur eine Chance, also müssen wir - das heißt beide Seiten - alles auf den Tisch legen."

"Wir haben alle das gleiche Ziel, Sir", fügte Archer hinzu und wandte sich an den Richter. "Je umfassender der Bericht ist, den wir jetzt erstellen, desto schneller werden wir ihn haben."

Der Richter blickte zu dem unleserlichen Gesichtsausdruck von Scott Rosen hinüber. Der Anwalt beugte sich vor und sprach vertraulich zu ihm. "Sind Sie sich da sicher, Euer Ehren? Sind Sie sicher, dass Sie es auf diese Weise machen wollen?"

Der ältere Mann nahm einen langen Zug an der Zigarette. Sein Nacken zuckte unkontrolliert. Schließlich nickte er seinem Anwalt nachdenklich zu.

"Ja, das will ich, Scott. Zu viele Menschen sind gestorben. Ich will jetzt zurückschlagen, bevor er mich erwischt. Und ich will mich auch rächen. Ich will dem Mistkerl in den Arsch treten für das, was er Sarah angetan hat. Sie bedeutete mir mehr, als ich dieser Menge erklären könnte." Er winkte mit seiner Zigarette in Richtung der anderen im Raum. "Aber es gab keinen Grund für diesen Bastard, sie auf diese Weise zu töten."

"Herr Richter, wollen Sie mir sagen, dass die Staatsanwaltschaft Sie nicht über die neuesten Erkenntnisse im Fall Sarah Rand informiert hat?"

Der Richter starrte seinen Anwalt einen Moment lang verwirrt an, bevor er sich wütend an Ike Bosler wandte. "Die haben mir einen Scheiß erzählt. Was ist hier los, Herr Anwalt?"

Rosen sah auch Bosler an, der nichts von dem Unbehagen zeigte, das er empfinden musste.

"Wir sind fertig mit dem Reden, Ike. Keine weiteren Aussagen. Kein Deal." Er erhob sich abrupt auf seine Füße. "Zeit, den Raum zu räumen."

"Einen Moment mal." Der Staatsanwalt war im Nu auf den Beinen. "Hören Sie mir zu, Scott. Es gibt keinen Grund, voreilig zu handeln."

"Kein Grund, Ike?" Rosen überragte den anderen Mann. "Sie machen sich nicht die Mühe, meinem Klienten zu sagen, dass Sarah Rand noch lebt ... und das nennen Sie keinen Grund?"

Der Richter sank zurück auf den Stuhl, und seine Zigarette fiel auf den Boden. Der Raum wurde totenstill. Mit zitternder Hand griff er nach oben und rieb sich den Nacken.

"Sie ist nicht tot. Sie..." Er beugte sich vor und vergrub sein Gesicht in seinen Händen. Arnolds Augen waren rot, als er endlich in das Gesicht des Anwalts blickte. "Sie haben mir nichts gesagt, verdammt."

"Kein Grund?" Rosen wiederholte seine Anschuldigung, und im Raum brach ein Tumult aus.

"Wir hatten jetzt wirklich nicht viel Zeit zum Reden, oder?" sagte Bosler und brachte die anderen Stimmen zum Schweigen.

"Sie hatten genug Zeit, ihm einige wichtige Informationen zu entlocken, bevor ich überhaupt hier war, Ike."

"Hey, der Richter hat um dieses Treffen gebeten. Ihr Mandant hat freiwillig den Ort des..."

"Was wollen Sie damit bezwecken? Ihm einen zwanzig Jahre alten Mord anhängen und den wahren Mörder wieder laufen lassen?" Er hob seine Aktentasche vom Metalltisch auf. "Sie nennen das, alles auf den Tisch legen? Herr Staatsanwalt. Wenn ich mit Ihnen und diesen Clowns fertig bin, können Sie die Villa des Gouverneurs küssen..."

"Bleiben Sie stehen, Rosen." Erwiderte Bosler. "Verdammt noch mal, wir hatten wenig Zeit. Wir haben nicht die Absicht, unseren Teil der Abmachung nicht einzuhalten."

Der Staatsanwalt sah Archer und McHugh an.

"Außerdem hat die Newport-Polizei Informationen an jede Zeitung und jeden Fernsehsender zwischen hier und Boston weitergegeben, so dass ich davon ausging, dass jeder an der Ostküste wusste, dass Sarah Rand noch lebt."

"Moment mal, verdammt", warf McHugh ein und sah aus wie eine Bombe, die gleich hochgehen würde.

"Halt die Klappe, Bob", sagte Archer leise, bevor er sich an Scott wandte. "Wir haben unsere undichte Stelle gefunden. Wir haben heute Morgen einen sehr reumütigen Disponenten suspendiert. Aber was die Tatsache angeht, dass niemand den Richter direkt informiert hat, so ist das meine Schuld. So viele Leute wussten, dass sie lebt. Ich meine, *Sie* wussten es. Wir haben nur angenommen, vielleicht fälschlicherweise angenommen, dass der Richter bereits informiert war. Aber wir sind ganz ehrlich. Wir geben Ihnen alles, was wir haben, sofort. Ist es nicht so, Mr. Bosler?"

Der Staatsanwalt nickte knapp. Archer bedeutete Rosen, sich zu setzen. Der Anwalt starrte den Detektiv an.

"Hören wir zu, Scott", sagte der Richter unwirsch.

Mit einem grimmigen Stirnrunzeln gegenüber dem Staatsanwalt ließ sich Rosen in seinem Stuhl nieder. "Wir hören zu."

"Ich danke Ihnen. Ich werde nicht wiederholen, was sicher jeder weiß. Aber Sie müssen verstehen, dass vieles davon noch reine Theorie ist." Archer fuhr sich mit einer Hand durch sein schütteres Haar. "Wir wissen, dass mindestens zwei Killer in die jüngsten Ereignisse verwickelt waren. Wir glauben, dass beide von dem Verdächtigen beauftragt wurden, alle Morde zu begehen. Dazu gehört auch der Mord an einer noch nicht identifizierten Person in Sarah Rands Wohnung und die Beseitigung der Leiche. Außerdem glauben wir, dass dieselben beiden für die Ermordung des Stiefsohns des Richters, Hal Van Horn, die Erschießung von Andrew Warner und seiner Frau sowie für die Ermordung von Frankie O'Neal verantwortlich sind, einem zwielichtigen Ganoven. Dieser letzte Mord wurde begangen, weil Frankie Augenzeuge der Messerstecherei von Hal war. Sie haben sogar die Mordwaffe in seinem Haus deponiert."

"Leider war einer der beiden Auftragsmörder ein ehemaliger Polizist aus Newport, der vor sechs Monaten aus dem Dienst entlassen wurde", so Bosler. "Durch seine Verbindungen zur Polizei konnte er an Informationen gelangen, die er und sein Partner bei den Morden nutzten."

"Beide Mörder sind tot. Die Leiche des Ex-Polizisten wurde gestern Abend in einer Werft in Portsmouth gefunden. Der zweite Mann wurde gestern in Newport getötet. Er wurde von einem Auto angefahren, das von einem FBI-Agenten gesteuert wurde, der sich wohlweislich am Tatort nicht als Polizeibeamter zu erkennen gab." Archer warf einen Blick auf den Richter, bevor er Rosen in die Augen sah. "Das war's eigentlich schon. Zumindest alles Neue. Ich schlage vor, wir machen einfach weiter, und zwar ab jetzt."

Überraschenderweise beruhigten Archers Erklärungen den Raum. Scott Rosen drehte sich zu seinem Klienten um, der sich nicht von seinem Stuhl bewegte. Seine grauen Augen beobachteten nachdenklich die Szene, die sich vor ihm abspielte.

"Was sagen Sie dazu, Euer Ehren?" fragte Rosen.

Der Blick des Mannes konzentrierte sich auf das Gesicht des Anwalts. "Sarah ist also wirklich am Leben."

Scott nickte.

"In diesem Moment", sagte der Staatsanwalt, "wird Anwältin Rand zu FBI-Agenten gebracht, wo sie unter Polizeischutz bleiben wird, bis wir alle den nächsten Schritt entschieden haben."

Als der Richter wieder verstummte, stieg die Spannung im Saal. Bosler beobachtete ihn, aber er war nicht der einzige, der befürchtete, dass Richter Arnold seine Meinung ändern könnte.

Dan Archer behielt den Staatsanwalt im Auge. Sie wussten beide, dass sie den Richter brauchten, um den großen Fisch zu fangen. Und Rosen hatte Recht: Ohne ihn konnte Ike Bosler dem Gouverneurspalast Lebewohl sagen.

Archer verlagerte sein Gewicht von einem Bein auf das andere. Eigentlich hing für sie alle eine Menge davon ab. Und es stand jetzt viel mehr auf dem Spiel als nur der stinkende Fall auf seinem Schreibtisch. Zumindest für ihn.

Er hatte schon vor Jahren gewusst, dass Frauen wie Julia Rutherford nicht einfach abhauen.

Er hatte sie gekannt, als sie noch Julia Byrne hieß. Natürlich hatte niemand je erwartet, dass sie in Newport bleiben würde. Sie war zu gut für den Fifth Ward. Sie war schön und klug und hatte immer gewusst, was sie wollte.

Und sie hatte gewusst, wie sie es bekommen würde. Es war kein Geheimnis in der Nachbarschaft. Eine Wohnung in Bellevue, ein paar gesellschaftliche Partys, und schon bald verkehrte sie mit den richtigen Leuten. Und als sie sich Rutherford geangelt hatte, schien sich auch niemand mehr daran zu erinnern, woher sie gekommen war. Als die politische Zusage gekommen war, war sie auch darauf vorbereitet gewesen. Sie hatte vor, bis ganz nach oben zu kommen.

Aber dann, als es so aussah, als würde Gordon Rutherford der nächste US-Senator von Rhode Island werden, brennt sie mit einem anderen Kerl durch? Um nie wieder gesehen zu werden? Niemals. Nicht Julia Byrne.

Archer hatte es damals gewusst. Er wusste es jetzt. Julia Byrne hätte niemals alles weggeworfen, kurz bevor ihr Mann US-Senator wurde. Auf keinen Fall.

"Ich kann aussagen, bis mir die Zähne ausfallen." Richter Arnolds Worte erregten Archers Aufmerksamkeit. "Aber nach dem Brand in der Lagerhalle gestern Abend haben wir nicht den geringsten Beweis, der meine Aussage stützt. Nichts, was ihn direkt mit der Tat in Verbindung bringt. Es steht mein Wort gegen seins."

"Das können wir ändern." erwiderte Bosler. "Wir haben einen Plan, wie wir ihn diesmal festnageln können. Aber es gibt eine Frage, die wir zuerst beantworten müssen. Wusste der Verdächtige, was genau in dem Brief stand, den Rechtsanwältin Rand jetzt besitzt?"

Arnold wählte seine Worte sorgfältig, bevor er antwortete. "Er wusste, dass ich zwei Beweisstücke oder Unterlagen aufbewahrte, die ihn mit dem ursprünglichen Verbrechen in Verbindung brachten. Damit er nicht in Versuchung gerät, mich zu eliminieren, habe ich ihm schon vor langer Zeit mitgeteilt, dass es sich bei einem dieser Stücke um eine aufgezeichnete Telefonnachricht von ihm handelt, in der er in ziemlich panischem Ton seine direkte Verantwortung zugibt. Er wusste auch, dass das zweite Stück ein Brief von mir war. Aber was für Informationen der Brief enthielt, weiß er nicht." Arnold rieb sich den Nacken. "Das Tonband war wirklich das einzige, was ich über ihn hatte. Aber das ist zusammen mit allem anderen in dem Feuer letzte Nacht vernichtet worden."

"Sie gehen davon aus, dass Rechtsanwältin Rand sie nicht vorher entfernt hat." fügte Archer nachdenklich hinzu. "Ich glaube, wir wollen, dass zu diesem Zeitpunkt jeder denkt, sie hätte die Mittel und die Möglichkeit gehabt, das Band in ihren Besitz zu bringen."

Kapitel Dreißig

Sie erreichten nie den Fairmount Park. Kurz bevor sie die Staatsgrenze von Connecticut nach New York überquerten, schlossen sich zwei weitere nicht gekennzeichnete Fahrzeuge ihrer Karawane an, und ihre Route wurde zu den Büros des Justizministeriums in Manhattan umgeleitet.

Als sie am Zielort ankamen, wurde Owen in einen separaten Raum geschoben, während Sarah von Anwälten, die gerade aus Washington gekommen waren, zum Verhör mitgenommen wurde.

Owens Anwalt, Stu Ramsay, erschien auf der Bildfläche. Es stand nie in Frage, dass es sich nur um eine Tatsachenfeststellung handelte, da dieselben Leute über jeden Schritt, den er und Sarah in den letzten Tagen unternommen hatten, informiert waren.

Fast jeden Schritt korrigierte Owen sich und dachte an die Hütte.

Die Stunden zogen sich hin, aber er hatte immer noch keine Gelegenheit, mit Sarah zu sprechen. Und als sich der Nachmittag dem Abend näherte, wartete er immer noch.

Früher am Nachmittag hatte Stu Ramsay auf Owens Anweisung hin versucht, sich in Sarahs Befragung einzumischen, aber er war darüber belehrt worden, dass Anwältin Rand ihre Rechte in vollem Umfang kenne und dass sie keinen zusätzlichen Rechtsbeistand benötige.

Irgendwann später am Nachmittag kam einer der Ermittler auf Owen zu und teilte ihm mit, dass er gehen könne. Der Agent ließ ihn wissen, dass es von entscheidender Bedeutung sei, dass für einige Zeit nichts von dem, was geschehen war, besprochen werden dürfe. Zum Zwecke der Ermittlungen sollte niemand wissen, dass Owen Dean Sarah Rand jemals getroffen hatte. Nur zwei Fremde. Keine Beziehung. Keine Verbindung. Ich danke Ihnen, Mr. Dean. Lassen Sie sich beim Rausgehen nicht von der Tür schlagen.

Aber Owen war noch nicht bereit zu gehen.

Kurz nach acht Uhr kam Stu von einer Besprechung mit dem Beamten des Justizministeriums zurück, der die Leitung der Operation übernommen hatte. Sie hatten noch nicht gesehen, wie Sarah aus dem Konferenzraum, in den sie Stunden zuvor gegangen war, wieder auftauchte.

"Es geht ihr gut, Owen", versicherte ihm der Anwalt. "Und ich habe mit Hinckey telefoniert. Er ist auf dem Weg hierher aus Philadelphia. Er versichert, dass sie nicht gegen sie ermitteln. Sie wissen, dass sie das Opfer war. Sie sind hinter etwas Größerem her."

"Ohne sie gehe ich nirgendwo hin, Stu." sagte Owen, während er sich eine weitere Tasse Kaffee einschenkte. "Geh du nur. Aber ich warte hier, bis sie sie rauslassen."

"Na gut. Ich werde es noch einmal versuchen."

Ramsay war sein Anwalt, weil er *immer* seinen Willen bekam. Und Owen wusste, dass es nur Stus Hartnäckigkeit zu verdanken war, dass eine halbe Stunde später eine Ermittlerin zu ihm kam. Owen wurde durch zwei Türen geführt, bevor er in einen fensterlosen, quadratischen Raum kam, in dem Sarah auf ihn wartete.

Sie sah blass und müde aus. Doch als er eintrat, sah er das Leben zurückkehren. Er wartete nicht, bis sich die Tür hinter ihm geschlossen hatte, bevor er sie in seine Arme nahm. Sie schlang ihre Arme fest um ihn und vergrub ihr Gesicht an seiner Brust. So standen sie eine lange Zeit.

"Ich bringe dich nach Hause", flüsterte er ihr ins Ohr. Seine Hände streichelten ihr Haar, ihren Rücken, um durch seine Berührung den Schmerz zu lindern, der ihn während der endlosen Stunden des Wartens verfolgt hatte.

"Ich kann nicht. Sie haben große Pläne mit mir."

"Was für Pläne?"

"Ich fahre heute Abend zurück nach Newport. Sie haben für morgen früh eine große Show organisiert, bei der Sarah Rand angeblich an die Öffentlichkeit tritt und der Welt mitteilt, dass sie lebt."

"Warum? Um Dich ins Rampenlicht zu rücken, damit irgendein Verrückter auf Dich zielt?"

Sie schüttelte den Kopf. "Sie wissen, was sie tun. Wir haben es immer wieder besprochen. Ich werde ihnen helfen, den Kerl zu fassen, der hinter all dem steckt."

"Sie benutzen dich als Köder", sagte er. "Ich kann es verdammt noch mal nicht glauben. Als ob nicht schon genug Leute versucht hätten, dich zu erstechen, zu erschießen oder zu entführen. Was glauben die denn, wie viele Leben du hast?"

"Ich kann mich nicht ewig verstecken. Ich muss das hinter mich bringen und mit meinem Leben weitermachen." Sie hielt inne. Er spürte, wie eine Traurigkeit sie bedrückte. In ihren grünen Augen lag so etwas wie ein Schatten des Verlustes, als sie zu den seinen aufblickte. "So wie es jetzt aussieht, bin ich sowieso ein Ziel. Und das werde ich auch weiterhin sein, bis das hier vorbei ist. Ich muss kooperieren."

Es gab Dinge, die sie ihm nicht erzählte. Er konnte die Spannung in jedem Zentimeter ihres Körpers spüren. Seine Hände wanderten ihre Arme entlang. Ihr war kalt.

"Lass mich mit dir kommen. Ein Teil davon sein."

"Ich kann nicht." Sie schüttelte den Kopf. "Soweit es irgendjemanden betrifft, gibt es keine Aufzeichnungen über 'uns', die in der Öffentlichkeit existieren. Es ist besser so. Es gibt weniger Komplikationen. Nichts für ungut. Wir trennen uns genau hier. Hier und jetzt. Das ist besser, Owen."

"Nein."

Ihre Worte verletzten ihn. Sie konnte nicht ernsthaft erwarten, dass er alles, was zwischen ihnen geschah, einfach hinter sich lassen würde. Sie konnte nicht ernsthaft von ihm erwarten, dass er einfach die Energie vergessen würde, die in ihnen aufflammte, wenn sie sich berührten.

Stirnrunzelnd fasste er einen Entschluss. Er musste ihr jetzt vertrauen, dass sie das tat, was ihrer Meinung nach getan werden musste. Aber er hatte nicht vor, sie gehen zu lassen. Dieser Kampf war noch nicht zu Ende. Im Moment war sie erschöpft, bedrängt und verängstigt, und er würde zurückstellen, was er wollte. Das war ein Kampf für einen anderen Tag.

Er beobachtete, wie Sarah sich von ihm entfernte und so viel Abstand wie möglich zwischen sie brachte. Sie schloss ihn aus.

"Wie lange dauert die Show?"

Sie schaute über ihre Schulter zu ihm, mit einem verwirrten Gesichtsausdruck.

"Sie stellen dich morgen der Presse vor. Was kommt als Nächstes? Wann ist die ganze Sache erledigt?"

"Ich kann nicht darüber sprechen. Je weniger jemand weiß, desto besser. Dann ist es für alle sicherer."

"Lass den Scheiß, Sarah."

Sie funkelte ihn an. "Bald. Es wird bald vorbei sein. Das ist alles, was ich dir sagen kann."

"Dann warte ich auf dich."

"Worauf warten?" Sie verschränkte die Arme vor der Brust.

"Auf dich, verdammt!", sagte er mit mehr Hitze als Zorn. Er machte einen Schritt auf sie zu. "Ich fahre auch zurück nach Newport und werde warten, bis die ganze Sache erledigt ist. Und wenn es soweit ist, machen wir da weiter, wo wir aufgehört haben."

"Nein. Das tun wir nicht. Es ist vorbei, Owen. Wir haben uns nie getroffen. Wir haben nie miteinander gesprochen. Wir sind nie... intim geworden. Ich bitte dich. Lass uns die Dinge einfach halten."

"Ich hasse einfach." Er machte einen weiteren Schritt auf sie zu. "Es ist mir egal, was für einen Blödsinn sie den Medien auftischen wollen, aber du und ich werden so lange ein "*wir*" sein, bis wir ein vernünftiges Gespräch führen können, ohne dass die Last der Welt auf deinen Schultern lastet. Hey, wenn du mich davon überzeugen kannst, dass ich dir völlig egal bin, dann kannst du mir die Tür vor der Nase zuschlagen."

"Du bist mir egal", platzte es aus ihr heraus, doch die Worte hallten in dem leeren Raum hohl wieder.

"Du bist eine schreckliche Lügnerin, Sarah." Er wandte sich zum Gehen, blieb aber an der Tür stehen. "Und ich sage Dir noch etwas: Es ist mir egal, was die Presse erfährt oder was alle in Amerika glauben sollen. Hier ist mein Plan. Ich werde mich auf Deiner Haustreppe setzen, bis Du es leid bist, über mich zu stolpern. Und ich werde Dir so lange über den Weg laufen, bis die Leute denken, ich sei Dein persönlicher Assistent. Und ich werde mir den Arsch abarbeiten, um unglaublich nett zu dir zu sein. Und das ist nur der Anfang."

Er verließ den Raum, ohne ihre Antwort abzuwarten. Draußen begegnete er einem neuen Gesicht, das den Flur entlang kam. Owen erwiderte das Lächeln des Mannes mit einem finsteren Blick, als er das Namensschild las, das an seinem Revers baumelte.

"Mr. Dean, ich bin so froh, dass ich rechtzeitig hier bin, um Sie zu treffen."

"Hören Sie mir zu, Hinckey." Owen ignorierte die ausgestreckte Hand des FBI-Agenten und begegnete ihm stattdessen Auge in Auge. "Ich weiß nicht, was zum Teufel Sie ihr morgen oder in den nächsten Tagen antun wollen. Aber ich sage Ihnen etwas, wenn Sie zulassen, dass ihr etwas zustößt ..."

"Das werden wir nicht, Mr. Dean", sagte der Agent, das Lächeln aus seinem Gesicht verschwunden. "Wir haben alles bis ins kleinste Detail geplant. Anwältin Rand wird absolut sicher sein. Sie müssen uns vertrauen."

"Das ist das Problem, Hinckey. Wenn es um das Leben von Sarah Rand geht, kann ich es mir nicht leisten, irgendjemandem zu vertrauen."

⁂

JEDER BEOBACHTER HÄTTE ANNEHMEN KÖNNEN, dass die etwa ein Dutzend Männer und Frauen, die mit Schaufeln und Bürsten arbeiteten, zu einer der örtlichen Hochschulen oder Universitäten gehörten. Die Vans mit der Ausrüstung hatten keine Kennzeichen an den Seiten, und nur ein gelangweilt aussehender Polizist saß in seinem Auto, das diskret in einiger Entfernung vom Fuß der Brücke geparkt war. Für einen zufälligen Passanten sah es aus wie eine archäologische Ausgrabung, die vielleicht im Rahmen eines Sommerkurses oder Workshops veranstaltet wurde.

Jeder wusste, wie wichtig es war, die Ausgrabungen, die am südlichen Fuß der Strawberry Mansion Bridge begonnen hatten, geheim zu halten. Die Einbeziehung der Medien in diesem Stadium der Ermittlungen wäre gleichbedeutend damit, alle Beweise in den Schuylkill zu werfen und zuzusehen, wie sie für immer versinken. Timing war alles, und die Verantwortlichen wussten, dass unabhängig von ihrem Fund keine Erklärungen abgegeben werden durften, bevor die endgültige Genehmigung von der Zentrale der Operation vorlag, die inzwischen nach Newport, Rhode Island, verlegt worden war.

Die Gruppe brauchte weniger als vier Stunden, um das Grab zu finden und auszuheben. Die Anweisungen waren genau. In einem flachen Grab fanden sie die Überreste des Skeletts. Nach der Untersuchung des Kiefers, des Beckens, des Schädels und der Stirn konnten die anwesenden forensischen Anthropologen die Überreste als weiblich identifizieren. Nach der Rückkehr in ihre Labors waren weder eine forensische Gesichtsrekonstruktion noch andere Schätzungen zu Größe, Gewicht, Rasse oder Beruf der Person erforderlich. Dank der Aussage des Richters Charles Hamlin Arnold hatten sie ihre Antwort.

Es wurde jedoch ein Vergleich der Zahnunterlagen vorgenommen. Jetzt gab es keinen Zweifel mehr. Die Knochen gehörten Julia Rutherford, die zuletzt am 10. September 1982 in dem Hotel in Philadelphia gesehen worden war, in dem ihr Mann eine Mittagsrede hielt.

Am späten Montagabend blieben der Fund des Skeletts und seine Identität noch geheim, während man auf weitere Tests wartete. Am Dienstagmorgen stand dann auch die Todesursache fest. Das Opfer hatte wiederholt Schläge auf den Kopf erhalten, wie die Spuren auf dem Schädel zeigen, die ausreichten, um innere Hirnblutungen zu verursachen.

Laienhaft ausgedrückt: Julia Rutherford war zu Tode geprügelt worden.

DIE PRESSEKONFERENZ BEGANN PÜNKTLICH um 11:00 Uhr am Dienstagmorgen auf den Stufen des alten Gerichtsgebäudes. Es wurde ein zusammenfassendes Informationsblatt verteilt, aber die Details waren lückenhaft. Sarah Rand, die Anwältin aus Newport, die seit dem 2. August vermisst wurde, hatte sich am Morgen bei der örtlichen Polizei gemeldet. Richter Arnold war aus der Untersuchungshaft entlassen worden und stand für Fragen nicht zur Verfügung.

Sarah stand auf der Treppe, sah sich der Meute von Reportern gegenüber und dachte, dass ein Rudel hungriger Wölfe wahrscheinlich mehr Mitleid mit ihr gehabt hätte. Die Scheinwerfer, die die Fernsehteams aufgestellt hatten, blendeten sie. Sie wurde so schnell mit Fragen bombardiert, dass sie nicht erkennen konnte, wer sie stellte.

Drei weitere Personen standen neben ihr. Neben ihr stand Ike Bosler, der Bezirksstaatsanwalt, und Scott Rosen stand am anderen Ende. Chief Calvin stand rechts von Sarah, fasste gelegentlich an ihrem Ellbogen und sah aus wie ein Kopfgeldjäger, der gerade eine riesige Beute erbeutet hat.

Der Staatsanwalt hatte eine allgemeine Erklärung verlesen. Seiner Ansicht nach hatte sich in der Wohnung von Frau Rand in ihrer Abwesenheit ein Mord ereignet, aber Richter Arnold wurde nicht mehr als Verdächtiger angesehen. Die Blutspuren im Boot des Richters waren offensichtlich von einer dritten Partei angebracht worden. Der Fall war noch völlig offen und wurde untersucht, und jede Information, die die Öffentlichkeit haben könnte... usw... usw.

"Können Sie uns den Namen des Opfers nennen?" rief einer der Reporter dem Polizeichef zu.

"Es tut mir leid, aber wir werden keine weiteren Informationen über das Opfer herausgeben, bis die Angehörigen benachrichtigt wurden."

"Hat Rechtsanwältin Rand Ihnen gesagt, wo sie die Leiche vergraben hat?"

Sarah runzelte bei dieser Frage die Stirn, aber der Staatsanwalt schaltete sich schnell ein.

"Miss Rand ist *keine* Verdächtige in diesem Fall. Ich wiederhole, *keine* Verdächtige. Aber um den anderen Teil der Frage zu beantworten - wir haben die Leiche immer noch nicht gefunden."

Eine Moderatorin eines Fernsehsenders aus Providence rief Sarah eine Frage zu. "Sie haben uns immer noch nicht gesagt, wo Sie gewesen sind, Ms. Rand. Warum haben Sie so lange gebraucht, um sich zu melden?"

Ähnliche Fragen, die sich mit dieser Frage decken.

Sarah spürte, wie die Männer auf beiden Seiten von ihr zurückwichen. Sarah nahm all ihren Mut zusammen und trat an die Mikrofone heran. Sie erzählte wahrheitsgemäß, dass sie zur Beerdigung ihres Vaters nach Irland gereist war und dass sie nach ihrer Rückkehr nichts von den Ereignissen in Newport mitbekommen hatte.

"Und wann sind Sie zurückgekommen?"

"Letztes Wochenende".

Die Fotoapparate klickten in Windeseile, und eine Welle der Aufregung ging durch die Reporter. Sarah nahm einen tiefen Atemzug.

Wieder die Moderatorin. "Ich wiederhole meine Frage. Warum haben Sie so lange damit gewartet, sich zu melden?"

"Wo haben Sie sich versteckt?"

Sarah hob eine Hand, um die Menge zum Schweigen zu bringen. "Ich... ich war ein paar Tage bei ein paar Freunden. Ich war in New York. Sie hatten keine Ahnung, was hier vor sich ging. Ich bin erst heute Morgen zurückgefahren."

"Ihr Auto. Wie kommt es, dass die Polizei Ihr Auto auf dem Grundstück des verstorbenen Andrew Warner gefunden hat?"

"Kannten Sie die Warners?"

"Wie kam es zu den Schüssen auf Ihr Auto?"

"Ich kannte sie nur flüchtig", antwortete sie. "Der Tod von Andrew Warner tut mir sehr leid, und ich bete für die Genesung seiner Frau. Ich nehme an, wir können nur vermuten, dass jemand mein Auto vom Flughafenparkplatz gestohlen haben muss, aber diese Frage wäre besser an Chief Calvin gerichtet."

"Wann haben Sie sich die Haare machen lassen?"

Unbewusst griff sie nach oben, um die Haarsträhne, die ihr in die Stirn gefallen war, zurückzuschieben. "Als ich in Irland war."

"Gab es ein Problem damit, blond zu sein?" Ein paar Kicherer in der Menge.

"Nein, ich brauchte nur eine Abwechslung."

"Haben Sie von dem Mord an Hal Van Horn gehört?" Schweigen.

"Ja." Sie schluckte einmal. "Ja. Ich habe von Hal gehört."

SIE ZÖGERTE NICHT mit ihren Antworten. Gekleidet in ihren schwarzen Power-Anzug, sah Sarah Rand wie die scharfe Anwältin aus, für die sie gehalten wurde.

Edward North hörte, wie einer der Reporter nach Hal fragte, und die Kameras fuhren dicht an ihr Gesicht heran. Zum ersten Mal gab es nur den Hauch einer Pause, und dann zeigte sich die Verletzlichkeit in ihren Augen.

"Hast du das gesehen?" fragte Edward an niemanden gerichtet. Die Nachricht von der Entlassung des Richters hatte das Büro des Senators sofort erreicht. In der Bibliothek von Senator Rutherfords Büro saßen mehrere Mitarbeiter um den Fernsehbildschirm herum versammelt.

"Sie ist verärgert. Was ist daran falsch?"

"Nein." Edward schüttelte den Kopf. "Sie hat es vorgetäuscht. Das ist alles nur gespielt."

"Du bist viel zu zynisch. Die arme Frau. Sie hat heute Morgen die Hölle durchgemacht."

"Sie hat es vorgetäuscht." Edward deutete erneut auf den Bildschirm, um das zu unterstreichen. Er drehte sich um und sah Senator Rutherford gegen den Türrahmen lehnen. Sein gebräuntes Gesicht war wie die anderen auf den Fernseher fixiert. "Was meinen *Sie*, Senator?"

"Sie ist gut. Verdammt gut. Sie ist die Art, die ich in meiner Ecke haben möchte." Er verließ die Bibliothek. Edward folgte ihm und holte ihn in Rutherfords Büro ein.

"Ich muss mich bei Ihnen entschuldigen", sagte der jüngere Mann, als die beiden allein waren. "Sie hatten recht, als Sie sich für Richter Arnold eingesetzt haben. Ich denke, Sie sollten auch eine Pressekonferenz geben. Loyalität, gutes Urteilsvermögen, Fairness gegenüber den zu Unrecht Angeklagten. Das alles wird der Werbung sehr dienlich sein."

"Scheiß auf den Wahlkampf", schnauzte Rutherford, als er sich hinter seinen Schreibtisch setzte. "Wenn wir uns jetzt nicht um ein paar Dinge kümmern, werden wir größere Probleme haben, als ein paar Stimmen zu verlieren."

Edward North starrte den Senator einen langen Moment lang überrascht an, dann schloss er die Tür seines Büros.

"Sagen Sie mir einfach, was ich tun soll, Senator."

Kapitel Einunddreißig

Sarah konnte in jedem Hotel der Stadt übernachten, aber sie hatte sich entschieden, hierher zurückzukehren, an den Ort, den sie einmal ihr Zuhause genannt hatte.

Bei all der Vertrautheit, die sie empfing, hätte sie genauso gut in Tibet sein können.

Die längste Zeit stand Sarah mit dem Rücken gegen die Eingangstür gelehnt und nahm jedes verräterische Zeichen des schrecklichen Verbrechens, das in ihrem Haus begangen worden war, in Augenschein. Ein großer Teil des Teppichs in der Eingangshalle war entfernt worden, der Unterboden zeigte noch immer, wo Toris Blut durchgesickert und getrocknet war. Auch die Wand war mit dunklen Flecken übersät. Der antike Spiegel stand auf dem Boden an der Wand neben der Treppe. Zerbrochene Scherben von versilbertem Glas lagen auf dem Boden um ihn herum.

Sarah hatte Toris Mutter heute Morgen vom Gerichtsgebäude aus angerufen. Mrs. Douglas war erst eine Stunde zuvor von der Polizei in Newport über den Mord an ihrer Tochter informiert worden, so dass sich Sarahs Anruf in die bereits begonnene Trauerarbeit einfügte. Es war für beide ein schwieriges und anstrengendes Gespräch gewesen. Es gab viele Fragen, die nicht beantwortet werden konnten. Gleichzeitig hatte Mrs. Douglas nicht zugelassen, dass Sarah die Schuld auf sich nahm, und das war eine echte Erleichterung gewesen. Sie hatte sich gewünscht, dass Sarah sie irgendwann einmal besuchen würde. Und mit diesem Versprechen hatte sie aufgelegt.

Sie zwang sich, über den Eingangsbereich hinauszugehen. Der gesamte Wohnbereich war ein einziges Durcheinander. Bücher waren wahllos aus den Regalen gezogen worden. Einige der Fotos auf dem Schreibtisch fehlten.

Einige der Rahmen waren zerbrochen und die Fotos zerrissen, als sie herausgezogen wurden. Auch der Anrufbeantworter war verschwunden.

Es roch leicht nach verdorbenem Hühnerfleisch, das zu lange in einer Kühlschublade gelegen hatte. Sie wusste, dass es der Geruch des Todes war. Der Tod der jungen Frau, die an ihrer Stelle gestorben war.

Pein, roh und hart, zerrte an ihr ... und die Tränen begannen zu fließen.

Sarah ließ ihre Tasche auf einen Stuhl fallen und eilte zu den großen Türen mit Blick auf den Atlantischen Ozean. Sie riss die Vorhänge beiseite und spürte, wie sie an der Stange rissen. Aber das war ihr egal. Sie musste hier raus. Sie konnte nicht mehr atmen. Die Glastür schlug gegen den Türstopper.

Als sie auf die Terrasse trat, schnappte Sarah nach Luft. Die salzige und kühle Meeresbrise fühlte sich angenehm auf ihrer Haut an. Als sie die Augen öffnete, sah sie das gelbe Polizeiband an der Terrassentreppe. Eine weitere eindringliche Erinnerung daran, dass drinnen ein Leben unwiderruflich verloren gegangen war.

Sie glaubte, was Owen ihr über Toris Hartnäckigkeit, die an Besessenheit grenzte, erzählt hatte. Sie glaubte, was er ihr über das Bild erzählt hatte, das ihm Jake Gantley geschickt hatte.

Tori liebte die Kontrolle. Sie liebte das Gefühl des Besitzes. In all den Jahren ihrer Freundschaft hatte Sarah gesehen, wie Männer zerbrachen und wegliefen, sobald sie die Besitzgier der jungen Frau gespürt hatten. Tori konnte auch nicht gut mit Zurückweisungen umgehen, wusste Sarah, und Owens Desinteresse hätte sie nur noch mehr motiviert.

Owen.

Sarah lehnte sich über die Steinmauer der Terrasse und blickte auf die glitzernde Oberfläche des Ozeans hinaus. Sie wischte sich die Tränen aus dem Gesicht. Sie konnte es sich nicht erlauben, jetzt an ihn zu denken. Und sie hatte auch keine Zeit zum Trauern.

Nicht um die Toten. Nicht um die Lebenden. Und schon gar nicht um die Liebe.

Es lag noch zu viel vor ihr.

Das Klingeln des Telefons in der offenen Tür ließ sie aufschrecken. Ihr erster Gedanke war, den Anrufbeantworter abheben zu lassen. Aber nach ein paar weiteren Klingeltönen fiel ihr ein, dass die Polizei das verdammte Ding mitgenommen hatte. Sie ging zurück und nahm den Hörer ab.

"Weißt du nicht, wie gefährlich es für dich ist, so im Freien zu stehen?"

Sie trug das schnurlose Telefon auf die Terrasse und schaute sich um, bis sie ihn ein paar hundert Meter weiter auf dem Cliff Walk auf den Felsen sitzen sah. Die einsame Gestalt hielt ein Handy an sein Ohr.

"Ich bin absolut sicher, Owen." Sie sprach ruhig und sanft und versuchte, in keiner Weise anzudeuten, wie viel ihr dieser Anruf bedeutete. "Sie beschützen mich."

"Wenn Du von den beiden Idioten sprichst, die in dem Auto auf der Straße schlafen, dann nenne ich das nicht Schutz."

"Rutherfords angeheuerte Killer sind außer Gefecht gesetzt. Archer und Co. glauben nicht, dass der Senator eine Bedrohung für mich darstellt."

"Blödsinn."

Sie sah ihm zu, wie er auf den Felsen stand. Die Flut kam, und sie konnte sehen, wie die Wellen um ihn herum auf- und ab gingen. Selbst aus dieser Entfernung schlug ihr Herz schneller und sie verspürte eine starke Zuneigung zu ihm. Sie drehte sich um, ging zum anderen Ende der Terrasse und riss das gelbe Polizeiband herunter.

"Ich muss meine Sachen aus deiner Wohnung holen."

"Ich bringe sie dir vorbei."

"Ich glaube nicht, dass das eine so gute Idee ist." Sie knüllte das Klebeband zusammen und ging hinein.

"Dann kannst du kommen und sie selbst abholen."

Sie versuchte erfolglos, sein Bild aus ihren Gedanken zu verdrängen. "Ich glaube auch nicht, dass das eine gute Idee ist. Wie wäre es, wenn ich ein Taxi schicke? Wenn es Dir nichts ausmacht, sie zurückzuschicken?"

"Vergiss es. Ich habe beschlossen, alles als Geisel zu nehmen."

Sie ertappte sich dabei, wie sie lächelte.

"Wann ist der große Tag?" fragte er.

"Ich weiß es nicht. Vielleicht heute Abend oder morgen. Sie rufen mich deswegen an. Was mich daran erinnert, dass ich aufhören sollte zu telefonieren."

"Ich werde dich gehen lassen", sagte er nach einer langen Pause. "Ich vermisse dich."

Sarah hörte, wie er die Verbindung unterbrach, bevor sie antworten konnte. Sie ging auf die Terrasse und schaute dorthin, wo sie ihn hatte stehen sehen, aber es waren nur noch Felsen und das Meer zu sehen. Sie lehnte sich gegen die Tür, die Seeluft um sie herum, und wagte es, einen Moment lang zu träumen.

Sie hatte nur einen Moment Zeit, bis das Klingeln des Telefons sie wieder daran erinnerte, was vor ihr lag.

AGENT HINCKEY SAß auf dem Beifahrersitz des Range Rover, als Owen zu seinem Auto zurückkam.

"Fühlen Sie sich wie zu Hause", murmelte Owen, als er einstieg. "Es macht keinen Sinn, in dieser Gegend etwas abzuschließen."

"Wie wär's, wenn Sie die Fenster runterkurbeln? Ich koche hier drinnen."

Owen schüttelte den Kopf, drehte aber den Schlüssel um und öffnete die Fenster. Sofort strömte frische salzige Luft durch das Auto.

Hinckey lockerte seine Krawatte. "Wie geht es Ihnen?"

Er ignorierte die Frage und ließ stattdessen seiner Wut freien Lauf. Ihre

Leute sitzen da und tun rein gar nichts. Jeder kann den Cliff Walk entlang spazieren und ohne die geringsten Schwierigkeiten in ihr Haus gelangen."

"Wir haben ihr angeboten, jemanden mit hineinzunehmen, aber sie hat abgelehnt. Keine Sorge, wir beobachten auch die Terrassentür." Hinckey wartete, bis ein Trio älterer Vogelbeobachter am Auto vorbeigewandert war. "Wir lassen auch Rutherford beobachten. Wenn er auch nur in diese Richtung schaut, ziehen wir sie heraus."

Owen wünschte, die Worte würden seine Ängste lindern, aber das taten sie nicht.

"Der Grund, warum ich hier bin ..." Der Agent wartete, bis er Owens Aufmerksamkeit hatte. "Nachdem wir mit Sarah und Richter Arnold gesprochen haben, fällt es uns immer noch schwer, alle losen Enden dieser Sache zu verknüpfen."

"Sie haben den großen Fisch noch nicht verhaftet. Was erwarten Sie denn?"

"Irgendwie bezweifle ich, dass er sehr hilfreich sein wird, wenn es um Details geht." Hinckey schüttelte den Kopf. "Und da die beiden Auftragskiller tot sind, bleiben uns viel mehr Vermutungen, als mir lieb ist."

Er wandte sich Owen zu, der sich auf seinem Sitz zurücklehnte.

"Sarah hat uns erzählt, dass sie aus Versehen einen bestimmten Brief aus einem Bankschließfach genommen hat. Arnold erzählt uns, dass er diesen Brief vor langer Zeit dort hineingelegt hat, um sich vor Rutherford zu schützen. Nun, der Richter war verärgert, als er feststellte, dass der Umschlag weg ist, aber er hat Sarah nicht direkt gefragt, was sie mit diesem Umschlag gemacht hat."

"Okay, jetzt weiß Rutherford, dass der Richter etwas in der Hand hat, das ihn belastet. Aber dann stirbt Avery Van Horn, die Schließfächer werden umgestellt, und Rutherford erfährt irgendwie, dass die Beweise, die ihn im Mordfall seiner Frau belasten, verschwunden sind. Das ist Frage Nummer eins, aber lassen Sie mich weitermachen."

"Also heuert Rutherford seine eigenen Schläger an, die sich um die beiden Leute kümmern, die Zugang zu den Schließfächern hatten, und ich vermute, mit der ausdrücklichen Anweisung, das, was der Richter in der Hand hielt, zurückzubringen. Ed Brown, der Bankangestellte, wird fast getötet und seine Wohnung wird durchwühlt. Und dieser anderen Frau, Tori Douglas, die bei Sarah wohnt, wird ins Gesicht geschossen. Sie durchsuchen die Wohnung, finden aber nichts."

Hinckey beobachtete eine Zeit lang die Autos auf der Straße.

"An dieser Stelle wird es für mich wirklich brenzlig. Warum zum Teufel sollten diese beiden Mörder Sarahs Leiche zum Boot des Richters bringen und all das Zeug zurücklassen, damit wir es finden? Und warum haben sie Hal Van Horns Telefon abgehört?"

"Hal's Telefon wurde abgehört?"

"Ja, wurde es. So konnten sie sie in Wickford abfangen, als sie auf dem

Rückweg vom Flughafen war. Nun zurück zu Hal, warum zum Teufel hat er Archer angelogen, dass er seine Nachrichten nicht abruft? Wir haben mit seiner Sekretärin gesprochen, und sie glaubt, dass er seine Nachrichten seit Sarahs angeblichem Mord abgerufen hat."

"Vielleicht hatte er etwas zu verbergen.”

"Verdammt richtig, das hatte er. Wir haben eine Reihe von Anrufen zurückverfolgt, die er in dem Monat vor der Messerstecherei mit Frankie O'Neal geführt hat. Einer von ihnen fand in der Nacht von Sarahs Ankunft statt. Ein weiterer erfolgte kurz bevor er sich mit ihr traf, in der Nacht, in der er erstochen wurde." Die Augen des Agenten waren messerscharf, als sie sich auf Owen richteten. "Anhand von Bildern, hat Sarah Frankie bereits als den Mann identifiziert, der den anderen Anschlag auf ihr Leben in der Van Horn-Villa verübt hat. Was zum Teufel war also die Verbindung zwischen Hal und Frankie und Rutherford? Waren sie alle miteinander verbunden? Oder waren es zwei verschiedene Parteien, die ihr auf den Fersen waren?"

Hinckey blieb stehen und wartete.

"Ich bin ein Schauspieler." Owen musterte den Agenten. "Wollen Sie meine professionelle Meinung hören?"

"Nein. Ich möchte wissen, was Jake Gantley Ihnen erzählt hat, als Sie ihn am vergangenen Wochenende im ACI besucht haben."

"Arbeitskram." Owen schüttelte den Kopf. "Tut mir leid, Hinckey. Da kann ich Ihnen nicht helfen."

"Kommen Sie mir nicht blöd, Dean. Wir wissen, dass Jake und Frankie irgendwie beide in die Sache verwickelt waren. Wir wissen, dass Jake an dem Nachmittag, an dem der Mord an Tori geschah, auf Urlaub war. Wir können ihn mit geschlossenen Augen damit in Verbindung bringen."

"Ich bin sicher, dass Sie das können. Und deshalb reden Sie mit dem falschen Mann. Jake ist ein Geschäftsmann. Warum reden Sie nicht mit ihm?"

"Wissen Sie, ich kann Sie wegen Vorenthaltung von Beweisen verhaften lassen."

"Das wird nicht funktionieren. Ich bin ein Produzent. Ich führe jedes Jahr Interviews mit Dutzenden von Jake Gantley-Typen. Im Grunde sind sie alle Lügner, aber mein Interesse besteht darin, Material für meine Sendung zu finden. Ich habe weder die Mittel noch das Interesse, die Wahrheit von der Fiktion in dem, was diese Leute mir erzählen, zu trennen. Und ich habe es mir zur Firmenpolitik gemacht, nicht jedes Mal zu euch zu rennen, wenn wir eine seltsame Geschichte hören." Er zuckte mit den Schultern. "Diese Leute haben jede Menge Zeit, um sich ziemlich wilde Geschichten auszudenken. Was mich betrifft, so könnten sie mir alle einen Haufen Scheiße erzählen. Solange es nicht zu schlecht riecht, kaufe ich es ihnen ab."

Als er die Frustration auf dem Gesicht des anderen Mannes sah, milderte Owen seinen Tonfall. "Ihr Jungs habt eure Methoden. Aber ich gebe euch einen Rat in Bezug auf Gantley. Er hat ein unglaubliches Ego. Behandeln Sie ihn wie John Dillinger, und Sie werden Ihre Antworten billig bekommen."

Kapitel Zweiunddreißig

AM MITTWOCHMORGEN SCHIEN die Sonne bereits heiß, als Sarah ein Taxi von ihrer Wohnung zur Bellevue Avenue Villa von Senator Rutherford nahm. Es war eine kurze Fahrt, aber ihre Gedanken rasten.

Richter Arnold hatte sie am Dienstagabend angerufen und ihr Zeit und Ort des Treffens mitgeteilt. Die beiden hatten am Telefon nicht viel miteinander gesprochen. Obwohl sie seit vier Jahren eng zusammen arbeiteten, hatten die letzten fünf Tage eine Kluft geschaffen, von der sie wusste, dass sie nie überbrückt werden würde.

Sarah hatte immer noch die zusätzliche Akte, die sie aus Rosens Aktentasche genommen hatte, in ihrem Besitz. Der Inhalt der Akte war eine Lebensgeschichte von Hal, von seinen frühen Jahren in der High School und im College bis zur Gegenwart. Die Akte enthielt Dutzende von Ermittlungsberichten, die sich alle auf Hals Lebensstil, seine Laster und seine Freunde konzentrierten.

Und all das geschah im Auftrag des Richters.

Hal war weit davon entfernt, ein Heiliger zu sein, und Sarah hatte das immer gewusst. Aber diese Berichte ließen ihn viel schlimmer aussehen, als sie es sich je vorgestellt hatte. Zusammenfassungen über seine Spiel-, Trink-, Drogen- und Ausgabegewohnheiten. Fotokopien mit astronomischen Kreditkartenschulden. Noch anschaulicher und viel vernichtender waren die Fotos von Hal's sexuellen Tändeleien. Es gab mindestens ein Dutzend Bilder von ihm mit verschiedenen jungen Frauen, manchmal mit mehreren, oft in kompromittierenden Stellungen und manchmal an sehr öffentlichen Orten. Es war das Bild eines zügellosen Verschwenders, eines eingefleischten Hedonisten. Es war das Bild eines außer Kontrolle geratenen Lebens. Es war ein Bild, das Avery, gelinde gesagt, entsetzlich gefunden hätte.

Nichts von alledem war für Sarah niederschmetternd. Seit Beginn ihrer Beziehung zu ihm wusste sie, dass Hal ein Produkt seiner wohlhabenden Erziehung war. Es gab also keine wirklichen Überraschungen. Und interessanterweise stellte sie fest, dass sie sich selbst nach dem Anblick all dieser Fotos nicht annähernd so gefühlt hatte, wie sie sich gefühlt hatte, als sie das Bild von Owen und Tori zusammen entdeckt hatte.

Die Daten auf den Berichten reichten weit zurück, aber was Sarah am meisten beunruhigte, war die Tatsache, dass Avery alles abgeschrieben hatte, was dem Image von Hal schadete. Man könnte leicht argumentieren, dass Richter Arnold schon seit der Zeit, als Hal in der Vorschule war, dafür gesorgt hatte, dass Avery ihren Sohn als zu charakterlos und verantwortungslos ansah, um mit den Anforderungen eines so großen Erbes fertig zu werden.

Der jüngste Brief in der Akte war der belastendste von allen. Darin teilte der Ermittler dem Richter mit, dass, wie gewünscht, ein neuer Satz älterer Abdrücke zu einem bestimmten Datum an Avery geschickt worden war. Sarah erinnerte sich an das Datum; es war zwei Monate vor Averys Tod - genau zu dem Zeitpunkt, als sie darauf bestanden hatte, ihr Testament noch einmal zu ändern.

Sarah konnte keinen dieser Menschen verstehen. Sie hatte den Respekt verloren, den sie einst für Richter Arnold empfunden hatte. Sie mochte Hal nicht, weil er nachgab und das wurde, was sein Stiefvater von ihm erwartete. Und Avery tat ihr leid, eine Frau, die sich ihr ganzes Leben lang hatte manipulieren lassen.

Das Taxi hielt vor dem eisernen Tor des Anwesens, Sarah bezahlte den Fahrpreis und stieg aus. Sie war bereit zu gehen und die Sache hinter sich zu bringen. Sie war bereit, mit ihrem Leben fortzufahren.

Wie immer war das Gelände des Anwesens akribisch gepflegt. Der kurze Spaziergang die Auffahrt hinauf gab Sarah die Gelegenheit, den Kopf frei zu bekommen von allem anderen als dem, was sie hier zu tun hatte. Nachdem sie an der Haustür geklingelt hatte, war sie überrascht, dass Edward North ihr die Tür öffnete. Sie hatte Rutherfords jungen Stabschef schon ein paar Mal getroffen. Zuletzt hatten sie bei Averys Beerdigung ein paar freundliche Worte miteinander gewechselt. Aber sie hatte nicht erwartet, dass er sie hereinlassen würde.

"Bin ich zu früh?"

"Keineswegs. Bitte kommen Sie herein."

Sarah folgte dem jüngeren Mann durch die große Eingangshalle und ein Labyrinth aus elegant eingerichteten Zimmern und Gängen. Obwohl sie versuchte, sich nicht von ihrer Nervosität überwältigen zu lassen, war offensichtlich niemand in der Nähe. Wie leicht wäre es für diese Leute, sie hier auf der Stelle loszuwerden. Sie kamen an einer geschlossenen Doppeltür an.

"Bitte machen Sie es sich in der Bibliothek bequem. Der Senator kommt gleich herunter, und Richter Arnold hat angerufen, um zu sagen, dass er auf dem Weg ist."

Sarah ging hinein und die Tür schloss sich hinter ihr. Allein gelassen, suchte sie sofort nach einem Fluchtweg. Zwei große Glasfenster auf beiden Seiten einer Flügeltür gaben den Blick auf einen weitläufigen Terassengarten frei. Kleine, formale Gärten schmückten jede Ebene mit Blumen und Grünzeug. Jenseits der Rasenflächen konnte sie den Zaun sehen, der das Anwesen vom Cliff Walk trennte. Von dort aus ging es steil hinunter zum Meer.

Obwohl es in der Villa kühl war, schwitzte sie. Sie knöpfte die Jacke ihres weißen Seidenanzugs auf und betrachtete, um ihre Nerven zu beruhigen, die beeindruckende Büchersammlung, die die Wände bedeckte. Der Duft von frisch gebrühtem Kaffee wehte von einer Kochplatte, die auf einem Beistelltisch unter einem der Fenster stand. Ein silbernes Tablett mit Gebäck stand neben einer Reihe von zierlichen Tassen mit goldenem Rand.

Sie studierte die symmetrische Anordnung von zwei Ledersesseln und einem kleinen Ledersofa in der Nähe des Kamins. Ihre Aufmerksamkeit wurde auf einen großen Mahagonischreibtisch auf der anderen Seite des Raumes gelenkt.

Sarah griff in ihre Umhängetasche und berührte das einzelne Band, um sich zu vergewissern, Dass es noch da war.

Sie brauchte nicht mehr lange zu warten. Auf dem Flur waren Stimmen zu hören. Einen Moment später öffnete sich die Tür, und sie riss sich zusammen, als Richter Arnold und Senator Rutherford gemeinsam den Raum betraten.

"Sarah!" Der Senator grüßte freundlich, als wäre alles auf der Welt in Ordnung. Der Richter hingegen nickte nur vage in ihre Richtung, bevor er zur Kaffeekanne ging.

"Ich habe gerade den Richter nach diesem geheimnisvollen Treffen gefragt, das Sie für heute Morgen beantragt haben." Er führte sie zu einem Ledersessel. "Er sagte mir, er wisse nichts darüber, außer dass Sie mit uns beiden gleichzeitig sprechen müssten und dass es ziemlich dringend sei."

"Das ist es", verkündete sie. "Aber ich möchte, dass sie beide an dieser Diskussion teilnehmen, denn es hat keinen Sinn, die Sache in die Länge zu ziehen."

Ihre Stichelei richtete sich gegen Richter Arnold, der weiterhin mit dem Rücken zu ihnen stand.

"Charles? Wollen Sie sich uns anschließen?" rief Rutherford ihm zu.

Mit finsterer Miene setzte sich der Richter. Sarah atmete tief durch und schaute von einem Mann zum anderen.

"Wie Sie beide wissen, bin ich auf ein bestimmtes Dokument gestoßen, als ich einige von Averys Sachen in ein neues Bankschließfach gebracht habe. Ich habe das Dokument zufällig und ohne böse Absicht an mich genommen. Und wie Sie ebenfalls wissen, bin ich nach Irland abgereist, ohne eine Ahnung von dem Chaos zu haben, das ich hinterlassen habe."

"Bevor Sie sich zu weit aus dem Fenster lehnen", unterbrach Rutherford, "ich weiß nicht, von welchem Dokument Sie sprechen. Das ist alles sehr neu für mich."

"Sie können sich gerne dumm stellen, Senator, aber das hat hier keinen Zweck." Sie begegnete ihm Auge in Auge. "Sie können sich meinen Vorschlag anhören, was ich im Austausch für einen bestimmten belastenden Brief und ein Tonband will, oder ich kann diese Beweisstücke der Polizei übergeben. Ich bin mir sicher, dass sie mehr als begeistert sein werden, zu erfahren, was sie enthalten."

"Nun, Ihre Absicht, uns zu erpressen, ist klar genug, Ms. Rand, aber ich glaube nicht, dass ich der Urheber dieser Dokumente bin." Er milderte seinen Tonfall. "Sie erwarten doch sicher nicht, dass ich um etwas feilsche, von dem ich keine Ahnung habe, was es ist. Wenn Sie also so freundlich wären, mir zu sagen, was genau Sie da haben."

Sie nickte. "Ich bin im Besitz eines Briefes, der in der Hand von Richter Arnold geschrieben ist. Im Text dieses Dokuments gibt es drei Hinweise. Der erste wies mich auf eine tote Datei im Lager unseres Büros hin, wo ich ein Tonband mit einem vor achtzehn Jahren aufgenommenen Gespräch finden konnte. Auf diesem Band bitten Sie, Senator Rutherford, Ihren damaligen Partner, Ihnen zu helfen, da Sie gerade versehentlich Ihre Frau in Ihrem Hotelzimmer in Philadelphia getötet haben. Der zweite Punkt in dem Brief ist der Ort, an dem Sie beide nach Angaben des Richters Ihre Frau anschließend begraben haben. Die Strawberry Mansion Bridge. Muss ich fortfahren?"

"Das ist alles eine Lüge." Rutherford wandte sich scharf an Arnold. "Julia ist weggelaufen. Es gab Zeugen, die gesehen haben, wie sie das Hotel verlassen und in ein Taxi gestiegen ist."

"Ich habe doch erwähnt, dass auf dem Brief drei Dinge aufgelistet sind, oder nicht?" Sarah unterbrach sich. "Die dritte Bemerkung von Richter Arnold bezieht sich auf eine Anwaltsgehilfin namens Andrea Beck, eine Frau mit einer ähnlichen Hautfarbe wie Ihre Frau. Frau Beck hat übrigens am selben Wochenende auch an der Konferenz in Philadelphia teilgenommen. Wie der Richter in dem Schreiben angibt, hat Frau Beck bereitwillig die Kleidung Ihrer Frau angezogen, auf den Namen Ihrer Frau geantwortet und Sie im Wesentlichen dabei unterstützt, eine Szene zu inszenieren, in der eine Reihe von Hotelangestellten später bezeugen konnten, dass Ihre Frau das Hotel am nächsten Morgen freiwillig und ohne Sie verlassen hat."

Sarah konnte sehen, wie der Teint des Senators unter seiner Bräune blasser wurde.

"Leider", fuhr sie fort, "wurde Andrea Beck drei Monate nach dem Verschwinden Ihrer Frau bei einem Einbruch in ihrer Wohnung getötet."

Rutherford ging zu seinem Schreibtisch und nahm dort Platz. Seine Hände waren vor ihm gefaltet.

"Weiter", sagte er leise.

Sarah versuchte, ihre eigene Angst zu unterdrücken. "Ich habe die letzten Tage damit verbracht, zu telefonieren und einige archivierte Zeitungsausgaben über Andrea Becks Fall zu lesen ... der übrigens immer noch offen ist. Was ich am interessantesten fand, war die Ähnlichkeit der Methode, mit der wir beide ermordet wurden." Sie starrte Rutherford an. "Ein Schuss ins Gesicht. Haben Sie die gleichen Leute dafür eingesetzt, Herr Senator? Oder ist das einfach eine zwingende Voraussetzung für eine Reihe von Auftragskillern?"

"Warum haben Sie Andrea töten lassen, Gordon?" Die Stimme des Richters war ein tiefes, anklagendes Knurren. "Sie hat Ihnen geglaubt, als Sie sagten, die ganze Sache sei ein Unfall gewesen. Sie wollte niemandem etwas davon erzählen."

"Halten Sie die Klappe, Charles." schnauzte Rutherford. Er richtete seinen Blick auf Sarah.

"Netter Versuch, Ms. Rand, aber Sie haben nichts gegen mich in der Hand." Er stand auf. "Und es wäre klug gewesen, junge Dame, Ihre Fakten zu überprüfen, bevor Sie Ihren kleinen Arsch hierher schleppen. Diese Akten wurden am vergangenen Wochenende verbrannt. Es ist unmöglich, dass Sie da etwas herausholen."

Sie lächelte. "Sie liegen völlig falsch, Senator. Nicht wegen des Feuers am Sonntag, für dessen Auslösung Sie bezahlt haben. Glücklicherweise habe ich das Band am Donnerstag mitgenommen ... am selben Tag, an dem einer Ihrer bezahlten Handlanger versehentlich Hal statt mich erstochen hat."

"Ich sage immer noch, dass Sie bluffen." Er drückte einen Knopf auf seinem Schreibtisch. "Ich hatte nichts mit dem Verschwinden meiner Frau zu tun."

Sarah griff nach ihrer Aktentasche und holte ein Tonband heraus, das sie in der Handfläche hielt, so dass beide Männer es sehen konnten.

"Dann werden Sie das wohl nicht wollen?"

Genau in diesem Moment klopfte es an der Bibliothekstür und Edward North trat ein. "Brauchen Sie etwas, Senator?"

"Ja." Sarah sah, wie Rutherford eine Schublade in seinem Schreibtisch öffnete und einen Stift und einen Block Papier herauszog. "Kommen Sie, setzen Sie sich hierher und machen Sie sich ein paar Notizen. Miss Rand war gerade dabei, uns die Bedingungen ihrer Erpressung zu erklären."

Erschrocken ging North dennoch hinein und setzte sich auf den Stuhl, den Rutherford frei gemacht hatte. Der Senator setzte sich zu Arnold und Sarah. "Darf ich mir dieses Band ansehen?"

Ihre Finger schlossen sich um das Band. "Obwohl es sich um eine Kopie handelt, würde ich es vorziehen, wenn Sie es nicht anhören. Zumindest nicht, bis wir die Bedingungen unserer Abmachung besprochen haben."

"Sie gieriger kleiner Parasit, von mir bekommen Sie keinen Cent. Haben Sie mich verstanden? Ich hatte nichts mit dem Verschwinden meiner Frau zu tun. Und ich sage, es ist nichts auf dem Band. Was den Brief angeht, so hat Arnold ihn geschrieben, um mich zu belasten. Vielleicht hat *er* meine Frau und Andrea Beck getötet."

"Wie Sie wünschen", sagte Sarah, ließ das Band in ihre Tasche fallen und stand auf. "Ich würde Ihnen beiden raten, Ihre Anwälte zu kontaktieren. Ich übergebe das noch heute Morgen den Behörden. Und Herr Senator, ich glaube, Ihre politische Karriere steht kurz vor dem Aus..."

Als sie North mit der Pistole in der Hand herankommen sah, war es bereits zu spät.

Ein einziger Schuss ertönte, und Sarah Rand fiel zurück auf den Stuhl, ihr Blut befleckte bereits den weißen Seidenanzug.

Kapitel Dreiunddreißig

"WAS TUN SIE DA?" Ohne auf die Waffe zu achten, die nun auf ihn gerichtet war, sprang Richter Arnold auf, um nach Sarah zu sehen. "Rufen Sie einen Krankenwagen. Es muss noch Zeit sein."

Seine Hände waren mit ihrem Blut bedeckt, und er blickte über seine Schulter zurück. Keiner der Männer bewegte sich.

"Ruf Hilfe, verdammt noch mal!"

Er ging schnell zum Schreibtisch und griff selbst nach dem Telefon, aber Rutherford riss es ihm aus der Hand. Als er sich umdrehte, zerrte der Senator ihn am Kragen und stieß ihn grob in einen Stuhl. Fassungslos starrte er in den Lauf der Pistole, die North nervös in der Hand hielt. Rutherford durchsuchte ihn sogar.

"Sie wissen, dass ich keine Waffe bei mir trage..." Da ging ihm ein Licht auf. "Sie denken , ich bin verkabelt."

Rutherford nickte Edward North zu, und der jüngere Mann steckte die Waffe in seine Tasche, bevor er sich aufmachte, um nach Sarah zu sehen.

"Sie ist sauber", sagte North eine Minute später. "Keine Drähte, soweit ich sehen kann."

Der Senator sah sie an. "Ist sie am Leben?"

"Ich glaube...gerade so."

"Holen Sie das Band aus ihrer Tasche. Sehen Sie es sich an."

"Damit kommen Sie nicht durch", bellte der Richter seinen alten Partner an. "Das können Sie auf keinen Fall unter den Teppich kehren."

"Sie würden sich wundern, womit ich heutzutage alles durchkomme."

Arnold schüttelte ungläubig den Kopf. "Wie konnte ich nur so dumm sein? Ich habe Ihnen an diesem Tag tatsächlich geglaubt. Sie haben mir gesagt, es sei ein Unfall gewesen, und ich habe Ihnen geglaubt."

"Mit ihrer großen Klappe und ihrem Ehrgeiz *war* Julia ein Unfall, der nur darauf wartete zu passieren. Sie war gut für den Kontakt zu den Arbeitern, also musste ich sie ertragen. Mein Fehler war, es selbst zu tun. Sie hat es so gewollt, wissen Sie. Sie hat mir gedroht. Stellte all diese Fragen über meine Spendenliste. Wollte immer mehr. An diesem Tag in Philadelphia ist sie zu weit gegangen." Rutherfords Gesicht war hart und bitter. "Sie wollte es und hat es bekommen."

"Und was ist mit Andrea? Sie hat den Boden verehrt, auf dem Sie gegangen sind. Sie hätte niemals in tausend Jahren..."

Er blickte zu Sarah hinüber. "Eine der Plagen meines Daseins ist es, von ehrgeizigen Frauen umgeben zu sein. Es wäre nur eine Frage der Zeit gewesen, bis auch Andrea versucht hätte, ihre Nägel in mich zu schlagen. Sie war ein hohes Risiko. Sie musste gehen."

Rutherford ging zu seinem Schreibtisch, nahm den Hörer ab und wählte eine Nummer. Auf der anderen Seite des Raumes holte North einen Kassettenrekorder aus einer Schublade und legte die Kassette ein, die er aus Sarahs Handtasche genommen hatte. Über einen Ohrhörer drückte er eine Taste auf dem Gerät und ließ dabei den Richter und den Senator nicht aus den Augen.

Rutherford sprach ins Telefon. "Wir sind hier fertig. Ja, wie wir es geplant haben. Aber natürlich." Der Senator sah Sarah an. "Hören Sie, heute ist der reguläre Bootstag des Richters, und ich glaube, er kann es kaum erwarten, nach seiner Zeit hinter Gittern wieder aufs Wasser zu kommen. Ja, sie geht mit ihm. Eine Art Versöhnungs-Ausflug, nur dass sie nicht zurückkommen werden. Verstehen Sie?"

"*Ich* verstehe Sie nicht." Arnold versuchte, sich aufzurichten.

"Gut." Rutherford, der immer noch das Telefon an sein Ohr hielt, drückte den Richter zurück in den Stuhl. "Sie müssen hier abgeholt werden. Natürlich möchte ich, dass Sie es selbst tun. Ja, geben Sie einfach Gas. Wir werden hier sein."

"Ist es das wert, Gordon? Ist es das Töten so vieler Menschen wert, ist es den Preis dieser monströsen Korruptionskette wert, nur für einen Senatssitz?"

Rutherfords Gesicht verbreitete sich zu einem Lächeln, als er seinen alten Partner ansah. "Bringen Sie mich nicht zum Lachen. Es gibt keinen Unterschied zwischen uns, Charles. Sie und ich sind gleich."

"Quatsch."

"Sagen Sie, was Sie wollen. Wir haben uns nur andere Ziele gesetzt." Er stellte sich über den Richter. "Mein Ziel ist in greifbarer Nähe. Die Präsidentschaft ist nur noch ein oder zwei Wahlen entfernt. Sie hingegen denken nur an die Art und Weise, wie Sie Avery immer kontrolliert haben. Und warum? Sie konnten es nicht erwarten, ihr Geld in die Finger zu bekommen. An Hals Geld. Und ich glaube, es hat Ihnen gefallen, sein Leben zu kontrollieren, ihn betteln zu lassen."

"Es gibt eine Grenze, wie weit ich gehen werde, um zu bekommen, was ich will.

"Zu erkennen, dass man eine Grenze hat, bedeutet zu erkennen, dass man ein Verlierer ist, Charles." Rutherford ging auf North und die Tonbandkassette zu. "Ich habe nicht die Absicht, mein Leben so zu leben, als wäre es eine Art langsamer Tod."

Er warf einen kurzen Blick auf Sarah und das Blut, das seinen Stuhl befleckte. Plötzlich hielt er inne und musterte die Gestalt der Frau auf dem Stuhl. Er sah, wie ihr Körper durch die Wunde einmal zuckte. Ihre Hand lag auf der Stelle, an der sich der Blutfluss nun verlangsamte.

"Edward."

Der andere Mann legte die Ohrstöpsel ab.

"Irgendetwas?"

"Noch nicht."

"Dann komm und beende das hier zuerst." Rutherford trat hinter den Stuhl und packte mit einer Hand eine Handvoll von Sarahs Haar. "Beende das."

Er zog sie an den Haaren, bis ihr Kopf an der Lehne des Stuhls lag. Seine Augen verengten sich, als er die aufsteigende Farbe ihrer Haut bemerkte. Er tastete nach dem Puls an ihrer Kehle.

"Was zum Teufel?"

Sarah öffnete ihre Augen und starrte ihn an. "Bastard."

Zwei Dutzend Polizeibeamte, FBI-Agenten und Beamte des Justizministeriums stürmten in den Raum. Sie strömten von den Terrassengärten und durch das Haus herein, umzingelten den Senator in Windeseile und drängten ihn gegen die Wand. Bevor er auch nur den Mund öffnen konnte, um sich zu beschweren, legte ihm ein Beamter die Hände auf den Rücken und las ihm seine Rechte vor.

Auf der anderen Seite des Raumes unterhielten sich Edward North und der Richter mit Agent Hinckey und beobachteten das Geschehen. Dan Archer half Sarah auf die Beine, aber sie konnte Gordon Rutherford nur mit einem angewiderten Blick anstarren.

Als die Beamten sich anschickten, den Senator aus der Bibliothek zu führen, ging der Richter auf ihn zu, ohne den Blick seines alten Freundes zu beachten.

"Ich denke, eine Grenze anzuerkennen, kann Vorteile haben."

IN DER GANZEN Siedlung wimmelte es von Polizeiautos und Rettungskräften. Überall waren Menschen, und Sarah konnte es kaum erwarten, wegzukommen.

Die Agenten, die heute Morgen zu ihrer Wohnung gekommen waren, um ihr mit dem Schutzanzug zu helfen, hatten ihr gesagt, dass es in der Villa zusätzliche Hilfe geben würde. Bis es jedoch tatsächlich geschah, hatte Sarah nicht geahnt, dass Edward North diese Hilfe sein würde.

Die Gelassenheit, die sie während der ganzen Tortur bewahrt hatte, war plötzlich weg. Sie fühlte sich total erschöpft und wollte nur noch weg.

Ein Sanitäter untersuchte Sarah, bevor sie die Bibliothek verlassen durfte. Im Foyer der Villa lieh ihr eine Polizistin eine blaue Jacke mit der Aufschrift NPD in großen gelben Buchstaben auf dem Rücken und eine passende Mütze. Dankbar dafür ging Sarah ins Bad und zog die blutverschmierte Jacke und das Hemd aus, wobei sie den Apparat entfernte, der den Effekt der blutigen Schusswunde erzeugt hatte. Auch ihre Hose war mit dem Kunstblut verschmutzt, aber sie war zu müde, um sich um Perfektion zu kümmern.

Außerhalb des Badezimmers wartete Archer auf sie. Die Begrüßung des Detektivs war untypisch enthusiastisch, obwohl sie den Ausdruck auf seinem Gesicht nicht gerade als Lächeln bezeichnen würde. Sie konnte es verstehen. Dies war wahrscheinlich die größte Verhaftung seines Lebens, und er war offensichtlich dankbar für ihre Hilfe. Einen Moment lang dachte sie, dass er sie umarmen würde.

"Nun, Sie hatten sicherlich eine brillante Woche, würde ich sagen." Sie reichte ihm den Apparat. "Erst Billy Hamilton und jetzt das."

Er nickte, und sein Gesicht wurde wieder ausdruckslos wie immer.

"Ms. Rand, ich wäre Ihnen sehr dankbar, wenn Sie heute mal aufs Revier kommen könnten. Wir haben einen Berg an Papierkram, den wir erledigen müssen.

"Sicher." Die beiden gingen auf die Haustür zu. "Ich muss nur noch nach Hause und mich umziehen, dann bin ich da."

"Nochmals vielen Dank", sagte er ihr an der Tür. "Und ich denke, das ist ein guter Zeitpunkt, um mich für die Schwierigkeiten zu entschuldigen, die wir beide in der Vergangenheit hatten."

Sie wusste, dass er von dem Fall Hamilton sprach. "Entschuldigung angenommen. Herzlichen Glückwunsch zu dieser Verhaftung."

"Wir haben nie aufgegeben, den Sohn eines... na ja, Sie wissen schon."

Sie nickte, doch als sie sich zum Gehen wandte, wurde sie von dem Detektiv aufgehalten.

"Bitte grüßen Sie Mr. Dean von mir." Archer lächelte tatsächlich. "Inoffiziell und nur zu Ihrer Information: Ich wusste, dass Sie in seiner Wohnung waren, als ich sie letzten Donnerstagmorgen durchsuchte."

"Wirklich?"

"Sie waren im Schrank. Das war der einzige Ort, den ich nicht überprüft habe."

"Und was macht Sie so sicher, dass ich überhaupt dort war?"

"Ihr Terminkalender lag aufgeschlagen auf dem Beistelltisch. In den letzten zwei Wochen habe ich nur gegessen, geschlafen, geatmet und alles gelesen, was mit Sarah Rand zu tun hatte. Ihre Handschrift zu erkennen, war nichts."

"Genau wie der Detektiv in..." Sie hielt inne. "Was war das für ein Film? *Laura?*"

Archer errötete. "Aha. Nur dass in dem Film der gutaussehende Detektiv am Ende das Mädchen bekommt, nicht der Filmstar." Er räusperte sich. "Das habe ich nicht gesagt. Ein Wort davon zu meiner Frau und Sie finden mich im Hafen schwimmend."

Sarah lächelte tatsächlich, als sie draußen an der Schlange der Dienstfahrzeuge vorbeikam, die die Einfahrt blockierte.

Ein Polizist ließ sie durch die Absperrung, die sie errichtet hatten, um die Schaulustigen und die Medien fernzuhalten. Sarah zog ihren Hut über die Augen und schob sich ohne Zwischenfälle an ihnen vorbei. Einen halben Block weiter auf der Bellevue dachte sie gerade daran, dass sie um eine Mitfahrgelegenheit hätte bitten können, als ein Auto auf der Straße abbremste.

"Soll ich dich mitnehmen, Sarah?"

"Ja, gerne."

Sie trat zwischen zwei geparkten Autos hervor und stieg ohne zu überlegen ein.

———

OWEN BEOBACHTETE, wie Sarah in den anthrazitfarbenen Lincoln zwei Autos vor ihm einstieg, und anstatt sein Auto auf der Straße zu parken, wie er es ursprünglich vorhatte, fuhr er sofort zurück in den Verkehr und folgte dem anderen Auto.

Seinem Instinkt folgend, griff er zum Telefon und wählte die Nummer der Polizei von Newport. Schnell stellte er sich vor und bat darum, mit Captain Archer verbunden zu werden, wobei er erklärte, dass es dringend sei.

Gestern hatte sich Owen mit Agent Hinckey und Archer zusammengesetzt, und diesmal verstand er sich mit dem Polizeihauptmann viel besser als bei ihren früheren Treffen. Archer hatte heute Morgen einen seiner Leute mit Owen Kontakt aufnehmen lassen, um ihm mitzuteilen, dass die Operation abgeschlossen sei und er Sarah abholen könne.

Einen Moment später meldete sich Archer.

"Haben Sie alle Verdächtigen verhaftet? Gibt es da draußen irgendwelche unberechenbaren Leute?"

"Mein Chef meint, ich sei hier die einzige unberechenbare Person. Wo sind Sie denn? Ich dachte, Sie würden Ms. Rand abholen."

"Das wollte ich, aber anscheinend ist mir jemand zuvorgekommen." Owen überfuhr eine gelbe Ampel, um mit dem Lincoln Schritt zu halten, der immer noch zwei Autos vor ihm war. "Habt ihr alle? Wurden alle Köpfe gezählt?"

"Wir haben gerade den letzten Anruf von Rutherford zurückverfolgt. Wir haben den letzten Verdächtigen identifiziert, den wir aufgreifen müssen."

"Bei allem Respekt für Ihre Vorgehensweise, können Sie mir sagen, ob Ihr Verdächtiger einen neueren, anthrazitfarbenen Lincoln fährt? Ich kann Ihnen das Nummernschild von hier aus nicht sagen."

In der Leitung gab es eine Sekunde Pause.

"Ja, das tut er. Was ist denn da los? Verfolgen Sie ihn?"

"Das tue ich. Und er hat Sarah bei sich."

SIE FÜHLTE SICH, als würde sie vor sich hin plappern, aber sie konnte einfach nicht anders.

In wenigen Minuten hatte sie ihm nicht nur für die Fahrt und seine Hilfe gedankt, sondern ihm auch einen kurzen Überblick über die Ereignisse des heutigen Morgens gegeben. Sie hatte beschlossen, dass alles auf allen großen Nachrichtensendern zu sehen sein würde, bevor es Mittag war.

"Soweit ich weiß, ermittelt das Justizministerium schon seit einiger Zeit gegen Senator Rutherford, und zwar wegen Wahlbetrugs und möglicher Verbindungen zu einigen Familien des organisierten Verbrechens. Nun, der Mord war..."

Sarah hielt mitten im Satz an, als der Lincoln von der Bellevue falsch abbog.

"Wenn Sie mich nicht an meiner Wohnung absetzen können, kann ich einfach hier aussteigen und für den Rest des Weges ein Taxi nehmen. Oder ich könnte zu Fuß gehen. Es ist wirklich nicht so weit von hier."

"Nein, das ist gar kein Umweg für mich." erwiderte Evan Steele, bog erneut ab und fuhr in die entgegengesetzte Richtung ihrer Wohnung.

Sarah spürte, wie sich ein plötzliches Frösteln einstellte. "Müssen Sie erst irgendwo hinfahren?"

"Nein."

Sie schaute aus dem Fenster, als der Wagen auf der schmalen Straße an Geschwindigkeit zulegte. "Sie *wissen* doch noch, wo ich wohne?"

"Natürlich."

"Warum fahren Sie dann in diese Richtung?"

Er warf ihr einen Blick zu. "Was ist los? Mögen Sie die Panoramastraße nicht?"

Sie sah etwas in den Augen und wusste Bescheid. Die Wahrheit traf sie wie ein Schlag.

"Was haben Sie vor dem Haus von Rutherford gemacht, Evan?"

"Bin nur vorbeigefahren." Sein Blick blieb auf der Straße. Das Auto überfuhr eine gelbe Ampel und bog in die America's Cup Avenue in Richtung Norden ein.

Sarah versuchte, sich an das zu erinnern, was sie über den Mann wusste. Ihr fiel nicht viel ein. Er hatte irgendwann in seinem Leben gedient, und sie hatte ihn immer für einen Sicherheitsexperten gehalten, der vor Jahren seine eigene Firma gegründet hatte. Aber was die Person hinter dem Gesicht anging, wusste sie nichts.

In der Innenstadt war der Verkehr sehr dicht, aber Steele manövrierte sich durch. Vor dem Besucherzentrum kamen plötzlich drei Autoschlangen zum Stehen, aber er wich auf den Bürgersteig aus und umkurvte die stehenden Autos.

"Wenn es Ihnen nichts ausmacht, mich an der nächsten Ecke rauszulassen, ich muss in der Stadt einige Besorgungen machen."

Noch bevor sie den Satz beenden konnte, war die nächste Ecke Geschichte.

Das Auto bog am Ende der Straße scharf links ab, und Sarah klammerte sich an den Türgriff, um sich festzuhalten.

"Sie waren es, den Rutherford angerufen hat, nicht wahr?"

Es kam keine Antwort.

"Sie wollten den Richter und mich zu seinem Boot bringen."

Wieder nur Schweigen.

"Sie werden mich sowieso umbringen, oder? Dann, verdammt noch mal, geben Sie mir wenigstens eine Antwort."

Er fuhr auf die Auffahrt zur Newport Bridge.

"Klar, dass Rutherford jemanden wie Sie auswählt, um seine Drecksarbeit für ihn zu erledigen. Jemanden, der clever ist. Jemand, der alle möglichen Verbindungen zu Söldnern hat. Mit Leuten, die für Geld alles tun würden. Er hat Sie diese beiden Killer anheuern lassen. Sie haben alles arrangiert. Nun, raten Sie mal. Sie sind derjenige, der in den Büchern als der Verantwortliche für all diese Morde auftauchen wird. Er wird ungeschoren davonkommen, und Sie werden den Rest ihres Lebens im Gefängnis verbringen."

Steele runzelte die Stirn, als er gezwungen war, den Wagen auf der Brücke abzubremsen. Der Verkehr vor ihm bewegte sich nur noch im Schneckentempo.

"Er wurde bereits verhaftet, wissen Sie. Evan, das ist Ihre Chance, sich zu stellen. Sie könnten einen Deal mit dem Staatsanwalt machen. Ike Bosler will Rutherford so sehr festnageln, dass er zu allem bereit wäre. Sie können ihm helfen, den Senator hinter Gitter zu bringen."

Die Autokolonne kam oben auf der Brücke zum Stillstand. Es kamen auch keine Autos aus der Gegenrichtung. Steele lenkte den Wagen nach links, damit er den Grund für die Verzögerung sehen konnte. An seinem finsteren Blick war zu erkennen, dass er nicht viel sehen konnte.

"Was werden Sie mit mir machen?" drängte sie.

Sein andauerndes Schweigen ging ihr langsam auf die Nerven.

"Ich meine, wenn Sie mich töten wollen, warum schießen Sie mir nicht einfach in den Kopf oder werfen mich gleich hier von der Brücke. Bringen wir es einfach hinter uns. Ich bin doch nutzlos für Sie." Sarah griff schnell nach dem Türgriff, aber seine Finger schlossen sich um ihre Kehle, und er drückte sie zurück gegen den Sitz. Sein Daumen drückte gegen ihre Luftröhre, und Sarah spürte, wie ihr Kopf zu explodieren drohte.

"Ich habe genug von deinem Gerede. Jetzt setz dich hin und hör zu. Du bist in mein Auto gestiegen. Böser Fehler. Keine Sorge, du wirst bekommen, was du verdienst. Wenn ich soweit bin."

Sie krallte sich an seinem Griff fest, und er ließ nur so weit nach, dass sie aufstöhnen konnte.

"Nach all dem Ärger, den du mir bereitet hast, hätte ich kein Problem damit, dir hier das Genick zu brechen und deine Leiche auf dem Weg nach Norden einfach auf der Straße zu entsorgen. Oder du benimmst dich, und ich lasse dich ein oder zwei Tage leben, bevor ich mir überlege, wie ich dich zu Geld machen kann." Sein Griff um ihre Luftröhre wurde wieder fester. "Wie ist es, Sarah? Wirst du den Mund halten oder nicht?"

Sie spürte, wie ihre Lunge brannte. Ihre Finger versuchten, seine Hand wegzuschieben. Sie versuchte, mit dem Kopf zu nicken.

Er lockerte seinen Griff wieder. "Was darf es sein, Sarah?"

Sie nickte.

Als er seine Hand wegzog, griff sie nach oben und berührte ihren Hals. Ihre Kehle fühlte sich gequetscht und rau an. Sie konnte kaum die Luft ein- und ausatmen. Es dauerte ein paar lange Augenblicke, bis sie wieder richtig Luft holen konnte.

Sarah sah, wie er die Fahrertür entriegelte und aufdrückte. Er stand mit einem Fuß auf dem Boden und blickte auf den Stau vor ihm. Ihre eigene Tür blieb verschlossen.

Sie wusste nicht, woher sie die Kraft nahm, aber sie schwang ihre Beine hoch und versetzte ihm mit beiden Füßen einen kräftigen Tritt gegen die Hüfte, der ihn fast zu Boden warf. Steele machte zwei oder drei Schritte zur Seite, um sein Gleichgewicht wiederzufinden, und das war die Zeit, die Sarah brauchte, um durch die offene Tür zu verschwinden.

Er stürzte sich auf sie, aber Sarah sprang aus seiner Reichweite und landete auf der Motorhaube des Autos hinter ihnen. Sie rollte auf die andere Seite und hämmerte verzweifelt gegen die Scheibe, um Hilfe zu holen. Die junge Frau hinter dem Steuer schlug das Schloss ihrer Tür zu und wich zurück. Sarah warf einen Blick über ihre Schulter und sah Evan Steele einen Meter entfernt stehen.

"Noch einen Schritt weiter und ich puste dir hier das Hirn weg." Seine Hand steckte in seiner Jacke.

In diesem Augenblick wurde Sarah klar, dass es keinen großen Unterschied machte, ob sie jetzt oder später starb.

Als sie sich umdrehte, griff er nach ihr, aber Sarah riss sich los und rannte, so schnell ihre Beine sie trugen, an der Autoschlange entlang, die sich gerade bildete.

Sarah war noch keine zehn Schritte weit gekommen, als sein grober Griff um ihren Arm sie zurückriss. Mit einer rasenden Bewegung drehte sie sich um, trat ihm gegen das Schienbein und riss ihren Arm los.

Sie rannte. Alles um sie herum war ein Wirrwarr des Wahnsinns. Der

Himmel, die Straße und die Bucht vermischten sich zu einem wirren Durcheinander.

Sie erkannte das schwarze Auto erst, als sie bereits an ihm vorbeigerannt war. Als sie sich umdrehte, sah sie, wie Owen heftig die Tür aufschob und Evan Steele auf die Mitte der Straße schleuderte.

Sarah schleppte sich am Range Rover entlang zurück und versuchte, Luft zu holen, während die beiden Männer auf der betonierten Autobahn miteinander kämpften.

"Helft ihm!" schrie sie und stieß sich vom Auto weg in Richtung des Kampfes.

Steele war bewaffnet, erinnerte sie sich, und Panik durchflutete sie. Der Klang von Sirenen auf beiden Seiten der Brücke und das Dröhnen eines Hubschraubers, der sich ihnen näherte, ließen ihre Schreie verstummen.

Plötzlich fiel Owen nach hinten gegen die Motorhaube des Wagens, und für einen wahnsinnigen Moment sah Sarah eine Szene von absoluter Klarheit. Als wäre der Moment in der Zeit eingefroren worden. Steele hob seine Waffe und richtete sie auf ihn.

Ohne zu zögern, warf sie sich zwischen die beiden Männer. Steele schoss.

Als sie sich umdrehte, sah sie das Blut auf der Motorhaube des Wagens, gerade als die Polizeiautos um sie herum kreischend zum Stehen kamen.

"Owen!" Sie rannte zu ihm, das Herz schlug ihr bis zum Hals, sie konnte ihren Blick nicht von dem Blut lösen, das aus seiner Schulter spritzte.

Er stieß sich von der Motorhaube ab und streckte die Arme nach ihr aus, als sie näher kam.

"Mein Gott! Bitte, Owen. Bitte stirb nicht. Lass mich sehen!"

Sarah wusste, dass sie hysterisch war, aber sie konnte sich nicht zurückhalten. Ihre Arme legten sich um ihn. Er versuchte, sich aufzurichten, aber sie spürte, wie er sich auf sie stützte.

Seine Stimme klang angespannt. "Geht es dir gut? Hat er dir wehgetan?"

"Nein. Mein Gott. Owen. Bitte!"

Sie zog seine blutige Hand von der Wunde weg. Die Vorderseite seines Hemdes und sein Ärmel waren bereits durchnässt und rot.

Ein Krankenwagen kam direkt hinter ihnen zum Stehen. Es schien nur Sekunden zu dauern, bis die Sanitäter Owen gegen das Auto lehnten und seine Schulter untersuchten. Sie stand auf und beobachtete das Geschehen hinter sich. Evan Steele war bereits mit Handschellen gefesselt und wurde auf den Rücksitz eines Polizeiwagens geschoben.

Sarah drehte sich um und sah, wie die Sanitäter Owen auf eine Trage legten. In einer Minute hatten sie ihn in den hinteren Teil des Krankenwagens gerollt.

"Kommst du mit mir?"

Tränen liefen ihr über das Gesicht, aber das war ihr egal. Sie konnte nur seine ausgestreckte Hand sehen.

"Verrückte Senatoren und bewaffnete Söldner könnten mich nicht davon abhalten."

Kapitel Vierunddreißig

Es war schon weit nach Einbruch der Dunkelheit, als Scott Rosen in die lange Einfahrt zu ihrem Haus einbog. Als er sich dem Haus näherte, sank sein Herz, als er die Dunkelheit in allen Fenstern bemerkte. Es war nur der Geist eines Gebäudes vor einer leeren Landschaft. Selbst die Lichter auf beiden Seiten der Haustür - die Lucy immer anließ, wenn er zu spät kam - waren dunkel.

Anstatt den Wagen in die Garage zu fahren, parkte Scott in der Einfahrt und starrte einen Moment lang auf das teure Haus, von dem er einmal geglaubt hatte, es würde die Leere füllen, die seine langen Arbeitsstunden in ihrer Ehe hinterlassen hatten. Er war dumm genug gewesen zu glauben, dass das richtige Auto und das richtige Haus in der richtigen Gegend ausreichen würden. Als sie später darüber sprachen, Kinder zu bekommen, hatte er nie darüber nachgedacht, was von ihm verlangt werden könnte, um sie großzuziehen. Es war ihm sogar in den Sinn gekommen, dass es eine weitere positive Bereicherung für Lucys Leben sein könnte und den Druck auf ihn ein wenig verringerte. Jetzt nagten Schuldgefühle an ihm, weil er es überhaupt gedacht hatte.

Nun, dieses Baby zu bekommen, war eine Leistung, die Lucy erfolgreich und ohne ihn vollbracht hatte. Scott wusste, dass seine Frau mit ihrem gewohnten Mut und ihrer Unabhängigkeit ihre Tochter auch ohne ihn großziehen würde, wenn es sein musste.

Aber Scott wollte unbedingt daran teilhaben.

Am Montag hatte er die besten Absichten gehabt, alles richtig zu machen. Aber dann war die Hölle losgebrochen. Und hier war er nun, zwei Tage später, und alles, was er von seiner Frau und seiner Tochter gesehen hatte, waren flüchtige Blicke auf sie beim Schlafen, während der wenigen kurzen Stunden, die er jede Nacht nach Hause kam, um sich auszuruhen, bevor er wieder los musste.

Heute Morgen, bevor er im Morgengrauen das Haus verlassen hatte, war Lucy mit dem Baby heruntergekommen. Ohne ein Blatt vor den Mund zu nehmen, hatte sie ihm gesagt, dass sie ihre Tochter nehmen und für eine Weile zu ihrer Schwester nach Connecticut fahren wolle.

Scott wusste, dass dies der erste Schritt war, der erste Schritt zur Auflösung ihrer Ehe.

Er nahm seine Aktentasche, zerrte seinen müden Körper aus dem Auto und machte sich auf den Weg zum Haus. Er wollte dagegen ankämpfen. Er wollte unbedingt seine Familie zurückgewinnen. Aber er wusste nicht, wie groß die Chance war, dass seine Frau ihm geben würde, nachdem er sie im Laufe ihrer Ehe vernachlässigt hatte.

Anstatt durch die Garage zu gehen, benutzte er seinen Schlüssel und ging durch die Vordertür hinein. Das Haus war innen genauso dunkel und leer wie es von außen aussah. Er machte sich nicht einmal die Mühe, ein Licht einzuschalten. Stattdessen löste er seine Krawatte und warf sie zusammen mit seiner Jacke und seiner Aktentasche auf einen Stuhl. Er ging direkt zum Telefon.

Er war gerade dabei, Lucys Schwester in Connecticut anzurufen, als ihn das Geräusch von Stimmen im Hintergrund stoppte. Für einen verrückten Moment schossen ihm Gedanken an Auftragsmörder und Evan Steele durch den Kopf. Doch bevor Wut und Panik in Taten umschlagen konnten, registrierte sein Gehirn, dass die Geräusche aus dem Fernseher im Arbeitszimmer kamen.

Es war zu viel, um darauf zu hoffen, aber Scott zwang sich zu träumen. Er schaltete das Licht an und ging durch das Haus.

Beim Anblick seiner schlafenden Frau auf dem Ledersofa, das Baby an ihre Schulter geschmiegt, blieb er stehen. Das Licht des Fernsehers warf einen sanften Schimmer auf Lucys Gesicht. Eine Liebe, die so lange ignoriert worden war, regte sich und schlug stark in seiner Brust. Das Baby bewegte sich, und Scott sah, dass Lucy die Augen öffnete. Sofort entdeckte sie ihn.

"Du bist wieder da."

"Du bist nicht gegangen."

Scott kniete neben ihr nieder und umarmte sie. Wie kann man die Zuneigung eines ganzen Lebens in eine einzige Umarmung packen? Man kann es nicht, dachte er und versuchte es trotzdem.

"Ich habe den ganzen Tag die Nachrichten gesehen. Ich kann es nicht glauben. Der Senator. Und dann die Hubschrauberaufnahmen von der Brücke und die Schießerei. Ich hatte solche Angst, dass du da bist."

"Es tut mir so leid, Schatz. Für all das hier. Dass ich dich allein gelassen habe und-"

"Nicht." Sie berührte seine Lippen mit ihren Händen. "Ich war so unsicher in diesem letzten Monat meiner Schwangerschaft. Ich dachte, du wärst ... dass es eine andere Frau gibt."

Damit hatte er nicht gerechnet. "Lucy, ich habe mich vieler Dinge schuldig gemacht, aber dich zu betrügen, ist mir nie in den Sinn gekommen."

"Ich weiß." Sie wurde rot. "Ich war so durcheinander, dass ich tatsächlich angefangen habe, dich zu kontrollieren. Ich überprüfte die Nummern der Leute, die dich hier anriefen, rief in deinem Büro an, um sicherzugehen, dass du da warst. Ich glaube, meine Hormone liefen auf Hochtouren."

"Nein. Das war ich. Ich weiß, dass ich mich bei diesem Fall anders verhalten habe. Ich hatte den Fall angenommen. Ich war ihm verpflichtet. Aber gleichzeitig war ich hin- und hergerissen von den vielen Lügen, die immer wieder auftauchten." Sie legte die Füße auf dem Sofa ab, und Scott setzte sich neben sie. "Ich war noch nie so verwirrt von einem Fall wie von diesem."

"Warum?"

"Weil der Richter mir nicht die Wahrheit gesagt hat, und ich wusste es. Er verheimlichte etwas, er verheimlichte viele Dinge. Nichts passte zusammen. Er sagte mir, es gäbe keine Probleme zwischen Sarah und ihm, aber zehn andere Leute erzählten mir, sie hätten sich gestritten. Und als ich begann, mehr Zeit mit ihm zu verbringen, wurde mir klar, dass der Respekt, den ich ihm so lange entgegengebracht hatte, fehl am Platz war. Er war unschuldig an dem Verbrechen, dessen er beschuldigt wurde, aber in vielerlei Hinsicht war er für einen Großteil der Geschehnisse verantwortlich."

"Was meinst du?"

"Ich habe bis heute noch nicht alle Antworten erhalten. Aber morgen früh wird es eine Erklärung der Staatsanwaltschaft über die komplexe Situation rund um diese Morde geben. Es gab zwei Personen, die versucht haben, den Mord an Sarah Rand zu inszenieren. Senator Rutherford *und* Hal Van Horn."

"Aber ich dachte, Van Horn liebt Sarah."

"Seit dem Tod seiner Mutter war er so verkorkst und verbittert, dass er beschloss, mit einem Mord das zu bekommen, was ihm seiner Meinung nach zustand, und sich gleichzeitig zu rächen. Der Richter war ihm schon lange auf den Fersen, und Hal hatte es schließlich satt." Scotts Finger streichelten den weichen Haarflaum auf dem Kopf des Babys. "Dreißig Jahre Druck können das wohl jedem antun."

"Aber was ist mit Rutherford?" fragte Lucy. "In den Nachrichten hieß es, der Senator werde wegen mehrerer Morde festgehalten - einschließlich des Mordes an seiner Frau vor achtzehn Jahren."

"Es ist zwar zweifelhaft, aber der erste Fall könnte ein Unfall gewesen sein. Die anderen waren Mord."

Lucy zuckte zusammen, als sie versuchte, das Baby auf ihrer Schulter zu bewegen.

"Mein Arm ist eingeschlafen."

Scott nahm das Baby an sich. Er starrte auf das schlafende Gesicht des Engels in seinen Armen, und in seinem Hals bildete sich ein faustgroßer Kloß.

"Wie war der Richter involviert?"

"Zu der Zeit, als Julia Rutherford ermordet wurde, stand ihr Mann kurz vor dem Durchbruch. Er war auf dem Weg in den Senat und in die große Welt. Er geriet in Panik und rief seinen Partner und Freund Charles Arnold um Hilfe."

"Wenn es ein Unfall war, hätten sie die Polizei rufen und ehrlich sein können.

"Ich weiß. In der Erklärung, die der Richter Ike Bosler am Montag gab, behauptete er, dass dies *seine* Empfehlung an Rutherford war, als er mitten in der Nacht diesen Anruf erhielt. Interessanterweise hatte zunächst ein Anrufbeantworter den Anruf entgegengenommen, aber dann hatte der Richter oben den Hörer abgenommen. Das gesamte Gespräch wurde aufgezeichnet."

"Und Arnold fuhr in dieser Nacht nach Philadelphia?"

Scott nickte. "Er sagte, als er dort ankam, hatte sich Rutherford bereits gefasst. Er hatte sogar die Hilfe von Andrea Beck in Anspruch genommen, einer jungen Anwältin, die für ihn und Arnold arbeitete. Wie auch immer, die Geschichte des Richters ist, dass die anderen beiden seinen Rat überstimmt haben und er schließlich die dritte Person in einer Verschwörung war, um den Unfall zu vertuschen. Nur hatte er den Verdacht, dass es sich stattdessen um einen Mord gehandelt haben könnte."

"Er hätte Rutherford ausliefern können. Er hatte das Band."

"Ich weiß nicht, was ihn davon abgehalten hat. Vielleicht war es eine 'Good Old Boy'-Sache, oder vielleicht hatte Rutherford etwas gegen ihn, das sein Ansehen bei Avery beeinträchtigen würde. Ich weiß es nicht. Aber er behauptet, er habe das Ausmaß seines Fehlers erst erkannt, als Andrea Beck getötet wurde. Er verdächtigte sofort Rutherford. Um sich selbst zu retten, für den Fall, dass Rutherford auf andere Gedanken käme, sagte er dem Senator, dass er ein Tonband und einen Brief habe, die alles erklären. Und er sagte ihm auch, dass diese Dinge an einem sicheren Ort aufbewahrt würden, wo sie der Polizei übergeben würden, falls ihm etwas zustoßen sollte."

"Also zog sich Rutherford zurück."

"Achtzehn Jahre lang."

Scott fuhr fort und erklärte, wie Sarah den Brief versehentlich an sich genommen hatte, wie er ohne sein Wissen in seiner eigenen Aktentasche gelandet war und wie Owen Dean und Sarah den Brief zurückbekommen hatten.

"Aber woher wusste Rutherford, dass der Brief fehlte?"

"Nach dem Tod seiner Frau teilte der Richter Evan Steele mit, dass ein bestimmter wichtiger Brief fehle - ohne dessen Inhalt preiszugeben - und bat ihn um Hilfe bei der Suche nach dem Brief. Steele war von Rutherford jahrelang dafür bezahlt worden, seinen alten Partner genau im Auge zu behalten. Steele gab die Informationen an den Senator weiter, der den Tod von Avery zum Anlass nahm, den Richter über die Sicherheit dieser Dokumente zu befragen. Alles deutete auf Sarah Rand hin. Das setzte eine Kette von Aktionen in Gang, bei denen Steele Leute anheuerte, um den Brief zu finden und sie gleichzeitig zu töten."

"Aber was ist mit dem Mord an Andrew Warner? In den Nachrichten hieß es, es gäbe einen Zusammenhang."

"Das wissen wir noch nicht. Dan Archer glaubt, dass Steeles Männer Sarahs Auto bis zum Warner-Anwesen verfolgt haben und dachten, sie würden sie dort verstecken. Wenn Mrs. Warner überlebt, werden wir es vielleicht mit Sicherheit herausfinden."

"Warum mussten sie das alles heute in der Villa des Senators durchgehen? War das Band nicht schon belastend genug?"

"Das wäre es gewesen, wenn sie es gehabt hätten. Das Problem war, dass Sarah Steele am Sonntagabend anrief und ihm sagte, sie habe einen Brief verlegt und müsse ins Büro. Steele zählte zwei und zwei zusammen und dachte sich, dass der Brief vielleicht kein Band enthielt. Er vermutete, dass die Kassette bei den alten Akten in der Lagerhalle sein könnte. Also fackelte er den Ort ab." Seine Finger streichelten das weiche Haar des Babys. "In der gleichen Nacht bekam ich einen Anruf von der Staatsanwaltschaft. Sie waren schon total nervös, was ich wegen der fehlerhaften Bearbeitung des Falles tun würde. Sie sagten mir, dass Sarah am Leben sei und dass die Bundespolizei eine verdeckte Operation plane, bei der alles aufgeklärt werden solle. Da die Operation sehr heikel war, baten sie mich, die Informationen an niemanden weiterzugeben, egal inwieweit er mit dem Fall zu tun hatte."

Lucy machte das Licht neben dem Sofa an. "Und dabei kamen mir all diese Leute so normal vor. Ich muss ein furchtbarer Menschenkenner sein."

"Nein. Das bist du nicht." Er streckte die Hand aus und strich ihr über die Wange. "Sie haben alle getäuscht."

"Was wird nun mit dem Richter geschehen?"

Scott schüttelte den Kopf. "Nichts. Er hat einen Deal mit dem Staatsanwalt gemacht, und er ist frei."

Er sah auf das Gesicht seiner Tochter hinunter, die sich zu beschweren begann.

"Was wird mit uns geschehen?" fragte er leise, bevor er sein Gesicht hob und seine Frau ansah.

Sie berührte die Vertiefung an seinem Kinn. "Nichts, solange du mit deiner Frau und deiner Tochter vereinbarst, uns nie wieder auszuschließen. Uns nie zu vergessen. Niemals."

Er beugte sich vor und küsste sie auf den Mund. "Wie auch immer deine Bedingungen aussehen, ich werde unterschreiben."

Kapitel Fünfunddreißig

OWEN WAR ANGEZOGEN und bereit zu gehen, als er ein leises Klopfen an der teilweise geöffneten Tür hörte. Eine Sekunde später spähte Sarah in das Krankenhauszimmer.

"Darf ich reinkommen?"

"Komm rein." Er konnte sich ein Lächeln nicht verkneifen, als er die Veränderung an ihr bemerkte. Sie trug die antiken Ohrringe, die einst ihr typisches Accessoire gewesen waren. Ihr Haar hatte wieder seine natürliche Farbe angenommen. Der jadegrüne Anzug passte zur Farbe ihrer Augen, die dadurch noch mehr zum Strahlen gebracht wurden. "Moment mal, kenne ich Sie?"

Bevor sie antworten konnte, hatte er ihre Hand ergriffen und zog sie zu sich heran. Sie schlang ihre Arme um seine Taille und ließ dabei viel Platz für die Schlinge, die seinen Arm in Position hielt.

"Ich dachte, ich begleite heute eine kränkliche Kreatur hier raus. Verwundet, schwach, jemand, der im Rollstuhl rausgebracht werden muss."

"Du bist wieder eine Blondine. Die Sarah, die ich kennengelernt habe, war brünett. Bist du sicher, dass ich dich kenne?" fragte er erneut und zog sie näher zu sich.

Sie küsste ihn innig. .

"Und, kennst du mich?" fragte sie und zog sich zurück.

"Ich bin mir nicht sicher. Willst du das nochmal wiederholen?"

Sie lachte und wollte ihn gerade wieder küssen, als es an der Tür klopfte und sie sich aus seiner Umarmung löste. Er lächelte und hielt sich an ihrem Arm fest.

Joanne Emerson steckte ihren Kopf zur Tür herein. Die ältere Schwester von Tracy Warner hatte Owen während seines Krankenhausaufenthalts ein paar Mal besucht, und er hatte sie Sarah am Vortag unbedingt vorstellen wollen.

"Ich habe gehört, Sie sind auf dem Weg nach draußen."

"Das stimmt. Wie geht es Tracy?"

"Sie ist aufgewacht."

Owen war einen Moment lang sprachlos. Noch in der letzten Nacht hatte sie im Koma gelegen.

"Ich habe ihr gesagt, dass Sie hier sind. Sie will Sie sehen."

Ihre zweite Bemerkung verblüffte ihn noch mehr, denn Owen wusste, dass Tracy an ihrem besten Tag nie den Wunsch hatte, ihn zu sehen. Er sah Sarah an.

"Ich werde hier warten."

OBWOHL DIE SCHUSSWUNDE in seiner Schulter nichts mit seinen Beinen zu tun hatte, begleitete ihn ein Pfleger zu Tracys Zimmer. Bevor er hineinging, wurde er gewarnt, dass sie heute Morgen nur für kurze Zeit wach war und er sich nicht wundern sollte, wenn sie während seines Besuchs einschlief.

Owen trat mit der gleichen Besorgnis ein, die er als kleiner Junge gehabt hatte, als er die Frau zum ersten Mal traf. Doch anders als damals, als er unter dem Tod seiner Mutter und unter Zukunftsängsten litt, nagte diesmal eine andere Art von Sorge an ihm.

Er wollte die Vergangenheit hinter sich lassen. Er wollte die negativen Gefühle loslassen. Er wollte vergessen, was gewesen war. Was auch immer hätte sein sollen. Er hegte gegen niemanden einen Groll, und er wollte, dass niemand einen Groll gegen ihn hegte. Ein schwieriges Unterfangen, wenn man bedenkt, was sie beide gemeinsam erlebt hatten.

Monitore und Infusionen drängten sich noch immer an der Wand neben ihrem Kopf. Tracys Augen waren geschlossen. Ihr Alter war deutlicher zu sehen, als er es je zuvor bemerkt hatte. Er ging zum Bett und legte aus einem Impuls heraus seine gesunde Hand auf ihre. Ihre Haut war kalt. Sie schien zu schlafen.

Gerade als Owen dachte, dass es kaum noch eine Chance gab, dass sie erwachte, spürte er die winzige Bewegung ihrer Finger unter den seinen. Er umschloss ihre Hand fester.

"Tracy?"

Die Augen öffneten sich nur langsam. Als sie sich öffneten, war er sich nicht sicher, ob sie ihn wirklich ansah.

"Tracy, ich bin's. Owen." Er spürte, wie sich die Muskeln in den Fingern anspannten, und er verfluchte sich dafür, dass er hergekommen war. Sie hatte im Moment schon genug um die Ohren. "Es tut mir leid. Ich habe das falsch verstanden. Ich gehe dann mal."

Er hielt inne, bevor er ihre Hand losließ. "Bevor ich das tue, möchte ich dir nur sagen, dass es mir leid tut, was mit Andrew passiert ist. Es tut mir leid, was du jetzt durchmachst. Es tut mir auch leid, dass meine Anwesenheit Dir in deiner Ehe so viel Kummer bereitet hat."

"Ich weiß nicht, worum es Andrew ging. Ich weiß nicht, was er von mir wollte. Und ich weiß nicht, warum er sich so viel Mühe gegeben hat, dir das Leben schwer zu machen, wo er doch wusste, was du für mich empfindest. Ich möchte, dass du weißt, dass ich schon vor... vor all dem die Nase voll hatte von dem Spiel, das er weiterhin spielte. Für ihn war alles deine oder meine Schuld, niemals sein eigenes Tun. In gewisser Weise wollte er wohl, dass du und ich weiterhin den anderen verantwortlich machen und uns gegenseitig hassen, damit er sich nicht mit seinen eigenen Fehlern auseinandersetzen muss. Seinen eigenen Fehlern."

Die unscharfen Augen starrten weiterhin an die Decke.

"Es gibt vieles, was ich über ihn nicht weiß oder verstehe, aber ich möchte, dass du weißt, dass ich es aufgegeben habe, mir darüber Gedanken zu machen. Ich werde weggehen und ich werde wegbleiben. Du musst dir also keine Sorgen mehr machen, dass ich da bin."

Seine Hand drückte Tracys Hand einmal, bevor er sie losließ. "Und jetzt schlaf und werde gesund."

Er war schon fast an der Tür, als er ihre Stimme hörte.

"Owen?"

Er wusste nicht, ob er es sich eingebildet hatte oder nicht. Er wandte sich dem Bett zu. Ihre Augen waren immer noch offen, aber dieses Mal konzentrierten sie sich auf ihn, als er sich näherte.

"Ich bin hier, Tracy."

SARAH HIELT seine Hand fest und sagte kein Wort, als die Krankenschwester Owens Rollstuhl zum Vordereingang des Krankenhauses schob. Sie hatte seine Augen gesehen. Sie hatte beobachtet, wie er sich im Flur die Sonnenbrille aufsetzte. Sie hatte sein Bedürfnis gespürt, einfach ihre Hand zu halten.

Draußen wartete eine schwarze Stretchlimousine vor der Tür auf sie. Sie hatte schon einmal angeboten zu fahren, aber Owen hatte darauf bestanden.

Als sie drinnen waren und das Auto das Krankenhaus verlassen hatte, sah Sarah, wie er die Brille abnahm und nach ihr griff.

"Tracy will mich wiedersehen. Sie hat mir gesagt... gesagt, dass Andrew mein Vater war."

Sie schlang ihre Arme um ihn und machte keine Anstalten, ihre Tränen zu unterdrücken.

Er sagte ihr genau die wenigen Worte, die Tracy zu ihm gesagt hatte. Sie hörte zu, als er seine Gefühle in Worte fasste. Und sie lächelte und weinte mit ihm, als er versuchte, zumindest mit der Erinnerung an den Mann, der ihn gezeugt hatte, Frieden zu schließen.

Sie fuhren lange Zeit schweigend, bis Sarah aus dem Fenster sah und erkannte, dass sie nicht zu seiner Wohnung fuhren, wie ihr gesagt worden war.

"Wo sind wir?"

Sie bekam ihre Antwort, als die Hütte in Sicht kam und das glitzernde Wasser der Bucht dahinter zu sehen war.

"Was machen wir hier?" Sie drehte sich zu Owen um und stellte fest, dass seine blauen Augen sie beobachteten und sonst nichts.

"Susan hat mir erzählt, dass ihre Schwiegereltern das Haus verkaufen wollen."

"Und bist Du daran interessiert, es zu kaufen?"

"Nur wenn Du mir die richtige Antwort gibst.”

"Wie lautet die Frage?"

"Da ist die Frage nach einem Hund. Ein Lieferwagen. Ein paar Kinder. Heirat."

"Owen." Sarah spürte, wie ihr Herz in ihrer Brust raste. All die Träume ihres Lebens waren in diesem einen Moment verknüpft. Verstrickt in ein Gewirr von Unsicherheiten. "Ich - du und ich - wir haben unterschiedliche Leben. Ich muss mir einen neuen Job suchen, vielleicht ein eigenes Büro eröffnen. Ich gehöre hierher. Du bist an die Überholspur gewöhnt. Du kannst in meinem Leben nicht glücklich werden, und ich kann nicht in deinem leben."

Sie wandte ihr Gesicht ab.

"Ich möchte Dir etwas sagen. Ich habe darauf geachtet, dass meine Präsenz hinter der Kamera stetig zunimmt und nicht vor der Kamera. Der Grund dafür ist, dass Ruhm vielleicht toll ist, wenn man fünfundzwanzig ist, aber wenn man in mein Alter kommt, erstickt er einen. Ich möchte ein Leben ohne den Glanz und die Leere, die mit diesem Glanz einhergeht, genießen."

Sarah sah ihn wieder an.

"Aber mehr als alles andere möchte ich mit dir zusammen sein. Ich möchte jeden Morgen aufstehen und dein lächelndes Gesicht auf meinem Kopfkissen sehen. Ich will jeden Abend ins Bett gehen und dich in meinen Armen halten. Du bist es, Sarah. Ich will dich." Er ergriff ihre Hand und sah ihr in die Augen. "Aber wenn du mir sagst, dass du nichts für mich empfindest, dann gehe ich weg."

"Das hast du letztes Mal nicht getan."

"Das letzte Mal hast du nicht fair gespielt."

"Ich liebe dich, Owen, aber das heißt nicht, dass alles gut wird, nur weil..."

Er brachte sie mit einem Kuss zum Schweigen. Als er sich zurückzog, war sie ihrer Beschwerden beraubt.

"Ich möchte, dass du noch etwas weißt. Ich habe dir von dem Moment an vertraut, als du in dieser wilden und regnerischen Nacht in mein Auto gestiegen bist. Jetzt möchte ich, dass du mir vertraust ... einmal ... in der Ehe. Um hier ein Leben aufzubauen. Für immer."

Sie betrachtete das Haus. Sie blickte zurück auf den Mann, den sie liebte. Sie sah in seinen Augen das Versprechen und spürte die Verbindung zweier Seelen.

"Ich vertraue dir, Owen. Jetzt *und* für immer."

Danke, dass Sie sich die Zeit genommen haben, *Vertrauen Sie Mir Einmal* zu lesen. Wenn es Ihnen gefallen hat, empfehlen Sie es bitte Ihren Freunden oder schreiben Sie eine kurze Rezension.

Ich hoffe, Sie werden Sarah und Owen auch in unserem nächsten Jan Coffey-Spannungsroman, *Zweimal Verbrannt*, wieder besuchen. Eine kurze Vorschau ist am Ende dieses Ebooks enthalten. Viel Spaß!

Und wenn Sie ein Fan von Zeitreisen sind, sollten Sie unbedingt einen Blick auf den neuen Zeitreise-Roman *Jane Austen Kann Nicht Heiraten* werfen!

Nadine Finley ist eine Schriftstellerin und Wächterin aus der Zukunft, die Jane Austen und einen britischen Marineoffizier finden muss ... und eine Romanze verhindern soll, die die Literaturgeschichte bedroht.

Xander ist ein amerikanischer Milliardär, der versehentlich der Frau, die er liebt, zurück nach England folgt ... und damit möglicherweise ihre Mission sabotiert.

"KRAFTVOLL UND ERGREIFEND ... ICH HABE DIESES BUCH GELIEBT."

- Jane Porter, NYT-Bestsellerautorin

JANE AUSTEN KANN NICHT HEIRATEN

Anmerkung des Autors

Wir hoffen, dass Ihnen *Vertrauen Sie Mir Einmal* gefallen hat. Schauen Sie sich auch unsere anderen spannenden Geschichten an. Hier sind einige davon:

Zweimal Verbrannt - Ein Mann wartet auf die Hinrichtung für einen Mord, den er nicht begangen hat. Eine Frau kehrt an einen Ort des Skandals und des Todes zurück, um ihren Bruder zu retten. Die schwelenden Geheimnisse einer Kleinstadt sind im Begriff, sich in einem Feuer aus Verdächtigungen und tödlicher Vergeltung zu entzünden. Sarah und Owen (Trust Me Once) spielen eine Rolle in dieser Hitchcock-Erzählung.

Dreifache Bedrohung - Nur wenige Wochen vor dem Unabhängigkeitstag wird der Präsident von einem mächtigen Finanzkartell ermordet, das Pläne schmiedet, den amerikanischen Traum zu zerstören. Nur zwei Menschen stehen zwischen einer nationalen Katastrophe und einer glorreichen Feier ... und die Zeit läuft ab.

Viertes Opfer - Nachdem sie vor zwei Jahrzehnten als Kind einen kultischen Selbstmord überlebt hat, versucht eine junge Frau, das Beste aus ihrem Leben zu machen. Doch als ihre Vergangenheit alles bedroht, was ihr lieb und teuer ist, riskiert ein entschlossener Polizist mit persönlichen Verbindungen zu der Tragödie alles, um sie am Leben zu erhalten - und diesmal gibt es kein Versteck.

Fünf in einer Reihe - Ein brillanter Hacker besitzt die Fähigkeit, Autos von seinem Laptop aus zu steuern, und er ist besessen von einer schönen Computeringenieurin. Jetzt tut er alles, um ihre Aufmerksamkeit zu gewinnen. Als sie erkennt, dass sie mit den Opfern in Verbindung steht, muss sie sich mit einem Ermittler zusammentun, um das Rätsel der scheinbar wahllosen Angriffe zu entschlüsseln. Die Zahl der Opfer steigt, als ein verdrehter Geist von der virtuellen Realität zum internationalen Terrorismus übergeht.

Stille Wässer - Ein Atom-U-Boot wurde von bewaffneten Terroristen gekapert. Das Ziel: New York City. An Bord des U-Boots kämpfen Commander Darius McCann und Schiffsoffizierin Amy Russell um ihr Leben und haben nur eine Hoffnung auf Überleben: Sie müssen die Terroristen aufhalten. An Land arbeiten zwei Ermittler des NCIS fieberhaft daran, einer Spur von Geheimnissen zu folgen, die ebenso gefährlich sind wie die stille Waffe, die auf das Herz Amerikas gerichtet ist. Da das Leben von Millionen Menschen auf dem Spiel steht, müssen sie alle ein gefährliches Katz-und-Maus-Spiel spielen, bei dem ein Scheitern den sicheren Tod bedeuten würde.

Jane Austen Kann Nicht Heiraten - Nadine Finley ist eine Schriftstellerin und Wächterin aus der Zukunft, die Jane Austen und einen britischen Marine-offizier finden muss ... und eine Romanze verhindern soll, die die Literaturge-schichte bedroht. Xander ist ein amerikanischer Milliardär, der versehentlich der Frau, die er liebt, nach England folgt ... und damit möglicherweise ihre Mission sabotiert.

Lösche Mich - Avalie und Reed sind Geheimagenten, die beide die Macht besitzen, den Lauf der Geschichte zu verändern. Bei jedem gemeinsamen Moment sprühen die Funken, doch ihre Herzen und ihre Loyalität sind geteilt. Sie finden sich in einem Strudel aus Täuschung wieder, und ihre Missionen bringen sie gegeneinander auf. Während die Zahl der Todesopfer steigt, geraten sie in ein gefährliches Spiel, in dem Vertrauen rar ist und Verrat an jeder Ecke lauert.

Auf unserer Website finden Sie Auszüge und Informationen zu den folgenden Romanen.

Neben unseren wunderbaren Lesern von Jan Coffey und May McGoldrick möchten wir auch Greg O'Sullivan von Verizon Telephone, Miriam O'Sullivan vom Thomas Travel Agency, den wunderbaren Bibliothekaren der Samuel Pierce Branch der Bucks County Free Library und dem Rhode Island Depart-ment of Corrections für ihre unglaubliche Geduld bei der Beantwortung unserer vielen Fragen danken.

Zu guter Letzt möchten wir unseren Jungs für ihre Liebe und Geduld danken und dafür, dass sie uns jeden Urlaub aufschieben ließen, bis wir dieses Buch fertiggestellt hatten.

Wir schreiben unsere Geschichten für Sie und arbeiten hart daran, Romane zu schaffen, die Sie schätzen und Ihren Freunden empfehlen werden. Wenn Ihnen *Vertrauen Sie Mir Einmal* gefallen hat, hinterlassen Sie bitte eine Rezension.

Bitte melden Sie sich für Neuigkeiten und Updates an und folgen Sie uns auf BookBub. Sie können uns auf unserer Website besuchen.

Frieden und Gesundheit!

Über den Autor

Die USA Today-Bestsellerautoren Nikoo und Jim McGoldrick haben unter den Pseudonymen May McGoldrick, Jan Coffey und Nik James über fünfzig rasante, konfliktreiche Romane sowie zwei Sachbücher verfasst.

Diese beliebten und produktiven Autoren schreiben historische Liebesromane, Spannungsromane, Krimis, historische Western und Romane für junge Erwachsene. Sie sind viermalige Finalisten des Rita Award und Gewinner zahlreicher Auszeichnungen für ihre Werke, darunter der Daphne Du Maurier Award for Excellence, die Will Rogers Medallion, der *Romantic Times Magazine* Reviewers' Choice Award, drei NJRW Golden Leaf Awards, zwei Holt Medallions und der Connecticut Press Club Award for Best Fiction. Ihr Werk ist in der Sammlung der Popular Culture Library des National Museum of Scotland enthalten.

Also by May McGoldrick, Jan Coffey & Nik James

NOVELS BY MAY MCGOLDRICK

16TH CENTURY HIGHLANDER NOVELS

A Midsummer Wedding *(novella)*

The Thistle and the Rose

Macpherson Brothers Trilogy

Angel of Skye (Book 1)

Heart of Gold (Book 2)

Beauty of the Mist (Book 3)

Macpherson Trilogy (Box Set)

The Intended

Flame

Tess and the Highlander

Highland Treasure Trilogy

The Dreamer (Book 1)

The Enchantress (Book 2)

The Firebrand (Book 3)

Highland Treasure Trilogy Box Set

Scottish Relic Trilogy

Much Ado About Highlanders (Book 1)

Taming the Highlander (Book 2)

Tempest in the Highlands (Book 3)

Scottish Relic Trilogy Box Set

Love and Mayhem

18TH CENTURY NOVELS

Secret Vows

The Promise (Pennington Family)

The Rebel

Secret Vows Box Set

Scottish Dream Trilogy (Pennington Family)

Borrowed Dreams (Book 1)

Captured Dreams (Book 2)

Dreams of Destiny (Book 3)

Scottish Dream Trilogy Box Set

REGENCY AND 19TH CENTURY NOVELS

Pennington Regency-Era Series

Romancing the Scot

It Happened in the Highlands

Sweet Home Highland Christmas *(novella)*

Sleepless in Scotland

Dearest Millie *(novella)*

How to Ditch a Duke *(novella)*

A Prince in the Pantry *(novella)*

Regency Novella Collection

Royal Highlander Series

Highland Crown

Highland Jewel

Highland Sword

Ghost of the Thames

CONTEMPORARY ROMANCE & FANTASY

Jane Austen CANNOT Marry

Erase Me

Tropical Kiss

Aquarian

Thanksgiving in Connecticut

Made in Heaven

NONFICTION

Marriage of Minds: Collaborative Writing

Step Write Up: Writing Exercises for 21st Century

NOVELS BY JAN COFFEY

ROMANTIC SUSPENSE & MYSTERY

Trust Me Once

Twice Burned

Triple Threat

Fourth Victim

Five in a Row

Silent Waters

Cross Wired

The Janus Effect

The Puppet Master

Blind Eye

Road Kill

Mercy (novella)

When the Mirror Cracks

Omid's Shadow

Erase Me

NOVELS BY NIK JAMES

Caleb Marlowe Westerns

High Country Justice

Bullets and Silver

The Winter Road

Silver Trail Christmas